AF894622

La chica del verano

Novela

La Vecina Rubia

La chica del verano

Los finales felices son para los valientes

Saga Verano

LIBROS **CÚPULA**

PEFC Certificado

Este libro procede de bosques gestionados de forma sostenible

PEFC

PEFC/14-38-00305 www.pefc.es

La lectura abre horizontes, iguala oportunidades y construye una sociedad mejor. La propiedad intelectual es clave en la creación de contenidos culturales porque sostiene el ecosistema de quienes escriben y de nuestras librerías.
Al comprar este libro estarás contribuyendo a mantener dicho ecosistema vivo y en crecimiento.
En **Grupo Planeta** agradecemos que nos ayudes a apoyar así la autonomía creativa de autoras y autores para que puedan seguir desempeñando su labor.
Dirígete a CEDRO (Centro Español de Derechos Reprográficos) si necesitas fotocopiar o escanear algún fragmento de esta obra. Puedes contactar con CEDRO a través de la web www.conlicencia.com o por teléfono en el 91 702 19 70 / 93 272 04 47.
Queda expresamente prohibida la utilización o reproducción de este libro o de cualquiera de sus partes con el propósito de entrenar o alimentar sistemas o tecnologías de inteligencia artificial.

© La Vecina Rubia, 2023
Pág. 102: versos de la canción *Te odio*, de Los Seis Días y Santi Balmes, del álbum *Lunes* (PuPilo Records, 2009); pág. 135: versos del libro *Una mala vida la tiene cualquiera* de Javier Salvago (Ediciones de la isla de Siltolá, 2014); pág. 223: frase del libro *La insoportable levedad del ser*, de Milan Kundera (Planeta, 1984); págs. 248-249: versos de la canción *Golondrina viajera*, de Chavela Vargas, del álbum *Chavela Vargas* (Guty Cárdenas/Ricardo López Méndez) © Promotora HispanoAmericana de Música. Autorizado por PEERMUSIC ESPAÑOLA S. A. U.; pág. 284: versos del poema «Punto» del libro *Estravagario*, de Pablo Neruda (Losada, 1971); pág. 317: versos de la canción *Malamente*, de Rosalía, del álbum *El Mal Querer* (Sony Music, 2018); pág. 329: frase del libro *Todo lo que sé sobre el amor*, de Dolly Alderton (Planeta, 2018); pág. 393: versos de la canción *Te suelo llevar a dormir a tu casa* de Espaldamaceta, del álbum *Baile Masái* (Gandula, 2013); pág. 394: frase de Paul Tournier

© Editorial Planeta, S. A., 2023
Avda. Diagonal, 662-664, 08034 Barcelona (España)
Libros Cúpula es marca registrada por Editorial Planeta, S. A.
Este libro se comercializa bajo el sello Libros Cúpula
www.planetadelibros.com

Adaptación de la cubierta: Booket / Área Editorial Grupo Planeta
Fotografía de la cubierta: © Irene Lamprakou / Trevillion Images
Primera edición en Colección Booket: marzo de 2025

Depósito legal: B. 3.668-2025
ISBN: 978-84-480-4245-5
Impresión y encuadernación: CPI Black Print
Printed in Spain - Impreso en España

Biografía

La Vecina Rubia es la escritora anónima más conocida de las redes sociales. *La cuenta atrás para el verano* (Libros Cúpula, 2021) fue su primera novela en mayúsculas, donde volcó sus pasiones literarias con su humor característico y la verdad que la representa. De ella se han publicado 14 ediciones. *Contando atardeceres* (Libros Cúpula, 2022) supuso la segunda parte de la saga Verano y un firme paso hacia delante en su carrera literaria con una historia llena de matices, humor y, sobre todo, sentimientos al más puro y original estilo de esta autora. Un millón y medio de lectoras avalan este éxito sin precedentes que ha supuesto un hito tanto nacional como internacionalmente con su publicación en países como Argentina, Chile, Uruguay, México, Colombia, Perú y EE. UU., además de su traducción al italiano y portugués. *La chica del verano* (Libros Cúpula, 2023) consolida la proyección y el talento de esta escritora emergente para cerrar una historia de éxito que ya ha alcanzado el millón y medio de lectoras. La Vecina Rubia cuenta con una gran comunidad en las redes sociales, tanto en Instagram y Facebook como en Twitter. Su «gran chat de amigas», como ella misma las denomina, encuentran en su perfil un espacio de apoyo donde reírse y emocionarse juntas.

A mi padre, que siempre seguirá vivo en mis recuerdos

1
Grecia, divino tesoro

Mi querida nigromante favorita.

Me gustaban las estrellas y era muy buena en mi profesión. Por eso, en la redacción, aunque mucha gente se lo tomaba a broma, todos acababan por pedirme un adelanto de cómo iría su semana antes de que yo lo publicara.

En mi trabajo no había elucubraciones comunes, tópicos sencillos ni frases genéricas que bien podrían valer para una chica embarazada de Albacete, un enfermero, una doctora o una ejecutiva de Santander. Lo mío era ciencia —o pseudociencia, según con quién hablases, claro—, pero nunca miré para otro lado ni eludí la responsabilidad y la labor que llevaba a cabo. Yo me mojaba todas las semanas.

Estudiaba, observaba la posición lunar, analizaba la revolución solar y revisaba los tránsitos planetarios antes de dar una opinión formada. La mía. Aunque ser la jefa y la única integrante de la sección de emociones astrales y signos zodiacales —básicamente, el horóscopo— en una revista icónica juvenil de moda que alcanzó su pico de popularidad en los noventa pudiera parecer insignificante *a priori*, sin duda era una posición de relevancia en aquel momento. No solo era la más leída cada semana, sino también la que más correspondencia de admiradores acumulaba, lo que desataba las envidias en buena parte de la redacción. Ya hubiesen querido las chismosas de la sección de famosos o los ilustres gafapastas de los pasatiempos recibir una cuarta parte de todas las cartas que agradecían mis innumerables análisis semanales de la personalidad.

Y aunque todos éramos vecinos en el interior de esa comunidad de múltiples secciones de moda, opinión y noticias de dudosa veracidad que era nuestro *magazine*, como algunos querían llamarlo, la mía era casi la última. Tenía la suerte de aparecer siempre en la página impar, algo que me otorgaba cierto poder por aquel entonces, pues es sabido que las impares son las más expuestas a la mirada de los lectores, las más recordadas y buscadas por ellos. Por no hablar de que muchas personas directamente abrían la revista por la contraportada, buscando antes que nada —yo diría que incluso lo único— su horóscopo, el de su mejor amiga o el de la persona que habían conocido la noche anterior, por si acaso.

El día que llegó su primera carta me pilló por sorpresa. Me gustaba detenerme a leer todos y cada uno de los textos, dibujos y postales que acababan sobre mi mesa. A mediodía, nuestro chico del correo hacía su primer reparto, adentrándose entre los puestos hasta llegar a mi pequeño rincón. No tenía luz natural ni tampoco plantas, pero estaba rodeado de planetas y yo, en ese entorno, me sentía mucho más cómoda.

—Toma, Lucía. Hoy han llegado doce, como los signos del zodiaco.

—Cuidado, algunos expertos dicen que son catorce. Hasta la NASA lo ha reconocido.

—Ah, ¿sí? ¿Y cuáles son esos dos nuevos?

—Ofiuco y Cetus.

—Lo que sabes, *jodía*...

Me encantaba hablar con él. Jonás era un chico muy cálido. Un piscis con ascendente tauro, seguramente. Entonces reconocí un gesto que había visto cientos de veces antes de que ocurriera. Se inclinó sobre mi mesa, bajó la voz hasta el susurro y dijo:

—¿Te puedo preguntar algo?

—Claro...

—¿Cómo le irá a un piscis de toda la vida esta semana en el amor...? —me solicitó avergonzado.

Estaba claro. Le miré y sonreí con cariño.

—No te pases la vida preguntándote por el futuro, piscis. Vive el momento de esa cita que está por venir sin complejos ni expectativas y todo irá bien.

La cara de Jonás se tornó en asombro por momentos y en felicidad por costumbre. Imaginé que esa semana tendría una cita y la astrología le había dado el empujón de coraje necesario para afrontarla.

Nunca me aventuraba a dar un consejo concreto. Jamás lo concebí como un dogma, era solo una estudiosa que viajaba por las estrellas y escuchaba lo que el cielo nos decía. Sé que puedo parecer un poco excéntrica, pero ¿no lo eran los compañeros de redacción que se pasaban horas delante de la puerta de un famoso para hacerle una fotografía cuando salía a tirar la basura en pijama? A pesar de ocupar gran parte de mi día mirando hacia arriba, yo mantenía los pies en la tierra.

Disfrutaba leyendo todas las cartas porque me gustaba complacer a aquellas personas que se habían tomado su tiempo en escribirme. Algunas un poquito más de la cuenta, con sus silogismos, metáforas y todos los recursos que la lengua pone a nuestra disposición para, imagino, sentirse culturalmente superiores, mientras que otras, en cambio, lo hacían con palabras menos profundas, pero igual de sinceras. Nunca entendí muy bien a los primeros. Cualquiera con dos dedos de frente no vería muy lógico ponerse espléndido escribiendo a la sección del horóscopo de una revista juvenil. En el fondo, todos se sentían muy solos y a menudo me agradecían el apoyo que mis palabras les habían profesado.

Sin embargo, aquella carta era diferente. Destacaba entre las once restantes por el color ocre envejecido del papel. «Mi querida nigromante favorita». Así comenzaba su misiva, con un término muy de la profesión que pocos conocen. Tuve que hacer memoria y recuperar de mi cabeza los apuntes del segundo año de mis estudios en astrología. A menudo, ese término se utiliza en lugar de adivina, bruja o hechicera. La nigromancia aparece en textos de Alfonso X el Sabio, pero su legado es anterior. Todas las culturas, de un modo u otro, la han practicado para adivinar el futuro. Aquel admirador sabía que yo lo conocía y eso no hizo más que despertarme una agradable sensación de curiosidad...

Uno de los investigadores que contrató la familia de la primera víctima dijo que contestar a aquella primera carta fue un error por mi parte. Intentaron convencerme de que las cartas sucesivas y las muertes tuvieron su origen en mi primera respuesta, pero no, amigas, de lo único que soy responsable es de ponerme bragas con dibujitos los días de diario y guardar las de encaje para el fin de semana. Si ellos no eran capaces de hacer su trabajo, yo tenía a tres amigas a las que se les daba de maravilla... Y tú, mi querido asesino en serie, estás muy pero que muy jodido.

—Joder, tía, me tienes totalmente enganchada con tu novela —le dije a Lucía mientras terminaba uno de los capítulos.

—Bueno, es solo el primer borrador, todavía estoy haciendo algunos retoques, corrigiendo...

—Hablando de eso... ¿Necesitas ayuda con la ortografía?

—¿Por?

Hice un silencio que, por supuesto, respondía de manera tácita a la pregunta.

—¿Estás insinuando algo, rubia? —comentó Laux, echando leña al fuego de un posible conflicto.

—No te lo quería decir, pero... no es que destaques por ser

una adalid de la corrección, solo hay que ver cómo escribes por WhatsApp... —respondí en un claro tono de broma.

—¡Sara! Deja el móvil, que te vas a perder la movida entre estas dos —gritó Laux nerviosa—. La rubia le ha soltado a la cara a *miss* aries que escribe mal y no sé qué de Aladín...

—Adalid, Laux, he dicho «adalid» —repliqué.

—¿Aries? ¿Qué coño aries? ¡Soy tauro y a mucha honra! —espetó Lucía.

La metedura de pata de Laux con el horóscopo apaciguó lo que podía haber sido un conato de guerra ortográfica entre una acérrima defensora de las tildes diacríticas y una tauro a quien las tildes ni le van ni le vienen. Principalmente, no le vienen. Tampoco era el lugar ideal para ello.

Miré a mis tres amigas, sentadas en unas cómodas tumbonas en aquella playa de Mykonos. Estaban siendo las vacaciones soñadas. Tras aquel azaroso año que había trastocado todos nuestros planes y sacudido nuestras prioridades, estar juntas, mojito en mano, era todo lo que necesitábamos. Un merecido descanso tras un año muy complicado. Siempre he pensado que «ante los vaivenes de la vida, vaivenes de las amigas» y este último, algo más fuerte de lo normal, nos había llevado hasta aquella isla griega.

Laux sorbía con una pajita un mojito estándar en el típico vaso de colores con la típica sombrilla decorativa minúscula. Le encantaban las cosas típicas, como reírse del horóscopo de Lucía e incluso de sus ascendentes con total impunidad. Llevaba un trikini de rayas minúsculo y precioso que dejaba entrever un cuidado bronceado. Su pelo moreno, larguísimo, ondeaba al viento bajo una visera roja de plástico, como aquellas que se llevaban en los setenta para jugar al tenis, y que a cualquier otra persona le hubiese quedado ridícula, salvo a ella, que todo le sentaba bien. Daba igual si combinaba un estampado de leopardo con algo de cuadros; tenía el desparpajo suficiente para lucirlo con dignidad. Me descubrió mirándola y me guiñó un ojo, cómplice. Solo quien la conoce es capaz de ver que detrás de aquella persona que no solo es capaz de hablar debajo del agua, sino también de gritar, hay una mujer noble, sincera y con un corazón de acero inoxidable.

Por su parte, Lucía, indignada tras haber sido perversamente etiquetada como una aries siendo ella la más tauro de todas las tauro, se extendía crema por el brazo con generosidad y energía, en la que sería la decimoquinta vez en la última hora. No era para menos. Tras el melanoma, su cuidado con el sol se había multiplicado por veinte. Su cuerpo entero respiraba todo el día bajo una sombrilla, además de ocultar su rostro bajo una pamela gigante. «Pamela Anderson» fue el apodo que Laux le otorgó nada más verla llegar el primer día a la playa, lo que nos proporcionó grandes risas durante todo el viaje. Sobre todo cuando recorrió el trayecto de las tumbonas al chiringuito corriendo como a cámara lenta, con las manos agarrándose los pechos cual vigilante de la playa con total desvergüenza. Lucía asumió su apodo con el mejor de los sentidos, el del humor, porque como ella decía tras haber superado el cáncer: «La vida son dos días y a mí me han regalado un fin de semana». Y es que no entendía mejor manera de superar cualquier dolor que reírse de él.

Sara, sin embargo, estaba ausente desde que llegamos. Tenía el flequillo metido en el móvil, como solía hacer: acercando la cabeza a la pantalla en vez de levantar el móvil hasta sus ojos. Pasaba horas sosteniendo ese «invento del diablo», como lo llamaba mi padre en claro tono de broma. Sara, tan menuda, tan dulce y honesta, no paraba de teclear con los finos dedos de sus trabajadas manos blancas. Se retiró el flequillo de la cara y resopló, visiblemente hastiada.

Estaba a punto de preguntarle qué era lo que la tenía tan absorta cuando Laux me interrumpió, volviendo al libro impreso de Lucía que sostenía sobre mis rodillas.

—¿Por dónde vas? —me preguntó.

—Estoy terminándolo ya. Justo cuando una de las dos decide ir a la casa directamente...

—¡Calla! ¡No contéis nada, por favor, que apenas lo he empezado! —suplicó Sara.

—Si es que estás con el móvil todo el rato, hija.

—Ya lo sé... Es por mi nuevo jefe. Sabe que estoy de vacaciones y no para de brearme a mensajes, pero no quiero hablar de ello —comentó Sara cabizbaja.

—«Brearme». ¡Qué bonita palabra...! ¿De dónde vendrá? —pregunté en voz alta, cambiando de tema para ofrecerle una tregua a Sara.

—De alguna canción de María del Monte... —dijo Lucía.

—Bréame, me dijiste bréame... —comenzó a cantar Laux.

—¡Bréame por el camino y *agarrá* a tu cintura te breé...! ¡A la sombra de los pinos! —terminamos cantando todas al unísono, dejando clara la generación de «señoras bien» a la que pertenecíamos.

Unas señoras con una complicidad que se mantenía intacta y nos hacía estar más unidas que nunca.

—Madre del amor hermoso... —dijo Lucía, avergonzándose por unos segundos.

—Estamos como para tomarnos en serio... —añadió Sara, continuando con la broma.

—A mí no me toméis en serio, ¡mejor tomadme con un vino! —sentenció Laux terminando la frase con su risa característica que puso en jaque a toda la playa de Kalafatis.

Ver cómo habíamos sido capaces de bandear un tema tan escabroso como el del cáncer sin perder la sonrisa era una batalla ganada y el motivo principal de nuestro viaje: había que celebrar la vida.

—¿Por dónde vas tú, Sara? —Le tendí una mano para que volviese a la conversación.

—Pues... Apenas llevo dos capítulos.

—¿Solo dos capítulos? Pero ¿de qué vamos a hablar en este viaje tú y yo? —dijo Laux mofándose.

—Es que a mí lo que me gusta es leer por las noches, mientras vosotras roncáis, que no hay quien duerma —se excusó.

—No pasa nada, que cada una lea a su ritmo —comentó Lucía.

—¿Has sido amable con Sara? —preguntó Laux, haciéndose la sorprendida, mientras un par de notificaciones le sonaban en el móvil.

—He sido amable con mi novela.

—Ja, ja, ja, menuda zorra con gorra estás hecha.

—Aquí la única con gorra eres tú, que menuda visera me llevas...

Laux hizo un gesto coqueto a la provocación de Lucía sobre su atuendo antes de revisar los mensajes. Segundos más tarde, estaba tan ensimismada en la pantalla como Sara. Mientras que la cara de una reflejaba un extraño rictus, fruto del trabajo que su jefe le estaba dando durante las vacaciones, la de Laux, por el contrario, mostraba una sonrisa de niña plena y satisfecha.

—¡Ja, ja, ja! ¡Me descojono con esta tía! —gritó, mirando el móvil.

—¿Con quién? —pregunté interesada.

—Con la Vecina Rubia... La tía es la bomba.

Vale. Quiero hacer un pequeño inciso para que podáis comprender que aquella frase tiñó mi cara de un tono blanco, níveo, impávido, como la sábana de un hotel.

—¡Ah, sí! No sé quién me habló de ella hace poco y la he empezado a seguir en Instagram —remató Lucía.

—A ver... —Sara cogió el móvil de Laux, curiosa—. Pero si no se le ve la cara...

—Es que es anónima —afirmó Laux.

—Pues hace muy bien, así está más tranquila —comentó Lucía.

—Tienes que seguirla, rubia, dice las mismas tonterías que tú.

Las miré, sonreí y les dije, aguantando la respiración:

—Chicas, tengo algo que contaros...

Y justo en el momento crucial en el que iba a confesar delante de mis amigas no sé muy bien ni siquiera el qué —porque en mi cabeza aquello no era más que un juego que había comenzado hacía unos meses, una travesura de niña—, justo entonces, un hombre fornido, guapo, pero un poco torpe, pasó por delante de nuestras tumbonas corriendo detrás de una pelota, dejando tras de sí un reguero de arena que nos puso perdidas e hizo que nos levantáramos de sopetón para sacudirnos. Tremenda providencia. ¿El destino? Quién sabe...

—Mirad, por favor, a ese Osiris de la naturaleza. ¿Cómo puede tener ese tío mejor culo que yo? —dijo Laux mientras nos limpiábamos las piernas.

—Creo que te refieres a un adonis de la naturaleza.

Laux y su indiscutible don para cambiarle el nombre a todos y a todo...

—Lo que sea, *miss* tauro, lo que sea.

—Hombre, estamos en Grecia, yo creo que no puede ser otra cosa... —dijo Sara.

—Llámale Adonis, Zeus, Thor o como quieras, pero llámale, a ver si viene...

—Ja, ja, ja, estás pirada —respondí.

—Me gustan los griegos. Y los yogures también —sentenció Laux mientras se recostaba de nuevo en la tumbona y daba un último trago al mojito antes de lanzarle su famoso «chiquiiiiii» al camarero griego del chiringuito. Aunque no entendía nada, siempre que le gritaba Laux, venía. Por si acaso.

Y así, entre las risas voluntarias por las mezclas culturales que acostumbraba a hacer Laux y las involuntarias que venían de la mano de nuestros cócteles variados, olvidé lo que iba a contarles antes de la interrupción. Supongo que tampoco era tan importante. Lo valioso era que estábamos juntas, celebrábamos juntas y eso era todo lo que necesitábamos.

Hacía dos días que habíamos llegado en barco a Mykonos tras haber aterrizado en Santorini. Habíamos elegido —bueno, mejor dicho, Laux había elegido— ese recorrido porque era ideal para aprovechar el tiempo, algo que nos explicó con todo lujo de detalles en el aeropuerto de Madrid antes de coger el primer avión.

Las vacaciones habían comenzado, como no podía ser de otra forma, entre risas y las hojas de cálculo de Laux, que dejaban poco espacio a la improvisación:

—¿Otra vez vamos a viajar siguiendo un maldito Excel? —se quejó Lucía en la cola para facturar.

—Sin Excel no hay vacaciones, chicas, ya sabéis que es mi lema —respondió Laux abanicándose con el pasaporte—. Sin organización, no hay diversión.

Estoy segura de que Laura tenía al menos cinco lemas más relacionados con la organización y que todos rimaban.

—¿Para qué llevas el pasaporte, si para Grecia no hace falta porque está en la Unión Europea? —le pregunté.

—Porque salgo mejor en la foto del pasaporte que en la del DNI —afirmó Laux poniendo los ojos en blanco, como si lo que había dicho fuese lo más normal del mundo.

Incontestable. Todas estallamos en una carcajada ante aquella ocurrencia mientras el personal de seguridad nos instaba a pasar por el detector de metales.

—Señoritas, hagan el favor...

—Lucía, vas a pitar con todos los oros que llevas...

—Oro, dice...

—¿Tus pendientes no son de oro? —preguntó Sara inocentemente.

—No están ni bañados. Ni una duchita en oro se han dado siquiera —respondió Lucía mientras se aguantaba la risa al pasar por el «arco del triunfo», como ella lo llamaba. Si pasabas por él, ya estabas de vacaciones. Habías triunfado.

Y entre risas, pasaportes, arcos del triunfo y treinta bandejas llenas de porsiacasos, pasamos el primer control que nos acercaba un poquito más a nuestro destino. Mientras, Laux, dejando que respiráramos lo justo para no desmayarnos, nos recordaba cada paso que estaba por venir.

—La primera isla que visitaremos será Santorini. Espero que hayáis traído gafas de sol porque las casas son tan blancas que relucen y te hacen daño en los ojos. Vamos, como la piel de la rubia ahora mismo.

Miré a Laux con el correspondiente gesto de desaprobación a un chiste que era un clásico entre nosotras desde que nos conocimos, mientras ella continuaba explicando el plan, como si de una guía turística se tratase:

—Allí nos alojaremos en una casita en la caldera del volcán. Espero que también hayáis traído ropa azul a juego con la isla.

Iban más maletas que personas a este viaje. La combinación de colores no tendría que ser un problema.

—La temperatura media todos los días será de veintiocho grados y estará despejado.

—Y yo que me he traído una chaquetita por si refresca... —alegó Lucía.

—Que alguien le diga a esa señora que no interrumpa, por favor —dijo Laux sosteniendo un megáfono imaginario—. ¿Puedo continuar?

Laux estaba completamente metida en el papel y siguió hablando:

—Pasaremos un par de días allí y después cogeremos un barco rumbo a Mykonos, considerada la Ibiza de las islas griegas, conocida en todo el mundo por su marcha nocturna. Allí nos alojaremos en un precioso hostal donde yo pernoctaré con el griego más guapo de la isla mientras vosotras, todas emparejadas, envidiaréis mis lujuriosas vacaciones tituladas «La pasión griega».

—Pero ¿no era turca? —volví a replicarle.

—Como si es italiana...

Ciertamente, ya habíamos avanzado las casillas en el Excel de Laux hasta llegar a Mykonos y no había ni rastro de pasión turca. Lo que sí habíamos notado eran muchos intercambios de mensajes por su parte.

Aquel era un detalle importante porque solo Laux estaba soltera. Sara seguía compartiendo su vida con Marcelo entre sus clases de mandalas, croché y su última aventura: ser campeón del mundo de tocar la guitarra en el aire. Puede parecer una broma, pero hay todo un submundo de concursos y gente que perfecciona su técnica como si estuviese tocando una guitarra cuando no hay guitarra.

Lucía, por su parte, continuaba su romance con Nacho, el que fuera mi novio de la infancia y ahora la mejor persona con la que ella podría estar. Eran la pareja perfecta.

Yo, por mi parte, echaba bastante de menos a Javi, para qué os voy a engañar. Apenas habíamos disfrutado por aquel entonces de nuestro pequeño ático cuando llegó el viaje que durante tanto tiempo había planeado con las chicas. Aunque no habíamos hecho más que arrancar y ya estaba extasiada de felicidad, de vez en cuando completaba en mi mente nuestra maravillosa terraza en la azotea, llena de preciosas plantas, junto con la fantasía de ver a Javi cómo las regaba sin camiseta, mostrando aquel torso que parecía esculpido en mármol.

—¿Vas a comprar ese balancín tan cuqui? —me preguntó Laux, apareciendo como un fantasma por detrás de mí, cotilleándome el móvil.

—Tía, de verdad, tienes que dejar de aparecer tras de mí mirando mi móvil todo el rato o voy a infartar de un susto.

—Eso es que tienes algo que esconder, pequeña furcia. Todo el día con el móvil en la mano, ocultando vete tú a saber qué...

Menos mal que justo había venido por detrás cuando estaba mirando balancines y no cuando estaba publicando en Instagram, algo que hacía a menudo cuando ellas no miraban.

—¿No tendrás un Tinder secreto? —dijo Lucía siguiéndole el juego.

—Por supuesto que no. Si no tuviese Tinder no os diría que sí lo tengo.

Lucía y Laux cortocircuitaron por un momento.

—Pero ¿eso es que sí o es que no? —preguntó Lucía.

—Qué hija de..., ya me ha liado —dijo Laux intentando buscar el significado a mi frase.

Siempre he pensado que existe una delgada línea que separa mentir de ocultar algo. Para mí, mentir siempre ha sido un concepto un tanto peor que el de ocultar información. La mentira lleva implícita contar algo que además es falso, mientras que cuando ocultas lo que sea, por los motivos que sean, caben muchos matices. Querer guardarte partes de tu vida para ti poco tiene que ver con caminar por el filo que supone verbalizar algo que sabes que no es verdad. Quizá se acerque más al egoísmo, pero siempre es una decisión personal. Simplemente, no lo dices.

Pues sí, estaba ocultando algo en el móvil, pero no era tan grave como si alguien me hubiese preguntado directamente si yo era la Vecina Rubia y hubiese respondido con un no rotundo... ¿O sí...?

2
Anónima

Oculta, pero presente.

Aquella mañana, en esa playa de Mykonos con nombre de boda griega, había estado a punto de contarles probablemente el único secreto que ellas —que eran mucho más que mis amigas, eran mi familia— no conocían. Una inoportuna interrupción, que quizá fue más bien oportuna, me frenó. Consideré que era una señal del destino para seguir conservando aquella preciada decisión de ser anónima que empezaba a tomar forma dentro de mí. Al final, tampoco era algo relevante para ellas y yo me sentía más libre escribiendo en las redes sociales todo lo que se me pasaba por la cabeza, sin filtros. Contarlo podría haber supuesto tener que dar demasiadas explicaciones que en aquellos momentos no estaba dispuesta a compartir. Quizá estaba siendo egoísta, pero valoraba mi anonimato por encima de todo. El hecho de no tener una cara concreta para esa chica rubia, común, conseguía que la gente se sincerase con total libertad, sacando la vertiente más amable y verdadera de las personas. Hoy en día eso no tiene precio. Liberarse de forma positiva era algo maravilloso que se había creado de forma espontánea en torno a mí y a esas alturas ya era consciente del refugio que el perfil ofrecía para compartir unas risas, encontrar una mano amiga en los momentos difíciles o algo de compañía. Yo era una más en ese refugio y el retorno era el mismo. Además, la mayoría de las personas que me leían me decían que se sentían identificadas con lo que yo escribía y notaba que se sentían parte de ello. Empecé a pensar que cualquiera de ellas podría ser la Vecina Rubia y eso me gustaba. Sin duda, no estaba preparada para contárselo a nadie porque no quería que mi vida cambiase ni que aquellas vacaciones se centraran en mí.

Así que la providencia dejó paso a la oportunidad, que nos ofreció cuatro días y tres noches —ya que Laux instauró la medida oficial de las vacaciones en noches de hotel— para refugiarnos en las playas de Platis Gialos, Kalo Livadi y una pequeña cala rocosa muy poco conocida al norte de la isla de nombre algo complicado de recordar, Agios Sostis, con una preciosa capilla en lo alto de una colina a la que, por supuesto, Laux nos obligó a subir.

—Vamos, perris, quiero ver de qué están hechos esos culitos...

—No puedo más...

—Esta mujer no tiene fin...

—Solo queda un kilómetro, chicas... No sabía que estabais en tan baja condición física.

—¿Perdona? Baja, no, inexistente.

—No puedo más, en serio...

—Laux, sabes que estamos de vacaciones, ¿no?

Tenía tanta energía que quería verlo todo, ir a cualquier lugar y subir cualquier montaña. Siempre hay una amiga en el grupo que es la exploradora, la que no quiere perderse nada de nada. Algo parecido a lo que ocurre en las redes sociales, cuando una fuerza extraña te obliga a coger el móvil para revisarlo todo. Una sensación de desasosiego que deja el no saber qué está pasando a cada minuto.

—¡Mira! Un señor griego vendiendo fruta —gritó Laux con toda la energía que nos faltaba al resto.

Era muy habitual ver a oriundos del lugar vendiendo botellas de agua y fruta fresca en los caminos más transitados por los turistas. El calor apretaba y las personas inconscientes —entre las que nos encontrábamos— se lanzaban a la aventura de caminar a las doce de la mañana pensando que aquello que se ve al fondo está bastante cerca. Qué temeridad...

Laux llegó la primera hasta un señor mayor sentado en una antigua silla de madera. Su gesto y rostro curtido por el sol me recordaron a la yaya Catalina. Esas mujeres y hombres rocosos, duros como el pan de varios días, que viven, sin más.

Por supuesto, Laux se hizo su amiga y ambos chapurreaban un inglés macarrónico con el que hasta se entendían.

—*Ohhhh, what a beautiful watermelon!*

Sí, Laux había llamado guapa a la sandía.

—*What a fressssssh...* —Dejó una ese líquida que provocó la risa del señor y la de todas nosotras.

—*Spanish?* —dijo el buen hombre.

—*Of course, my chiqui.*

Aquella frase descolocaría a cualquiera, desde luego, pero no a aquel señor, que contratacó batallando con Laux.

—*Oh, chiqui, chiqui, boom, boom!*

Laux y el hombre soltaron una carcajada tan desproporcionada y parecida que cualquiera hubiese dicho que eran parientes. Los dos riéndose a pleno pulmón en lo alto de una pequeña colina junto a una iglesia ortodoxa griega. Lo más surrealista que había vivido en esas vacaciones.

Después de aquella complicidad inesperada, el buen hombre nos ofreció un vaso con frutas variadas, dos botecitos de sandía recién cortada y una botella de agua para cada una que nos vino como anillo ajustable de mercadillo al dedo. Aquellos paseos y las largas horas que pasábamos en la playa nos dejaban prácticamente rotas para enfrentarnos a la noche de Mykonos. Nos alcanzaba lo justo para ir a disfrutar del atardecer a la pequeña Venecia, una pintoresca zona en el centro, llena de restaurantes construidos sobre el mar a los que se accedía por unas calles estrechas que bien podrían parecerse a la ciudad original. Había muchísimo ambiente y eso nos ofrecía la energía necesaria hasta que Lucía, más cansada que el resto, daba la primera voz de alarma: «Chicas, yo me voy a ir cogiendo un taxi, ¿vale?», decía, intentando que su situación no condicionara al resto. Obviamente, aprovechaba para contarle uno de mis mejores chistes: «¡¡¡Sí, hombre, vas a coger un taxi, con lo que pesa!!!».

En realidad, estábamos encantadas de volver con ella porque ese viaje era por y para Lucía, para nosotras, y no tenía sentido ver el atardecer más precioso del mundo si no la teníamos a nuestro lado aunque solo fuera para decirle: «¿Has visto qué preciosidad?».

Fotos y más fotos llenaron nuestros móviles, compartidas además en un grupo nuevo que creamos entre las cuatro para recuperarlas cuando quisiéramos. El «Griegochat» tenía nombre de yogur, como dijo Laux, pero no había mejor manera para definirlo.

Cuando agotamos y exprimimos el último día en Mykonos, Sara hizo gala de un perfecto inglés para comprar los billetes del ferri de camino a Atenas, nuestra última parada. Hay que reconocer que, si no hubiese sido por ella, podríamos haber comprado un *ticket* para cualquier isla de las decenas que hay en el mar Egeo.

Los tres días siguientes recorrimos juntas las calles de Atenas con la boca abierta, disfrutando de todos los rincones, a cada cual más peculiar e instagrameable, que la ciudad nos ofrecía. Nos hicimos fotos en todas y cada una de las calles del barrio de Plaka, con la banda sonora de las chicharras como compañeras inseparables de aquel verano tan caluroso y que chillaban incluso más que Laux. En plena algarabía, recordé un refrán de mi padre: «Si la chicharra canta, calor adelanta» y es que una de las curiosidades de esos bichitos es que siempre anuncian las altas temperaturas y, como él mismo me decía, su canto no puede faltar en la banda sonora de una buena ola, pero de calor. Nunca he conseguido ver una. No sé cómo es una chicharra y en mi infancia nunca vi un cuento que la dibujara. Mi padre decía que eran listísimas y que notaban nuestra presencia al instante, tanto como para dejar de cantar y pasar desapercibidas. Cerré los ojos, agradecida por encontrarme con el recuerdo de mi padre en aquel viaje y en aquel momento. En el fondo, me sentía una chicharra en las redes sociales. Anónima. Oculta pero presente.

—Me suda el entreteto que no veas —dijo Lucía en la cúspide de la Acrópolis, mientras sostenía un precioso paraguas que compramos en un bazar para que se protegiese todavía más del acuciante sol.

—Sí, menudo calor hace... —añadió Sara, recolocándose el flequillo.

—Tienes la rata frita, Sara —observó Laux, refiriéndose al pelo de Sara con nuestro mote cariñoso.

—Callad y observad el Partenón, que es espectacular, ¡coño! —gritó de repente, dejando calladas incluso a las chicharras.

Todas nos miramos y dejamos pasar unos segundos en silencio para identificar si el tono era de cabreo o de chanza. Su siguiente frase aclaró la duda:

—Si es que no os calláis, perras. Y yo quiero enterarme de lo que está contando ese guía de ahí sobre las cariátides...

Sara se acercó a un grupo de turistas y con su inocente cara le pidió al guía si podía repetir su explicación.

—*Spanish?*

Otra vez la misma pregunta...

—Sí —contestó Sara con decisión.

—Perdona, ¿vienes con el grupo? —replicó el guía en un perfecto español.

—Sí, claro —dijo con rotundidad, con todo su morro.

El chico la miró, completamente descolocado, ya que su grupo estaba compuesto solo por japoneses que no dejaban de mirar a Sara y sonreírle, sin entender nada de lo que estaba pasando. No sabéis lo gracioso que era verla justo en medio de un montón de turistas asiáticos que no paraban de hacerle fotos a su flequillo y señalar el volumen que había cogido con la humedad. Era casi más impresionante que el Erecteion y, por supuesto, generaba más curiosidad.

—Deberías empezar a cobrar la entrada. Está claro que tu flequillo es único —dije cuando por fin Sara consiguió salir del grupo y reintegrarse en el nuestro.

—No sabéis el poco tiempo que he estado con ellos y lo duro que ha sido... —nos contó, agobiada.

—¿Demasiado educados? —preguntó Lucía irónica.

—¡Horrible! Ni la rubia es tan positiva...

—¿Has hablado con ese otro guía maromazo? Menudos monumentos hay en Grecia... —dijo Laux silbando.

—No, pero me ha regalado un folleto. Y, por cierto, me ha comentado que está prohibido, bajo multa, subir con tacones. Menos mal que a la rubia no se le ha ocurrido porque la vería capaz...

Todas nos reímos, colina abajo, mientras Sara pudo compartir con nosotras todo lo que había aprendido de aquellas estatuas representadas por mujeres que hacían la función de columnas.

—Bueno, bueno, ¿sabéis que las cariátides que están ahí arriba son solo copias fidedignas de las originales? No son las de verdad.

—Menudo fiasco, ¡me siento estafada! —bromeó Laux.

—Las originales están en el Museo de la Acrópolis —continuó Sara, emocionada—. Vamos, ¿no?

—¡Por mí sí! Me encanta la historia griega —dije.

—Pues vas a flipar, rubia. Cuatro de las cariátides están en ese museo, pero la quinta está en el Británico y no tienen intención de devolverla.

—Se están haciendo los suecos estos ingleses —dijo Sara con un fantástico chiste. Nos pilló tan por sorpresa que no nos dio tiempo de reírnos antes de que continuara contándonos que, metafóricamente, las cariátides de piedra del Erecteion han de cumplir con la pena de aguantar el peso del techado del templo hasta el fin de los tiempos.

—¿Y no hay hombres sujetando techos? —preguntó Lucía.

—Aquí pone que las columnas con forma de hombre se llaman «atlantes». No sé si os habéis fijado en la cara de ellas, pero no muestran ni un ápice de cansancio, dolor ni esfuerzo. En cambio, las de los atlantes siempre se representan como si estuviesen sosteniendo una pesada carga, agachados, con una pose que les convertía en héroes. Ellas, en cambio, se muestran ligeras, livianas, sin queja alguna...

—Flipo con que se percibiese a las mujeres así desde hace tanto tiempo... —dijo Lucía, ofendida—. Nos toca aguantarlo todo sin queja y luego parece que son ellos los que están salvando el mundo.

—La verdad es que tiene que haber sido jodido aguantar el peso de esa pamela todo el viaje sin quejarte —dije riéndome ante la ofuscación de Lucía.

—A ti te la pela todo, ¿no? —me respondió en tono de broma.

—¿A mí? En absoluto. Es más, al hilo de esto tengo una teoría que luego os contaré...

Tras bajar de la Acrópolis, caminamos hasta el ágora, donde pudimos llenarnos los ojos con el color del atardecer, que tiñó de tonalidades áureas aquel recinto sagrado, colándose cada rayo de sol majestuosamente entre sus columnas y proporcionándonos grandes fotos para subir a Instagram, donde salíamos guapísimas porque la superficialidad no está reñida con el disfrute cultural.

Nos encontrábamos en la Estoa de Átalo, un edificio compuesto por un techo sustentado en una sucesión de columnas donde los atenienses se reunían para refugiarse de la lluvia o del sol, según la estación, mientras debatían, exponían sus propuestas filosóficas para entender el mundo y socializaban.

—Bueno, cuéntanos tu teoría, ¿no? —me insistieron.

Todas se quedaron expectantes, pensando en si se trataría de alguna reflexión sacada de la filosofía, una referencia a la mitología clásica o incluso ambas.

—Mi teoría es que cualquier término arquitectónico se puede usar para referirse a los penes.

Lucía soltó una carcajada que se pudo oír incluso en el templo de Zeus.

—Pero ¿qué dices, tía?

—Que sí, que todo en arquitectura suena a polla: pináculo, cimborrio, capitel, minarete...

—¿Mi rabete o minarete? —preguntó Sara.

—¡Cómeme el dintel! —soltó Laux de repente, viniéndose muy arriba—. Me encanta tu teoría, rubia.

—¿Esa columna es jónica o «cojónica»? Porque tiene dos buenas volutas...

Todas estallamos en carcajadas y a partir de entonces recordamos aquella anécdota siempre que alguien utiliza cualquier tecnicismo arquitectónico. Además, todas hicimos nuestro valioso aporte a la teoría:

—Tuve un novio que tenía una viga arábiga...

—La de mi ex tenía un fuste...

—A mí una vez me la intentaron meter por el arco ojival...

—A mí lo que más me gusta es que me enfosquen...

Las risas de aquella conversación alegraron nuestra última noche en Atenas en nuestra habitación de cuatro camas. Con Sara pegada de nuevo al móvil, enumerando y agendando las incontables tareas que su jefe le encomendaba; Lucía corrigiendo las erratas de su libro; Laux escribiéndose mensajes con alguien que aún no terminaba de identificar y yo subiendo publicaciones furtivas a Instagram encerrada en el baño. Cada una en su vida, pero compartiéndola juntas.

En un momento dado, levanté la vista y no pude evitar expresar lo que sentía:

—Me quedaría toda una vida con vosotras aquí.

—Eso es porque no te ha tocado dormir muchos días con Laux, como me pasó a mí en Santorini... —respondió Sara.

—Ja, ja, ja. ¿No te gustan mis peditos matutinos?

—¿Peditos? ¿Cómo tienes la poca vergüenza de llamarlos «peditos»?

—Joder, Sara, es la comida griega y el agua... A mí el cambio de aguas me afecta muchísimo, se me suelta la tripa, como a la rubia, que no deja de ir al baño...

—Si fuera la tripa lo único que se te suelta... —le dije.

—¿Y qué más se me suelta?

—La lengua, por ejemplo.

—¿No te gusta mi griego?

—Si no fuera porque has dicho *arigatô* doscientas veces en el viaje...

—¿Y?

—Cariño, eso es más del grupo de colegas japoneses que se ha echado Sara —dijo Lucía mientras la aludida seguía pegada al móvil—. Espero que no te ofendas, Sara —matizó.

—No me ofendo.

—No sé... A mí decir *epharistó* todo el tiempo me suena a estar llamando a alguien y no puedo evitar añadir después «el rey de la baraja». No quiero que me miren mal.

—Quién podría mirarte mal a ti, Laux, quién... —dije mientras la abrazaba.

Y es que aquello era una verdad tan cierta como un Partenón de grande.

3
La nueva normalidad

Las mentiras nunca desaparecen, se acumulan.

Dicen que los aeropuertos son unos de los lugares públicos donde se expresan los sentimientos más puros, aquellos que solemos apartar para nuestra intimidad, como pueden ser las lágrimas, los abrazos más sinceros o la máxima expresión de felicidad cuando comienzas una nueva aventura. He de decir que con Javi, por un tiempo, los aeropuertos de Madrid e Ibiza habían sido escenarios de las más vibrantes despedidas.

Recuerdo como si fuese ayer la última en Ibiza. Cuando tuve que embarcar en un avión que dejaba atrás mi vida junto a él y parte de mi corazón en la isla para volver a Madrid al lado de Lucía por su enfermedad. Hubo momentos en los que pensé que esa separación iba a ser para siempre, pero finalmente el destino tenía otros planes para Javi y para mí.

Esa vez, el aeropuerto de Barajas iba a ser testigo de un precioso reencuentro, que no despedida, entre nosotros. Cuando salimos por la puerta de llegadas, tras haber recogido las veinte maletas que llevábamos cada una, las cuatro vimos su cara al otro lado del cristal.

Miraba el móvil para sentirse integrado con el resto de las personas que esperaban, pero no porque quisiera mirarlo, estaba segura de ello. Javi es la persona menos tecnológica que he conocido. Es capaz de tener un globito con doscientas notificaciones de WhatsApp sin leer y que le dé exactamente igual. Un psicópata, vaya.

—¿Nos llevará en el camión de bomberos? —oí decir a Lucía antes de abalanzarme en los brazos de Javi.

—¡Qué morena estás, niña! —dijo lanzándome un buen cumplido, de los que sabes que gustan, pero que no era cierto en absoluto. La realidad era que la única que había cogido algo de color era Laux.

—Oye, rubia, este tío te quiere de verdad. Dice que estás morena aunque estás transparente —se mofó Laux a grito pelado, consiguiendo con ello que todos los que esperaban apartasen la cabeza de su teléfono.

—¿Qué tal os lo habéis pasado? ¿Venís con muchas historias de las vuestras? —preguntó Javi.

—Traigo la maleta llenita de anécdotas... —respondí, nostálgica.

—Y de lo que no son anécdotas, guapa, que te pesa un quintal... —me espetó Lucía.

—La verdad es que ha estado muy bien —dijo Sara.

—Perdona, pero os he organizado un viaje perfecto. El Excel no engaña —dijo Laux haciendo un gesto de falsa modestia, echándose la melena a la espalda.

—¿Qué es eso del Excel?

—Nada, ya te lo cuento cuando lleguemos...

Javi fue dejando a cada una de mis amigas en sus casas y no, no vino en el camión de bomberos, para disgusto de todas. Mi madre hubiese dicho que fue soltando a cada mochuela en su olivo y no le faltaría razón. Recuerdo cuando mi amiga de la infancia, Lauri, siempre se quedaba hasta última hora en casa. Mi madre, justo cuando iba a preparar la cena, comenzaba a tirarle indirectas y alguna que otra directa. Mascullaba frases del estilo: «Niñas, habrá que ir cenando, ¿no?» o «¿Es que tú no tienes casa?» y, por supuesto, la más repetida: «Ya es hora de que cada mochuela se vaya a su olivo», instando a Lauri a marcharse, pero con un tono tan típico de madre que mi amiga siempre lo interpretaba con cariño.

Cuando llegamos a casa, fui directa a nuestra preciosa terraza. Había tablas desperdigadas por el suelo, tornillos y herramientas. Observé una caja muy grande con una foto de un balancín de madera precioso que estaba abierta a mordiscos.

—¿Te has estado peleando con el columpio?

—Ja, ja, ja, qué graciosa eres. Sabes que nunca se me ha dado demasiado bien lo de montar muebles...

—Hay otras cosas que se te dan mejor...

—Esta, sin duda, no lo es...

—Esta no, pero me encanta que hayas tenido el detalle de comprar este columpio. Yo lo montaré.

Javi me miró resignado ante aquella última frase tan lapidaria como verdadera. Se me daba bien montar cosas y aquella noche él no iba a ser una excepción.

Tumbados en el suelo aún con el calor propio del verano de Madrid, que ya se daba la mano con el otoño, observamos las estrellas y algún que otro avión de ruta comercial que nos ofrecía el cielo de forma gratuita. Cuesta asimilar que las cosas más bonitas de la vida sean gratis: contar estrellas, observar un atardecer, bañarte en el mar o besar a alguien. Lucía diría que tomarse un buen *gin-tonic* también lo es y vale una pasta, pero ese es otro tema. Somos muy poco conscientes de todas las cosas hermosas y gratuitas que tenemos cuando las damos por sentado. Cuando quise darle un beso de al menos cien euros a Javi —porque uno gratis se me quedaba corto para las ganas que tenía—, me di cuenta de que se había quedado dormido. Había estado reflexionando durante tanto rato mirando al cielo que él no había podido soportar mi constante inclinación a pensar demasiado antes de actuar. Eso sumado a las continuas idas y venidas de Ibiza a Madrid, que le estaban pasando factura y me atrevería a decir que con muchos impuestos.

Me incorporé y cogí el móvil para meterme un ratito en Instagram. Mi perfil había crecido exponencialmente en los últimos días y las personas que me leían se multiplicaban por miles sin que apenas hubiese tenido tiempo de asimilarlo. Cada día tenía cientos de notificaciones de mensajes privados y comentarios que había silenciado para no levantar las sospechas de las chicas durante el viaje, por lo que solo podía verlos cuando me metía en el baño de los hoteles.

Me agobié un poco, puesto que eran demasiados para lo que era capaz de abarcar en los ratos de intimidad que tenía para revisarlos, pero esa sensación se disipó rápidamente cuando iba leyendo las historias de tantas personas.

Me estaba muriendo de risa en silencio, o al menos eso creía yo, con la contestación de una chica a una de mis publicaciones, cuando Javi se despertó sobresaltado.

—¿De qué te ríes?

—Nada, de una cosa que he leído en Instagram... —dije con la boca pequeña.

—Qué coñazo son las redes... Bueno, anda, tú estate con el móvil lo que quieras, pero hazme cosquillas con la otra mano.

Tragué saliva. En el fondo, no me gustaba que Javi se refiriese siempre de manera tan despectiva a las redes sociales, pero tenía que intentar entender su postura ya que él no las usaba, no sabía nada sobre ellas. Por eso solo dije que era algo que había leído, sin más, pero ¿aquello que yo le había dicho se trataba de otra mentira piadosa o de una verdad a medias? Se me empezaban a acumular como los zapatos y los bolsos.

«No ha sido una mentira como tal, has dicho la verdad, te has reído de una cosa de Instagram, pero no has contado de cuál ni quién la había escrito», me consolé en una conversación conmigo misma que empezaba a tener demasiadas voces.

Siempre he pensado que las mentiras se acumulan de forma muy desordenada, como los táperes en el armario de la cocina. Por muy bien que intentes colocarlos, uno encima de otro, al final un día te explotan en la cara cuando abres la puerta de la alacena. En ese momento no me veía capaz de afrontar nada, por lo que acumulé una minúscula mentira más y cerré el armario de mi corazón de golpe para sostenerla antes de irnos a la cama.

Al día siguiente, Javi volaba a Ibiza porque le tocaba trabajar cuatro días seguidos. Sonó la alarma temprano y la pospuso. Volvió a sonar cinco veces más hasta que fue capaz de levantarse, algo totalmente fuera de lo habitual en él, que es de los que saltan de la cama con la primera, lleno de energía. Se le notaba cabizbajo, cansado. Me miró a los ojos como uno de los gatos de mi padre cuando quería pedir una lata de atún y por un momento incluso pensé que me iba a decir: «Mamá, me encuentro mal, hoy no quiero ir al colegio», pero no dijo nada. Durante más de un minuto solo sostuvo un silencio en el ambiente que rompió con un suspiro. Estaba claro que algo le preocupaba. Nos conocíamos demasiado bien como para saber leer las señales que hay entre las líneas de los suspiros y los silencios. Mientras se preparaba la mochila le pregunté, sospechando por dónde iban los tiros:

—¿Qué tal la convivencia con tu padre? ¿Estás bien?

—Bueno, son cuatro días, por suerte pasan rápido. Lo que me salva allí es tener cerca a la yaya. Por cierto, siempre me pregunta que cuándo irás, me dice que te echa de menos...

—¡Tengo muchas ganas de verla! Si quieres, te acompaño el próximo fin de semana que vayas...

Entré en su juego hablando de la yaya Catalina porque estaba claro que no quería tratar el tema de su padre. Nunca quería hacerlo y aquel día no iba a ser menos.

Hay conversaciones en la vida que jamás estamos preparados para tener. Esos temas con los que, al pensarlos, se te forma un nudo en el alma y crees que las palabras ni siquiera serán capaces de escalar por tu garganta. Y, en caso de hacerlo, se quedarían atascadas en un nudo que en muchas ocasiones solo se deshace con una lluvia de lágrimas. Y Javi nunca llora.

Ambos compartíamos un tema recurrente, nuestra figura paterna, pero desde dos polos completamente opuestos. Me apenaba mucho que cada uno tuviésemos una visión tan distinta de ellos, ya que yo adoré al mío y él... bueno, utilicemos un eufemismo para decir que no se llevaba tan bien con el suyo.

—Venga, siéntate un ratito que te he preparado el desayuno antes de que te vayas.

—Rubia, poner una caja de cereales en la mesa no es preparar el desayuno...

—¡No me quites mérito! He hecho café, tostadas y también te he pelado un kiwi...

—Pero si solo lo has partido por la mitad y me has puesto una cuchara al lado...

—Si te pones así de tonto, te frío un yogur y arreando. —Con aquella frase al menos pude arrancarle una sonrisa.

Corté el kiwi en cuatro, no sé muy bien cómo, y dividí por dos la negatividad del ambiente. Estaba tan ensimismada en aliviar el viaje de Javi, con lo que ello conllevaba, que no me di cuenta de que me había dejado el móvil con las notificaciones activadas y con sonido después de publicar una frase que siempre me ha hecho mucha gracia: «Madrugar es de guapas».

—Tienes el móvil que echa humo, más aún que el yogur ese que me ibas a freír... ¿Qué pasa?

—Nada, el Dramachat, que Laux ha soltado una barbaridad y están todas riéndose como locas.

Y ahí estaba mi primera mentira real y sólida con respecto a la Vecina Rubia. Donde hasta ese momento habían sido omisiones de información, ocultación de pruebas o verdades a medias, acababa de soltar mi primera mentira tangible. Tragué saliva, también mi propia mentira, y me puse roja como el tomate de las tostadas.

Recuerdo perfectamente una gran lección que me dio mi padre sobre las mentiras. Estábamos en el jardín de la casa que teníamos en la sierra, disfrutando de una tarde soleada. El césped acababa de brotar y lucía salvaje con un color verde brillante. Corría una ligera brisa que siempre caía de la montaña y arrastraba el olor del falso jazmín que mi madre regaba. Mis hermanos y yo habíamos discutido bastante aquel día. A veces me sacaban de quicio, sobre todo cuando ambos se unían contra mí. Habían cogido entre los dos a mis muñecas y les habían cortado el pelo. No las puntas, no, la melena entera. Se había gestado una tragedia mayor que cuando yo me repaso el flequillo sola tras jurar que jamás me lo voy a volver a cortar. Encima lo habían hecho con una Barbie de pelo rizado que había pasado a parecer una lechuga. En venganza, escondí en el garaje un camión de bomberos que ellos adoraban (paradojas de la vida).

—Papá, nos ha escondido el camión de bomberos y ahora no podemos jugar —dijeron al unísono, coordinados como si fueran siameses, además de dos acusicas.

—Yo no he sido —repliqué con tanta vehemencia, mintiendo con tal desfachatez que incluso yo misma me lo creí.

—Si vuestra hermana dice que no ha sido, es que no ha sido. ¿No será que lo habéis puesto en otro sitio y no recordáis dónde? —les preguntó mi padre a mis hermanos.

Pensé que mi padre me estaba echando un cable tremendo. Ellos refunfuñaron, cambiaron de juego y pronto se dieron cuenta de que también les había escondido algunas piezas de un puzle.

—Papá, pero es que también nos ha escondido las piezas del océano Atlántico y así no podemos completar el mapa —añadió mi hermano mayor, señalando su obra incompleta.

—Yo no he escondido nada, ya os lo he dicho —me reafirmé en mis propias palabras con una solvencia que me haría merecedora de un Goya a la mejor interpretación.

—Venga, poned las del Pacífico, que, total, nadie lo va a notar.

Me reí para dentro ante la mirada de odio de mis hermanos y entonces mi padre se dirigió a mí:

—Confío en ti, señorita, porque sé que no sueles mentir, pero sé que me has roto la corbata que me compré el otro día y...

—¡No, no! ¡Eso sí que no lo he hecho yo! —le interrumpí indignadísima.

No hizo falta que nadie me dijese nada para darme cuenta de que yo sola me había autoinculpado en las anteriores mentiras con ese «eso sí que no lo he hecho yo». Me puse a llorar, enfadada conmigo misma. Ya no solo por haber metido la pata, ni mucho menos, sino porque fui consciente de lo que había hecho y me sentí fatal. Me deshice en disculpas, intentando enmendar mi error, mientras que mis hermanos me miraban sin pronunciar palabra. Entonces, mi padre me dijo algo que no olvidaré nunca: «Las mentiras hacen daño. No solo a los demás, sino también a ti misma».

No puedo decir que desde aquel aprendizaje de la mano de mi padre no hubiera vuelto a mentir, pero puedo afirmar que me hizo ser plenamente consciente de aquella lección y valorar el alcance que puede tener una mentira por insignificante, ridícula y minúscula que sea. Aquella tarde terminé el puzle con mis hermanos y no volví a esconderles nada: ni juguetes ni palabras.

4
Las dudas infinitas

¿Quería ser yo la Vecina Rubia?

Quise creer y, sobre todo, autoconvencerme a mí misma, como ya había hecho durante el viaje con mis amigas, de que haber mentido a Javi tampoco era tan grave, así que, al menos en ese momento, decidí dejarlo pasar y me centré en despedirme de él.

—No te has ido y ya estoy deseando que vuelvas —dije mientras le rodeaba entre mis brazos con todas mis fuerzas, sin dejar espacio para ninguna mentira en aquel abrazo.

—Yo también —respondió antes de respirar hondo y salir por la puerta.

Se notaba que era un suplicio para él tener que ir a vivir a casa de su padre cuando le tocaba trabajar en Ibiza. A decir verdad, me sentía algo culpable de la situación porque su casa, aquella fabulosa casa al lado de la yaya Catalina, con su huerto, sus olivos y preciosas paredes blancas, se encontraba alquilada para que pudiésemos pagar entre los dos la renta del ático en Madrid con mucho sacrificio y esfuerzo, pero todo merecía la ilusión, que no la pena, con tal de estar juntos.

Me quedé en la puerta unos segundos, cerré tras sus pasos y me disponía a alejarme de la entrada cuando oí que Javi hablaba con alguien mientras esperaba el ascensor. Ni corta ni perezosa, mi vena fisgona me obligó a ponerme de puntillas para echar un vistazo a través de la mirilla. Sí, tengo una enorme vena fisgona que haría las delicias de cualquier enfermera y que, llegado el momento, toma el control tanto de mi cuerpo como de mi mente, obligándome a cotillear de la misma manera en la que a veces tengo unas voces en mi interior que me obligan a comprar zapatos y libros.

A pesar de que la mirilla estaba especialmente más alta que en otras casas en las que he vivido y de que me costaba asomar el ojo por ella, pude ver que al lado de Javi había una señora rubia, mayor, elegante, vestida con un puntito de extravagancia, destilando mucha seguridad en su forma de moverse y de pronunciar las palabras. Era la vecina de enfrente. «La vecina rubia», pensé, y me reí con ganas, pero en silencio tras la puerta, pensando en aquella coincidencia cósmica. Una coincidencia que tuvo su gracia hasta que la escuché dirigirse a Javi.

—¿Dónde va este morenazo tan temprano?

—Hola, Ramira. Pues vuelvo a Ibiza, que me toca trabajar allí toda la semana.

—¿Hay museos allí?

—¿En Ibiza? Sí, hay alguno. ¿Por?

—Porque deberías estar allí expuesto.

—Ja, ja, ja, qué cosas tiene. ¿Baja?

—Sí. ¿Otra vez te ha dejado solo tu mujer?

—No es mi mujer, es mi novia.

—Mejor. No tiene por qué pasar.

«Pero ¿y esta señora?», pensé.

El ascensor se abrió justo cuando estaba a punto de salir al rellano para marcar territorio, como una adolescente de dieciséis años, pero me convencí a mí misma de que la vecina rubia no solo no era peligrosa, sino que además tenía un desparpajo que en el fondo me había arrancado una sonrisa. Y a la Vecina también.

Por suerte, aquella mañana seguía de vacaciones. Siempre reservaba un par de días después de la llegada para aclimatarme con calma. Soy de esas personas que no pueden entender a quienes, después de pasar quince días de total desconexión, son capaces de enfrentarse a la dura realidad de volver al trabajo al día siguiente de su vuelta. Yo prefería acomodar la maleta, mi cuerpo y mi mente en una especie de transición progresiva para no acabar con síndrome posvacacional en grado diez desde el primer minuto. Me senté en el sofá y observé cómo la luz entraba por la ventana de la terraza y manchaba la pared. Paz y armonía a primera hora de la mañana mientras bebía mi café matutino y miraba mis redes sociales con libertad, aprovechando que estaba sola. Un oasis de quehaceres comunes y tareas rutinarias, cuando de repente sonó el timbre. Pensé que quizá Javi se había olvidado algo, pero no, era Pol. Me extrañaba que hubiese venido tan pronto entre semana, algo que, sinceramente, me trastocó un poco el plan que mi mente había diseñado esa mañana para mí.

—¿Y esto? ¿Qué haces aquí tan temprano?

—Hija, pues vengo a hacerte una visita, a regarte las plantas, a tirar un boli por la ventana, las típicas cosas que hago yo.

Ciertamente, por mucho que renegara de su visita era imposible no reírse con Pol o no disfrutar de su compañía. Habían pasado pocos meses desde que me había ido a vivir con Javi, dejando atrás mi antiguo piso, y de mi anterior vida echaba mucho de menos las visitas nocturnas de mi vecino. Pol siempre había sido un apoyo para mí desde que me independicé tiempo atrás y sus cigarrillos nocturnos en mi ventana a la luz de las confidencias nos habían hecho inseparables. Incluso me sentí un poco mal por haber pensado que prefería el móvil a estar con él. Noté de nuevo, lo cual era ya un primer aviso recurrente, que el tema de la Vecina me estaba apretando en el pecho de vez en cuando, más en cuando que de vez, y no me refería a la vecina Ramira precisamente.

—¿Qué miras? ¿Tengo un pene dibujado en la cara o qué? —me preguntó.

—Perdona, es que me he quedado pensando en otra cosa —respondí, alejando la conversación de mi mente.

—¿Qué tal las vacaciones?

—Liberadoras.

—Me encanta veros así.

—¿Morenas? —vacilé.

—¡Libres!

Desde luego, Pol tenía el don de la palabra y no solo para la broma correcta, sino también para ofrecer confort en el momento adecuado.

—¿Esa frase la traías ensayada? No ha sonado natural —dije en tono de broma.

—Sí, claro. Solo quería que me reconocieras el mérito que tiene ser el amigo que siempre dice lo que necesitas escuchar —respondió siguiendo la clave de humor.

—Ya me parecía que era impostado...

—Es que últimamente he tenido mucho tiempo para ensayar... Demasiado tiempo.

Y ahí estaba el motivo de su visita. Le conocía como a mí misma y, si yo hubiese soltado esa frase de cierre, hubiera sido porque algo habría revolucionado mi mundo y necesitaría contárselo a alguien de confianza.

—¿Qué te pasa? —le pregunté al instante con aquel sexto sentido de intuición que me caracterizaba.

—¿A mí? ¿Por qué me va a pasar algo? —contestó.

—No sé, ¿porque son las nueve menos cuarto de la mañana de un lunes y tus visitas suelen ser a partir de las ocho de la tarde?

Pol me miró y sonrió con cierta incomodidad.

—¿Qué pasa, Pol? —pregunté por segunda vez, más preocupada.

—Me he cogido unos días libres en el trabajo.

—¿Y eso?

La seriedad en su rostro, nada habitual en él, y su tono de voz hicieron que me diera cuenta de la gravedad del asunto. Dejé el espacio y el tiempo suficientes para que siguiese hablando. Sin presionarle.

—Recuerdas que no he podido siquiera coger vacaciones este verano, ¿no?

—Sí, me hablaste de una reestructuración o algo así...

—Una reestructuración hubiese sido algo agradable comparado con cómo se han puesto las cosas. En los últimos meses, en mi departamento se han vuelto locos con los objetivos y hace unos días estuve a punto de petar. Es como si la crisis y el miedo hubiesen entrado de repente por la puerta de la oficina como un elefante con la polla enorme, perdón, con la trompa, revolviéndolo todo.

—Pol, si pones esos ejemplos no puedo tomarte en serio.

—Pues tomémonos un vino.

—Aún no es la hora socialmente aceptada para hacerlo...

—Bueno, pues un café. He traído un par de cruasanes.

—Yo no puedo, que llevan gluten...

—No, si los he traído para mí —dijo esbozando una sonrisa diabólica. Ni en un momento así podía dejar de ser Pol.

—Bueno, descansa estos días, desconecta del curro y seguro que cuando vuelvas te encuentras mejor. Tengo hoy y mañana libres, por si quieres que nos despejemos juntos —le ofrecí.

—Te lo agradezco porque me cuesta bastante desconectar.

—¿Y eso por qué?

—Porque creo que me van a echar del trabajo en cuanto vuelva.

La frase sonó tan sólida que cayó al suelo como un saco de arena.

—¿Has hablado con Jaume de esto?

Pol sorbió de la taza antes de contestar:

—Si por hablar entiendes discutir, sí, he hablado con Jaume.

Sabía que se estaba escudando en su retórica habitual, pero me di cuenta de que se le estaban juntando demasiadas cosas y no estaba sabiendo gestionarlas. En esos momentos, que no me costó identificar, todo parece confabularse para que no haya ni un destello positivo al que agarrarte. No hacía falta mucho más para entender el motivo de aquella visita a primera hora de la mañana. Así que abracé a Pol y le ofrecí lo que necesitase de mí, incluso aquel vino, si quería.

Pol estuvo en casa toda la mañana mientras mi móvil no paraba de escupir notificaciones por mi publicación de la noche anterior, así que lo puse en silencio y boca abajo para dedicarle toda la atención a mi amigo.

Hablamos —más bien me habló y yo le escuché— de todo lo que le preocupaba en aquel momento, que no era poco. De los tiempos tan convulsos que estábamos viviendo, de la inestabilidad en el trabajo, de la autoexigencia que nos imponemos y de la imposibilidad de conciliación entre la vida laboral y personal. Si a eso le sumas una recesión, la vida se torna de un color turbio con visos de desembocar en un ERE en su empresa, en concreto en su departamento, donde según él se habían comprado muchas papeletas para el sorteo del despido. Además, Jaume no estaba siendo, ni de lejos, el apoyo que Pol necesitaba.

—¿Y qué pasa con Jaume? Siempre habéis sido una pareja muy fuerte... —pregunté.

—Pues ya no —respondió contundente—. Nunca tiene una palabra amable, rubia, todo lo contrario. Si yo digo blanco, él dice negro. Si espero un «sí», me viene con un «no». No se puede vivir siempre a la defensiva. Es desesperante.

Pol respiró profundamente y soltó el aire con fuerza. Estaba visiblemente cansado.

—Estoy agotado. Si no te importa, no quiero hablar más del tema. No quiero que nos salpique más el pesimismo de Jaume y de mi entorno. No hay nada más contagioso que la negatividad...

—Anda, idiota, si tú transmites de todo menos negatividad... Puedes seguir desahogándote todo lo que quieras...

—Nada, ya está bien por hoy.

—¿Hay algo que pueda hacer por ti? —ofrecí mientras le tendía la mano como podía para sacarle del pozo de negatividad furibunda en el que se hallaba.

—Claro que puedes hacer algo, empezando por ponernos ese vino, que a lo tonto ya es la una y media. Y también puedes mirar de una puñetera vez el móvil que, o tienes un consolador debajo de la mesa o una chicharra, porque no para de vibrar...

Las chicharras otra vez. Qué coincidencia que Pol las mencionara después de nuestro viaje...

—Son las chicas, que están de un pesado en el Dramachat...

Repetí aquella frase de nuevo, sosteniendo la misma mentira que le había soltado a Javi a primera hora de la mañana, como si de una costumbre rutinaria se tratase. Lo bueno era que, al menos, ya la tenía ensayada y cada vez sonaba más natural. ¿Si sueltas dos veces la misma mentira cuenta como que solo has dicho una o cuenta doble...?

—A mí no me engañas, rubia. Lucía hoy tenía revisión y pasaba la mañana entera en el hospital, Sara está en una videoconferencia desde las once y Laux te hubiese llamado antes de ponerte cien mensajes y, además, me atrevería a decir que Javi tampoco es porque sé que está camino de Ibiza.

Menudo control. Desde luego, era un tipo organizado para según qué cosas. Ni yo misma manejaba tanta información útil de mi entorno y de mis amigas incluso después de pasar diez días juntas.

—¿Me vas a decir quién es o vas a seguir con esa cara de musaka griega que me traes del viaje? —inquirió Pol.

Me quedé sin palabras. Para mentir bien hay que tener cierta soltura, buena memoria o la nariz de madera... Atributos de los que carecía. Seguí muda, mientras Pol continuaba con su interrogatorio.

—No tendrás un ligue por ahí y le estás poniendo los cuernos a Javi, ¿no?

—¡Qué dices, hombre!

—O peor aún, te has infiltrado en un grupo de yoga de mamis sin ser tú una mamifit de esas.

Me vi contra la espada y la pared. Una pared con un papel pintado precioso, por cierto. Me entraron muchas dudas. Había creado tal círculo de mentiras a mi alrededor que yo misma estaba empezando a dudar de si aquello merecía tal ejercicio de ocultación. ¿Realmente quería ser yo la Vecina Rubia? ¿Quería guardármelo todo para mí? Estaba harta de tanta mentira y respondí, por primera vez aludiendo a esa pregunta directa, una verdad:

—Son notificaciones de Instagram. Es que me creé un perfil hace tiempo y tengo algunos seguidores... —dije con sutileza, esperando que el tema se desviara, pero no, con Pol era imposible. Seguía percutiendo.

—Bueno, bueno, que la rubia ahora se cree una estrella de las redes porque tiene seguidores. ¿Cuántos tienes? ¿Cinco? ¿Diez? ¿Son guapos? Alguno será gay, ¿no? Porque lo mío con Jaume...

—Por ahí, por ahí, alguno más, quizá... —dije.

—¿Mil?

Hice un pequeño gesto desaprobando la cifra, avergonzada.

—¡Venga ya! ¿Cómo vas a tener mil!

—Más de un millón...

Pol se quedó blanco antes de lanzar su siguiente frase.

—¡Qué dices? A ver, déjame verlo.

Nueva prueba de fuego relacionada con mi yo virtual. Y ya eran demasiadas en las últimas semanas, cuando todo se me empezaba a escapar de las manos. El primer reto al que tuve que enfrentarme fue en aquella playa de Mykonos y salí airosa. Intenté pensar rápido cómo solucionar aquel entuerto, pero los ojos de Pol, abiertos como platos, y la energía positiva que derrochaba después de todo por lo que estaba pasando, abrieron las puertas de mi debilidad para atreverme a contarle mi mayor secreto. Cogí el móvil y, un tanto temerosa y avergonzada, le mostré mi perfil.

—No puede ser... —dijo con voz tenue mientras dejaba caer su cuerpo sobre el sofá como un peso muerto.

Continuó hablando, dado que yo seguía muda:

—Si soy superfán... Pero si cada mañana leo tus frases en la oficina e incluso con Jaume y nos descojonamos siempre...

—Tampoco es para tanto...

—¡Cómo que no? Tengo una amiga en la oficina que va a flipar cuando se lo cuente. De hecho, ¡la voy a llamar para que la saludes! —dijo mientras comenzaba a sacar el móvil del bolsillo.

—¡Ni se te ocurra! —le grité—. Tan fan no serás, si no te has dado cuenta de lo importante que es para mí ser anónima...

Pol detuvo la exaltación por momentos.

—A ver, es que no doy crédito a que seas tú. ¡Que te siguen los famosos más famosos con los que yo me acostaría cada noche de mi vida!

—Pol, déjate de tonterías, por favor. No se lo puedes contar a nadie, ¿me oyes? A nadie. Ni siquiera a Jaume.

—Has hecho bien, rubia, sin lugar a dudas me conoces y sabes que soy la persona adecuada para guardar un secreto...

Según soltó aquella frase, una sonora carcajada propia de una villana de Disney retumbó en la sala.

—¡Pol! No sé si es una broma o es que no estás entendiendo el daño que me estás haciendo con esto —respondí seca y directa.

Aquella frase cambió su gesto y por fin entendió la importancia que entrañaba para mí el anonimato y todo lo que había detrás del perfil. En ese momento, el que se quedó mudo fue él.

—Eres la única persona que lo sabe. Ni Javi, ni Lucía, ni Laux, ni Sara, ni mi madre... No hagas que algo tan personal y privado se convierta en un problema para mí, por favor. No me hagas pasar por esto...

Pol me miró fijamente, sintiendo en primera persona lo nerviosa que me estaba poniendo. Era la primera vez que lo compartía con alguien y no esperaba una reacción así, sintiendo que escapaba a mi control.

—Perdóname, rubia —dijo Pol muy sincero—. Es que pensé que sería genial que todo el mundo lo supiera.

—No es lo que quiero —respondí como un resorte—. Si de algo me he dado cuenta en este tiempo es que lo importante no es quién está detrás del perfil, sino el mensaje.

Creo que en esa frase se resumía todo lo que llevaba rumiando en mi cabeza durante aquellos meses.

—Entendido, no hay nada más que hablar. No volveremos a hablar de esto nunca más —dijo mientras se abalanzaba sobre mí para darme un abrazo—. ¿Puedo hacer las últimas bromas antes de irme?

—Venga, va...

—¿No se lo puedo decir a nadie entonces?

—No, Pol, nunca, júramelo.

—A ver, te lo juro, pero...

—Pero nada. Júramelo por algo importante.

—Te lo juro por que se me caiga el pene al suelo.

—Eres idiota.

—Pues ya está. Dicho esto, cariño, y no te lo digo porque haya descubierto que mi amiga es... bueno, lo que sea, quiero que sepas que valoro mucho lo que haces, ¿sabes? En algún momento he pensado que esos textos tienen una sensibilidad especial. No se lo digas a nadie porque tengo una reputación que mantener, pero ahora que sé que cuando hablas de tu padre es de tu padre... Joder, rubia, no sabes cómo me tocas la patata cuando escribes, coño —concluyó, visiblemente emocionado, contagiándome de aquel sentimiento.

—Gracias, Pol. Una de las cosas por las que no quería contárselo a nadie era para seguir siendo libre mientras escribo.

—Y haces muy bien, pero... ¡el otro día saliste en la *Cosmopolitan* por aquel tuit que se te hizo viral! Joder, ¡que mi amiga sale en las revistas!

—Pero no se lo puedes contar a nadie... —le recordé.

—Joder, rubia, ¡pero es que esto es como comprarte un Ferrari para tenerlo en el garaje!

—Ja, ja, ja, menuda comparación, Pol.

—Es que es así, rubia. Eres un cochazo y quieres ir por la vida como si fueses un Seat Panda.

—¿Y qué tiene de malo? Un coche pequeño, cuqui, que no llama la atención... Me parece que va mucho más acorde con mi forma de ser para salir a la calle.

—Por cierto, hablando de salir a la calle, al llegar me he cruzado con Javi bajando. Iba con una señora rubia colgada del brazo.

—Sí... es la vecina, que le está tirando los trastos.

—¿La vecina rubia le está tirando los trastos al novio de la Vecina Rubia? Qué ironía de la vida.

Ambos estallamos en una carcajada y toda la angustia que se había gestado en mi pecho desapareció por un instante. Qué necesario es verbalizar lo que nos pasa...

—Gracias por este ratito, rubia.

—Gracias a ti, Pol. No sabes cuánto necesitaba contárselo a alguien.

5
Qué bien se está cuando se está bien

Con pasos pequeños
también se recorre el mismo camino.

Einstein decía que solo hay dos tipos de personas: las que creen que todo es un milagro y las que creen que nada lo es. Mi padre tenía, en cierta manera, esa mentalidad; sostenía que hay dos tipos de personas para todo: las de playa y las de montaña, a las que les encantan los áticos y las que adoran los bajos, las que ponen veintisiete alarmas para despertarse y las que lo hacen solo con una...

Siempre he considerado que el hecho de aseverar que solo puede gustarte una cosa u otra es un enfoque muy pretencioso y reduccionista, ya que no todo son extremos en la vida, y no siempre tienes que posicionarte de un lado o de otro. Además, algo que es importante y que a menudo la gente olvida es que el hecho de que te guste la playa no significa que no te guste la montaña. Es como tener que elegir entre tacones y sandalias planas o entre libros románticos y *thrillers*. Es imposible e innecesario. Todo tiene su momento y su lugar.

Como buena libra, siempre me ha costado elegir entre varias opciones y solo tomo cartas en el asunto cuando la toma de decisiones viene precedida de una amenaza de muerte o se trata de una cuestión de Estado. Sí, como diría mi padre, hay dos tipos de persona: las resolutivas y las que dudamos más que respiramos.

Por eso aquel día me tomé mi tiempo para responder a la pregunta de Laux:

—¿Tú eres más de otoño o de primavera?

—No sé. Siempre he sido más de verano... Del otoño me encantan los colores de las hojas y la vuelta a la rutina, pero del invierno también me gusta estar en casa con la mantita...

Laux me interrumpió poniéndose los dedos en la boca para silbar.

—Pues menos mal que te he preguntado algo sencillo con dos posibles respuestas de una sola palabra... Madre mía, no quiero saber la chapa que me hubieses dado si llego a preguntarte por el uso de la tilde diacrítica.

—Ja, ja, ja, qué tonta eres. ¿A qué viene esa pregunta?

—Tía, pues viene a que se me ha pasado el verano volando y hace un fresquisss que no veas en cuanto empieza a irse el sol...

Otra vez la ese líquida de Laux, que nos había metido de lleno en esa sensación de que el otoño había llamado a nuestra puerta casi sin darnos cuenta. Atrás quedaba la mudanza al ático con Javi, la remisión de la enfermedad de Lucía, el reencuentro con Nacho, las vacaciones en las islas griegas y todo lo que había sucedido durante aquel año para lo cual necesitaría al menos un par de tintos de otoño, si quería recordarlo con detalle. Era tanto y todo tan intenso que costaba echar la vista atrás. En esos momentos mi madre suele decir que es mejor tirar hacia delante, ser consciente del momento que vives y de esa forma saborear su famosa frase: «Qué bien se está cuando se está bien». No hay mayor verdad en el mundo. No hay lección más sabia.

Habíamos mantenido la tradición de quedar todos los jueves en nuestro bar de cabecera. Creo que todos los grupos de amigas deberían tener uno, un lugar acogedor que haya escuchado las mejores anécdotas juntas, que haya sido testigo de las peores caídas, cómplice de las noches inefables, lugar de encuentro para planear próximos viajes y consuelo en las tardes menos amables.

Y allí, entre sus paredes o sentadas en las sillas de aluminio de su terraza, habíamos descubierto desde las infidelidades de Álex hasta la importancia de celebrar cada momento de la vida juntas sin perdernos ni uno.

Nuestro bar está muy cerca del hospital en el que trabaja Laux, por eso ella casi siempre llega la primera. Por eso y porque es una psicópata de la puntualidad, lo cual quizá influya un poquito también.

—Adiós, Laura, ¿te veo mañana?

Un chico alto, calvo, con algo de barbita, de ojos color mojito intenso se despidió de ella.

—Sí, esta semana estoy de tarde —contestó mi amiga con algo de desdén mientras él se alejaba.

—¿Quién era?

—Un enfermero de mi planta. Ha llegado nuevo hace un par de semanas y es muy majo.

Lucía acababa de llegar y ambas nos miramos extrañadas ante la sequedad y la indiferencia que mostraba Laux, tan impropias en ella. Recapitulando, me di cuenta de que ya en Grecia, a pesar de su verborrea y tonteos varios, no se había mostrado receptiva ante nadie en ningún momento.

—¡Pues está buenísimo! —dijo Lucía mandando una clara señal de respuesta.

—¿De quién habláis? —preguntó Sara, que llegaba la última, mientras se acomodaba en la silla metálica a la que nuestros culos se habían acostumbrado con el paso de los años.

—Del nuevo ligue de Laux. ¿Sabemos ya de qué signo es, por cierto? —dije, pretendiendo alargar la conversación.

—Nada de eso, rubi —negó Laux tajantemente—. Ni es mi ligue ni lo va a ser. Punto pelota. ¿Podemos hablar de algo más interesante que no sea liarme con cualquier tío bueno que pasa por mi lado?

Todas hicimos un pequeño silencio ante aquella respuesta de Laux que no dejaba espacio para bromas.

—Claro que podemos. De hecho, os he traído un regalito —dijo Lucía cambiando de tercio.

—¿Un regalito? ¡Me interesa! —exclamó Sara.

Lucía sacó de una bolsa cuatro ejemplares ya editados de la que era, al fin, la primera edición de su primera novela.

—¡La primera edición definitiva de mi libro! —dijo Lucía, emocionada.

—¡Por fin! —gritó Laux, integrándose de nuevo en la conversación.

—La portada es preciosa —comenté nada más verla.

—Sí, tiene un puntito a esas películas del asesino del zodiaco americanas, pero con ese toque castizo español de los noventa —dijo Lucía emocionada.

—Me encanta el tacto de las páginas y el olor a libro nuevo —añadí.

—Habrás corregido todas las faltas que había en el borrador para que a la rubia no le sangren los ojos, ¿no? —preguntó Sara con inocencia, quedando fulminada por la mirada de Lucía a modo de respuesta.

—¡Chiqui! Por favor, póngannos por aquí dos sillas de la RAE y quítenos estas de aluminio para estas dos eruditas —dijo Laux fiel a su estilo—. Creo que a ti, rubia, te viene bien la pe de putilla y la zeta de zorra la reservamos para nuestra amiga Sarita.

—Oye, oye, que yo no he dicho nada, que a mí el borrador me encantó. Incluso con esa hache que le pusiste a «ermita» —añadí siguiendo con la broma.

—«Ermita» debería llevar hache y de esa burra no me va a bajar nadie. Bastante que quité todas las tildes de «solo»...

—Bueno, bueno... Vayamos a lo importante —interrumpió Sara—. ¿Cómo estás tú, Luci? Debe de ser emocionantísimo saber que pronto estará en todas las librerías, ¿no?

—Estoy en una nube. Tanto tiempo escribiendo para revistas de viajes, tanto tiempo soñando que este día llegaría y al final...

—Ya solo te queda tener un hijo y plantar un pino, ¿no? Aunque antes venías del baño, ¿verdad? —dijo Laux guiñándole el ojo.

—Ja, ja, ja, qué cerda eres —repliqué.

—Imposible. Soy de las que no pueden hacer caca fuera de casa —dijo Lucía entre risas.

—¡Nooooo! Por favor, paremos esta conversación ya.

—¿No te gusta hablar de caquita? —le insistió Laux a Sara, incomodándola, mientras las cuatro nos reíamos a pleno pulmón, sosteniendo en las manos aquella obra de arte que era el libro de nuestra amada amiga. El esfuerzo de un proyecto de vida.

—La verdad es que si no fuera por estos momentos sería por otros —dije cerrando la conversación con las últimas risas de la tarde.

—Tengo mucho que agradeceros —dijo Lucía sincerándose—. Si no hubiese sido por vosotras y por Nacho... Por cierto, hablando de Nacho, tengo un notición que daros...

Si nuestras cabezas se hubiesen vuelto transparentes, cualquiera que hubiera estado sentado en aquel bar hubiese podido leer en nuestras frentes las palabras «embarazo» o «boda», dado que no tengo pruebas, pero tampoco dudas de que las tres pensamos lo mismo, a pesar de ser un tópico. Aunque quizá Sara, a la que le gusta vivir en su mundo paralelo, no lo vio de la misma forma.

—¿Vais a adoptar a un perro? Me acaba de entrar uno con una cara de bueno en la protectora... —preguntó Sara, mientras Laux y yo pensábamos qué vestido nos pondríamos en la boda del año.

—¡Pero dame tiempo para elegir el vestido! —dijo directamente Laux.

—¿Qué dices, loca!

—¿No os vais a casar? —añadí, lanzándome a la piscina.

—¡Nooooo! ¿Casarme yo? Qué va, nos vamos a vivir juntos. Hemos alquilado un bajo precioso casi en el centro con un patio increíble.

Tenía razón Einstein, hay personas que aman los bajos y otras los áticos. ¿O no era eso lo que decía? El caso es que cuatro meses después de que Javi y yo decidiéramos irnos a vivir a un pequeño ático, Lucía se marchaba con Nacho a un peculiar bajo con un bonito patio. Qué mejor ejemplo podía encontrarse entre las dos, cada una con sus gustos dispares, tan distintas y sin embargo tan hermanas... Dicen que los polos opuestos se atraen y aunque todo el mundo se lo lleva al terreno del amor, yo creo que también pasa con las amistades. Lucía nos hacía mucho bien y la vida le estaba devolviendo parte de todo lo que le robó por un tiempo y por partida doble: a través del libro y de un nuevo comienzo con Nacho. Y nosotras éramos afortunadas por estar allí con ella celebrando y brindando por la vida, por la nueva normalidad de la que por fin estábamos disfrutando.

—Oye, pues ahora que vas a tener una casa con patio, no tienes excusa para no adoptar a un perro precioso con cara de bueno...

—No sé si estoy preparada para cuidar de otro animal que no sea yo misma —respondió Lucía.

—No sabes el bien que te haría —insistió Sara.

Yo estaba de acuerdo con Sara. Tener un animal en casa es un aprendizaje en la mayoría de los casos y una experiencia de vida por la que todos deberíamos pasar. Nos haría más humanos, sin duda.

—Oye, una cosa, por cierto, tienes barro en la cara, Sara... ¿o es roña? —le preguntó Lucía, aprovechando los derroteros que había tomado la conversación.

—Será barro... Hoy ha llegado un perro sucísimo a la prote. Lo he tenido que bañar con la manguera y de paso me ha bañado él a mí también... —respondió Sara entre risas, seguramente recordando el momento.

Se le notaba un brillo especial cuando hablaba de la protectora en la que colaboraba y de sus animales. Se le veía tan feliz que en cierto modo me daba hasta envidia, de la sana, claro. También admiraba su entereza; debe de ser muy duro volver a casa cada tarde sin llevarte a cada uno de los animales que cuidas. Nos contó que al principio le costaba mucho, pero si quería seguir ayudándoles, la mejor forma de hacerlo era protegiéndose con una especie de escudo para entender que no podía salvarlos a todos ni mucho menos llevárselos a casa. Comprendió que dedicarles varias horas al día ofreciendo el cien por cien de sí misma era todo lo que tenía para ellos y aquello, creedme, era muchísimo.

—¿Estás yendo entre semana también? —le preguntó Laux.

—Sí, además de los fines de semana voy martes, miércoles y jueves.

—Parece un trabajo...

—Es que es un trabajo y me encanta. Es mi vía de escape. Estoy deseando siempre tener horas libres para ir allí. Es lo que me hace evadirme del otro trabajo.

—¿Qué tal estás? ¿Sigue tu jefe igual de intenso desde que llegaste? —le pregunté recordando su angustia durante las vacaciones en Grecia.

—Bueno, últimamente la relación con él es insoportable. Parece como que me tiene cierto rencor y me hace la vida imposible —dijo Sara con una tristeza que parecía abrir la ventana de su corazón justo cuando estaba a punto de llover.

Siguió hablando al punto del llanto, algo raro en ella, ya que por lo general le costaba exteriorizar sus sentimientos.

La vida no era justa ni para los perros que acababan en una protectora ni para una persona con el corazón tan puro como Sara. A veces pienso que siempre le ha faltado esa chispa de suerte que todos tenemos en algún momento de la vida.

—Creo que se me insinuó una vez y está ofendido porque le rechacé. Su ego masculino le impide aceptarlo.

—¿Se lo has dicho a Marcelo?

—Sí, pero no le ha dado importancia. Ahora está obsesionado con el dinero. Dice que van a venir las vacas flacas...

—¿No serán las vacas gordas? —dijo Laux—. Porque creo que llevamos con las flacas hace ya unos años...

Sara se rio ante aquel apunte sobre las vacas, destensando su rostro en una conversación bastante incómoda para ella. No sabíamos cómo ayudar a nuestra amiga, más allá de escucharla.

A veces no necesitas que nadie te dé un consejo porque, en el fondo, solo nosotras mismas somos conscientes de cuánto hemos caminado y sobre qué calzado para llegar donde estamos ahora. A veces solo necesitas hablar del camino en el que te encuentras o incluso sentir que tienes a alguien cerca mientras avanzas. Y ahí estábamos nosotras, de la mano, unas al lado de las otras para hacernos el camino más fácil.

—Anda que no nos ponemos sensibles los jueves, ¿eh? —dijo Sara intentando cerrar esa parte de la conversación.

—Y románticas, *jodías*, que anda que no nos gusta a todas el rollo romanticón, por mucho que digamos.

—¡Hay que poner de moda el romanticismo entre amigas! ¿Quieres una flor, Laux? —le pregunté.

—Sí, por favor, que estoy harta de tanto capullo...

Aquella frase sonó maravillosamente como cierre, antes de que Lucía sintiese cerca la presencia de Nacho.

—Ahí llega mi madurito interesante —comentó Lucía, dirigiendo la mirada hacia la calle.

—¿Estáis ya en ese punto de la relación en el que os ponéis motes ridículos? —le pregunté.

—Sí, y estoy encantada. Le están saliendo canas y tiene esa pinta.

—¡Madurito! ¡¡¡Aquí, madurito!!! —gritó Laux haciendo señales desde la silla.

—¡Calla, loca, que él no lo sabe! —dijo Lucía susurrando mientras le agarraba el brazo para que no lo agitara en el aire.

—¡No jodas! —espetó Sara.

—Aún no le he dicho que lo llamo así.

—O sea, para que nos quede claro, tienes un código con él en plan cariñoso sin que él lo sepa. Es como algo para tu disfrute personal, ¿no? —apuntó Laux.

—Exacto.

—Tú no estás bien de la cabeza...

—¿Quién no está bien? —dijo Nacho al llegar a la mesa.

—Sara, que hoy ha comido barro y le ha sentado mal —respondió al instante Lucía, desviando el tema.

—Ha sido una fruta que estaba algo «madurita»... —dijo Sara mofándose mientras todas nos reíamos cómplices y Lucía le tiraba a la cara los pocos anacardos que quedaban del aperitivo para que se callase.

Nacho y Lucía se marcharon de la mano, Sara se despidió a la vez que se metía en su pequeño coche lleno de fango, mientras que Laux y yo emprendimos por inercia el camino de vuelta que nos dirigía hacia su casa y que tantas otras veces habíamos recorrido cuando vivíamos juntas.

—¿Cenamos en casa por los viejos tiempos?

—¡Y por los nuevos! —le dije.

Cuando Laux abrió la puerta de su apartamento me invadió la nostalgia en forma de perfume a varitas del ambientador de bambú que siempre utilizaba y que yo misma también había comprado, intentando embotellar aquellos recuerdos para tenerlos conmigo cuando la echaba de menos. Entendedme, era inmensamente feliz viviendo con Javi, pero si has compartido casa con alguien como Laux, es una experiencia difícil de olvidar.

—¿Pedimos en el Kebab El Príncipe?

—No veo por qué no —respondí.

—Voy a hacer caca mientras llega, así hago hueco.

Laux y la caca. Era una información que en ningún caso había pedido y que me llegaba de ese modo, directa y generosa, pero su caca me venía bien para tener un ratito a solas y así poder mirar las redes, ya que no les había echado un vistazo en toda la tarde. Siendo sincera, me gustaba pasar tiempo en ellas y sentía como que me faltaba algo cuando estaba un rato sin mirarlas. Disfrutaba compartiendo confidencias con otras muchas amigas, desconocidas, pero que notaba cerca de mí.

Laux tardó menos de lo esperado y solté el móvil como si quemase.

—Últimamente estás mucho con las redes, ¿no?

—Bueno, es que se me ha quedado la tara de cuando trabajaba en el restaurante.

—¿No echas de menos Ibiza?

También yo me había planteado aquella misma pregunta cuando Javi me recordó las ganas compartidas por ver de nuevo a la yaya Catalina. En ese momento Laux, con su oportuna frase, consolidaba una idea que empezaba a tomar peso. Desde que me marché de la isla y Javi se instaló a medias entre Madrid e Ibiza, no había vuelto a visitarla. Al pensarlo, cogía aire y suspiraba. A mi llegada a Madrid, como de costumbre en esta ciudad, había entrado de nuevo en la vorágine en la que la capital nos sumerge de manera inconsciente, con sus tiempos acelerados, sus atascos, la rutina del trabajo... y ni siquiera me había dado cuenta de lo mucho que echaba de menos el contacto con la naturaleza, los silenciosos atardeceres en alguna cala perdida, la tranquilidad de leer bajo la higuera de la yaya... Desde que llegué, mi última y única lectura había sido el libro de Lucía porque casi no había tenido tiempo.

Era curioso cómo era capaz de contar los minutos de las puestas de sol cuando estaba allí, dispuesta a formar parte de la isla con toda la calma del mundo, con su tempo ralentizado, a veces pausado del todo. En cambio, en esta isla de edificios altos rodeada de carreteras en lugar de mar que era la capital, las horas pasaban tan rápido que parecían minutos. No había vuelto a tener esa maravillosa sensación que a veces recordaba con nostalgia en la que me sobraba el tiempo. Todo lo contrario a la que me recorría el cuerpo en ese momento, donde la deuda de minutos era una constante.

Me di cuenta de que estaba echando de menos algo que un día eché de más.

—Ciertamente, tengo muchas ganas de volver —respondí.

—Te entiendo, rubia. También yo me iría allí ahora mismo sin pensarlo.

Esta frase encendió en mí una pequeña alerta que se activa cuando detecto que las frases aleatorias de Laux, que parecen inofensivas e insustanciales, esconden un subtexto.

—Ah, sí... ¿y eso por qué? ¿Acaso quieres ir a Ibiza por algo? —indagué.

Laux hizo un silencio antes de recomponerse.

—¿Yo? No sé, lo he dicho en plan, pensando: «¿Quién no querría irse ahora de vacaciones a Ibiza?». —Sonó poco convincente.

El timbre del telefonillo interrumpió sus palabras que, de haber aguantado unos segundos más, quizá se hubiesen enredado de forma sospechosa, con esa boca pequeña que va poniendo cuando miente.

La comida llegó y no retomamos la conversación porque estábamos hambrientas, así que la atacamos antes de que se enfriara.

Del tiempo que pasé en su casa recuerdo que siempre cenábamos mirando el móvil mientras comíamos, comentando los *looks* de las *influencers*, las noticias del día o las nuevas prendas de Zara *online*. Muchas veces yo miraba pisos en Idealista y ella perfiles en Tinder, y nos intercambiábamos el móvil para pedirnos la opinión sobre lo que cada una creíamos que era una oportunidad, yo en el mercado inmobiliario y ella... bueno, ella en otro tipo de mercado. Aquella noche Laux dejó el teléfono a un lado de la mesa sin hacerle el más mínimo caso y lo hizo por decisión propia, convencida, porque no paraban de sonarle notificaciones, una tras otra. A mí me ocurría lo mismo, pero yo había tenido la precaución de silenciarlas.

—¿No las vas a mirar? —le pregunté extrañada—. Puedes contestar, si quieres, hay confianza.

—Nah... Son notificaciones de Tinder.

—¿Y no las miras? —pregunté sorprendida.

—Luego —respondió tajante mientras daba un bocado.

—¿Luego?

—Sí, ahora estoy contigo y estamos cenando —replicó con la boca llena.

No sabía qué estaba pasando, pero esa no era Laux, me la habían cambiado. Solo faltaba que dejase de hablar a gritos.

—A ver, déjame verlas.

Laux me pasó el móvil mientras daba un segundo mordisco a su *durum*, con lo que se le quedó un pegote de salsa en los labios.

—Se te ha quedado un poquito de...

—¿Ya se me ha corrido el *durum*?

—Ja, ja, ja, qué bruta eres... Oye, este tío no está nada mal...

—¿Quién?

—Un tal Mario...

—Ah, sí, Mariete. Me lleva escribiendo... por lo menos desde finales de verano.

—¿Y?

—Puffff, no sé, la verdad es que me da pereza. Hace ya mucho tiempo que no hablo con nadie por la aplicación. Voy a desinstalarla, con eso te lo digo todo.

Stop. Paremos un momento porque el tema estaba pasando de rubio a castaño oscuro. No es que Laux estuviese enganchada a todo lo que se movía dentro del género masculino, pero sí que le gustaba estar al quite. Aunque en un principio no me había dado cuenta, echando la vista atrás caí en que no solo no había prestado atención a ese enfermero nuevo tan guapo con el que compartía turno cada semana y que le saludó tan amigablemente, sino que en Grecia, a pesar de lo que su boca proclamaba, tampoco se dejó querer por los adonis que se le acercaban.

—Venga yaaaaaaaaaaaa. Vamos a ponernos serias, Laux.

—Venga, me pongo seria —dijo riéndose, la muy perra.

—¿Me puedes explicar por qué no te interesa «Mariete»?

—Pues... porque no. No sé, no es de mi estilo.

—Ah, vale, haberlo dicho antes, mujer, claro. Este hombre alto, fornido, con mirada interesante, unos ojos de ensueño y que dice en su perfil que le gusta el *jazz* está claro que no es de tu estilo. Lo entiendo.

—¿Es ironía eso que has empleado?

—No...

—¿Y eso?

—Laux...

La miré completamente segura de que me ocultaba algo y no de hacía cinco minutos, dos días o un mes; ya venía de lejos. ¿Cuánto? Era lo que estaba intentando averiguar.

—A ver, es que no te lo había contado porque todavía está en el aire... —dijo bajando la guardia por un momento al sentirse acorralada.

—¿Qué es lo que está en el aire? ¿Te has tirado un pedo?

Laux empezó a reírse a carcajadas. Si algo nunca fallaba con ella, si queríamos tener aseguradas las risas, eran las bromas escatológicas. Entonces, libre ya de tensiones, y una vez tuvo el estómago lleno, por fin Laux se abrió para darme una noticia que hizo que todo cobrara sentido en mi cabeza. Laux me contó que llevaba un tiempo hablando con Iván. Y cuando dijo «un tiempo» se refería a todos los días desde hacía meses. En realidad, desde que se vieron la última vez en la mudanza a nuestra nueva casa, justo antes de irnos de vacaciones a Grecia, esa extraña y bonita relación que les había unido siempre, aunque solo fuera para divertirse y pasar un buen rato en todos los aspectos, había subido de nivel. En boca de la propia Laux, se habían planteado de mutuo acuerdo intentar, buscar, ver si era factible —empleó palabras que bien podrían ir incluidas en un contrato...— tener una relación. Y la muy desgraciada me lo contó desde la sospecha, no desde la ilusión. Diría que incluso obligada, más que emocionada. En realidad, no me importaba, ya estaba yo ahí para imprimirle dramatismo y sentimiento al instante.

—¡Os como! —dije abalanzándome sobre ella—. ¡Iván y tú sois pareja! ¡Es maravilloso!

—Bueno, bueno, digamos que estamos trabajando en ello...

—Claro... Por eso estabas tan distante con los tíos...

—No, simplemente estoy respetando el acuerdo.

—¿Es eso vuestra relación? ¿Un acuerdo?

—Con su cláusula de rescisión incluida.

—Ah, vale, que estás en modo «hacerte la dura», en plan «no voy a disfrutar de mi relación porque no quiero que se lo crea», ¿no?

—Con pasos pequeños también se recorre el mismo camino...

—¿Por qué no me lo habías contado?

—Pues es que... No lo sé. Ni siquiera sé si es una relación, y mira que hago acopio de sinónimos para intentar ponerle nombre, pero no me sale. Es lo más parecido a una mierda amorfa sin sentido que nos va a acabar haciendo daño, pero bueno, sigues adelante a pesar de ello, ¿sabes?

—¿Tu relación con Iván es una mierda amorfa?

—Joder, es solo una forma de hablar.

—Pues es una forma de hablar muy jodida, pero me alegro mucho de que estéis empezando algo. Lo que sea.

—Yo también me alegro —dijo esbozando por primera vez una sonrisa de ilusión que guardaba tras toda aquella retórica.

—¡Ven aquí, anda, a mis brazos! Ya era hora de que me lo contases.

Laux aprovechó el abrazo para sincerarse y mostrar las reticencias que le hacían dudar:

—La verdad es que tengo miedo, rubia. Sé que a Javi y a ti os va muy bien como estáis, pero yo no creo en las relaciones a distancia. Creo que no estoy hecha para ellas.

—Hablar de las relaciones a distancia, así como concepto, es una generalidad. Aquí estamos hablando de tu relación a distancia y esa no solo es distinta a la mía, sino a todas las demás que hayas podido tener. No caigas en el error de hacer de tu relación un tópico. Disfruta del momento, amiga. Lo demás ya vendrá o no, pero que no te condicione.

Laux respiró profundamente antes de lanzar un «Ya se verá» que daba por finalizada la conversación. Aquella noche tuve la sensación de que entre Laux e Iván había comenzado algo que no sabíamos en qué acabaría, pero era un pequeño paso. Y así, como ella misma dijo, se recorre el camino.

Durante un tiempo pensé que las relaciones especiales tienden a acabar de forma idílica, como en las películas americanas de finales de los noventa o en las de Disney que tanto daño nos han hecho, pero mi relación con Nacho de niña me dejó claro que la vida no siempre es como la vemos en las comedias románticas ni mucho menos en los dibujos animados, aunque a veces se le parezca.

Y entonces Laux eructó de repente, interrumpiendo mi reflexión de la manera menos ortodoxa que podía hacerse.

—Tía, ¿has eructado?

—¡Casi vomito!

Lo de esta mujer es increíble. Digamos que la película romántica de su vida no solo está llena de amor, sino también de otras cosas...

6
Laux

El club de la ducha.

Aquella noche, en casa, solo le conté una pequeña parte a la rubia. Lo mío con Iván iba mucho más allá de unos mensajes furtivos a medianoche y es que ambos teníamos la sensación de que nos quedaba algo que cerrar o que abrir, según se mire.

La rubia es lista, pero no lo llegó a percibir en la conversación. Estaba tan emocionada que dejó pasar de largo un detalle significativo: desde que Iván se convirtió en parte de mi vida nunca más fue Ivanoski y, desde hacía unos meses, incluida esa misma noche, no había vuelto a ocurrir. Tiendo a cambiar el nombre a muchas personas y a parecer un tanto loca a veces, pero cuando hablo conmigo misma tampoco digo «chiqui» todo el rato ni pienso a gritos. Quizá pienso un poco más alto de lo normal, eso sí, pero al final todas las personas estamos compuestas de distintas melodías que cambiamos dependiendo del ambiente en el que nos encontramos. En casa soy *jazz*, en el coche soy *techno* y con mis amigas soy lo que nos pida el cuerpo.

Volviendo a Iván, en ese momento tenía un cacao mental muy importante. Hay veces que aunque las ideas estén muy claras, si las mantienes en la cabeza durante mucho tiempo, acaban por estar presentes una y otra vez y se vuelven confusas. Iván era una de esas ideas que no dejó nunca de rondar por mi mente.

Cuando nos volvimos a encontrar en la mudanza de la rubia y Javi al ático, pasamos un fin de semana muy especial. Nuestros encuentros ya lo habían sido en otras ocasiones: intensos sexualmente hablando y divertidos en lo cotidiano, pero esa vez fue diferente.

Lo hicimos muy bien para que nadie sospechase, para ser solo nosotros conscientes de lo que teníamos entre manos antes de compartirlo. Como dos adolescentes que han de esconderse a ojos de sus padres o de los profesores. Solo queríamos estar seguros de lo que estábamos sintiendo, de lo que nos estábamos haciendo el uno al otro, por si lo que encontrábamos no nos acababa convenciendo con el paso del tiempo.

Nadie se percató de que pasamos el fin de semana entero en mi casa. La emoción por el nuevo ático de mi rubia eclipsó todo lo demás y aquello fue el parapeto perfecto para mirar hacia otro lado. Quizá Pol, que siempre ha sido una vieja del visillo para estas cosas, al acecho como un ave de rapiña, se olió algo.

—¿Ya te vas? —me dijo cuando estaba recogiendo mis cosas del ático el día de la mudanza.

—Sí, mañana trabajo —mentí.

Pol mantuvo el gesto durante unos segundos, mirándome con una sonrisa impostada como si intuyera algo, pero sin saberlo del todo, esperando quizá alguna palabra mía que pudiera darle el beneplácito de la duda para dar forma a la idea que rondaba por su cabeza.

—Pues nada, que te sea leve... Ya me contarás qué tal en el curro... —dijo antes de negar con la cabeza un par de veces.

Iván me esperaba debajo de la nueva casa de los tortolitos sobre la moto de la rubia con la que solo unas horas antes habíamos recorrido la calle de arriba abajo con un cartel que decía «Todo va a salir bien». Y aunque ese cartel iba dirigido a ellos, yo tomé aquella frase prestada también para nosotros.

—Hay que ver lo bien que te queda el rosa —tonteé al verle.

—¿Te han dicho algo?

—Solo Pol, pero no las tenía todas consigo. Los demás están emocionados decorando la terraza y ni se han enterado. En un rato se darán cuenta de que me he ido porque tendrán paz, pero de momento no se enterarán.

Iván sonrió y me cogió por la cintura sin mediar palabra, apretando su cuerpo contra el mío, besándome con fuerza bruta y deseo contenido. Ambos miramos hacia arriba, como necesitando la seguridad de que nadie nos estaba viendo.

—Le he dicho a Javi que me volvía hoy mismo por trabajo.

—Vaya, bonita forma de esconder nuestra relación, mintiendo los dos.

—¿Nuestra relación?

—¿Quién ha dicho eso? —dije, haciéndome la tonta.

Iván sonrió y cerró los ojos de nuevo, dejándose llevar por segunda vez, dejándose mecer por aquel airecito de verano impregnado de nocturnidad y alevosía, como todo lo que vino después cuando llegamos a mi casa.

La familiaridad con la que Iván se movía por mi apartamento me descolocaba. Ciertamente, no era la primera vez que dormía allí, lo hizo cuando Lucía se desmayó en mi cumpleaños. Aquel día, Iván y yo tuvimos que empujar a Javi y a la rubia para que durmiesen juntos y de esa forma ayudarlos a empezar ese largo proceso que fue su reconciliación. También porque aquello nos dejó margen a nosotros para estar a solas y disfrutarnos mutuamente después de un tiempo sin vernos. Cuando nos conocimos tuvimos claro que había sido una coincidencia fantástica, divertida, muy física, pero siempre marcando que ambos teníamos nuestras vidas. Siempre lejos de lo que la rubia y Javi estuvieron dispuestos a sacrificar.

Aquel primer fin de semana fue duro por Lucía, pero también fue un comienzo para nosotros, ya que empezamos a poner sobre la mesa que ambos sufríamos cada vez que nos separábamos. Siempre a la sombra de todo lo que pasaba a nuestro alrededor. Como dos actores secundarios de una película de sobremesa, habíamos llevado nuestra relación en secreto incluso para nosotros mismos, aun cuando Iván había hecho alguna escapada a Madrid sin contárselo a Javi. Nos guardábamos en secreto unos sentimientos que no estábamos seguros de sacar afuera. Como la basura que no sabes dónde se recicla y la guardas en la cocina hasta que acabas tirándola en cualquier sitio.

Pero aquello no era basura, ni mucho menos. Tampoco era un acuerdo, como le había dicho a mi amiga. Era algo muy bonito que me ilusionaba y me atemorizaba a partes iguales.

Aquel fin de semana de la mudanza me dejó un sabor en los labios difícil de olvidar. Como una buena adaptación de una novela. Como una extraordinaria película con un digno final. Aquel fin de semana, en mi baño como única localización, rodamos nuestra mejor versión de «El club de la ducha», donde la primera norma del club de la ducha era no hablar del club de la ducha.

Y yo me acababa de saltar el acuerdo con la rubia porque no me podía aguantar las ganas de gritar a los cuatro vientos que me estaba enamorando de Iván.

7
El secreto

Cómo no vamos a ser dramáticas, si nacemos llorando.

Tras aquel jueves lleno de emociones, incluida la confesión de Laux de su relación con Iván, el domingo llegó la calma. Qué extraño, ahora que caigo, desde hacía un tiempo, Laux había dejado de llamarle Ivanoski. Supongo que era una señal y no estuve a la altura.

Aquel domingo era yo la que recogía a Javi en el aeropuerto, donde por un momento nos planteamos incluso empadronarnos, de tantas idas y venidas. Le esperé en la calle principal de la terminal para llevarle a casa.

«Casa». Ahora, volviendo la vista atrás, pienso en cuántas veces he sentido esa palabra en mi piel cada vez que volvíamos a ella. Nuestra casa, nuestro pequeño hogar. Lo sentí en mi apartamento siendo vecina de Pol, también en su casa de Ibiza y ahora en nuestro ático. Mi, su, nuestro. Habíamos pasado por todas las singularidades hasta que lo convertimos en nuestra casa, «nuestra», en plural, presente y futuro.

Bajé a una tienda abierta veinticuatro horas a por una botella de vino mientras él preparaba la cena. Cuando llegué, noté un olor en la cocina y no eran las croquetas que estaba cocinando.

—Hueles a colonia rara...

—¿Rara? ¿En qué sentido rara?

—Sí, huele como...

—Ya... ¿Puede ser la colonia de Ramira? —dijo Javi mientras se acercaba una parte de la camiseta a la nariz.

—Joder con la vecina Ramira, te está marcando sin que te des cuenta...

—Pues ha sido hace un momento, cuando has bajado a por la botella de vino, que ha venido a pedir no sé qué... Ya ni me acuerdo.

—Mira cómo aprovecha, la muy...

—Es inofensiva.

—Ya veo, ya... Tiene pinta de ser como las hormigas, que van poco a poco atesorando miguitas hasta que de repente un día... ¡zas! —Hice un gesto de agarrar algo al vuelo.

—¿Te estás poniendo celosa de una señora que bien podría ser tu abuela?

—Mira la abuela de Caperucita, que se lo comía todo... No te puedes fiar de nadie —le dije con sorna haciéndole un pequeño gesto con los dedos en señal de estar vigilándole.

—Venga, anda, vamos a cenar, que llevo vino y croquetas en la cestita.

Javi siempre me hacía sentir muy cómoda y no teníamos secretos el uno con el otro. Si bien es cierto que había pasiones individuales, gustos inconfesables y detalles propios de la personalidad de cada uno de los que disfrutábamos en la intimidad, en cuanto al resto de los matices que conformaban nuestra relación, la confianza era plena. No era fácil encontrar algo así y mucho menos mantenerlo; quería que siguiera en ese camino muchos años y para ello debía aplicarme mis propias lecciones y contarle lo que a esas alturas solo Pol sabía.

Aquella cena me pareció el momento ideal. Ciertamente, tenía mis dudas, dado que él no era muy fan de las redes sociales, como solía dejar claro en cuanto tenía ocasión. Pero sentía una presión en el pecho que debía liberar. Para mí, la Vecina Rubia era muy importante y, si Javi no lo entendía o no le otorgaba el valor suficiente, podría sentar un precedente en nuestra relación.

Si Javi no llegaba a tomarse en serio todo lo que estaba construyendo y el valor que tenía, podría hacerme mucho daño porque se estaba convirtiendo en una parte importante de mi vida.

—Javi, tengo que contarte algo —le dije mientras él descorchaba el vino.

—Claro, niña, cuéntame lo que quieras.

Y justo en aquel momento, fruto de la casualidad o simplemente el destino, varias notificaciones sonaron en mi móvil.

—Llevas un tiempo que no deja de sonarte el móvil. No paras.

—Sí... La verdad es que necesito soltarlo un poco. De hecho, quería contarte que...

—Madre mía —dijo interrumpiéndome mientras sonaba de nuevo otra notificación—, pareces una de esas que están todo el día en Instagram con miles de seguidores...

Aquella forma de pensar me dejó fría.

—¿A qué te refieres?

—Me refiero a que tiene que ser un coñazo estar pendiente de tanta gente, ¿no? Es un mundo tan superficial... Lo detesto.

Aquella frase sonó demoledora. Le miré con la decepción de quien no entendía nada de lo que estaba ocurriendo, no solo a mi alrededor, sino también al suyo. Para bien o para mal, las redes sociales habían llegado a nuestras vidas, a las de todos, y dependía de cada cual el uso que quisiera darles. Y yo, lejos de juzgar a los demás, sentía que estaba haciendo algo bueno. Por el contrario, Javi parecía tener más prejuicios de los que pensaba, que ya eran muchos.

Estaba claro que aquel no era el momento ideal para contárselo y no sabía si algún día lo sería, así que, para evitar entrar en una conversación que ya de inicio tenía tintes de volverse incómoda, preferí optar por lo que llevaba haciendo meses atrás: mentir de nuevo.

No estaba siendo nada fácil. Todos los mensajes y risas que recibía a diario contrastaban con el secretismo y el miedo que rodeaba a mi círculo más cercano. Era muy difícil vivir sin compartir la alegría que llevaba dentro con los que tenía a mi lado y, sin embargo, era cada vez más fácil convivir con la ilusión de la gran cantidad de amigas virtuales que formaban parte de mí y yo de ellas.

—¿Qué me ibas a contar? —dijo de nuevo, intentando retomar la conversación.

Le miré durante unos largos segundos, reflexionando sobre todas las ideas y sentimientos que rondaron por mi cabeza en aquellos apenas dos minutos de conversación que habíamos tenido antes de abrir la boca para cenar. Dudé antes de contestar, hasta que entendí que en ese instante Javi no estaba preparado y que tampoco podía juzgarlo por ello. Comprendí que no era necesario que lo supiera para ser feliz a su lado. Llegado el momento, estaba segura de que encontraría el camino para hacerle formar parte de esa fisión de mi personalidad de la que me sentía muy orgullosa.

—Pues que Laux e Iván... ¡están juntos!

Mi cara de sorpresa coincidió con la inexpresividad de Javi, que estaba sirviendo el vino en las copas.

—¿Y qué tiene que ver eso con el móvil? —porfió, cortando mi emoción.

—Pues que me está enviando ahora mismo pantallazos de su última conversación con él —dije para salir del paso, mientras la cara de Javi seguía escéptica, por lo que decidí pasar a la contra.

—Oye, vamos a ver, una cosa... ¿Por qué ni siquiera te sorprendes? —pregunté algo mosqueada, esperando una explicación por su parte que estuviera a la altura. Y lo estuvo.

—Pues porque lo sé desde hace meses.

—¿Peeerdooonaaa? ¿Me estás diciendo que sabías que estos dos estaban juntos desde hace meses y no me lo habías contado?

Ahora sí que Javi empezaba a notar la presión de mi cabreo.

—Bueno, a ver...

—¿Qué sabes exactamente? —le amenacé mientras cogía una de las croquetas que estaban en su plato, coaccionándole.

—Pues que llevan tomándoselo más en serio desde que nos mudamos aquí. Que se escriben y se llaman mucho, que se ven de vez en cuando y que incluso se están planteando tener algo más formal, aunque Iván dice que de momento no quieren ponerle nombre a esa «no relación». Prefieren que fluya.

Cómo me sonaba aquello de fluir... Lo había escuchado de la boca de Javi cuando nos conocimos y en ese momento se repetía saliendo de la de su mejor amigo. Ya sabéis que «dos que duermen en un mismo colchón se vuelven de la misma opinión» y aunque ahora Javi dormía conmigo, se echó muchas siestas con Iván antes de conocernos.

Al escucharle hablar con todo lujo de detalles del avance de una relación que había estado perpetrándose a mis espaldas entre dos de nuestros mejores amigos, me sentí un poco apartada. Yo, que siempre he sido de darlo todo por cada uno de ellos, no entendía por qué lo habían mantenido en secreto dejándome al margen. Quizá era una lección de vida, un reflejo de cómo se podrían sentir ellos con el secreto que yo misma llevaba a cuestas y del que no les había hecho partícipes. Aquella idea consiguió que durante unos segundos volviera a sentirme mal conmigo misma, lo que no evitó que también me sintiera decepcionada con ellos.

—Lo que no entiendo es por qué después de tanto tiempo no me lo habías dicho...

—Sabía que me harías esa pregunta.

—Pues en ese caso también habrás tenido tiempo de preparar la respuesta.

—Pues es muy sencilla, niña: porque yo no era la persona que debía contártelo, sino tu amiga. ¿Te imaginas si te hubieses enterado por mí en vez de ser ella la que te lo hubiese contado?

Tenía razón. Javi casi siempre estaba en lo cierto, como buen ser racional que era. Quizá me hubiese sentido más triste al pensar que mi amiga, mi hermana, no confiaba en mí y, además, entendí que Javi incluso podría haberse metido en un pequeño lío con Iván de habérmelo contado. La noticia me llegaba tarde, pero me llegaba bien, así que decidí no seguir presionándole, puesto que ya tenía bastante el pobre con haberle robado un par de croquetas del plato.

—¿Crees que llegarán a buen puerto? —pregunté rebajando el tono.

—Eso no se puede saber, pero lo que sí veo es que Iván tiene ganas de intentarlo. Siempre le ha maravillado Laux y eso sí que no es un secreto para nadie.

Qué listo era para dejarme la puntillita algunas veces.

—Ya, pero la distancia...

—Bueno, nosotros somos el mejor ejemplo de que se puede.

—No siempre... Nosotros quisimos estar juntos y durante un tiempo no pudimos...

—Pero al final encontramos la manera, ¿no? El amor es como el agua, al final siempre encuentra su camino —sentenció Javi mientras se acercaba para besarme y recuperar una de las croquetas que había secuestrado de su plato.

Me encantaba que hubiésemos hecho «nuestra» aquella conversación que era de otros. Al final, estuvimos en la misma piel de Iván y Laux, pero lo superamos. Ambos habíamos sentido sus miedos y también los nervios e incertidumbres que dejan las ilusiones. Juntos habíamos encontrado nuestro camino. Recordé las palabras de la yaya Catalina el día que me despedí de ella en la isla, cuando Javi y yo tomamos la decisión de darnos un tiempo: «No existe el camino correcto, niña. Solo existen los caminos que nos llevan hacia los corazones de las personas. Vosotros ya habéis recorrido ese camino. Lo que pasa es que ahora cada uno habéis cogido un atajo distinto. En vosotros está que os podáis juntar en otro sendero».

Esas palabras se quedaron grabadas en mi cuerpo y siempre pensé que deberían aparecer en un libro.

—Javi, echo mucho de menos a la yaya. Quiero verla ya.

—Si quieres, vamos el fin de semana que viene.

—No, el que viene no, que es la mudanza de Nacho y Lucía. Les prometí que estaríamos para echarles una mano y además van a estar todos...

—Vale, pues vamos el siguiente entonces. Ya sabes que ella está deseando verte. Todas las tardes que estoy allí, cuando voy a verla, me pide que le enseñe fotos nuestras juntos. Debe de ser que no se fía de mí...

—Yo sí —dije mientras nos besábamos con cariño y, por qué no, con bastante deseo.

Hablar de la yaya Catalina era un tema que hacía vibrar a Javi en una frecuencia preciosa. Si le mirabas a los ojos cuando lo hacía, era imposible no enamorarse un poco más de aquella nobleza que le envolvía, de aquel sentimiento tan puro. Si además bajabas la vista de sus preciosos ojos a sus labios, el enamoramiento se convertía en pasión. Comencé a juguetear con él, buscando un rato de intimidad. Uno muy dulce, también hay hueco para ello, lo que acabó por dejarlo dormido en el sofá después del sexo. Estaba visiblemente destrozado. Cogía un vuelo semanal, cuando no eran dos. Lo daba todo en su trabajo, entrenaba al doscientos por cien, siempre estaba pendiente de mí, de su abuela, de su madre, hacía lo posible por convivir con su padre y sacaba tiempo para escuchar a su mejor amigo... Y nunca reclamó ni un poquito para él en todo ese espacio ocupado por personas. Todo el que tenía nos lo regalaba a los demás. No hay nada más preciado en este mundo que el tiempo de uno y yo me sentía igual de afortunada, no solo por el que Javi podía brindarme, que era mucho, sino por el que miles de personas me ofrecían diariamente en el perfil de la Vecina Rubia.

Mirándole tumbado sobre el sofá, intentaba comprender el peso que pueden soportar algunas personas por estar con otras y, desde luego, yo estaba dispuesta a procurar que aquel peso fuese más liviano estando juntos.

Dejé que durmiera y salí a la terraza. Me senté en el columpio de madera que acabé montando yo y cogí el portátil muy inspirada para escribir, una de las pasiones que empezaba a desarrollar con menos miedo y más seguridad cuando era la Vecina quien lo hacía.

«Querido diario». Así comenzaba un texto de dos mil doscientos caracteres, el máximo que permitía Instagram por aquel entonces, donde conté una historia. La primera de muchas que nos habían ocurrido a las reinas del Dramachat aquel verano. Me descubrí a mí misma sonriendo de pendiente a pendiente mientras narraba lo ocurrido en clave de humor y sin rostros. Siempre anónimas.

Finalicé aquel escrito con una frase: «Me gusta ser rubia, pero a veces es difícil», una fórmula que me acompañaría durante años para cerrar como firma aquellos textos, más extensos y personales que las frases que acostumbraba a publicar a diario, aunque en todo siempre dejaba un poso de mí misma. Un detalle por aquí, una nota imperceptible por allá, que además simultaneaba con frases descontextualizadas y absurdas que salvaguardaban mi anonimato y me permitían ser libre. Cuando lo publiqué, en cuestión de minutos ya acumulaba miles de «me gusta» y comentarios. Eran personas que disfrutaban conmigo, de mí, y yo también lo hacía con ellas.

Esa noche me di cuenta de que aquella Vecina crecía por momentos y lo hacía de una manera diferente a lo que veía en otros perfiles. No mostraba mi cara, no contaba dónde iba ni lo que comía, solo quería ofrecer una historia. En realidad, todavía no era consciente de dónde me estaba metiendo, pero podía intuirlo, al igual que la responsabilidad que ello podía conllevar. Daba miedo, vértigo, pero sentir la cercanía al hablar con tantas personas me llenaba el alma. Con cosquilleos y mariposas en el estómago. Felicidad. Sentía que tenía la mayor agenda de amigas con quien charlar cada día y compartir.

Volví a la publicación, me fijé en las personas que habían dado «me gusta» y rápidamente reconocí a un usuario en concreto: @polpenes. Estaba claro que Pol sabía elegir su apodo. Abrí el chat de WhatsApp:

Pol vecino.

No sé si me sorprende más
que te llames «Polpenes» o tu
foto de perfil en Instagram.

A Jaume también le pasa, dice
que se avergüenza de mí.
Y lo malo es que Polpenas, que era
el que quería, ya estaba cogido...

Mira que eres dramático...

¿Cómo no vamos a ser
dramáticos, si nacemos
llorando...?

Jajajajaja.

Me ha encantado tu
«Querido diario». Quiero más...

Pol, al ser el único que lo sabía, era también el único con quien poder desahogarme, lo cual, además, me permitía tener una visión cercana y a la vez con perspectiva de todo. No obstante, me daba un poco de vergüenza pese a la liberación de poder hablar de «el secreto».

¿Te ha gustado?
Creo que no está muy
bien del todo...

¿Que no? Tienes treinta mil likes
en menos de una hora.
Yo creo que ha gustado... ;)

Bueno, es que somos muchas...

Ya... pero yo, que te conozco,
te leo y te noto cercana.
Siento que estoy leyendo a
la rubia, a mi rubia. No a la
Vecina Rubia. Que lo hagan otras
personas sin conocerte significa
que algo estarás haciendo bien...

Eso espero...

Oye, rubia, que lo de ser
modesta está bien, pero
estás haciéndolo bien y
punto.

Hoy he recibido cientos de
mensajes, hasta Javi
se ha dado cuenta.

¿Y se lo has contado?

No...

Bueno, encontrarás el momento.
Ya sabes que cuando te agobies,
si necesitas un alguien con
quien desahogarte, aquí está
el tito «Polpenes» (que no penas...).

¿Y tú cómo estás?

Sin trabajo...

En cuanto recibí ese último mensaje, cerré el chat y lo llamé por teléfono. Utilizar WhatsApp para hablar de temas intrascendentes está bien, pero para las cosas importantes hay que verse o, como mínimo, llamarse, escuchar los colores de la voz de la otra persona.

Pol me contó algo que ciertamente se veía venir y que al final se había consumado. Todos esos meses trabajando en un entorno hostil en su oficina, la presión, el desencanto... Todas aquellas sensaciones que no habían sido más que pequeños combates, preludio de su despido junto con el de varios compañeros.

Ante mi pregunta sobre si estaba preocupado por su futuro, su respuesta tomó otro sendero diferente al que esperaba cuando lanzas una pregunta así. Pol estaba muy inquieto por la posible reacción de Jaume, a quien ni siquiera se había atrevido a contarle lo ocurrido. Llevaba meses notándolo más callado, cansado e irascible. Decía que de un tiempo a esa parte era como si le molestase todo lo que era él mismo, el Pol de siempre: sus bromas, su ironía, su poco juicio para decir según qué... Y es que, en esta contienda, Jaume se había erigido como su rival, más todavía que sus propios jefes...

—No te preocupes. Son rachas... Yo también las tuve con Javi... —dije intentando que pensara en positivo.

—Entiendo lo que dices, yo te hubiese dicho lo mismo si la situación fuese al contrario, pero no estás aquí... Se ha cansado de mí, rubia. Como se cansan los gatos de una caja o de un juguete que ya han usado.

Yo ya sabía que el truco para que un gato vuelva a interesarse por una vieja caja es cambiársela de sitio. Pero no veía aplicable ese consejo a la situación de Pol y Jaume. En cambio, incidí en mi historia, lo que nos ocurrió a Javi y a mí cuando vivíamos en Ibiza.

—Esto nunca te lo he contado, pero cuando me marché de Ibiza no lo hice solo por la enfermedad de Lucía. Javi llevaba un tiempo sin solicitar la permuta, que era lo que habíamos acordado desde el principio, y empecé a notar que todo lo que hacía me molestaba. Si dejaba anegado el suelo del baño después de ducharse, me molestaba; si colocaba mal los yogures en el frigorífico, me molestaba; incluso si no sacaba la basura cuando me tocaba hacerlo a mí, me molestaba... Todo era susceptible de enfado. Incluso sus pequeños defectos que al principio eran encantadores, en ambiente de guerra se convirtieron en «sus putas manías». Con esto no le estoy dando, ni de lejos, la razón a Jaume, pero al final, quizá haya un detonante para esa pérdida de paciencia que no estás viendo.

—Yo soy el mismo Pol que hace diez años, rubia.

—Quizá eso sea parte del problema...

Esa frase que solté sin pensar, como se sueltan las típicas frases a un amigo cuando se está desahogando, me hizo reflexionar. ¿Y si ese era el problema de base de las relaciones largas? ¿Y si una persona no cambia ni madura con el paso de los años?

Creo que todos tenemos que adaptarnos y amoldarnos al paso del tiempo, pero puede ser difícil de aceptar que nuestra pareja no recorra ese trayecto con nosotros de la mano. La clave estaba en la comunicación y así se lo hice ver a Pol.

—Tendrías que hablar con él, Pol. Sentaos juntos y poned las cartas sobre la mesa...

—¿Las del tarot? Suena a consejo *made in* Lucía.

—Ya sabes a qué cartas me refiero...

—Sí, las del banco, que me empezará a devolver los recibos de la hipoteca en cuanto me quede sin dinero...

—¿Y si os dais un poco de espacio? —le propuse.

—¿Ese consejo es tuyo o lo has leído en una galletita de la suerte? Porque eso y proponer que no haga nada es lo mismo.

—No es lo mismo, Pol, es ver las cosas con perspectiva, desde lejos, con espacio...

—Vivimos en una casa de sesenta metros cuadrados y no voy a alquilarme un piso, tal como está la situación ahora mismo... ¿Me puedes explicar de dónde saco el espacio?

—Ya...

Pol respiró profundamente.

—¿Qué consejo crees que me daría la Vecina Rubia?

—La Vecina Rubia no da consejos, solo acompaña en las decisiones que tú tomes...

—Pues mañana me acompañas a un bar.

—Eso está hecho.

Pol resopló al otro lado del teléfono. Se le notaba contrariado, intentando seguir siendo el Pol de siempre con sus chistes e ironía implementadas de serie, pero en el fondo sentí que necesitaba desahogarse con todas sus fuerzas.

—Voy a dedicarte una frase...

—¡¡¡Sí!!! A ver, abro Twitter y la leo contigo cuando la publiques.

Y entonces escribí: «Le pedí consejo a mi amiga y me dijo: "Sigue a tu corazón. Y aquí estamos, en un bar"».

Tras unos segundos noté que se descojonaba al otro lado del teléfono.

—Sí, sí, tú y yo nos reímos, pero dos mil personas acaban de retuitearlo.

—Por algo será... —dije, haciéndole de esa forma un guiño para que viese que siempre hay alguien que se identifica con nosotros en cualquier situación. Nunca estamos solos.

—Eres más retorcida que los rizos de David Bisbal —me soltó y tosí una risa lo más silenciosa que pude, ya que no quería despertar a Javi.

—¿Vas a venir este fin de semana a la inauguración del nuevo piso de Lucía y Nacho? Estaremos todos y no acepto un «no» por respuesta.

—No tengo ni ganas ni dinero para taxis.

—Pues yo te llevo y te traigo, y las ganas las buscamos entre los dos.

—Lo que tú digas, rubia...

Pol siempre estuvo el primero frente a mi puerta, sin llamar, esperando a que la abriera cuando me sintiera preparada para sobreponerme a la muerte de mi padre. Cuando yo lo necesité, él me ofreció salir de casa para intentar comenzar a superarlo mentalmente, aunque yo lo veía imposible, y en ese momento yo le estaba ofreciendo lo mismo. Un acto que *a priori* puede parecer insustancial o incluso superficial se puede convertir en el salvavidas de una persona hundida. En mi caso, así fue. En aquella fiesta que me brindó Pol, conocí a Laux.

La vida me puso en el camino aquel regalo en forma de amistad eterna y todo fue gracias a haber asistido a aquella celebración, alentada por Pol. Nunca hay que juzgar a una persona que baila en una fiesta porque no sabes cuánto ha podido costarle ser capaz de llegar hasta allí. Cuántos bailes se habrá perdido llorando en casa. Cuando la ves bailar, hay que hacerlo con ella, porque si algo sabemos a estas alturas de la vida es que nunca nos quitarán lo bailado, por mucho que el refrán diga lo contrario.

Aunque conseguí convencer a Pol de que asistiese a la inauguración, colgué el teléfono sosteniendo en mi cuerpo un poso de desaliento. Intenté evadirme de aquel desasosiego y de aquel ápice de tristeza. En ese momento, Javi se despertó en el sofá y me propuso que nos fuésemos a la cama. Apagué el móvil sin mirarlo y me fui a dormir pensando que la vida es una montaña rusa de cambios emocionales para los que hay que estar preparados y, sobre todo, saber reconocerlos. La gente no acepta sus malos momentos, los achaca a la mala suerte o a las circunstancias. ¿Realmente existe la mala o la buena suerte? Siempre he pensado que cuando se cierra una puerta, se abre una ventana y yo estaba dispuesta a ser quien le abriese el ventanal de la buena suerte a Pol, igual que él lo había hecho por mí.

Porque eso es lo que hacen los verdaderos amigos y los finales felices son solo para los valientes.

8
La fiesta de inauguración

Los sueños se cumplen (entre otras cosas).

Pronto llegó el día de la inauguración del nuevo nidito de amor de Lucía y Nacho. Sinceramente, no creo que a mi yo de veintiún años, cuando conoció a esa mujer llena de sinceridad exacerbada, se le hubiese pasado por la cabeza que sería ella quien acabaría viviendo con mi primer novio, amor y amigo. Por mucho que Lucía insista en que todo está escrito en el destino, creo que esto no lo vio venir ni el horóscopo de la *Super Pop*.

Y allí estábamos todos. Alberto, que en aquel momento dejaba de ser el compañero de piso oficial de Lucía; Sara y Marcelo con sus excentricidades, hablando sobre un torneo de guitarra sin guitarra; Pol, en esa ocasión sin Jaume; Laux, especialmente feliz y dicharachera de lo que ya de por sí nos tenía acostumbrados; y yo, a la espera de que apareciese Javi, que llegaba tarde.

Era un pisito pequeño pero muy mono. Tenía un salón espacioso con una pared que formaba una esquina a modo de pico de la que Lucía, fiel a su estilo, blasfemaba y dudaba del buen hacer del arquitecto al que se le había ocurrido tomar la gran decisión de colocar dos paredes en un ángulo imposible donde solo cabía una mesa picuda que todavía no se había inventado. Además, tenía una cocina americana abierta al salón.

Siempre me hizo mucha gracia el concepto «cocina americana» porque se empezaron a llamar así a las que veíamos en las series y películas que vienen del otro lado del Atlántico, donde trabajan mucho más los conceptos abiertos y los niños hacen los deberes sentados en la isla de la cocina. Estaba claro que los americanos no saben lo que era una verdadera isla. Muchas veces hago el ejercicio de visualizarlo al contrario, pensando en cómo alguien de allí verá una casa española. Por ejemplo, un baño español donde las amigas vamos de dos en dos. ¿Pensarán que tenemos dos retretes?

Lucía nos enseñó, orgullosa, las dos habitaciones que completaban los setenta metros cuadrados, sin incluir el patio, algo que dejó muy claro desde el principio. Un dormitorio amplio y otro pequeño en el que había montado un pequeño despachito donde poder escribir.

—¡Mirad, chicas, aquí es donde voy a trabajar, mi remanso de paz como escritora! —comentó emocionada.

Todas nos miramos, sintiendo que todo estaba en su sitio por fin y no nos referíamos precisamente al orden de la casa. Lucía estaba cumpliendo su sueño y nos sentíamos plenamente felices por ella.

—¿Cómo va la novela, chiqui? ¿Ya va camino de ser el premio Venus ese?

—¿Te refieres al premio Planeta?

—Sí, ese —respondió Laux entre risas por la confusión.

—Ojalá, pero no creo que una novela autoeditada pueda llegar a eso... Sería un caso entre un millón.

—¡Tú eres un caso entre un millón! No te quites importancia —le dijo Sara con mucho cariño.

—No, si es que es así... Esto es muy complicado. Además, todavía no tengo números, no sé cuántos libros se habrán vendido... —se excusó.

—Hay que tener paciencia, todavía es pronto para saberlo... —apunté.

—Aunque ayer me eché las cartas y me salió la rueda de la fortuna...

—¿Y eso qué significa? —dije, a sabiendas de que todas estábamos preguntándonos lo mismo.

—Pues a ver, la rueda de la fortuna es un arcano mayor, eso significa que...

—¡Aramis Lucier, por favor! Háblanos en nuestro idioma, anda —le interrumpió Laux con mucha gracia.

—La rueda de la fortuna representa el ciclo de la vida, indica que unas veces estás arriba y otras abajo. Si aparece en tu lectura, simboliza que aunque ahora estés abajo, habrá una persona a tu lado que te traerá buena suerte y te ayudará a que la rueda gire y todo cambie. ¿A que sí, Nacho? —Lucía le agarró del brazo, trayéndolo hacia nosotras.

—Sí, sí. Todo fenomenal, pero aquí el arcano mayor va a seguir desempaquetando cajas.

—¿Pol no te está echando una mano? Mira que voy para allá y os pongo firmes a los dos... —dijo Laux.

—Pol ha nacido para mirar las obras desde detrás de la valla y echarle miguitas de pan a las palomas, pero tranquilas que yo me ocupo. Seguid con vuestros horóscopos y todos esos viajes astrales que hacéis.

Pensé que Nacho estaría hasta el gorro de las tiradas de cartas de Lucía y de que cada decisión que tomase fuese consultada al horóscopo, pero se lo tomaba muy bien, incluso formaba parte del juego.

Mientras Lucía nos seguía haciendo lo que ahora llamamos un *house tour* y que la RAE hubiese definido simplemente como visita guiada de la casa, me quedé la última de la fila al ver que Nacho me hacía un gesto para que me separase del grupo.

—¿Qué pasa? —le pregunté mientras nos metíamos, furtivos, en el despacho de Lucía.

Nacho se apoyó contra la pared y resopló. Su pecho se hinchaba, latiendo bajo la camisa, incapaz de contener todo el aire de sus pulmones y lo que fuera que estaba a punto de soltarme.

—Rubia, el libro de Lucía no va nada bien. Lleva vendidos doce ejemplares...

—Pero si se la veía muy optimista hace un momento, no entiendo nada...

—Bueno, le han dicho que es normal en libros autoeditados, dentro de lo que cabe. Al final, no hay una editorial detrás, es ella la que lo ha pagado todo de su bolsillo y aunque para ella ha supuesto un gran desembolso, me temo que el resultado es que apenas tiene visibilidad...

—Ya, es que ahora mismo hay tanto volumen de novedades que es muy difícil...

—Sí... No seré yo quien le quite la ilusión, pero no será fácil... Y lo que más me preocupa es que pueda afectarle. Es muy importante que esté fuerte anímicamente, después de lo que ha pasado. No hace tanto tiempo...

Volví a ver intranquilidad en los ojos de Nacho. Sin duda, no era la misma preocupación que cuando ella estaba enferma y él se desahogaba conmigo. Ambos éramos capaces, a esas alturas, de valorar la importancia de la salud, pero todos sabemos que la ilusión es uno de los pilares fundamentales de la vida que, si se tambalea, lo desestabiliza todo. Bien lo sabía Nacho, que a los diecisiete años vio cómo su futuro se desplomaba por una crisis económica familiar de la que se hizo responsable siendo un niño.

—Me sorprende la coraza que se ha puesto hoy para hablar con vosotras. No sé si es que no se quiere enfrentar a la realidad... —continuó hablando—. Ni de lejos estaba así de entera cuando nos dijeron las cifras. De hecho, primero se enfadó muchísimo y luego se vino abajo. Me preocupa cómo lo está gestionando o si le puede llegar a afectar más. Si la hubieses visto cuando se lo dijeron... Se puso como una hidra.

Con aquella frase recordé una excursión que hicimos desde Atenas a la isla de Hydra. Todas convenimos que era el sitio más en calma en el que habíamos estado jamás. Tras visitar la ruidosa Mykonos o la saturada isla de Santorini, Hydra nos ofreció un remanso de paz donde los coches están prohibidos para preservar la tranquilidad y el entorno natural que la rodea. Es una isla preciosa colonizada por gatos domésticos donde el silencio imperaba por encima de todo.

Las buganvillas visten un rosa tan intenso que se sale de todas las paletas de colores y nos recibieron tras cada esquina en absoluto silencio. Fue complicado transitar por aquellas calles intentando apaciguar el tono de voz de Laux, que ni siquiera podía amortiguarse por algún ruido de fondo porque no existía. Nada. Solo había paz.

En aquel momento pensé que el nombre no le hacía justicia. En la mitología griega, Hidra era un monstruo acuático de múltiples cabezas que habitaba en cólera en el inframundo griego, capaz de regenerar sus cabezas si era decapitada. Como Lucía, con aquella capacidad de reinventarse que había tenido después de lo ocurrido y con ese punto colérico con el que por momentos se la llevaban los demonios. Conociéndola, tuve claro que Nacho se refería a la hidra mitológica, no a la isla, y por eso no me costó imaginarme la situación que me había descrito.

—Me puedo hacer una idea... —dije, imaginando la escena con todo lujo de detalles.

—Pues peor —insistió.

—No te preocupes, luego le digo que tenemos que quedar e intento despejarla un poco para que no se obsesione. Yo me encargo de esto.

—Gracias, rubia, sabía que tú serías la que mejor lo entendería —dijo con cierto tono de alivio ante la preocupación que escondía de manera impoluta. Como siempre. En Nacho prevalecía esa capacidad que tienen algunas personas buenas para guardarse sus miedos y no trasladarlos a los demás como una penitencia. Nacho había sido así desde que lo conocí. Siempre fue una de las mejores personas que he tenido a mi lado.

Los gritos de Laux nos llevaron a alcanzar a los demás, que ya estaban regocijándose en el pequeño patio de la casa, un espacio con algo de césped, plantas y una mesa de madera con cuatro sillas donde nos sentamos como pudimos.

—¿Cómo es que has venido solo, Penespol? ¿Dónde está Jaumito? —le preguntó Laux, fiel a su estilo de cambiarle el nombre a todo el mundo.

—Está en Lleida, viendo a la familia...

—¿Y cómo es que tú no has ido? —preguntó sin ninguna maldad, pero con un tono interrogativo que resultó incómodo para Pol sin que ella lo hiciera a propósito.

Pol me miró con pena, buscando auxilio. Al percatarme de que no le apetecía hablar de ello y de que le costaba sacar la ironía con ese tema en particular, rápidamente interrumpí a Laux cambiando de tema y dejando la pregunta en el aire. Me puse en pie para llamar la atención de todos y de esa forma desviar el tema.

—Bueno, chicos, el piso es monísimo, os va a quedar ideal cuando lo decoréis.

—Mejor que no lo decoren, porque como metan un cuadro tendrán que salir al patio a vivir... —dijo Pol, volviendo a su estado natural.

—¿Qué insinúas? —preguntó Lucía haciéndose la enfadada, pero defendiendo lo suyo.

—Nada, nada... Es un nidito de amor precioso —añadió Pol—. Además, ¡es tan espacioso que podríais tener incluso un hámster como mascota! Y os sobraría una habitación.

Laux comenzó a reírse como una descosida, como hacía siempre con las tontunas de Pol, y nos arrastró al resto, Nacho incluido.

—Recuérdame que nombremos persona *non grata* a este señor —dijo Lucía mientras nos servía unas cervezas y algo para picar.

El timbre de la casa sonó por primera vez. Sonreí pensando que sería Javi, cuyo avión se había retrasado. Y no me equivocaba, pero no venía solo.

Si mi ilusión por verle cuando volvía de Ibiza era patente y no había menguado con el tiempo, la de Laux cuando vio aparecer a Iván con él fue desmesurada. No fue una sorpresa para ella, pero sí para los demás... Sobre todo cuando Laux se acercó rápidamente a él y le plantó un morreo largo, incluso con un puntito erótico, delante de todos y dijo:

—Bueno, pues ya está: Iván y yo llevamos unos meses viéndonos... Vamos, que estamos saliendo, que somos pareja, que hemos pasado el puente, iniciado el trámite, novios, que nos hemos juntado como los yogures de un *pack*, como Adán y Eva, como Romeo y Julieta, como Ramón y Cajal...

—Lo hemos entendido, Laux, nos ha quedado claro —dijo Sara interrumpiéndola mientras yo no podía aguantar la risa ante los ejemplos de Laux.

La cara de Iván se convirtió en un poema, pero en uno de Lope de Vega, lleno de todos los adjetivos posibles, dado que no creo que se esperase tal recibimiento. En su favor he de decir que aguantó como un campeón y aunque no creo que fuera la presentación soñada que él tenía pensada, su devoción por Laux siempre fue tal que la cogió de la mano con cariño y se sumó con aquel gesto a la *performance* de mi amiga.

Con las dos nuevas incorporaciones a la ceremonia de inauguración, la fiesta estaba completa o al menos eso creía...

—Pues Marcelo y yo estamos pensando en adoptar... —nos sorprendió Sara, quien al instante se vio solapada por una Laux pletórica.

—¿Quéééééééé? ¿Vais a adoptar a un Marcelinito? ¡Me muero de ilusión! Yo quiero ser la madrina, testigo o lo que sea que haya que hacer... Me compro un vestido nuevo, si hace falta. Incluso zapatos. Lo que digáis.

Marcelo contempló ojiplático a mi amiga, antes de que Sara lo puntualizara para que la cosa no fuera a más.

—No, Laux, nos referimos a adoptar un perro. Últimamente no paran de entrar algunos muy mayores. La gente los abandona y los abuelitos son los que más amor tienen que dar y recibir...

A todas se nos ablandó el corazón ante el relato de Sara, a pesar de que Laux siguiera insistiendo en el tema. Se había tomado ya un par de cañas y tenía la lengua bastante suelta.

—Oye, Sara, me parece fantástico, adoptar a un abuelito es genial, me flipa la idea, pero ¿lo del Marcelinito no os lo habéis planteado?

—Marcelito, en todo caso, ¿no? —dijo Sara.

—Sí, como sea —respondió Laux—. ¿Cuánto tiempo lleváis juntos?

Aquellas preguntas sonaban al típico interrogatorio de abuela cuando vas a visitarla al pueblo después de mucho tiempo sin verla. En realidad, lo que quería Laux era ir de boda, bautizo o comunión. A ella le encantaban esos saraos, el vestido, debatir sobre el *buffet* y el menú, sacar el Excel... O al menos eso creía yo.

—Llevamos... ¿dos años? ¿Tres?... —respondió Marcelo dudando incómodo.

—¡Nada, es muy poco tiempo! —dijo Iván echándole un cable—. Es mejor que fluya, que hay que disfrutar mucho antes de tener Marcelinos —concluyó en claro tono de broma.

—Bueno, yo personalmente creo que dos años ya es bastante, es mucho, de hecho... —convino Laux.

El cambio de tono en las inflexiones de su voz me alertó. Conocía a Laux como si la hubiese parido y había entrado de repente en otra conversación paralela completamente distinta.

—Bueno, no sé si el tiempo correcto es uno, dos o tres años, yo es que ahora mismo ni me planteo tener Ivanoskis chiquititos —añadió Iván, dando un trago a su copa con una sonrisa que secundaron todos excepto yo, porque conociendo a mi amiga sabía que ese comentario no iba a hacerle gracia.

Iván cerró aquella conversación llevándosela a su terreno sin que yo consiguiera intuir muy bien por qué. Sinceramente, creo que ni él mismo lo sabía, al menos de forma consciente y ni muchísimo menos pensando que aquellas palabras podían tener algún tipo de repercusión.

Intuí la contrariedad de mi amiga cuando vi que a Laux, como ella misma diría, se le había cortado el pedo de repente. Pese a que antes de aquella frase parecía que le habían dado cuerda, de pronto dejó de ser el alma de la fiesta, como nos tenía acostumbradas. No obstante, Iván, que se notaba que ya tenía cierta experiencia en tratar con Laux, sobre todo porque ni se inmutaba cuando hacía el pino puente en cualquier bar del centro de Madrid o gritaba «chiqui» al camarero a los cuatro vientos, supo llevársela de nuevo a su terreno. Consiguió cambiar su cara con besos y diciéndole al oído algo que solo ellos dos sabrían, bromeando de manera tonta y adolescente a pesar de tener ya una edad, como cuando te estás enamorando, algo que sin duda les estaba ocurriendo.

Tras muchas historias cómicas de Pol, un conato de discusión cuando Lucía bebió de una lata de Fanta donde Pol había apagado un cigarrillo y sus correspondientes risas posteriores, la inauguración oficial del nidito, por lo pequeño del apartamento, tocaba a su fin. Además, nos dimos cuenta de que Sara se había quedado dormida en uno de los sillones, con la baba cayendo sobre una de las cajas aún por abrir y un ronquido muy sutil. A Javi también le pasaba cuando llegaba muy cansado del entrenamiento. Esas noches siempre estaba inquieto en la cama, con espasmos en las piernas y el pulso por las nubes.

—Últimamente está agotada —se excusó Marcelo—. Llega a las tantas de la protectora y está todo el día zombi en el trabajo. Le he dicho que sí a lo de adoptar el perro, pero ni siquiera sé si es buena idea porque no le da la vida para nada...

Marcelo hablaba con un tono y cadencia difícil de ubicar entre el cansancio, la preocupación y el hastío.

Aprovechamos para despertarla con suavidad mientras escuchábamos su último ronquido acompañado por las últimas risas.

Mientras terminábamos de recoger nuestras cosas para irnos, Pol me propuso ir a la ventana del dormitorio para echarse un último cigarrito.

—¿A la ventana? ¿Por qué no vamos al patio mejor, que es más grande? —le pregunté, extrañada.

—No, es mejor la habitación. Me recuerda a la ventana de tu pisito de soltera. Lo único malo es que no da a una piscina, pero nos apañaremos.

Qué imágenes tan bonitas encerraban aquellas palabras llenas de recuerdos y de una añoranza especial por aquel piso donde fui tan feliz. El lugar donde puedo afirmar que conocí a Pol, al verdadero, cada noche. En esa ventana, que nos hizo inseparables, comencé a ser capaz de aprender a sobrellevar la muerte de mi padre, tuve las plantas mejor cuidadas del barrio y escuché las mayores barbaridades salir de su boca.

—¿Qué ha pasado con Jaume?

—Se ha ido a Lleida...

—Pero...

—Pero no a ver a su familia, sino a dejar de verme a mí —dijo sin vacilar, perdiendo la mirada en las luces de los semáforos de la calle principal que cruzaba justo enfrente.

Ofrecí a mi amigo una mano y, sobre todo, un tiempo para desahogarse y sentirse escuchado.

—Está muy enfadado conmigo. Ahora me infravalora por haber perdido el trabajo, como un niño desprecia un juguete roto. Como si no tuviese arreglo.

—Pero no tienes la culpa de lo que ha pasado, Pol, las cosas estaban muy mal en el trabajo desde hacía tiempo. Has hecho todo lo que has podido...

—Ya, eso lo sabemos tú y yo... Pero para Jaume «todo» no es suficiente. Quiere más y yo no puedo cambiar mi forma de ser en unos días, no puedo recuperar mi trabajo de la nada y no puedo cumplir sus expectativas... que a saber cuáles son ahora. Ya te lo dije, se ha cansado de mí. Está amargado, o le he amargado, quien sabe...

—¿Hablaste con él?

—Sí, tal como me dijiste. Comunicación.

—¿Y?

—Pues que fue de todo menos comunicación.

—¿Y eso por qué?

—Dice que es culpa mía. Que todo es por mi culpa. Pero creo que está cansado y no solo de mí, sino de sí mismo. Está obsesionado con el trabajo, con el futuro, como si fuera algo que supiera que va a pasar a ciencia cierta. Se prepara concienzudamente para él y yo, estando ahora mismo en paro, soy como una piedra en el camino. Soy un cero a la izquierda.

—No digas eso Pol, no es verdad.

—Para él, en estos momentos, no existe otro tiempo verbal que no sea el futuro y a mí ya me está dejando en su pasado.

Mi madre siempre dice que los jóvenes de hoy en día nos pasamos la vida pensando en el futuro sin disfrutar del presente. Yo creo que no le falta razón, pero es muy complicado entender cuándo hay que parar de dedicarle demasiado tiempo al trabajo para asegurar el mañana y, de esa forma, disfrutar del ahora. No es fácil encontrar ese equilibrio.

Siempre digo que es vital saber cuándo hay que dejar de echar macarrones en la olla, parar cuando te estás pasando con las pinzas depilándote las cejas y, más aún, saber cuándo detenerte si te estás convirtiendo en una esclava del trabajo. Es algo que en ninguno de los tres casos controlo, sigo buscando el equilibrio, así que pocos consejos podría darle a Pol en ese momento. La teoría nos la sabemos todas, pero qué difícil es llevarla a la práctica...

Abracé a mi exvecino, muy mejor amigo y casi hermano Pol, pero nos separamos al instante cuando oímos un ruido al otro lado de la ventana, en la habitación contigua.

—¿Has oído eso? —le pregunté.

—Yo no he sido, ¿eh? Los pedos son cosa de Laux.

—¡Que no te hablo de eso!

—Calla... Creo que es Laux. Parece que ha entrado en la otra habitación con Iván.

Pol puso una de sus grandes orejas sobre la pared, esforzándose al máximo para enterarse de lo que ocurría al otro lado.

—¡Deja de ser cotilla! ¡Vamos dentro! —apuré a Pol.

—¿Qué dices! ¿Y nos lo vamos a perder? Imagínate si se ponen a hacer el amor... ¡Quiero saber si Lady Susurros grita tanto mientras lo hace! ¡Igual lo deja sordo! O espera, espera... ¡Igual es al contrario y cuando folla no dice ni mu! ¿Te imaginas? ¡¡¡Laux follando callada!!!

—No sé por qué, pero no lo veo...

—¡Te juro que si Laux está callada mientras folla, me vuelvo hetero!

Empujé a mi amigo hacia la puerta para salir de allí. No entraba dentro de mis planes escuchar a mi amiga en un momento tan íntimo, si es que era eso lo que iban a hacer...

9
Laux

No estaba preparada para aquello.

En cuanto pudimos escabullirnos, arrastré a Iván hacia el despacho de Lucía.

Dado que Iván y yo pasábamos tanto tiempo sin vernos, nuestros reencuentros siempre eran muy apasionados. Nos besábamos con hambre y sed, con deseo. Con ganas: con las mismas con las que coges el baño de tu casa cuando vuelves de vacaciones. En ningún sitio como en él o, en este caso, con él. Con Ivanoski, que pasaba a llamarse Iván en mi cama.

Ciertamente, cada vez le echaba más de menos cuando nos separábamos, incluso cuando terminaba de escuchar uno de sus audios o caducaba una conversación telefónica, por pequeña que fuera. En el fondo, aquello me estaba lastrando un poco porque sentía que me dejaba algo indefensa. Por supuesto, aquella tarde no podía evitar disfrutar de él, no quería. Iván, Ivanoski, Ivanuchi... Iván, a secas, en aquel momento.

—Tenía muchas ganas de verte... —dije conteniendo la voz, aunque no sirviera de mucho.

—Y yo a ti. Estás preciosa.

—¡Qué pelota eres! —le dije mientras me reía con la boca lo más abierta que sabía.

Si algo me gustaba de Iván era que nunca se avergonzaba del sonido de mis carcajadas, de mis «chiqui» o del tono «elevado» de mi voz. Nunca se había quejado y se notaba que no le molestaba ni siquiera cuando le gritaba al oído y el tímpano le pitaba durante un buen rato.

El tonteo entre nosotros era más que evidente. Sin duda, estábamos comenzando algo bonito que aunque no sabíamos adónde nos iba a llevar, nos estaba haciendo disfrutar mucho del camino.

Iván dejó caer el cuerpo sobre la silla del despacho de Lucía y yo lo hice sobre sus rodillas. El par de cervezas —quizá cuatro— que me había bebido tomaron las riendas de mi cuerpo. No sé si era el momento más adecuado, pero yo soy así.

—¿De verdad no te has planteado tener hijos un día? —le pregunté mirándole a los ojos mientras jugueteaba con los botones de su camisa, que le apretaba en los brazos de una forma extremadamente sexi.

Iván, que se había quedado con el beso en los labios, respiró buscando una respuesta que estuviera a la altura.

—Bueno, no solo un día. Si son buenos, podría tenerlos incluso una semana —respondió Iván mientras se descojonaba.

Estaba tan enfocada en lo mío que tardé en pillar el chiste, pero cuando lo hice le pedí que hablásemos en serio porque para mí era un tema delicado. Solté el botón de su camisa que tenía entre los dedos en ese instante y me eché para atrás, sentada a horcajadas encima de él.

—No estoy de broma, es una pregunta de verdad, Iván.

Noté que su gesto cambiaba por momentos y su nuez, presente de manera visible en su gran cuello, subió y bajó tragando saliva y, de paso, aquella frase que se le había quedado en mitad de la garganta.

—Pues, Laux, no lo sé... Ya sabes que tampoco he tenido

nunca una relación muy larga y formal como para hacerlo... No he pensado en ello, la verdad.

Sentí que la respuesta no era la esperada. Tampoco quería que me dijera: «Sí, claro, los quiero ahora y, ya que estamos, aquí contigo», ni muchísimo menos. Era un pregunta de las que utilizaba siempre para saber si estaba en la misma onda con una persona. Sin más. ¿Te gustan los perros y a mí los gatos? OK, pues no estamos en la misma onda, pero podemos quedar para hablar de ellos mientras nos acostamos. ¿Que te gustan las tostadas de ajo y a mí también? Genial, estamos en la misma onda, aunque será duro para los dos lo que venga después, si nos besamos.

En cuestión de segundos pasaron por mi cabeza un montón de preguntas, pero no me detuve en ninguna. Ni siquiera yo tenía clara la respuesta a la mayoría de ellas, así que decidí no decirlas en voz alta. Tampoco estaba preparada para escuchar más respuestas que pudieran hacerme daño.

En aquel momento, las cañas, el destino, la bilirrubina o quizá una foto espantosa de Lucía con dos pajitas en la nariz que parecía mirarme fijamente desde un marco en el escritorio, casi me obligaron a hablar. Dije algo que ahora mismo no sabría discernir si me arrepiento de haber expresado en voz alta, pero como dice la rubia: «Si lo dijiste piripi, lo pensaste serena». Era algo que llevaba demasiado tiempo guardando para mí.

—El verano que pasamos juntos en Ibiza cuando fuimos a ver a la rubia... ¿Te acuerdas?

—Joder, Laux, ¿cómo no me voy a acordar? Estamos aquí ahora por esos días que pasamos juntos.

—Lo sé... —dije, haciendo una pequeña pausa.

Iván entendió mi silencio.

—¿Qué pasa, Laux?

—Pues que cuando volví a Madrid no me bajaba la regla.

Iván cambió el semblante radicalmente. Pude notar cómo todo lo que habíamos hablado acerca de los niños y de nuestra relación se entremezclaba sin encontrar ningún orden en su cabeza. Noté también cómo empezaba a hacer conjeturas de por dónde podía salir aquel tema y no se le veía cómodo.

—¿Y...? —Iván ansiaba una respuesta.

—Y nada... Tranquilo, eh, que te vas a atragantar con tu propia nuez.

Iván, que hasta el momento había sobrellevado la conversación con bromas, se puso muy serio por primera vez.

—¿Nada? ¿Seguro? Porque me gustaría saber qué pasó y, sobre todo, por qué no me lo has contado hasta ahora. Creo que tengo derecho a saberlo.

—Pues no te lo he contado porque no pasó nada más allá de que durante el mes y medio que estuve sin la regla tuve por primera vez la sensación de que podría ser madre, y que tú podrías haber sido el padre, pero como no pasó...

Iván me miró en silencio. La peor respuesta que podía esperar en ese momento por su parte: el silencio total, la nada.

Su gesto, siempre prudente con el tema, hizo que me sintiera herida porque es cierto que yo llegué a ilusionarme pensando que Iván podría haber sido un buen padre. Tenía la sensación de que estaba lanzando una pelota contra una pared que simplemente estaba rebotando, volviendo a mi mano una y otra vez. Me estaba dando de bruces con una realidad que no era la que había creado ni la que había planeado en el Excel de mi vida. Me sentí muy tonta por haberme ilusionado cuando pasó aquello, mientras que se notaba que él únicamente ansiaba que yo le contase que no había pasado nada. Tuve claro que no estábamos en la misma onda. No íbamos en la misma dirección y yo no estaba preparada para aquello. Le dije lo que él quería escuchar.

—Al final me vino la regla y ya está. No hay más. Puedes respirar tranquilo —dije con tono melancólico. Abatida.

No fui capaz de contarle, tras su inerte reacción, ni la

mitad de lo que aquello provocó en mí. No le conté que después de aquella decepción disfrazada de ilusión congelé mis óvulos y que la incertidumbre despertó en mí un deseo que yo misma desconocía hasta aquel momento. Sentí un calor en mi interior difícil de explicar e imposible de verbalizar. Estaba al punto del llanto, ese que se queda atrapado en tu garganta luchando por salir y tienes que contener, ese que duele, que cristaliza los ojos y hace que tus labios comiencen a temblar sin control. Ese llanto que simplemente tragas y se deposita en tu corazón para siempre.

Iván me miró, descolocado por momentos, intentando entender la situación. La verdad es que no sé por qué estaba tan enfadada con él, pero sí que sabía lo que iba a hacer en ese instante. Cogí el bolso, que colgaba de la silla, le hice una última pregunta y tras su respuesta me fui.

Aquella noche me marché sin despedirme de nadie. No cabreada, sino más bien decepcionada conmigo misma porque no esperaba el final que tuvo aquella conversación.

Inconscientemente —porque de manera consciente lo último que me apetecía en aquel momento era mostrar cualquier signo de felicidad como lo es cantar—, me puse a tararear la canción que sonaba de fondo en el salón. Sin pensarlo, sin paladear siquiera las estrofas. Dicen que los cisnes cantan su más bella canción justo antes de morir. Es algo conocido en la planta de paliativos. Entre las enfermeras lo llamamos «El canto del cisne». Es una especie de resurgir que tienen muchas personas justo antes de morir. Recuperan el apetito, la sed, incluso hablan de otra forma antes de marcharse. Alentador para quien no lo conozca, descorazonador para quienes sabemos lo que significa. Es un final, un último aliento. En mi caso marcaba un claro final.

Solo recuerdo la cara de Sara al despertar y frotarse los ojos mientras yo salía por la puerta. No vi nada más. A nadie más. Supongo que Iván tendría la misma cara de sorprendido que cuando salí de la habitación. Supongo que se haría un largo silencio, incómodo. Quién iba a decir que Laux, la misma que habla y grita, se hubiese quedado sin palabras... Porque aquella noche ya las dije todas.

10
Iván

No íbamos en la misma dirección.

En cuanto pudimos escabullirnos, Laux me arrastró hacia el despacho de Lucía.

Me encantaba toda ella, siempre tan extrovertida, tan natural, tan Laux en estado puro. Quizá fuera todo lo contrario a lo que solía imaginarme en una mujer, pero tenía que admitir que desde que la conocí había algo que me unía a ella de manera incontrolable, como si nos ajustásemos de forma natural, como piezas de un puzle que por separado es imposible visualizar juntas, pero que con paciencia encajaban a la perfección.

Desde que nos conocimos, habíamos compartido de manera intermitente horas de sueño, sexo, playas infinitas, algún vino con atardeceres de fondo y gritos, muchos gritos, todo ello bajo una fórmula sin ataduras en la que decidimos que ninguno dejaría su vida a un lado, como habían hecho la rubia y Javi, porque en ese punto teníamos claro que éramos diferentes a ellos. Por eso me sorprendió el cariz pausado y solemne que tomó aquella conversación cuando de buenas a primeras todo se centró en tener hijos. Habíamos decidido dar un pequeño paso hacia delante, pero no sabía si de repente aquello parecía haberse convertido en un salto de longitud.

Aquella noche, Laux salió de la habitación de Lucía y se marchó creyendo que tenía razón. Yo también lo creo. Pero no por lo que dijo, sino porque en su fuero interno ella estaba luchando por lo que quería o creía querer, y yo no lo estaba entendiendo ni podía entenderlo en ese momento. Por eso tenía razón. Sin más. Su última pregunta no me dejó siquiera tiempo para reaccionar.

Volví a Ibiza descolocado porque pensaba que aquel paso meditado que habíamos dado juntos en nuestra relación iba en la misma dirección, como si los dos hubiésemos sintonizado el mismo canal en la radio al mismo tiempo, pero aquella situación me dejó algo frío.

La semana siguiente le escribí varias veces, pero no respondió ninguna. También la llamé a distintas horas durante el día, pero tampoco conseguí hablar con ella. Me disculpé tantas veces como pude sin saber muy bien el motivo y me ofrecí a entenderlo. No pudo ser. Con Laux, en aquel momento, todo era un «pero no» y empezó a darme bastante pena porque aquella ilusión se había tornado en decepción.

El fin de semana siguiente, tras unos largos días de incertidumbre, llamé a Javi para preguntarle si le tocaba volver a la isla. Por suerte entraba el viernes por la tarde y estaría aquí hasta el martes, así que le propuse que se quedase en mi casa. Javi siempre ha sabido ver cuándo le necesitaba.

Cuando llegó, lo primero que hice fue preguntarle claramente por Laux. Si alguien podía saber algo de ella, solo podía ser él a través de la rubia. Me quedé aún más desubicado cuando me dijo que tampoco le estaba contestando los mensajes a ella desde la fiesta. Pensé que quizá la cosa no iba solo conmigo, sino con alguna especie de lucha interna que Laux mantenía consigo misma, algo que se había desatado a raíz de aquella conversación o incluso del sentimiento que podría haberle provocado la ilusión por aquel retraso de la regla. No sabía muy bien qué hacer ni cómo ayudarla.

—Tío, es que me quedé en *shock*. Es como si Laux de repente quisiese correr más de la cuenta. Si nos conocemos de hace dos días, como quien dice...

—Hombre, Iván, dos días, dos días tampoco. Seamos serios, que a lo tonto lleváis viéndoos bastante tiempo...

—No lo suficiente como para hablar de tener hijos...

—Ya...

—Puedo entender, incluso fantasear con conversaciones más serias; no tengo problema porque de verdad que es una mujer que saca la mejor parte de mí y soy el primero en ilusionarme, pero de ahí a que de repente me dijese que por un momento pensó que estaba embarazada de mí...

—Hey, eso no me lo habías contado. —Noté la sorpresa en la cara de Javi.

Respiré profundamente puesto que, aunque me mantenía en un claro escenario de desconcierto, me costaba hablar de aquel punto de inflexión. Me gustaría haberle dicho el porqué, pero ni yo mismo lo sabía.

—¿Recuerdas el verano que vinieron las chicas a la isla a ver a la rubia?

—Sí, claro, cómo no, si las invité yo...

Repasé mentalmente todos los sitios en los que me había acostado con Laura. En la cama, en la playa, incluso en el baño de un restaurante mientras los demás estaban fuera... Y entre aquellos recuerdos encontré el sitio exacto en el que todo se nos fue de las manos.

—Uno de los días, antes de que se marcharan, lo hicimos en un *jacuzzi* y...

—Lo recuerdo. Bajasteis después a la playa con una cara de satisfacción los dos que pocas veces te había visto...

Tragué saliva al recordarlo y continué hablando:

—Cuando volvió a Madrid, estuvo un mes y medio sin venirle la regla. Durante ese tiempo pensó que estaba embarazada de mí...

—Por eso el tema de los niños salió en la conversación...

—Creo que sí, no lo sé, tampoco he podido hablar más con ella. No me coge el teléfono.

Javi me miraba fijamente mientras intentaba encontrar una respuesta coherente a todas las emociones que estaba sintiendo. Enfado, miedo, decepción, rabia, impotencia...

—Cuando estábamos en la habitación, me lo contó de una manera que me dejó flasheado. Por un momento pasó por mi cabeza que podía haber sido padre, ¿entiendes eso? ¿Cómo cojones puedes adaptarte a algo así en cinco segundos? ¿Cómo puedes asumir esa situación en tan poco tiempo y reaccionar de la manera adecuada?

Javi asintió mientras me pasaba el brazo por los hombros.

—Ella podía hacerlo porque había guardado toda la información durante meses, pero yo solo tuve cinco minutos para asimilarlo.

Respiré hondo tras haberme desahogado por fin con alguien en persona. Laux estaba siendo injusta y ni siquiera me estaba dando la posibilidad de expresar mis sentimientos. Cuando una persona se enfada y no te da la opción de explicarte, el problema pasa a ser exclusivamente de esa persona. Yo no quería que eso pasase, pero no me estaba ofreciendo ninguna alternativa.

Recordé, sin esperarlo, la canción que sonaba cuando salí del despacho de Lucía antes de oír el portazo de Laux: «Te odio» de Santi Balmes. «Te odio porque siempre sigues, siempre sigues ahí». Quería sacarla de mi cabeza. La canción y a ella.

La abuela de Javi siempre nos decía que no hay mayor soledad que darte cuenta de que no tienes con quién compartir una alegría. Cada vez que me pasaba algo bueno, me acordaba de Laura y cogía el móvil de forma instintiva para compartirlo con ella, pero en ese momento no podía. Y las alegrías se diluían.

Intenté llamarla de nuevo las semanas siguientes, pero no conseguí hablar con ella. Y entonces dejé de intentarlo.

11
El peso de la mochila

Podemos con todo, pero no con todo a la vez.

Laux estaba desaparecida tras la inauguración en casa de Lucía y Nacho. No contestaba a mis mensajes ni cogía el teléfono cuando la llamaba y, por supuesto, tampoco participaba en el Dramachat.

Aquel jueves, de camino a casa de mi madre, hice una nueva tentativa en forma de audio que bien podría haber sido un pódcast:

—Laux, amiga, ¿cómo estás? Llevas unos días sin decirme nada... Ya sabes que no soy de insistir mucho, bueno, un poco sí. Como dice Javi, creo que podría convencer a mi gato de que ladre... Pero me gustaría escuchar tu voz, aunque solo sea para decirme que no te escriba más. ¿Qué te iba a contar...? Ah, sí, este finde voy a Ibiza con Javi a ver a la yaya Catalina y me gustaría saber que estás bien. Anda, mándame un «chiquiiiiiiii», porfa, o ladra, lo que te salga del alma. Pero dime algo.

Envié el audio y lo escuché de nuevo con vergüenza, como si no reconociese mi propia voz en algo que acababa de grabar. Volver a escuchar mis mensajes era una especie de placer culpable que me satisfacía e irritaba a partes iguales. En este caso concreto, reconocer mi voz rodeada de tanta angustia, a pesar de las bromas, me hacía sentir incómoda. Estaba muy preocupada. «Laux en silencio» es un oxímoron difícil de aceptar.

Entonces pensé que una llamada de atención indirecta podría ser igual de efectiva a la hora de conseguir su atención. Antes de subir a casa de mi madre hice un intento de jalear el Dramachat con la idea de que una conversación entre amigas la hiciese reaccionar:

Dramachat
Laux., Lucía azafata., Sara., Tú

¡Amigas!, ¿qué tal?
¿Qué hacéis?

Visto por Sara, Lucía y Laux. Ignorado por todas.

Que Laux se marchase de casa de Lucía aquella noche sin decir nada dejó una sensación extraña en todas nosotras. Fue algo que no podría describir con palabras, pero que sentía con amargura. Fue como si aquel momento de explosión hubiese marcado un giro en nuestra amistad y yo desconocía el motivo.

Cuando subí, mi madre me esperaba con la puerta abierta, como de costumbre, para que quien me recibiese fuera ella con una sonrisa y no la fría puerta de la entrada. La abracé primero a ella y luego a mis dos gatos, en ese orden, en un ritual que ya tenía implementado cuando iba de visita a la casa donde me crie con mis hermanos, mi madre y mi padre.

El olor a libro antiguo seguía invadiéndolo todo. Tras la muerte de mi padre, ella se negó a quitar sus cosas de las estanterías y lo entendimos. Reconocer esos pequeños detalles de una vida en familia entre aquellas paredes me ofreció un confort que me hizo sentir segura de nuevo. Es bonito madurar y darte cuenta de que muy pocos lugares en tu vida pueden considerarse «hogar». Para mí, sin duda, lo era mi propia casa, la de Laux y la de mis padres, por supuesto. Es un refugio donde nada cambia: los mismos muebles, el mismo televisor de tubo un tanto antiguo y los gatos, que pase lo que pase siempre serán mis gatos, aunque ya ni siquiera los alimente.

Sara siempre cuenta una anécdota que me resulta muy curiosa: sus padres aseguraban que cuando sus hijos se marchasen de casa, la venderían y se mudarían a un ático en el Retiro. Era su fantasía de jubilación, que el año pasado cumplieron antes de tiempo. Ella me contaba que se sentía como una extraña cuando iba a comer los domingos a su nueva casa, ya que no sabía dónde estaban los cuchillos que cortan o los vasos bonitos que guardan para las visitas. Tampoco tenía una habitación propia con algún peluche de la infancia en la cama, ni ropa en los armarios y eso le hacía sentirse fuera de lugar. Sara se sentía muy feliz por ellos porque habían cumplido su sueño y eso estaba por encima de todo, pero no podía evitar tener la sensación de que aquel no era su hogar.

Yo agradecía mantener intactas todas las pertenencias de mi padre, o gran parte de ellas, ofreciéndome un lugar lleno de amor al que volver cuando la nostalgia me invadía. Una atalaya donde sentirme segura cuando el resto de mi mundo estaba en guerra.

Mi madre me preparó un café y, obviamente, se lo acepté. Aproveché que iba a la cocina para abrir los cajones del mueble del comedor. El cajón de los secretos, donde guardaba los viejos álbumes con fotos de nuestra infancia, postales que mi padre le enviaba a mi madre desde Japón y recuerdos de otra época que siempre me transportaban a aquellos tiempos donde ni siquiera existían los móviles.

Entre todas las cosas que saturaban aquel compartimento me llamó la atención un álbum de mi hermano, el mediano. La portada era verde caqui y estaba acolchada. Las páginas tenían un fondo de rayitas amarillas sobre un color crudo y eran autoadhesivas; solo tenías que colocar las fotos dentro del papel transparente para después disfrutar de ellas durante años.

—Anda, has cogido el álbum de tu hermano —dijo mi madre mientras entraba con el café y unas pastas.

—Yo las pastas no puedo, mamá.

—Son sin gluten, hija.

Vale, mi madre otra vez yendo un paso por delante de mí.

—¿Quién era esta señora? —le pregunté al ver en una de las fotos a una mujer mayor que sostenía a mi hermano con apenas dos años.

—La tía Julia. No la conociste. En realidad no era tía de nadie, pero siempre la llamamos así. ¿Por qué lo preguntas?

—Me ha recordado a la abuela de Javi, a la yaya Catalina. Lleva un delantal de flores, así como muy colorido, muy de su estilo. Y tiene las manos muy huesudas.

—¿Cómo está la yaya, por cierto? —me preguntó mi madre.

—Vamos a ir a verla este fin de semana. Podrías venirte con nosotros...

—Ay, hija, ya no tengo fuerzas para viajar y menos en avión. Con el miedo que me da ahora todo...

—Anda, mamá, si estás en la mejor edad para viajar, mira todas las ofertas que hay con el Imserso...

—Sí, si ya lo he visto. Todas esas personas mayores que te muestran en la publicidad de los viajes salen muy sonrientes. Seguro que no tienen ciática como yo...

—Las fotos nunca son lo que parecen, mamá. Pasa mucho en las redes sociales. Es todo postureo.

—¡Ah! Pues mira, el otro día tu hermano quería apuntarme al «Feisbul», que dice que mis amigas me quieren mandar las etiquetas de fotos que nos hacemos cuando jugamos al mus y no pueden.

—Te quieren etiquetar, mami, no mandarte etiquetas —sonreí.

—¿Cómo? No sé, lo que se haga en el «Feisbul» ese.

No pude evitar reírme cuando, por segunda vez, mi madre pronunció el nombre de Facebook como «Feisbul», algo que sonó como el malo de una película de serie B. Por supuesto, no la corregí. La había entendido, que era lo único importante, pero he de reconocer que todo aquello había sonado un poco Laux y me hizo mucha gracia.

—Pues hay otra red social que también es muy entretenida. Yo tengo una cuenta y me sigue mucha gente —dije, sabiendo que entendería a medias lo que le estaba contando. Aunque ella no fuera del todo consciente de lo que quería decirle, para mí era un desahogo porque no me iba a juzgar, ni siquiera iba a dimensionarlo, solo quería que lo supiera.

—¿Cómo es eso de que te siguen? A ver si te van a hacer algo...

Aquella frase volvió a arrancarme una sonrisa. Supuse que mi madre había entendido la expresión al tacón de la letra y se habría imaginado a miles de personas siguiéndome por la calle. Tenía cara de estar entre espantada y preocupada. Era gracioso imaginar a miles de personas siguiéndome por la calle para entregarme un corazón y, de esa forma, darme un «me gusta».

—Ja, ja, ja, mamá, no es que me sigan literalmente. Es solo que leen lo que escribo.

—¿Y qué escribes? —preguntó interesada.

—Pues a veces escribo frases de humor, otras reflexiones, algunas veces textos más largos...

—Muy bien... ¿Y qué te dicen?

—Me escriben mensajes muy bonitos, mamá. Sobre todo en Instagram...

—¿En dónde?

—Es como el «Feisbul», pero con más fotos —le dije en claro tono de broma.

Aquella tarde le conté a mi madre cómo funcionaba Instagram, entre otras cosas. En el fondo, creo que seguía asintiendo por cortesía cuando le explicaba qué era un *post*, las *stories* o los «me gusta» de cada publicación porque en realidad no se enteraba y tampoco le preocupaba. Ella solo veía que era algo con lo que disfrutaba, se percibía por la emoción de mis palabras y con eso le bastaba. También le conté que las publicaciones podían compartirse y que cada día recibía muchos mensajes privados y menciones de las chicas que compartían con sus amigas todo lo que yo escribía.

—Oye, pues me parece muy bonito esto que me cuentas porque si compartes con una amiga algo que te ha gustado es como hacerle un regalo.

—Sí, no lo había visto así, pero tienes toda la razón.

—Claro, al final lo más importante es compartir con los demás aquello de lo que disfrutamos, como estás haciendo ahora conmigo...

Aquella segunda frase volvió a conmoverme. Mi madre, al igual que la yaya Catalina, con el paso del tiempo se había despojado de la retórica, dejando que la experiencia diera paso a reflexiones que estaban llenas de sencillez y claridad.

—Entonces ¿también te escriben mensajes como por el WhatsApp ese?

—Muchos cada día. Lo que pasa es que, si no los miro en cuanto los recibo, se me pierden.

—¿Cómo se van a perder, si están dentro del móvil? —me preguntó con inocencia.

—Pues sí, son tantos que, si no los veo en el momento, algunos desaparecen entre los miles que recibo. Leo muchísimos, pero perderme otros es lo que más rabia y pena me da. La gente me escribe ilusionada y a veces no llego a todo... —le conté, un poco abrumada.

Mi madre percibió el desencanto, a veces frustración, y trató de animarme como siempre hacía, siendo ese enlace fundamental entre mis hermanos y mi padre que tiempo atrás fue más enérgico y batallador, pero que ahora se tornaba más pausado.

—Bueno, seguro que te vuelven a escribir. Tampoco puedes estar todo el tiempo con el móvil en la mano, ¿no crees?

Qué estructura de frase tan característica. Mi madre siempre añadía una pregunta directa al final cuando quería mandarme un mensaje crucial que quería recalcar, dejando la pelota en mi tejado.

—La verdad es que me gusta. Me preocupa más que no pueda prestarles toda la atención que merecen. Piensa que ellas invierten mucho de su tiempo en mí, en leerme, en escribirme... Y no hay nada más valioso en este mundo que el tiempo que uno tiene. Si lo dedican a contarme que han tenido un mal día o que han conseguido algo importante, o incluso un chiste que les recuerda a mí, me gustaría estar ahí, como mínimo, el mismo tiempo que me han dedicado.

Mi madre frunció el ceño como cuando era niña y le contaba algo que no le cuadraba. Era un gesto que ya tenía automatizado, casi un reflejo involuntario del genoma de madre y que, por supuesto, yo conocía a la perfección.

—Hija, pero no puedes hacerte cargo de todo, lo sabes, ¿no? Está muy bien ayudar y estar presente para los demás, pero... Esto te lo decía siempre tu padre, siempre te decía que no podías llegar a todo —recordó, agarrando mi mano.

—Ya... —respondí apesadumbrada.

El recuerdo de mi padre asomó casi al segundo de que mi madre lo nombrara. Y no lo hizo solo una vez, sino en una sucesión continua de imágenes y recuerdos donde aparecía repitiéndome esa frase. Como la vez que quise meter en mi cama a todos los gatos del barrio porque hacía frío. «No se puede llegar a todo, señorita. Hay que medir».

—Estaría muy orgulloso de ti, cariño, ya solo con que lo intentes —añadió.

El salón se envolvió de nostalgia con aquellas últimas palabras. Entonces, uno de los gatos, en concreto la gatita, tiró mi vaso de café al suelo con su patita gorda, algo que era habitual en ella cuando vivía mi padre.

—La madre que la parió... ¡Qué gata! —exclamó mi madre repitiendo las mismas palabras que escuchaba a menudo por boca de mi padre cuando hacían alguna trastada.

Ambas sonreímos con complicidad.

—Igual el café estaba muy cargado y quería más leche —le respondí en broma.

—Sí, va a ser eso, sí... —admitió con una sonrisa.

Estar con mi madre siempre dejaba en mí un poso de reflexión. En aquel momento, empezaba a sufrir cierta angustia —no sé si por esa constante de estar para todo el mundo, algo que había arrastrado en primera persona desde siempre—, pero en ese instante se trasladaba a un círculo más amplio que el de mis amigos y que incluía, de repente, a miles de personas. Sabía que no podía hacer, ni muchísimo menos, un drama de aquello y tenía claro que, si no lo iba a disfrutar, lo mejor sería parar. Mi padre a veces me decía que tenía el síndrome del salvador y con el paso del tiempo me he dado cuenta de que quizá tuviera razón. No saber cuándo parar y no ser consciente de que hay cosas que no dependen de una misma eran ideas que no habitaban mi cabeza habitualmente, pero sí que se transformaban en fuente de decepciones.

Recogí el café que la gatita había tirado al suelo, tomé la última pasta que quedaba y me despedí. Aquella conversación con mi madre fue muy reconfortante. Siempre que volvía a casa, tenía la sensación de hacerlo con los «deberes espirituales» hechos, como yo los llamaba. Y en ese caso tenía que empezar a darme cuenta de que quizá podemos con todo, pero no con todo a la vez. Gracias a verbalizar aquella preocupación con mi madre, me di cuenta de lo mucho que valoraba los mensajes que me escribían. Sentí la necesidad de encontrar una solución y empecé a recopilar las preguntas que más me hacían o las que me resultaban curiosas para mostrarlas en *stories*, sin enseñar nunca el nombre de quien se dirigía a mí. En aquel espacio todas éramos iguales, anónimas a ojos de los demás. De esa forma, respondía a muchas personas a la vez y me sentía más cerca de todas las que me regalaban su tiempo. Dentro del agobio que la posición del síndrome del salvador me otorgaba, necesitaba encontrar herramientas para romper las dinámicas que yo misma me estaba imponiendo.

Miré el móvil mientras caminaba por la calle:

Lucía azafata.

Ya estoy en la puerta.
Te espero sentada
en el banco.

El mensaje de Lucía sonó en mi móvil más fuerte de lo habitual. De repente recordé la nueva tarea mental que Nacho había dejado en mi tejado el día de la inauguración de su casa. Tenía que aceptar que no podía echarme a la mochila todos los problemas de los demás, pero la paradoja era que justo me dirigía a intentar ayudar a mi amiga con su problema con el libro que, para más inri, ni siquiera me había confesado. ¿Cómo no iba a hacerlo? Ella también lo haría por mí. ¿Qué es la amistad, sino ayudarnos entre nosotras a llevar el peso de nuestras mochilas?

Habíamos quedado en la puerta de la discoteca en la que habíamos trabajado juntas. No era de noche y ya no se llamaba igual que cuando nos movíamos como peces en el agua como relaciones públicas muchos años atrás. Nos abrazamos junto a un pequeño banco que había enfrente, donde la gente salía a fumar de madrugada.

Quedamos esa vez sin tacones, sin llevar de la mano a decenas de personas para llenar el garito y, por supuesto, sin la intención de acabar cerrando todos los bares de Madrid, aunque eso, entre nosotras, *a priori* nunca se sabía... La madurez nos daba la respuesta, pero no voy a negar que nos la hemos saltado alguna vez.

—Qué tiempos aquellos, ¿eh, rubia? —me dijo Lucía mirando la puerta de la discoteca, en ese momento cerrada, mientras me daba un abrazo y me plantaba dos besos de abuela.

—Lo pasamos muy bien...

—Éramos muy buenas en nuestro curro. Alberto siempre dice que no ha habido nadie como nosotras...

—Para lo bueno y para lo malo, ¿no?

Lucía sonrió, recordando alguna liada de las nuestras.

—¿Te acuerdas cuando te caíste aquí mismo, en la puerta, delante de toda la cola?

—¡Cómo no acordarme? Y yo intentando actuar normal mientras me levantaba con los pantis rotos. Qué desastre...

—Quizá no siempre tomábamos las mejores decisiones ni elegíamos los mejores zapatos, la verdad, pero ¡qué anécdotas, eh!

Aquella primera conversación me tranquilizó. Lucía estaba de buen humor o eso parecía. Yo no percibí esa desazón que Nacho me había transmitido. Quizá estaba exagerando... Solo podía saberlo preguntándole directamente. Sin paños calientes.

—¿Qué tal va la novela?

El semblante de Lucía cambió al instante, casi sin querer. En un intento por salvar la situación, forzó una sonrisa que se dibujó en su rostro de forma antinatural. Su ánimo había caído en picado, como lo que le ocurre a una empresa en bolsa tras una polémica de las grandes en Twitter.

—Bueno, ahí anda. No va mal —dijo, sin más.

Su gesto mostraba todo lo contrario que sus palabras. Me pareció una buena idea proponerle que fuésemos a una librería a buscar su libro, comprarlo y que me lo dedicase. A pesar de que tenía en mi poder uno de los cuatro valiosísimos manuscritos originales y una primera edición, quería que me firmara uno en el momento. Creí que podría hacerle ilusión y, de paso, seguir con el tema para saber por dónde iban los tiros.

Paseando por una de las calles paralelas, entramos en una de esas librerías grandes, buscándolo entre todas las mesas de la entrada.

—A ver, aquí no va a estar, aquí están los escritores consagrados, las novedades... —dijo Lucía con cierta resignación.

—Bueno, lo tuyo es una novedad.

—Ya, pero yo no... —dijo con un claro tono que empezaba a sonar a decepción que intenté corregir interrumpiéndole.

—Vamos a la sección de *thriller*, seguro que está allí.

Lucía sonrió por un momento y nos adentramos en la librería. No estaba en la sección de *thriller*, tampoco en la de suspense ni en la de ficción. Recorrimos las estanterías de novela negra, policiaca, autores destacados y novela contemporánea, por si acaso. Incluso poesía.

—¿Y si está en romántica...? —pregunté al aire, intentando poner un punto de humor a la situación, aunque, por otro lado, bien podría estarlo...

Lucía me miró con desdén, agotada por mi insistencia. Cuando le propuse preguntar por el libro en última instancia, se negó en rotundo.

—¡No! Me niego —dijo enfadada.

Quizá en mi afán por hacerla sentir mejor, estaba llevándola al punto contrario.

—Venga, Lucía, que no pasa nada y en absoluto es parecer desesperada. Es solo preguntar. No me seas como Javi, que no es capaz de preguntar por dónde se va a un sitio ni aunque estemos completamente perdidos.

Lucía dudó, así que cogí el toro por el rabo, como diría Laux, y le pregunté a uno de los chicos que se encontraba en la caja:

—Hola, ¿tenéis el libro de Lucía Romasanta?

—¿Perdona? ¿Lucía qué?

—Romasanta —repetí un poco más alto.

—Pues no me suena de nada...

—Bueno, pero ¿puedes mirar si está o no está? —le dije, esta vez no más alto, pero sí más seria.

—¿De qué editorial es?

—Es autoeditado.

En ese momento, una compañera que estaba escuchando nuestra conversación apareció para ayudarle.

—Ah, si es de los autoeditados, aún no hemos abierto la caja de este mes. Estará en el almacén —dijo con cierta vehemencia.

—Vale, ¿puedo comprar un ejemplar, entonces? —pregunté, intentando revertir aquella situación tan incómoda que se había dado, sin éxito.

—Hoy no vamos a desempaquetar nada. La semana que viene, en todo caso —respondió el chico.

—Déjalo, rubia —añadió Lucía algo apurada.

—Ya, pero es que no lo quiero la semana que viene. Lo quiero ahora.

Lucía no sabía dónde meterse y ya estaba de camino a la puerta para irse, mirando al suelo.

—Lo siento, hoy no podemos desempaquetar. Si quiere, puedo reservárselo y le llamamos cuando esté.

Volví la cabeza para mirar a Lucía, que había salido de la tienda. La seguí.

—No es justo, Luci, es que, si no te colocan, ¿cómo vas a vender?

—No pasa nada, rubia —dijo cabizbaja.

—¡Pero si es que lo tienen en el almacén y no lo sacan!

—Es que solo ponen a los que venden mucho... No es su empresa, esta librería es un trabajo para ellos, les da igual, ¿entiendes? Ellos no tienen la culpa, solo trabajan aquí y sacan los libros que les dicen —comentó con tristeza—. No sabes lo que me ha costado que los libros lleguen a algunas librerías... La mayoría te dicen que no tienen espacio y las que lo tienen, dejan la caja en el almacén... Esto es así, rubia, y no lo vas a cambiar porque le eches la bronca a una dependienta.

—Ya, bueno, pero estoy en mi derecho de poder...

—Me voy a casa —dijo interrumpiéndome.

—¿No quieres tomar algo...?

—No.

—Pero ¿por qué?

Lucía cogió aire y me miró a los ojos con una rabia que hacía tiempo que no veía en ella.

—Porque parece que me estás forzando a que te cuente que la novela es una mierda y que solo he vendido doce ejemplares —respondió muy enfadada—. ¿Era eso lo que querías oír? ¿Que he puesto toda mi alma en ese libro y que he fracasado como escritora? Cuando llego a casa me da vergüenza mirar a Nacho a la cara porque siento que ahora mismo soy un lastre para él y que no sirvo para nada...

—Tú no eres un lastre y tu novela no es una mierda.

—Ah, ¿no?

—No, pero siempre cuesta arrancar. No es fácil.

—Y me lo dices tú... ¿Cuánto te ha costado a ti?

Aquella última frase sonó demoledora. No terminaba de entender muy bien qué quería decir, pero me di cuenta de que me había equivocado. Mi afán por hacerle sentir mejor nos había dirigido al extremo contrario. En palabras de mi padre: «No se puede llegar a todo, señorita. Hay que medir» y yo aquella tarde había medido muy pero que muy poco.

12
El principio de todo

Los mejores consejos se dan siempre
desde las malas experiencias.

Recuerdo lo mucho que me costó sacarme el carné de conducir. Mientras que el teórico lo aprobé a la segunda, el práctico fue un viaje de ida y vuelta que acabé superando a la sexta. Y no era porque no supiese conducir; tras tantísimas clases prácticas como había recibido en la autoescuela, sabía hacerlo a la perfección. Pero en el momento clave, el día del examen, los nervios se apoderaban de mi cuerpo y conseguían que olvidara conceptos como «izquierda» o «derecha», e incluso lo que era el embrague y lo que era el freno.

Siempre me ha incomodado que me miren mientras hago algo, desde trabajar hasta cocinar, escribir, conducir... Me pone muy nerviosa y provoca que me equivoque constantemente porque es como si tuviera un revisor a la espalda. A veces, parezco incluso más torpe de lo que soy, que ya es decir.

Con el examinador de copiloto, esa sensación se multiplicaba por cuatro y una vez sentada al volante era un manojo de nervios con al menos siete pies, sin capacidad para tomar buenas decisiones, ni siquiera malas. Directamente, no era capaz de arrancar el coche porque no sabía ni dónde entraba la llave.

Recuerdo una de las veces, creo que la tercera: lucía un sol espléndido aquella mañana en un cielo limpio de nubes, pero me pasé todo el examen con el limpiaparabrisas puesto porque lo confundí con el intermitente y no era capaz de pararlo.

Mi profesor parpadeaba en un gesto muy noble, avisándome con disimulo por si no me había dado cuenta. Sí me había dado cuenta, pero estaba tan nerviosa que no quería tocar ningún botón más, no fuese a activar el antiniebla, poner a tope la calefacción en pleno julio o cerrar el seguro de todas las puertas del coche y que pensaran que era una psicópata.

Nunca olvidaré los viajes de camino al circuito de exámenes con el resto de mis compañeros. A la ida, todo era ilusión compartida unida a un optimismo desatado y nervios, pero a la vuelta se mezclaban, como lo hacíamos nosotros en los asientos del coche, el fracaso y la decepción de los que suspendíamos, junto con la satisfacción incontrolable en algunos casos de los que aprobaban, que no hacía sino aumentar nuestra propia frustración. Recuerdo haber felicitado a compañeros con la sonrisa por fuera y las lágrimas por dentro.

Por eso, el día que aprobé, con la mala suerte de que mis tres compañeros habían suspendido, no celebré mi merecida victoria en el viaje de vuelta. Me contuve de mostrar ninguna señal que pudiera hacerles sentir mal. Ya había estado en esa situación otras cinco veces. Era una veterana en ir en el asiento de la parte de atrás del coche de la autoescuela con el cinturón de seguridad puesto, masticando mi propia tristeza cuando otros celebraban esa condición de persona libre que nos otorgaba el carné siendo jóvenes. En ningún caso quería hacer pasar a nadie el mismo trago que yo había saboreado tantas veces.

Aquella tarde en la librería me equivoqué porque insistí en ayudar a Lucía de una manera que no hacía más que hundirla y no me di cuenta. Fue como si gritara a los cuatro vientos que había conseguido mi ansiado carné de conducir cuando ella iba sentada en la parte trasera del coche de la autoescuela. Yo, que tanto me he vanagloriado de estar ahí para todas, y con todas había perdido la perspectiva y, por supuesto, no había reconocido que lo que mi amiga necesitaba era de todo menos que forzara la situación. Dicen que los mejores consejos salen siempre de las malas experiencias... Pues esa había sido una de ellas.

Aunque le pedí disculpas todos los días siguientes, todos, y las aceptó de forma sincera, en el fondo no conseguí que Lucía se sobrepusiera a lo que ella calificó como fracaso, cuando a todas luces no lo era. El éxito personal no puede basarse en el reconocimiento de otras personas ni en las ventas. Por supuesto, son un apoyo, pero es importante que el sustento sea la satisfacción del logro personal. Sé que es difícil de asimilar cuando parece que solo existimos si estamos en boca de los demás, para lo bueno y para lo malo, pero no debemos perder la perspectiva de valorarnos a nosotras mismas aunque no hayamos conseguido nuestro objetivo. Ya vendrán otros.

Aquella situación, sumada a que Laux seguía sin dar señales de vida y que Sara no estaba muy habladora, quizá agobiada por la presión en el trabajo, volcando su estrés en las interminables horas que dedicaba a la protectora, habían dejado el Dramachat bajo mínimos. Nunca nuestro grupo había estado en silencio durante tantos días... Nunca estuvo tan triste como lo estábamos nosotras.

Todo aquello chocaba violentamente con mi momento vital, tan estable y acelerado a partes iguales, expuesto a la calma de mi relación con Javi, de la que disfrutaba con sencillez. Por otro lado, también convivía con el éxtasis y el exceso de responsabilidad que me producía todo el movimiento que se había generado en las redes y que hasta ese momento solo había compartido con Pol y con mi madre de manera indirecta. Estaba feliz, pero me sentía de nuevo obligada a contener mi alegría como el día que aprobé el carné de conducir.

Es innegable que el estado individual de cada miembro del grupo afecta a todas y, en este caso, las cuatro pasábamos por un momento convulso, cada cual en su batalla personal, cada una frente a esas pequeñas piedras que la madurez nos iba dejando en el camino y que antes no estaban.

Dada la situación, no conté lo emocionada que estaba por ver a la yaya ese fin de semana, como hubiese hecho en otra ocasión. Lo escribí, pero no lo envié. Otra alegría digna de compartir con ellas que me guardé para mí. Bueno, en realidad sí que la compartí, pero de forma velada, con las miles de amigas de las redes sociales que vieron una foto de mi desastrosa maleta llena hasta arriba y una frase que rezaba: «Mi maleta es igual de grande si me voy a ir un fin de semana que si me voy a ir quince días. Los porsiacasos ocupan muchísimo». Al instante me di cuenta de que ni de lejos estaba sola. Éramos muchas con la misma indecisión y lo noté con los miles de retuits y compartidos que tuvo aquella frase.

Cuando Pol dio «me gusta» a la publicación, recordé que había un quinto fuego activo. Sin trabajo, en una situación sentimental muy complicada y con el sentido de la ironía, tan propia de él, por los suelos. Habían pasado pocos meses desde que habíamos vuelto de aquel maravilloso viaje a Grecia y la vida estaba de nuevo patas arriba. No pude evitar escribirle para que pasase por casa antes de irnos al aeropuerto, con la idea de hablar con él a solas. Le dije que no subiera bajo ningún concepto, que le vería abajo. Me encantaba que Pol nunca hiciera preguntas ante los planes de última hora, se limitaba a asumirlos. Daba igual si le proponía venir a casa con urgencia o si le planteaba bajar un fin de semana a Valencia para comer una paella. Él solo pregunta que si mixta o de marisco. Todo lo contrario que Laux. Con ella nunca hay margen a la improvisación, a no ser que haya un Excel de por medio.

Hay dos cosas que se me dan realmente mal en la vida: hacer maletas y cuidar de las plantas. De nuevo, tener tantas amigas en las redes sociales también me hizo sentirme acompañada en aquella característica personal, ya que mientras terminaba la maleta como podía, miré hacia la repisa de la ventana y escribí otro tuit que también me llevé a Instagram: «Que se te mueran hasta los cactus es una personalidad y es la mía» y aquella frase tuvo decenas de miles de «me gusta», que para 2017 eran muchísimos. Me sentí reconfortada ante aquel alarde de comprensión. Por no hablar de la cantidad de personas que supe que teníamos mala mano con los cactus haciendo una encuesta por *stories* que he repetido a lo largo de los años para tantear a todas las amigas que llegan nuevas a mi perfil cada día, dando siempre como resultado a una mayoría absoluta de personas a las que se nos mueren incluso las plantas de plástico.

—¿De verdad te vas a llevar ese maletón solo para un fin de semana? —me preguntó Javi, a sabiendas de que la respuesta iba a ser afirmativa.

—Bueno, estoy pensando en coger otra bolsa más —respondí.

Esa no se la esperaba. Javi se llevó las manos a la cabeza, pero no insistió. Se marchó, resiliente, a contestar al telefonillo.

—Es Pol, niña. Dice que bajes. ¿Por qué no sube?

—A saber, igual tiene alergia a alguna planta de la terraza... Es muy rarito, ya lo sabes.

—Especial, rubia, se dice especial... —dijo entre bromas recordando las propias palabras de Pol.

—¿Puedes cerrarme la maleta mientras bajo? —pregunté con cariño y algo ladina, mientras Javi asentía, resoplando.

Bajé corriendo la escalera, no quería coger el ascensor y tener que lidiar con Ramira. Saludé a Pol en el portal.

—¿Qué pasa? ¿Por qué no me dejas subir? ¿Vas a dejar a Javi y me llamas para que sea tu segundo plato? Te recuerdo que soy gay...

—¡Qué dices, loco! Te he llamado porque...

Pol me interrumpió. Tenía uno de esos días en los que no se callaba ni aunque estuviera bebiendo.

—Oye, acabo de ver lo de los porsiacasos, me encanta. De hecho, si cuentas lo de las bragas de repuesto en el bolso lo petas. ¿Cómo era la frase aquella que decías tú siempre de las bragas...?

—«Qué aburrimiento de fiesta... ¡Encuentro mis bragas y me voy...!» —recordé.

Los dos nos reímos a pleno pulmón rememorando viejos tiempos.

—¡Esa, coño! Ja, ja, ja. Qué grande, siempre me descojono cuando la dices...

—Es que ya son muchos años juntos, Pol.

—Pues sí, muchos años diciendo las mismas tonterías... Te conozco como si hubiésemos cagado juntos...

—Pol, por favor... —respondí con la sensación de que la imagen podría llegar a reproducirse en mi cabeza.

Estaba bajo de ánimo, pero no perdía el mal gusto, así que aproveché el impás para centrar la conversación.

—Escúchame, Pol, justo sobre eso he estado pensando...

—¿Sobre qué? ¿Sobre cagar juntos o sobre encontrar tus bragas...?

—Nooooo... El otro día mi madre me dio la clave...

—¿Ahora es pianista?

—Uf, estás intensito, ¿eh?

—Perdona, es que no hago el amor desde hace meses y se me acumula. No pienso con claridad...

—Información innecesaria, Pol.

—Lo sé.

—¡Bueno! No me líes, a lo que iba. Se me ha ocurrido, si quieres, por supuesto, y que conste que para mí sería lo más... que podrías echarme una mano con el perfil.

—¿A qué te refieres con el perfil?

—Sí, con el perfil de la Vecina Rubia —le dije susurrando, pese a estar solos en la calle. Me sentía como si estuviese hablando de un secreto de Estado.

—A ver, rubia, explícamelo bien porque me estoy emocionando...

—Necesito a alguien que me ayude, Pol. Ya no solo es que reciba cientos de mensajes privados, es que también están empezando a llegar decenas de correos electrónicos que no me da tiempo a mirar... No me da la vida con todo y creo que la Vecina puede hacer mucho más, pero no sé si seré capaz sola.

—Siempre has tenido la fea costumbre de querer hacerlo tú todo... Hay que dejarse ayudar. Tú lo estás haciendo ahora conmigo y te lo agradezco no sabes cuánto. Deja que sea recíproco.

Aquella frase de Pol sonó diferente a las miles que podía soltar al cabo del día y que habrían batido siempre algún tipo de récord de verborrea. Sus palabras sonaron muy reales y sobre todo sinceras. Entonces comenzó a hacer preguntas, curioso a la par que emocionado:

—¿Puedo saber qué te dicen en esas decenas de correos?

—Pues hay de todo. Periodistas que me piden entrevistas, alguna universidad me ofrece dar una charla, marcas proponiendo alguna colaboración, propuestas solidarias... No sé, un poco de todo y de muchas cosas que no entiendo —dije un poco abrumada.

Pol percibió el agobio que de nuevo asomaba a mi rostro y me dejó mi espacio para que continuase hablando:

—Yo solo quiero escribir, hacer reír a la gente, Pol. Eso es lo que me llena. Pero intuyo que las redes sociales han llegado para quedarse y esto es una oportunidad para hacer cosas bonitas. Siento que la Vecina puede servir para algo muy bueno y creo que nos va a tocar descubrirlo juntos.

Me miró enternecido por la reflexión, que no podía haber sido más sincera.

—¿Y cómo te puedo ayudar?

—Quiero seguir siendo anónima, Pol. Ya te lo dije. Seré siempre la que escriba frases y reflexiones en las redes, la que lea los mensajes privados y los conteste... Sabes que para mí lo importante es el mensaje, no la persona que hay detrás, pero creo que a mis palabras hay que sumarles hechos y para eso necesito a alguien que dé la cara.

—Pues no sé si veo claro eso de dar la cara. ¡La Vecina Rubia eres tú! —exclamó Pol interrumpiéndome.

—Sí y no, Pol. La Vecina Rubia somos todas y eso es lo bonito de esto —respondí con contundencia.

—No, la vecina es esa —dijo Pol, señalando hacia mi portal justo cuando salía Ramira, que me miró con auténtico desprecio.

—Buenos días —dijo, seca.

—¿Buenos? Madre mía, si con esa voz son buenos, no quiero saber cuáles son los malos... —comentó Pol por lo bajini.

—¡Ves, lo sabía! Estaba detrás de la puerta, pendiente por si era Javi el que bajaba... ¡Qué señora!

—Que no nos distraiga una septuagenaria, por favor. ¿Entonces?

—Dímelo tú. ¿Quieres ser la cara visible de la Ve...?

—¡Sí, quiero! —contestó Pol, interrumpiéndome a grito pelado.

Aquellas palabras fueron el principio de un precioso matrimonio profesional que nos ponía a Pol y a mí a trabajar codo con codo y que me ofrecía a mí un respiro para poder continuar con mi jornada laboral en mi trabajo de siempre, que simultaneaba con las redes.

Nos abrazamos llenos de emoción y algo de incertidumbre, honestidad y, sobre todo, mucho cariño en un camino que nos aseguraba un puñado de risas, algo de lo que andábamos escasos últimamente.

Tenía claro que era la persona perfecta para ayudarme. Al margen de ese punto histriónico que siempre lo acompañaba, era una persona honesta, creativa y con un gran don de gentes. Confiaba al doscientos por cien en él.

—¿Se lo puedo contar a Jaume? ¿Que ya tengo trabajo?

Al instante lo miré con el gesto torcido.

—¡Que no, que es broma! No te preocupes, rubia, que Jaume ahora mismo está muy lejos de compartir algo conmigo.

Aquella frase sonó triste, pero muy robusta. Entonces me contó que Jaume seguía enfadado de manera perenne con él y que el paso del tiempo le había hecho partícipe de una idea que había tomado forma en su cabeza: no había vuelta atrás. Había intentado cambiar todo lo que a Jaume le molestaba de él, pero nada era suficiente.

—Le he escuchado y he cambiado, pero él no, sigue igual. Cuando resuelvo un tema, saca el siguiente y así sucesivamente, lo que me hace pensar, rubia, que el problema es otro.

Pol respiró profundamente. Aún seguía en sus ojos la felicidad que nos había ofrecido la conversación anterior, pero al hablar de su relación se le dibujaba un gesto irreversible.

—¿Sabes ese momento en el que a tu pareja le empieza a molestar incluso cómo colocas la compra en el frigorífico? Bueno, claro que lo sabes. Pues eso. Creo que el problema lo tiene él y por mucho que le quiera, que le quiero, hay que saber cuándo parar.

Pol se llevó un pañuelo al ojo izquierdo, enjugándose una lágrima y, acto seguido, emulando un vídeo que habíamos visto juntos y que nos encantaba, dijo:

—Mira, ya solo me llora un ojo. Eso solo puede significar que el otro ya lo ha superado.

—Ja, ja, ja, qué idiota eres...

—Antes se reía con mis tonterías, como tú...

—Lo volverá a hacer...

—O no, pero al menos ya estoy preparado. ¿Sabes lo que me dijo el otro día? «Hablas tanto porque solo te gusta escuchar el sonido de tu propia voz...» y me hizo reflexionar.

—¿Por qué?

—Porque creo que tiene razón...

—Tú no serías tú si no dijeses lo primero que se te viene a la cabeza, Pol.

—Ya, pero eso no me da la razón...

Pol se quedó pensativo durante unos segundos. Revisaba en ese archivo personal que hay dentro de cada uno de nosotros todas las veces en que se reconocía a sí mismo cometiendo el mismo error frente a Jaume. Y entonces se reseteó.

—Bueno, ¿cuándo empezamos? —preguntó emocionado.

Así era Pol, con la capacidad innata de sobrevivirse a sí mismo.

13
Ibiza

Hay que elegir a un buen copiloto de vida.

Subí a casa con una gran satisfacción y descargo. Después de no haber estado muy fina con Lucía y sin noticias de Sara ni de Laux, tener cerca a Pol en ese momento era una balsa de aceite, dentro de su marcado estilo, que nos beneficiaba a ambos. Desde una posición egoísta, le necesitaba a mi lado y pensaba que para él, trabajar juntos era un reto que le distraería de todo lo que arrastraba con Jaume. No pude evitar emocionarme. No quiero evitar emocionarme. Parece que pasados los treinta, nuestra existencia se llena de reposiciones de una película dramática que nos va minando poco a poco. Hoy por hoy, mi niña interior me sigue dotando de la capacidad de ilusionarme y nunca quiero perderla, por muy complicado que me lo ponga la vida.

Cuando abrí la puerta, Javi lo notó al instante.

—¿Todo bien?

—Sí, ¿por?

—No, por nada, es como si Pol te hubiese contado un chiste buenísimo y todavía te estuvieses riendo...

Qué gran definición. Sencilla y cierta. Ojalá mantuviese esa sensación para siempre.

—Ya sabes cómo es Pol... ¿Nos vamos? Estoy que me beso encima por ver a la yaya.

—Si quieres empezar por su nieto...

Sonreí. Javi estaba especialmente ágil esa mañana. Me acerqué y le besé como una adolescente. No puedo negar que cuando me sorprendía con respuestas rápidas me excitaba aún más.

—Eres consciente de que tenemos que coger un vuelo ahora mismo, ¿no? —me preguntó mientras le quitaba la camiseta.

—Es nacional, con estar una hora antes nos vale.

—Me has convencido.

Y en el sofá, con la persiana bajada a plena luz del día porque ya habíamos cerrado para irnos, Javi encendió la pequeña lámpara de la mesita que nos abrazó lo justo para disfrutarnos los quince minutos de los que disponíamos antes de salir corriendo hacia el aeropuerto.

Creo que el sexo es un participante fundamental en una pareja. También lo fue en la época en que lo tenía sin compromiso, solo por placer, con cualquier chico que me gustaba. Sin embargo, con Javi era diferente porque elegíamos cómo queríamos tenerlo, algo que no siempre se da en según qué situaciones. Cuando conoces a alguien y te acuestas con esa persona hay que dedicar un tiempo imprescindible a conectar, no necesariamente desde un punto de vista emocional, pero sí físicamente. Si superas ese proceso, pueden ocurrir dos cosas: que se vuelva rutinario y áspero o que, por el contrario, se vuelva directo y placentero. En mi relación con Javi, la segunda opción era la que estaba presente tanto las veces en las que el sexo duraba horas como aquellas en las que el tiempo o la localización nos exigía ser más ágiles.

—¿Lista?

—Creo que aún sigo algo tonta... —dije mientras recuperaba el aliento.

—¡Ahora nos toca correr!

—¿Otra vez? —respondí guiñándole el ojo.

Javi sonrió mientras nos vestíamos a toda velocidad. Relajados y emocionados a partes iguales. Con la excitación que aún seguía presente en mi cuerpo y que poco a poco daba paso a la ilusión. Esa emoción que se generaba con cada viaje a Ibiza, como cuando de niña era imposible dormir sabiendo que al día siguiente había excursión en el colegio. Noches en las que mi mente imaginaba, imparable, con qué amiga me sentaría en el autobús, de qué sería el bocadillo que nos habrían preparado nuestras madres y qué canciones gritaríamos a pleno pulmón destapando quién robó pan en la casa de San Juan.

Ahora mi mente de adulta atrapada en un cuerpo de niña recreaba todos los escenarios y a las personas de una isla que tengo la suerte de retener en mi memoria para siempre y, entre ellos, la yaya Catalina tejiendo bajo la higuera era el recuerdo más preciado de todos.

En el coche, de camino al aeropuerto, hice lo que mejor se me da en esta vida: escoger la música. Hay que elegir a un buen copiloto de vida, ya que es quien pondrá la banda sonora a todos tus viajes y trayectos, por pequeños que sean. Nunca hay que menospreciar la función de los que son capaces de poner la banda sonora correcta en el momento adecuado. Quiero pensar que en la vida muchas veces adquirimos un rol que nos define de manera innata, y es que hay personas que han nacido para conducir y otras para elegir canciones mientras estas conducen. Hay quienes han nacido para cocinar y otras para dar conversación mientras estos cocinan. Mi especialidad en ambos casos siempre fue la segunda y aquel día me encargué de elegir a Iván Ferreiro para acompañarnos con su calma durante aquel trayecto. Me gustan estos tiempos muertos en los que cierro los ojos, me dejo llevar por la música y mi mente actúa casi por impulso, alejada de mi control, recordando todo tipo de situaciones, a veces inconexas. Una de ellas me llevó a coger el móvil por instinto para comprobar que Laux no había contestado a mis últimos mensajes.

—Llevo un montón de tiempo sin noticias de Laux y estoy preocupada, está extrañamente silenciosa. ¿Sabes si Iván ha hablado con ella?

—Pues no. De hecho, Iván siempre me pregunta si tú sabes algo.

En ese momento me di cuenta de que quizá Iván y yo estábamos igual de desconcertados ante aquella actitud nada habitual. Y es que «Laux» y «silenciosa» eran dos palabras que parecía impensable que pudieran colocarse en una misma frase.

—¿Qué crees que les ha pasado? Los vi muy bien en la fiesta, de hecho Pol y yo incluso los oímos en la habitación de Lucía a punto de intimar...

Javi me miró ojiplático, creo que dándose cuenta en aquel instante de que yo no sabía algo que él conocía y que resultaba de vital importancia para entenderlo todo, al menos por mi parte.

—No follaron, rubia. Se pelearon. Laux le preguntó a Iván si quería tener hijos, poniéndole en un compromiso. Le contó que el último verano tuvo un retraso con la regla y, en cierto modo, presionó a Iván con el tema de la paternidad.

Aquellas palabras me pillaron completamente por sorpresa. No porque no supiera que Laux había tenido el retraso, eso era algo que conocía desde hace tiempo, sino porque al fin descubrí el motivo de la desconexión de mi amiga. Que Laux le hubiese contado a Iván todo lo que sucedió entre ellos, retraso incluido, lanzaba una nueva incógnita sobre cuál había sido el desenlace de aquella conversación.

—Pero ¿cómo es que sabías todo esto y no me lo habías contado?

—Pensaba que te lo había contado Laux.

—Pues no, pero tú deberías haberlo hecho —respondí algo enfadada, colocándome de nuevo en la posición de quien no se entera de nada, como cuando ni siquiera sabía que estaban empezando algo y Javi no me lo había contado.

—No. Es ella la que tiene que hacerlo. Yo te cuento la versión de Iván, pero la de Laux puede ser otra. Esto le corresponde a ella y lo hará cuando considere. Es su decisión.

Y, de nuevo, tenía razón. Rápidamente cogí el móvil.

—Ni se te ocurra decirle que te lo he contado.

—Por quién me tomas...

Laux.

Amiga, cuando estés preparada,
estaré aquí.

Solo le dije eso, solo quería que supiese que estaba ahí para cuando ella quisiese contármelo o no, cuando ella quisiese hablar conmigo o no, respetando sus tiempos.

—Perdona... —le dije a Javi ante aquella situación que de repente se había vuelto algo tensa.

—No te preocupes, entiendo que estés preocupada por ella. Yo también lo estoy por Iván.

Con aquel sinsabor en los labios, llegamos a Ibiza. Iván nos recogió en el aeropuerto, tan amable como siempre. No preguntó nada. No le insinué nada. Ninguno de los dos sacamos el tema de Laux de inicio. Pasaríamos el fin de semana en su casa, ya que la de Javi estaba alquilada y él no quería ir a casa de su padre. Llegado el momento, tendríamos tiempo de sobra para que, si él decidía abrirse, lo hiciera *motu proprio*.

Cuando llegamos a casa de Iván, él se mostró tan servicial como acostumbraba:

—Chicos, os he preparado la habitación pequeña. Perdonad, pero ando con una mudanza de una casa en alquiler y la principal la tengo llena de trastos —dijo Iván, excusándose.

—No te preocupes, es perfecta —respondió rápidamente Javi.

—Si Iván está muy liado, no me importa que durmamos en casa de tu padre... si tú quieres, claro —le dije a Javi con toda mi buena fe.

—No quiero —añadió él tajante.

No hubo más preguntas. Estaba claro que la situación entre ambos era delicada y seguía en la línea de hacer como si no existiera.

Javi se dio cuenta de la brusquedad de su respuesta al momento. Intentando calmar los ánimos —sus ánimos—, cambió de tema y se excusó. Todos teníamos muchas ganas de ver a la yaya Catalina, así que nos pusimos rumbo a su casa una vez hubimos dejado las maletas.

De camino, les pedí pasar por delante de casa de Javi, aquella en la que vivimos y donde tantos estratos de mi vida se habían acumulado. Necesitaba verla de nuevo. Allí pasé varios meses dejando atrás mi vida en Madrid. Fueron meses de alegría, esfuerzo, insatisfacción, rabia y amor. El mismo amor que nos había mantenido unidos.

Ambos lo entendieron y nos desviamos al pasar por cala Xarraca. El camino estaba exactamente igual que la última vez que lo había visto. El tiempo parecía haberse detenido en ese lado de la isla. Mientras que otras partes están en continuo movimiento, hay zonas vírgenes que se sobreponen al paso del tiempo y a la inercia de Ibiza. Ese camino de tierra era uno de esos lugares. Con sus pinares a los lados, los baches, los senderos y las curvas ciegas que tantas veces recorrí con mi moto rosa.

Estaba nerviosa y no sabría explicar el motivo. Las emociones puras a veces son difíciles de descifrar porque entrañan una mezcla de otras muchas, generando una sensación única. El triquitraque de mi corazón se mezcló con el traqueteo del coche al pasar por el último sendero de piedra que conducía hacia aquella casa, custodiado por dos olivos. Mi pecho estaba tan lleno de recuerdos como la pared estaba cubierta de aquellas flores rosas que trepaban hasta el balcón en el que cada mañana nos dábamos los buenos días con un beso.

No os voy a engañar, no todos los recuerdos eran buenos y mi cabeza, a veces traicionera conmigo misma, y sin avisar, me lanzó una imagen de mí sentada en el último peldaño de la escalera llorando, enfurecida con Javi y tomando la decisión de volver a Madrid porque a Lucía le habían detectado el melanoma. Abrir la caja de los recuerdos no siempre es agradable. No puedes controlarla y las imágenes salen disparadas como un cañón de confeti, sin orden ni concierto. Es como cuando, de repente, tu memoria te hace acordarte, sin motivo alguno, de una canción absurda de cualquier anuncio pegadizo. La mente maneja nuestra historia de formas que a veces no comprendemos.

El coche se detuvo sin llegar a entrar en la parcela. No queríamos molestar a la inquilina, así que nos quedamos observando a través de la luna delantera. Durante un segundo, cerré los ojos para reiniciarme. No fui la única; los tres respiramos profundamente y por fin mi mente me devolvió las imágenes que necesitaba: Javi cocinando solo con el delantal puesto y yo abrazándole por detrás, tumbados en el sofá haciéndonos cosquillas, las duchas infinitas en su baño después de hacer el amor, noches en el jardín mirando las estrellas y, por supuesto, la yaya Catalina viniendo a cuidar del huerto. Recuerdos felices, los que realmente cuentan. Los otros ya cumplieron su función. Nos ofrecen la lección que tenemos que aprender y después se van.

A los pocos minutos, pudimos ver a lo lejos a la inquilina sentada en el jardín. Era una mujer de unos cincuenta años que estaba leyendo. Mantenía el huerto en perfectas condiciones, diría que incluso había plantas nuevas que yo no había visto antes. Javi me contó que era enfermera y que estaba muy agradecida por la rebaja considerable que le había hecho en el precio para poder vivir en la isla. El alquiler se había vuelto cada vez más complicado porque la mayoría de las viviendas se dedicaban al uso vacacional y eso inflaba los precios para aquellas personas que buscaban ejercer su profesión, entre ellas el personal sanitario. Javi, consciente de aquello y anteponiendo su honestidad por encima de todo, ni siquiera ganaba dinero con la casa, le bastaba con no perderlo. Siendo bombero, entendía mejor que nadie aquel sentimiento de servicio público que otras personas se empeñan en denostar.

Deshicimos el camino y pusimos rumbo a la casa de la yaya, que no quedaba muy lejos, lo justo para hacer balance. Recorriendo de nuevo la isla fui consciente de todo lo que habíamos caminado cada uno por su cuenta y también como pareja. De todos los kilómetros acumulados, descalzos y con zapatos, de todo lo que habíamos pasado para llegar hasta el punto en el que nos encontrábamos en aquel momento. Siempre he pensado que la vida es un aprendizaje y nunca hay que renegar de las experiencias pasadas, sean buenas o malas, porque son las que te han llevado a ser la persona que eres ahora. No puedes desandar el camino de la vida.

—¿Estás bien? —me preguntó Javi.

—Sí... Es que volver a encontrarme de repente con todo me ha impactado un poquito más de la cuenta.

—Es normal. A mí me sigue pasando cada fin de semana.

De nuevo el peso de la carga que arrastraba Javi. Sin maldad, pero presente.

Cuando llegamos, vi a la yaya Catalina visiblemente ajada por el paso del tiempo. Pese a que tenía muchísimas ganas de abrazarla hasta que nuestras vértebras crujiesen, lo hice con el mismo cuidado con el que tratas un pequeño objeto de porcelana antiguo y precioso.

Estaba sentada bajo su higuera, pelando patatas. Al oír la puerta, levantó la mirada y pude sentir cómo su rostro se iluminaba.

—¡Niña! —dijo con esa misma voz profunda que tantas veces había escuchado.

No pude responder. Me acerqué sin mediar palabra y volví a notar su piel arrugada entre mis brazos. Me estremecí como lo hace la piel al salir del agua, siendo consciente de que lo que para mí habían sido unos meses sin verla, parecía mucho más pronunciado en ella. Me había prometido que nunca iba a dejar pasar tanto tiempo sin verla y había vuelto a fallar. Como con Lucía. Como con Laux. Como con todas aquellas personas a las que no llegaba.

—¿Estás bien, yaya? —preguntó Javi viéndola un poquito desconcertada.

El huerto estaba algo descuidado. Había hojas secas y algunos tomates con agujeros coronaban la tomatera.

—Sí, es que hoy he tenido que *enteular la terra* —contestó, algo cansada.

Cuánto había añorado el acento ibicenco de la yaya.

—Hemos estado toda la mañana replantando el huerto —dijo una voz grave detrás de nosotros. Era el padre de Javi—. Le he insistido en que me dejara hacerlo a mí, pero ya sabes cómo es... Quiere estar en todo —añadió, acercándose a su hijo.

Javi no contestó, pero su padre siguió intentando mantener una conversación amigable.

—¿Qué tal el viaje? —preguntó sonriente.

—Bien —contestó Javi seco.

Quise darle un codazo con disimulo, aunque el sigilo no es lo mío. Sin controlar la fuerza, la poca que tengo, le di tal golpe en las costillas que me hice un daño tremendo a mí misma en el codo, mientras que Javi ni siquiera se inmutó.

—¡Joder, qué dolor! —grité.

—¿Te has hecho daño? —dijo su padre amable, a lo que Javi volvió a responder bastante borde:

—Seguro que sí.

Desde luego, aquel hombre sacaba lo peor de Javi. Aunque en el tiempo que estuve en la isla apenas tuve un par de encuentros con su padre, percibí un cambio claro en él. Aquel hombre malhumorado y autoritario que había sido, siempre por boca de Javi, ahora se mostraba relajado y, sobre todo, estaba haciendo lo posible por acercarse a su hijo, algo que estaba claro que Javi no quería concederle, así que no se me ocurrió mejor idea que relajar esa tensión entre ambos dejándolos a solas.

—Catalina, Iván, ¿vamos a ver cómo está la higuera?

Javi me miró fijamente reconociendo mis intenciones, al igual que la yaya, que intervino antes de que lo hiciera su nieto, negándole la réplica.

—¿La higuera? Pues está, que no es poco, niña. Como yo —dijo esbozando una media sonrisa enmarcada por las arrugas de la vejez.

—Está usted... perdón, ¡estás estupenda!

—¡Ya ibas a llamarme otra vez de usted! Otro año que me acabas de echar encima, niña —añadió con el temperamento que la caracterizaba, llena de energía.

Emprendimos el simbólico camino hacia el patio. Era muy corto, pero lo justo para dejarles espacio.

—Cuando tienes tantos años como yo, los pequeños trayectos se hacen más largos.

Ciertamente, se hacían largos por aquel farragoso camino, sobre todo si el viento sopla de cara.

—Qué viento hace, ¿no?

—*Vent de gregal*, menos mal —exclamó Catalina.

—Ahora es la época —indicó Iván mientras la yaya comenzaba a canturrear con voz temblorosa.

—*Llevant, xaloc i migjorn, llebeig, ponent i mestral, tramuntana i gregal, vet aquí els vuit vents del món.*

Miré a Iván, que rápidamente me explicó lo que querían decir las palabras de la yaya.

—Es una canción popular con los nombres de los vientos de la isla. El de esta tarde no es de los más fuertes.

Catalina sonrió mientras llegábamos al patio interior de la casa que presidía aquella higuera que tantas vivencias me recordaba. Mi pecho recogió todo el aire existente por la emoción que despertaban en mí los recuerdos de un árbol, otrora imponente, y que ya no estaba pasando por su mejor momento. Tenía el tronco áspero y las ramas de un color cetrino.

—Este año apenas ha dado frutos —me confirmó Catalina.

—¿Y eso? ¿Le falta agua? ¿Sol?

—Le falta vida, niña. La que se nos escapa de las manos cuando no nos damos cuenta.

Sentí el cansancio en sus palabras, no solo en su cuerpo. La yaya no rebosaba energía y toda la casa parecía acompasarse con ella.

—Con los pocos frutos que dio pude hacer unas tartas y algo de pan, pero ni siquiera les pude llevar higos a los vecinos.

—Bueno, es una racha, seguro que remonta y volveremos a disfrutar todos de la higuera.

—Ojalá... Al haberlos comido solo yo este año, he sentido que la alegría a solas es menos alegría.

La yaya apartó con el pie un higo seco, mustio y arrugado que yacía en el suelo. Como metáfora, aquella imagen era irrefutable.

—¿Y los gatitos? —pregunté cambiando de tema, buscando energía nueva.

—¡Menos mal que los tengo a ellos! Mira ahí hay uno... ¡Bigotino! —clamó.

Catalina saludó a un precioso gato negro que se acercaba con el rabo erguido, curioso. Se frotó contra las piernas de la yaya y maulló al aire. Con cariño y respeto. En sintonía, acompasado, como si formase parte del mismo espacio que ocupaba y compartía con ella. Y es que eso era lo que hacía la yaya con la isla y todo lo que en ella habitaba: compartir el espacio y el tiempo, con todo lo bueno que aquello suponía. Sin imponerle nada a nadie. Dice Javier Salvago que hay que amar a las personas como se quiere a un gato, dejando que se acerque cuando quiera, siendo feliz con su felicidad, y ese es el amor tan libre que se practica en la isla.

—Mira cómo se acerca el tío —dijo Iván sonriendo.

—Este no tiene miedo... ¡Qué gulusmero es! —exclamó la yaya mientras se agachaba para acariciarlo.

Como otras tantas veces desde que la conocí, una de sus palabras me trasladó automáticamente al recuerdo de mi padre, que también utilizaba con los gatos aquel adjetivo tan poco conocido.

—¿Qué es eso de «gulusmero»? ¿Ya le estás hablando en ibicenco a la niña? —preguntó Javi con sorna, que había llegado hasta nosotras escoltado por dos gatas.

—A ver si ahora voy a saber más ibicenco que tú —respondí orgullosa.

—Hay que reconocer que la niña es más lista que tú —dijo la yaya con la misma sorna empleada por su nieto.

Ambas nos reímos, cómplices de saber que gulusmero significa curioso, algo inherente a todos los gatos e incluso a Javi al hacernos aquella pregunta.

—Mi padre ya se ha ido a casa, yaya. ¿No quieres venirte con nosotros a dormir?

—¡Ya te he dicho que no, pesado! Me gusta mi casa y de aquí no me mueve nadie.

—Eres más cabezona... Pero mañana desayunaremos aquí.

—Lo que os dé la gana. Pero a mí dejadme tranquila con mis cosas.

Por momentos parecía que su energía habitual volvía a hacer acto de presencia, pero dejando en el ambiente una sensación extraña, la misma que tuve al entrar en el baño y darme cuenta de que ya no estaba tan limpio como acostumbraba. Las estanterías de aquel viejo salón, que contenían una ecléctica colección de figuras de porcelana de animales de todos los tamaños, antiguamente brillantes, ahora lucían una visible capa de polvo. En las esquinas de cada estancia había algo de ropa amontonada. Supuse que cuando la yaya nos había pedido que la dejásemos tranquila con «sus cosas» era porque Javi ya se había ofrecido a echarle una mano sin éxito en otras ocasiones.

Cuando subimos al coche, me confirmó lo que era evidente: la yaya estaba más cabezona y testaruda. No se dejaba ayudar. Qué difícil es llegar a la vejez y qué necesario es tener a alguien acompañando en el camino.

—Yo la he visto con la misma energía de siempre —dije intentando relajar a Javi, a quien notaba preocupado. También yo lo estaba.

—¿Tú crees? —preguntó, perdiendo la mirada por la ventanilla del coche.

—Es la época del año. El invierno, los cambios de temperatura bruscos..., acaba afectándonos a todos —respondió Iván haciendo esa labor de amortiguador que siempre llevaba a cabo desde que le conocí.

Aquella noche, Javi e Iván prepararon la cena y hablaron de sus cosas. Cuando digo «sus cosas» sé perfectamente que lo hacían sobre entrenamiento con deuda calórica, potenciómetros de ciclismo y rutas por la costa en canoa. Lo sé porque siempre me interesó y gustó todo lo que hacía Javi, de la misma manera que me gustaba resumirlo en el tópico «sus cosas». Entre ellas, Iván no hizo alusión alguna a Laux. No me preguntó ni inició una conversación indirecta que pudiera traer de manera recurrente unas palabras sobre ella en busca de información. Una información que llegó esa noche, para mi alivio personal, en forma de mensaje.

Laux.

Amiga, perdona por haber
estado missing.
He reflexionado mucho
y he tomado una decisión.

14
La primera foto

La vida no es un cuaderno en el que puedas mover las páginas hacia delante o hacia atrás según te convenga.

Ni una broma ni un «chiqui» ni un «tía». Laux había vuelto discreta, pero había vuelto, que era lo importante. No quise desaprovechar la oportunidad y al instante salí a la terraza para llamarla. Pensé que lo dejaría sonar, pero para mi sorpresa, respondió.

—Amigaaaa, ¿estás bien? Me tenías preocupadísima...

—Ya lo sé, chiqui, perdóname. Es que no tenía ganas de hablar con nadie. Necesitaba estar conmigo misma y pensar mucho. Estoy agotada... tú no sabes lo que cansa pensar —dijo entre risas, lo cual me tranquilizó muchísimo.

—¿Cómo estás?

—Bien, con las ideas más claras.

—¿Qué te pasó? Cuando entré en el salón te habías marchado.

Yo ya sabía lo que había ocurrido, pero quería escucharlo de su boca y de esa forma darle la opción de desahogarse y conocer su versión de lo ocurrido, si estaba dispuesta a contármela. Ni muchísimo menos quería forzar la situación como con Lucía. Quería que la iniciativa fuera suya.

Laux no dudó un segundo y contestó de manera clara. Sus palabras transmitían la templanza de quien ha meditado la respuesta durante el tiempo suficiente como para sentir que está muy segura de ella.

—Lo que pasó es que me di cuenta de que Iván y yo estamos muy lejos. Antes pensaba que solo estábamos físicamente lejos, pero me he dado cuenta de que a nivel emocional nos encontramos a años luz.

—Pero ¿por qué? ¿En qué sentido? —insistí, ofreciéndole un camino fácil para desahogarse.

Laux es muy habladora y gritadora, si me apuras, pero cuando se trata de expresar sus sentimientos parece que se le ha comido la lengua el gato, que diría mi padre. Le cuesta horrores y se lo guarda todo para ella, lo cual en algunos casos está muy bien, pero en muchas ocasiones expresarlo ayuda a superarlo.

—¿En qué sentido? Pues en todos, rubia. En todos los que afectan a cómo quiero vivir mi vida de aquí en adelante —dijo antes de provocar una pausa intencionada para coger fuerzas—. Él no sabe si quiere tener hijos y yo quiero tenerlos ya, no hay más.

Aquella frase sonó con el aplomo de cien toneladas de hierro. Fue tan profunda que sentí por un momento que la llamada se había cortado. Durante unos segundos, no supe qué responder. Aunque ya tenía parte de la información, escucharlo de su boca de esa forma tan contundente me pilló desprevenida. Fui cauta intentando recordar nuestra conversación un año atrás.

—Bueno, esa opción ya la contemplabas cuando...

—Ya no es una opción —dijo Laux cortándome bruscamente de nuevo—, es una realidad, rubia. Ya he empezado el tratamiento para quedarme embarazada.

—¿Ya? —dije perpleja, aunque vislumbrando cada vez más clara la decisión que había tomado en apenas una semana—. Pero ¿cuánto de «ya»?

—Esta semana fui a la clínica donde congelé los óvulos. Lo puse en marcha y he empezado con el tratamiento.

Me quedé sin palabras porque todas las que dijo me pillaron por sorpresa. Estaba preparada para escuchar que Iván no tenía el compromiso suficiente que ella necesitaba o incluso que la discusión les había distanciado y que había puesto punto final a su relación. Algo entendible, tangible, algo que ocurre en el día a día en la vida de miles de personas, pero lo que no me esperaba en ningún caso es que aquella conversación en el despacho de Lucía desembocara en una decisión tan importante. En aquel momento, aún en *shock*, no pude reaccionar. Al principio solo pude formular las dos preguntas que cualquiera de nosotras hubiésemos hecho en una situación así:

—¿Estás segura, cariño?

—No solo estoy segura, estoy feliz —respondió con rotundidad.

—¿Lo has pensado bien? —pregunté improvisando la segunda.

—Lo he pensado yo.

No hubo más que decir. Nunca había visto a Laux tan sólida con una idea. Segura, directa, emocionada y, como ella misma dijo, decidida. Me daba mucha pena por Iván, no os voy a engañar, pero no podía mediar en la decisión que ella, y solo ella, había tomado. De sus palabras se traducía que no iba a permitir que nadie manejase sus tiempos, no iba a prolongar sus decisiones por nadie. Solo ella quería ser la responsable sobre cuándo y cómo tomarlas, y me parecía lo más honesto que podía hacer. Iba a ser una madre increíble y yo, sin lugar a dudas, la mejor tía. Me sentía feliz por ella, pero mal por Iván.

—¿Puedo hacerte una pregunta más...? —dije algo tímida.

—No es por despecho, rubia. No estoy enfadada con él ni lo hago como represalia, es que no quiero estar esperando a que los demás estén preparados cuando yo ya lo estoy. Nos vemos cuando vuelvas, mi rubia.

Y colgó.

Desde luego, me conocía, la muy perra, y supo responder a la pregunta que rondaba mi cabeza. Me quedé con ese sinsabor que dejan las conversaciones abiertas, imperfectas, mientras escuchaba las risas contenidas de Iván y Javi que llegaban desde la cocina. Y digo «contenidas» porque Iván nos regaló pocas sonrisas en aquella estancia en la isla y ninguna carcajada. Su carácter espontáneo y divertido se había transformado en introvertido y taciturno. Intuí que Javi también lo notaba, seguramente mucho más que yo, puesto que se veían cada semana. Compartían un apoyo solo comparable al que nosotras nos profesábamos. Los hombres, por supuesto, también entienden el concepto de amistad a su manera, pero se aman tanto o más que nosotras. De hecho, quizá su relación gozaba de mejor salud que la de un Dramachat mortecino que de la noche a la mañana había desaparecido de nuestras vidas.

No quise darle más vueltas, ya me sentía lo bastante culpable por sentarme a la mesa a cenar con ellos sin contarles siquiera que acababa de hablar con Laux. Era una situación complicada, pero yo no podía tomar partido por nadie.

A la mañana siguiente me levanté con el cuerpo como el café: cortado. No había dormido mucho, pero una vez que supe que Laux se encontraba bien, me propuse afrontar el día dispuesta a disfrutarlo. Estaba en Ibiza, no solo rodeada de mar, sino de personas especiales a las que amaba. ¿Qué otra cosa podría hacer?

A primera hora Javi y yo fuimos a desayunar con la yaya. Llevamos churros, pero nos dijo que le apetecían más unas porras. Anotado para la próxima. Hicimos una videollamada con mi madre mientras disfrutábamos del café en el jardín en una mañana anormalmente calurosa para el mes de noviembre. Catalina, de hecho, no paraba de abanicarse.

—¿Estás bien, yaya? Tampoco hace tanto calor para darle tanto brío al abanico... —le dijo Javi.

—No es normal esta temperatura... No es tiempo ahora —contestó algo sofocada.

—¿Quieres pasear un poquito? —le propuse, percibiendo que corría el viento.

Catalina respiró profundamente, dando un último sorbo a su café y dijo:

—¡De la panza sale la danza!

—¿Y ese refrán? —pregunté sorprendida.

Yo, una amante declarada del refranero popular, herencia de mi padre, nunca lo había oído y estaba deseosa de conocer su origen.

—Ay, niña... es un refrán muy sabio. Hay que llenar el estómago para poder pasar el día. Ahora ves al niño haciendo dieta para su deporte y comiendo poco, pero en mi época comíamos todo lo que podíamos... Mi padre siempre nos decía antes de ir a trabajar: «Come ahora que puedes, que de la panza sale la danza».

—Yo recuerdo este del abuelo: «Llena el vientre, pero no tanto que revientes» —dijo Javi cómplice, guiñándome el ojo.

Y la yaya replicó:

—Mientras comas bien y peas fuerte... ríete de la muerte.

Los tres soltamos una profunda carcajada y vinieron a mi mente los recuerdos de niña, cuando mi padre siempre tenía la frase adecuada para cada momento. Cuánto lo echaba de menos...

—Pues venga, vamos a dar un paseo por el pinar —dijo Javi lleno de energía cuando la yaya se levantó con dificultad de la silla.

Su rostro se tornó tan blanco como el azúcar que había en la mesa del desayuno y perdió el equilibrio. Cerró los ojos y se desvaneció. Por suerte, Javi, siempre atento, pudo cogerla antes de que se cayera al suelo. Me quedé paralizada porque reviví la situación con Lucía el día de su cumpleaños. Volvía a tener esa sensación de bloqueo, de ser incapaz de tomar una decisión, de no poder hacer nada. Volvía a sentirme como una inútil. El susto fue tremendo, pero rápidamente volvió en sí.

—¡Ves como tenía calor, niño? Dame el abanico, anda.

Quisimos ir al médico, pero se empeñó en quedarse en casa y fue imposible hacerla entrar en razón. Nos quedamos todo el día vigilándola sin que se diese cuenta, atentos a todo lo que pudiera necesitar. Siendo más lista que nosotros, aquello le molestaba muchísimo.

—Pero ¿os creéis que me he caído de un guindo? Sé que no me sacáis el ojo de encima porque creéis que estoy mal y ya os digo yo que estoy mejor que vosotros dos juntos.

Era reconfortante escucharla tan jovial de nuevo. Un poco más testaruda de lo acostumbrado, pero como decía Laux: «A la vejez, ciruelas».

Por supuesto, aquel fin de semana llevé conmigo el libro que teníamos pendiente. No hay un recuerdo más tierno que el del tiempo que viví junto con ella, aquellas tardes en las que le leía los libros que su maltrecha vista había dejado huérfanos en la estantería. Así que aproveché mientras Javi recogía los trastos del huerto y organizaba la casa. Me senté en una silla del comedor mientras ella descansaba en una bonita mecedora. No había llegado al segundo párrafo cuando se quedó dormida, por supuesto, después de afirmar que ella jamás se echaba la siesta porque eso era de viejos. Algo parecido le pasaba a mi padre cuando se quedaba profundamente dormido en su butacón y se despertaba con sus propios ronquidos. Siempre afirmaba que solo se había quedado traspuesto... un par de horas, claro.

Le cogí la mano, con las marcas propias de los años y de una vida expuesta al sol. Una vida llena de luz, sencillez y aire libre que se veía reflejada en cada una de sus venas. Una vida llena de sabiduría que emanaba por cada uno de los poros de su ajada piel. De su mano me sentí de nuevo cerca de mi padre y sonreí.

No tuve tiempo de coger el móvil para revisar mis mensajes en la Vecina. De pronto oí a Javi y a su padre discutiendo fuera. Todo lo que él hacía molestaba a Javi, pese a que yo notaba que su actitud no era beligerante en ningún caso. De hecho era todo lo contrario. No dudaba del pasado de un hombre que en palabras de Javi era una persona tiránica que descuidó a su familia siempre en favor de los demás, pero ese fin de semana, por algún motivo, aquel hombre estaba intentando ser a la vez buen padre y buen hijo.

Las exiguas veces que me habló de ello, Javi me había contado que cuando sus padres se separaron y su madre volvió a Madrid, él también se divorció de sus hijos. Que, por muy duro que sonase, se desentendió de su vida, de su educación y de su bienestar, pese a que su hermano y él se quedaron en la isla viviendo con su abuela. Crecieron con la yaya, se forjaron su propia personalidad ajenos a una figura paterna cariñosa que se preocupase por algo más allá de lo que Javi llamaba «lo básico». Solo le importaba que aprobasen en el colegio, nada más, imperando la ley del «harás esto por mis cojones y punto». Javi siempre dijo que lo único que podía agradecerle era que le hubiese obligado a estudiar porque al menos eso le había servido.

Ni Javi ni su hermano sintieron que fuese su madre la que se desentendió; de hecho, al poco tiempo su hermano se marchó a Francia y, pese a que ambos decidieron «huir», Javi sostuvo el peso de aguantar años de convivencia por su abuela. Era incapaz de separarse de la yaya Catalina. Solo nuestro compromiso había puesto en jaque esa relación tan pura y yo me sentía responsable de compensarle tanto sacrificio. En el fondo, creo que Javi culpaba a su padre de que todos se hubiesen marchado.

Aunque la tensión entre ellos era palpable, se notaba que el padre hacía lo posible por no levantar la voz, por no entrar en ninguna batalla. Me acerqué a la puerta y escuché lo que decían, casi sin quererlo.

—Se lo he dicho, Javi. Vengo todos los días y me estoy encargando del huerto —dijo su padre angustiado.

—Pues no es suficiente, Martín —le reprochó Javi contundente.

Era la primera vez que oía ese nombre salir por su boca. Desde que lo conocí, nunca le había llamado «papá». Solo «padre» en contadas ocasiones y, en ese momento, «Martín».

—Ya sabes cómo es la yaya, es imposible llevarle la contraria.

—Claro que sé cómo es la yaya, he vivido con ella toda mi vida, así que no me digas cómo es porque lo sé perfectamente.

Martín se quedó en silencio y Javi continuó hablando:

—Lo único que te pido es que estés pendiente de ella mientras yo estoy fuera.

—Y es lo que hago, Javi.

—Pues no es suficiente. ¡Hoy casi se me cae al suelo! —gritó enfadado.

Se hizo un silencio y a mí se me encogió el corazón.

—Javi, sé que estás enfadado, no te lo reprocho, pero la yaya tiene ochenta y seis años y nada hará que eso cambie.

Martín volvió a utilizar un tono pacificador que me permitió entrar en escena. Sobre todo con la idea de calmar los ánimos en un momento que no se prestaba a la discusión.

—Se ha quedado dormida —dije.

Los dos se dieron la vuelta al oírme.

—Vale, vamos a terminar aquí y esperaremos a que se despierte —añadió Javi con un tono más conciliador.

—No, yo me quedo. Id a dar un paseo, si queréis. Hace tiempo que ella no venía y seguro que queréis hacer algo. Yo me ocupo de la yaya y te llamo cuando se despierte —respondió su padre con una propuesta que, sin duda, era una manera de echarnos una mano.

Javi dudó un instante, pero finalmente asintió. Agradecí a Martín el detalle porque nos vendría muy bien para despejarnos en el sitio donde nacieron nuestros atardeceres juntos.

Aquel 17 de noviembre de 2017 el sol se puso a las 17:38 en una zona boscosa al norte de la isla. Un lugar ajeno al mundo, solo para nosotros dos. Ya no llevaba encima mi libreta para apuntar las horas ni mi cámara Polaroid, pero lo dejé anotado en la memoria y capturamos el momento con el móvil. Cuando nos hacemos algún selfi en pareja, siempre es Javi el que sujeta el teléfono, ya que tiene el brazo mucho más largo y consigue que nuestras cabezas no parezcan dos melones enormes.

—¿Quieres que te haga una de espaldas con el atardecer de fondo? Para tenerla como recuerdo cuando estemos en Madrid.

Por supuesto, le dije que sí. No hay nada como capturar una porción de la isla y tenerla a mano como un comodín cuando necesitas eliminar el estrés del cuerpo. En aquella isla, los atardeceres se convirtieron en una parte importante para mí y siento que sobreviví gracias a ellos. Aquel verano cobraron un significado especial y siempre estaba dispuesta a guardar y contar uno más.

Cuando revisé la foto, además del precioso rosicler del cielo, descubrí un pequeño orbe en mi espalda, lo cual por un momento me conmovió. Los orbes son pequeñas auras de color sobre puntos de luz que salen en las fotografías y que molestan a la mayoría de las personas. Yo, en cambio, había leído que eran el reflejo de las personas que ya no estaban con nosotros y que nos siguen acompañando en nuestras vidas. Una manera de estar presentes, de hacerse presentes. Desde entonces, aprecio cada aura de color que aparece en las mías, pensando que mi padre no se separa de mí.

Aquella imagen supondría también un antes y un después en el perfil de la Vecina Rubia, ya que sería la primera en la que aparecería, siempre manteniendo mi anonimato, junto con un precioso texto sobre mi padre. Aquella foto, de la que solo Javi era conocedor —y en cierto modo solo a medias, dado su nulo interés por las redes sociales—, supuso mi primera puesta en escena como la mujer que se encontraba tras el perfil.

Publicarla detonó una pequeña revolución, pero no por la foto en sí o por la mujer que aparecía en ella; ni siquiera era mi mejor foto, pero fue el inicio de un símbolo que representaba que al otro lado del perfil había alguien de verdad. No un grupo de hombres, ni un equipo. Solo esa chica de espaldas, que podría ser cualquiera, pero que era real, y ese era el mejor mensaje que podía enviarse cuando la cercanía entre las personas y la confianza se pierde a cada segundo.

Al volver, la yaya estaba despierta y cocinando codo con codo con Martín. Mejor físicamente y con su tono de piel habitual. Sin lugar a dudas, la siesta le había venido a las mil maravillas, por mucho que renegase siempre de ella.

Estaban preparando lo que Javi llama una «comida de colegio», que a él le encanta: huevos fritos con salchichas. Con lo sano que suele comer, no podía resistirse a esa especie de tara que se le quedó de una época anterior en el comedor del colegio. Apenas comió con su padre siendo niño, pero aquella noche Martín estaba allí cocinando para él.

Fue una cena tranquila. Sin tensiones. A última hora, mientras Javi recogía la mesa y Martín fregaba los platos, por fin pude terminar de leerle a la yaya el capítulo que teníamos pendiente de aquel inolvidable libro de María Teresa Sesé. *Aromas del pasado* era un título muy adecuado para el desenlace de un día que se había tornado bastante intenso.

Al final, Martín se quedó a dormir con su madre y nosotros volvimos a casa de Iván. Plena de emociones, me permití el lujo de compartirlas en las redes sociales junto con aquella foto que Javi me había hecho de espaldas y en la que, casi imperceptible, aparecía mi padre en aquel orbe que me acompañaba.

«Es innegable que el paso del tiempo asusta, sobre todo cuando eres consciente de que los días que dejas atrás nunca van a volver. La vida no es un cuaderno en el que puedas mover las páginas hacia delante o hacia atrás según te convenga. La vida solo camina hacia delante y que el recuerdo de quienes quieres no caiga en el olvido solo depende de ti. Prefiero aferrarme a mi memoria, prefiero agarrarme a esa idea donde siempre aparecemos juntos en la historia que aún me queda por escribir... y, sobre todo, que nunca olvidaré».

Así cerré el texto y solo llevaba cinco minutos publicado cuando Pol me envió un mensaje con un pequeño emoticono de tristeza. Sé que podría parecer melancólico, pero para mí era un canto de esperanza, una forma de sostener el recuerdo de aquellas experiencias imperdibles que disfruté junto a mi padre, que siempre se mantendrá vivo en mis recuerdos.

Soltarlo me hizo bien. A veces, las redes sociales tienen ese efecto liberador, como cuando te sueltan un punto gatillo en la espalda, por fin notas que el dolor desaparece y caminas más liviana. Así me sentí al día siguiente: con un par de kilos emocionales menos tras haber pasado un tiempo con la yaya.

—Ahora que ya me has leído el último capítulo, ya no tenemos nada pendiente... —dijo con un tono triste.

—Tenemos muchos veranos pendientes por delante, Catalina —respondí.

—Siempre serás la chica del verano.

Aquella frase dibujó una sonrisa en mi rostro y no pude evitar abalanzarme sobre ella para abrazarla. Sentí la mirada de Javi a nuestra espalda, ahíta de cariño, igual que sentí que deseaba quedarme allí, en ese recuerdo del que tanto me costaba desprenderme.

De vuelta, alguna lágrima me descongestionó la nariz y el alma. Acaricié a todos los gatos que la escoltaban y me metí en el coche que me llevaría de vuelta a Madrid.

—Cuídala, haz el favor. Vuelvo enseguida —dijo Javi a Martín con tono seco, sin un atisbo del amor que veía en él tantas veces.

En sus palabras iba implícita una orden, no una petición. No hablaba a su padre como lo hacía un hijo, sino como un jefe. Me daba mucha pena ver aquella relación destruida.

—Javi, tienes que relajarte con tu padre... —le sugerí con suavidad de camino del aeropuerto.

—¿Recuerdas a los vecinos de enfrente de la casa de mi padre?

No entendí aquel cambio de tema, pero contesté:

—Claro, tienen una casa muy bonita... —dije «bonita» porque lo era, pero en realidad estaba hecha polvo. Era muy antigua, pequeña y no estaba muy cuidada. Aun así, sin saber muy bien por qué, ese fue el adjetivo que sentí cuando me lo preguntó.

—Cuando éramos pequeños, mi padre siempre iba a su casa a pedirles tomates. Una vez le pregunté por qué lo hacía, ya que nosotros siempre teníamos en casa de nuestro propio huerto. «Voy porque los vecinos no están pasando por un buen momento económico y siempre nos piden cosas», me dijo él.

—No acabo de entenderlo —repliqué.

—Al principio yo tampoco lo hice; de hecho, tuve el descuido de conmoverme, pensando que aquella acción tenía un buen fondo, imaginando que lo hacía para que ellos no se sintiesen mal y pudieran seguir pidiéndonos cosas.

Después de aquella frase y con la mirada perdida en la carretera, Javi dejó un silencio del que me esperaba cualquier cosa.

—¿Sabes qué dijo? —continuó—. «Voy a pedirles tomates para que se den cuenta de que todo en esta vida tiene un precio y que las cosas no te pueden salir gratis sin más».

Aquellas palabras sonaron muy duras y me cuadraban con el Martín que había conocido tiempo atrás, pero me parecieron muy alejadas del hombre que había visto ese fin de semana.

—Todo lo que hace mi padre tiene un motivo egoísta. Siempre.

—Javi, pero ¿cuánto tiempo ha pasado desde aquello?

—La gente no cambia.

—Bueno, tú y yo hemos cambiado y lo hemos hecho para mejor.

Javi se mantuvo en silencio. No podía negarme ni negarse que con aquella última frase tenía toda la razón.

—Hay que saber perdonar, Javi. Igual es el momento de que te liberes de eso.

Quise creer firmemente que el padre de Javi había cambiado y que también lo había hecho para mejor. No sabía el motivo, pero tampoco me importaba. Quería que él aprovechara ese momento para sacar fuera el rencor, quizá justificado, que a veces lo cegaba. Como siempre, Javi hizo un ejercicio de responsabilidad que le honró.

—Puede que tengas razón...

—Gracias, cariño. —Le besé.

Pocas personas tienen tanta capacidad de reflexionar y recular para darte y darse a sí mismos una oportunidad cuando se dan cuenta de que lo haces por su bien y que lo ves desde un punto de vista ajeno, con claridad. Javi era una de ellas.

Recogí mi maleta de casa de Iván, despidiéndome de él con mucho cariño y agradeciendo su hospitalidad. Por desgracia, Javi esa semana tenía turno de lunes a jueves y yo tenía que marcharme a Madrid porque trabajaba al día siguiente. La llegada al aeropuerto fue más corta de lo habitual y yo, sin haber cogido aún el vuelo, ya lo echaba de menos. Nos despedimos con pasión, prometiéndonos hablar en cuanto aterrizase.

—¿Me quieres? —le pregunté.

—Siempre —respondió.

—Javi, una última cosa...

—Dime...

—No hemos hablado de Iván, pero... Tienes que cuidar mucho de él, estos días le he visto bastante triste.

—Sí, lo sé, tengo pendiente una conversación con él.

—Vale —respondí, intentando ocultar que detrás de mis palabras había algo más. Javi me conocía muy bien y lo intuyó al momento.

—¿Hay algo que no sepa y que quieras contarme?

Joder, con esa pregunta era imposible escapar. No fue un «¿Pasa algo?» o un «¿Estás bien?», que podría haber contestado con un monosílabo y montarme en el avión, igual de preocupada, pero satisfecha con mi excusa. La pregunta era directa y concisa y a mí se me da fatal mentir a la cara.

—Ayer hablé con Laux, Javi. Ha empezado el tratamiento para quedarse embarazada.

—¡Qué dices? —Javi estaba tan sorprendido como yo cuando ella me lo contó—. Esto le va a hacer polvo...

—No se lo digas...

Javi respiró profundamente mirando al techo de la terminal y llevándose las manos a la cabeza.

—¿Cómo no voy a hacerlo?

15
Iván

Cerrando capítulos.

Laux no estaba siendo justa conmigo. Había pasado una semana y media desde que habíamos discutido en casa de Lucía, y digo discutir por ponerle un verbo a una situación de la que salí desconcertado y sin derecho a réplica. Esperaba al menos un mensaje, una contestación a la decena de llamadas y disculpas que le había escrito por mi actitud. No entendía nada y, lo que es peor, no había ni una sola palabra que me pudiese orientar.

Aunque intenté concentrarme en el trabajo y evadirme yendo de un lado para otro, manteniéndome ocupado, como quien se escapa de un pensamiento que le persigue, la llegada aquel fin de semana de Javi con la rubia no hizo más que recordarme su existencia y atormentarme. Por supuesto, no dije nada. No quería ponerle en el compromiso de tener que contarme algo que debía llegarme por boca de Laux, no de ella.

Cuando la rubia se fue, esa misma tarde de domingo quedé con Javi en una de las villas de alquiler que gestionaba mi empresa. La más especial. En Ibiza aprovechamos los meses de invierno para hacer pequeñas mejoras antes de que llegue la temporada de verano, y aquella villa en concreto era la casa en la que realmente disfrutamos con Laux y la rubia. El lugar donde nos alojamos aquella vez que la casualidad cerró el aeropuerto durante unas horas y nos ofreció un día más juntos. Como una vida extra. Como un regalo que no esperas.

Ahora echo la vista atrás y siento lástima porque en aquel momento el destino nos brindó la oportunidad de conocernos de verdad, de empezar a descubrirnos el uno al otro. En cambio, de repente esa conexión había desaparecido como lo hace la arena entre las manos. Esa casa en cala Vadella siempre ha sido una de mis favoritas, tiene algo especial. Me da paz.

Quedé allí con Javi porque pensé que era el lugar perfecto para tomar unas cervezas, como otras tantas veces habíamos hecho. También porque sabía que tarde o temprano saldría el tema de Laux a la palestra y llevaba un tiempo gestionándolo solo. No es sano hablar siempre con uno mismo y yo estaba preparado para ello. Quizá con esa conversación conseguiría, al menos, cerrar aquel capítulo de mi vida, ya que no podía hacer más.

—¿Has hablado con ella? —me preguntó Javi.

—No.

—¿Vas a hablar con ella? —insistió.

—Pues no lo sé, supongo que depende de ella —dije algo molesto.

Javi lo percibió virando la conversación hacia mí, matizando bien las palabras.

—¿Y tú quieres hablar con ella?

—Pues ya no lo sé. No sé ni lo que quiero, Javi... —respondí algo confuso. Sinceramente, había pensado que la conversación iba a ser más fácil y que mi cuerpo, de manera natural, lo tendría más claro.

—¿No lo sabes? Venga, Iván, que nos conocemos. En tu cabeza, la indecisión no tiene cabida.

—Pues entonces es que esta no es mi cabeza... —dije mientras daba el último trago a la cerveza.

Siempre había tenido una mente privilegiada para ordenar mis sentimientos, el trabajo... Todo estaba bajo control y medido al detalle. Mi vida estaba como mis casas de alquiler: reformada y en perfecto estado. Sin embargo, no era capaz de explicarle a Javi la situación en la que me encontraba, una especie de indecisión que me hacía bailar desde el recuerdo más amable con Laux hasta el punto contrario: ser capaz de pensar en tirar la toalla en cuestión de minutos. En el fondo, quise visualizar aquella conversación como un clavo ardiendo al que agarrarme, buscando una cicatriz que me alentase a seguir. Una herida de guerra que, pasado el tiempo, pudiéramos mirar con nostalgia y decir: «Me costó, pero lo conseguí. Aquí estamos... juntos».

—No es indecisión, Javi. Pues claro que quiero hablar con ella, coño, pero es que no me responde. Y no sé qué significa eso. No sé qué significa su silencio...

Siendo sincero, sí que sabía lo que significaba. Mi vida ha sido una inversión constante y rentable, y este negocio emocional estaba empezando a dejar de ser beneficioso, por mucho que me hubiese enamorado de aquella preciosa casa que era Laux.

Siempre he llevado las riendas de mi vida. Cuando monté mi negocio en la isla, cuando invertí todo mi dinero ahogado por los créditos o cuando tuve que dejarme la piel para que el mercado inmobiliario me respetase. Adoro arriesgarme, pero no me gusta invertir a fondo perdido.

Con Laux pierdo el control de todo. Me dejo llevar, olvido mi parte racional y la emocional es la que manda. Al final, es ella la que manda. Y no me importa, estaba dispuesto a dejarme llevar porque eso es lo que debe hacerse, ¿no? Lo he leído, lo he visto en las películas y lo he escuchado por boca de otros, de Javi por ejemplo, pero nunca lo he experimentado. Quería dejarme llevar por una vez para ver qué pasa cuando dejas el control en manos de otra persona, de la persona adecuada.

Javi chasqueó sus dedos frente a mi cara para hacerme salir del bucle en el que me habían metido mis propios pensamientos repetitivos.

—Cometí muchos errores con la rubia, Iván —dijo Javi—. Y los viste; de hecho, tú me los hiciste ver. Fui muy egoísta, no quise mirar a través de sus ojos lo que estaba pasando cuando los dos vivíamos aquí.

—No es lo mismo. Tú estabas muy tonto con lo de la permuta y te saltaste vuestro acuerdo... Le fallaste porque no cumpliste tu parte, pero ¿yo? ¿Le he fallado?

—No lo sé, dímelo tú. ¿Qué acuerdo tenéis vosotros?

—Ese es el problema, que no hay ningún acuerdo, nos estábamos dejando llevar y estaba bien. No había condiciones ni pactos, tampoco obligaciones ni anexos. Solo ella y yo.

—Las relaciones no son un contrato, colega. No me digas que le hablaste a ella en esos términos...

—Cómo voy a hacer eso, tío...

Sí que lo hice, aunque fuera en broma, pero lo hice. Porque no sabía hacer otra cosa.

Bromeé mil veces con cláusulas de escape, penalizaciones por incumplimiento y miles de gilipolleces más... Todas en broma y todas en serio porque detrás de un chiste suele haber una parte de verdad.

Hablando con Javi me di cuenta de que, sin querer, quizá le había marcado demasiadas condiciones a Laux, quizá le había mandado demasiados mensajes contradictorios poniendo yo mismo un techo a la relación.

—¿Sabes, Iván...? Creo que estás siendo un poco orgulloso. Estás perdiendo la perspectiva —me acusó Javi.

—¿Y ella?

—También.

—¿También? Me suelta de un día para otro que quiere tener hijos cuando llevamos apenas unos meses de relación y no contenta con soltarme semejante primicia, me cuenta que se ilusionó por un polvo que echamos hace un año del que creyó estar embarazada y del que no tuve noticias en ningún momento... Y ahora, cuando ni siquiera tuve tiempo para darle una respuesta, para digerirlo racionalmente, porque es así como se razona... Desaparece, no contesta a mis mensajes como si fuera una cría, ¿y soy yo el que pierde la perspectiva? —dije alterado, volviendo a cambiar de rumbo como lo hace un barco a merced de una tormenta.

Javi contuvo todo el aire de la sala en sus pulmones. Comprendí que estaba haciendo de abogado del diablo, quizá por su propia experiencia.

—Solo te digo que a veces hay que ceder aun sabiendo que se tiene razón. Si la otra persona te importa, hay que ceder. Yo me di cuenta a tiempo.

—Pero yo no soy tú, Javi —le interrumpí.

—Lo sé, solo quería que pensases que siempre hay otro punto de vista.

—Pero no siempre es correcto —insistí.

—Siempre es correcto para quien lo cree. Como tú ahora mismo.

Entendí perfectamente la frase, pero no quise darle la razón.

—Creo que me he perdido entre tanta sentencia profunda, colega.

Javi me miró con cariño y sonrió. Cómo quiero a este tío, pese a que siempre me dice lo que no quiero escuchar.

Arriesgarse siempre es duro, lo sé porque llevo haciéndolo toda la vida. De joven rompí con el negocio familiar en una decisión tomada con denuedo. Decepcioné a mi madre y a mis hermanos, y ofendí a mi padre, todo a la vez.

Empecé de cero, solo, con la formación que da la rabia y con la intuición que ofrece la soledad y el abandono, tan necesarias para sobrevivir. Me acostumbré a los inicios duros y a tomar decisiones de dudosa moralidad, si quería avanzar. Elegí un camino y fracasé. Aprendí que estudiar cada posibilidad, ser consciente de lo que ganas o pierdes en cada operación, era una variable que tenía que controlar.

Quizá, sin darme cuenta, había calcado aquella forma de pensar en mi relación con Laux, intentando exprimirlo todo al máximo, pero solo en el momento, hipotecando el futuro de Laux sin pagar nada por adelantado.

—Iván, la vida no es un negocio, y menos uno que vaya a durar siempre —me dijo Javi.

—Lo sé...

Y de nuevo la tormenta llevaba mi barco al punto contrario del que partimos. De nuevo en la casilla de salida, buscando hacer lo necesario para poder hablar con ella de una palabra que había olvidado por completo: nosotros.

—¿Crees que debería ir a verla? —pregunté.

—Me ha dicho la rubia que Laux ha iniciado un tratamiento para quedarse embarazada...

Desde luego, no era la respuesta que esperaba. Me quedé mirando a Javi perplejo, acumulando la rabia los segundos justos antes de descargarla rompiendo el botellín contra el suelo.

—Ahora sí que estoy cabreado... No quiero volver a escuchar nada sobre ella nunca. Jamás.

16
Nuevos comienzos

Los domingos se crearon para echar de menos.

Los domingos se crearon para echar de menos, lo tengo claro. La sensación de nostalgia era inevitable aquella tarde, recién aterrizada de Ibiza. Escribí a Javi en cuanto cesaron los aplausos en el avión. Siempre me invade una sensación incómoda cuando eso ocurre y no sé reaccionar. Supongo que el piloto se siente como cuando te cantan «Cumpleaños feliz» en un sitio público y no sabes dónde meterte de la vergüenza.

Javi Ibiza.

He llegado.
Te quiero siempre.

Yo también.

Cuida mucho de la yaya.

Siempre.

Aquellas palabras, tan leves, frágiles, insustanciales a primera vista, mostraban nuestro compromiso. El que habíamos forjado el uno con el otro. Inquebrantable. El que habíamos elegido, sin desistir, el que nos había unido profundamente. Javi no era perfecto y yo era tremendamente imperfecta, pero sabíamos acompasar el sonido de nuestros corazones para enfrentarnos a lo que viniera. No es fácil ser nosotros porque no es fácil ser uno mismo. Pero miraba a nuestro alrededor y pensaba en lo mucho y bien que nos hacíamos. Estos sentimientos siempre aparecían a modo de reflexión en los tiempos muertos en los que esperaba mi maleta en la cinta número nueve de la terminal uno de Barajas.

Una vez recogida, Pol me esperaba a la salida, solícito como siempre. Se empeñó y no se lo negué. Siempre me ha gustado ver a alguien al otro lado cuando se abren las puertas de las llegadas en cualquiera de las direcciones. Esperar o ser esperada, no importa, si hay alguien al otro lado.

—¿De verdad era necesario llevar tanto equipaje para un fin de semana? Con lo pequeña que eres y lo que te ocupan las bragas...

He de reconocer que Pol siempre me saca una sonrisa.

—Gracias por venir a recogerme —le dije.

—Bienvenida a casa —me respondió.

—Eso ha sonado a mensaje de felpudo —añadí, provocando la risa involuntaria en los dos.

—¡Igual deberíamos hacer felpudos!

—Sí, unos que digan «Bienvenidos al reino de mi unicornio».

—¡Me gusta! Si trabajamos juntos con este nivel de humor, voy a tener siempre ganas de que sea lunes...

—Qué bonito, Pol... —respondí emocionada.

—Estoy deseando meterme en tu mente.

—Uf, no creo que eso sea buena idea...

—¿Tan jodido es lo que hay dentro?

—Hasta yo me doy miedo a mí misma...

Volvimos a reírnos a carcajadas en medio del aeropuerto sin levantar sospechas. Porque si hay en el mundo un lugar anónimo por excelencia es un lugar de paso donde miles de personas entran y salen, ajenas unas a las otras.

Pol me dejó en casa y quedamos en vernos al día siguiente por la tarde cuando regresase de trabajar. Pedí cena; sin Javi allí, no tenía intención de cocinar y en la nevera solo había un zumo, algo de queso fresco y un aguacate, que se había convertido en un «aguacacate» por el color marrón que presentaba. Mientras esperaba, cogí el móvil, como hacía cada noche, para intentar responder al máximo de mensajes que pudiera y ser partícipe del mayor chat de amigas que jamás se había creado. Controlaba mi ansiedad por llegar a todo como podía y no dejaba de lamentarme por todas aquellas voces que no respondía por mucho que me quedase hasta altas horas de la madrugada.

Al menos aquella noche estaba sola y no tenía que esconderme de nadie para hacerlo, lo que quizá paliaba un poco aquel desaliento.

Disfrutaba a carcajada limpia con cada *story* que subía o me compartían, hasta que de repente un mensaje privado me dejó helada.

@mamenrodriguezzzzzzkk
Hoy te he visto en el aeropuerto.
Volvías en el vuelo de Ibiza de la tarde
con una maleta rosa enorme.

Me quedé mirando fijamente mi preciosa y enorme maleta que aún estaba en el salón sin abrir. Durante unos segundos me quedé desconcertada, incluso pude notar cómo se aceleraba mi corazón y cerré de un golpe las cortinas, sintiéndome observada. Hasta ese momento y, dado que desde lo más profundo de mi ser, tal y como le había hecho saber a Pol, mi intención de ser anónima primaba por encima de todo, aquel mensaje me dejó un poso de desasosiego. También podría ser alguien que había creído verme y no fuese más que una confusión. Así que me decidí a negarlo con cautela, el defecto más humano que existe.

@lavecinarubia
¡Hola!
¿Estaba guapa?
Si no, no era yo.

Se lo pregunté en un claro tono de broma intentando dejarlo en una anécdota sin importancia. Quitándole hierro al asunto ante una más que probable confusión. La chica contestó rápidamente.

¡Ay, qué ilusión!
¡Vecina, me has contestado!

La emoción de su respuesta me relajó por momentos. Sonreí porque a mí también me emocionaba hablar con ellas. No hay nada más libre que disfrutar de la complicidad sin censuras con alguien que no conoces.

Entonces esperé. No quise responder, por si simplemente era fruto de la emoción del momento o una casualidad sin más, pero ella continuó.

Te he reconocido porque
llevabas la misma mochila de la foto.
Sí que es verdad que mides uno sesenta,
eres igual de pequeña que yo. Jajajajaja.

Y entonces caí en la cuenta. Como una ficha de dominó que tira a la siguiente, fui consciente de un detalle en el que no había reparado hasta ese momento porque nunca lo había imaginado.

¡Cómo podía haber sido tan idiota? El día anterior publiqué la foto que Javi me había hecho con aquel precioso atardecer y el texto de mi padre. Para mí, sin duda, era lo más importante de la foto. Pero también llevaba mi pequeña mochila con flecos a la espalda, la misma con la que aparecí en el aeropuerto al día siguiente a mi vuelta.

Me quedé sorprendida del nivel de detalle en el que aquella chica se había fijado y que yo había pasado por alto. Aquella situación me preocupaba de cara al futuro, sintiendo que exponerme de esa manera pudiera atraer el morbo por mi persona más que por el mensaje. Sobre todo, me di cuenta de que tendría que trazar un plan de ahora en adelante para no dejar ningún cabo suelto. Empecé a pensar en pelucas, cambios de vestuario y todo tipo de trucos que quizá tendría que empezar a usar.

Respiré. No me sabía nada bien mentirle, aunque hacerlo se estaba volviendo una pequeña constante en mi vida con algunas personas, hasta que ella misma me ofreció la solución.

No te preocupes, Vecina. Iba a
acercarme y decirte algo, pero mi novio,
que sabe quién eres porque le tengo
la cabeza loca contigo, me ha dicho
que no lo hiciera, que si quieres ser anónima
hay que respetarlo y tiene toda la razón.

Ojalá pudiera repartir más cariño del que recibía. Ojalá pudiera devolverle a cada una lo que me regalaban cada día.

No sabes la ilusión que me ha hecho verte.
Lo feliz que me ha hecho comprobar
que eres de verdad. Una chica más que
no es capaz de sacar la maleta
de la cinta con lo que pesa. Jajajajajaja.
Eso es lo importante.
No te preocupes, detrás de la Vecina estás tú
y detrás de mí estará tu secreto bien guardado.

Agradecida. Es el adjetivo que más he utilizado en este tiempo y no puedo estar más feliz de usarlo sin mesura porque es la mejor manera de describir cómo me sentía.

Muchas gracias.
No sabes lo importante
que es para mí.

Para todas.
La Vecina Rubia somos todas.

Y respiré aliviada. Porque noté la importancia de tener una comunidad sana que se preocupaba por mí de la misma forma que yo lo hacía en la medida de mis posibilidades. Gracias a aquella situación aprendí a publicar mis fotos cuando ya me había marchado del sitio, incluso a cambiarme de ropa por si las moscas y otros muchos ardides que fui perfeccionando con el paso del tiempo. Lo de la ropa era lo de menos. Tirar de mi fondo de armario de hace cuatro años por lo menos me sentaba bien.

Tuve que incluir aquellas nuevas rutinas y técnicas que manejaba con habilidad en mi vida para poder sostener ese anonimato que quería llevar por bandera con un mensaje de fondo, pero mostrando algo muy importante que aquella chica me había hecho ver con claridad: «Una chica real, de verdad». Reforcé aquella idea que ya rondó mi cabeza hablando con Pol de que detrás del perfil no solo estarían las bromas, los memes y el mensaje. También estaría yo con mis pocas fuerzas para sacar una maleta de veinte kilos de una manera ortodoxa de la cinta. Estaría presente, real, aunque fuera de espaldas.

A raíz de aquella foto fueron muchas personas las que sufrían en sus mensajes por si me reconocían. Algunas soñaban conmigo y me veían la cara, la que ellas querían o imaginaban, pero siempre me mantenían el secreto. Incluso sufrían por si se desvelaba mi identidad o por si alguien de mi entorno la destapaba. Era interesante ver cómo habían comprendido lo que tanto me había afanado en demostrar. Era una afortunada. Una privilegiada por recibir tanto cariño, algo que me autoobligaba a estar a la altura. Me sentía con la necesidad de devolvérselo y no defraudarlas.

Cerré el mensaje privado de aquella chica con cierta nostalgia. Positiva. La nostalgia también puede serlo a veces. Reconociendo ese confort que da una buena conversación con alguien que te muestra su cariño. Identificando un refugio que habíamos creado donde sentirnos cómodas, un lugar de confidencias lejos de las miradas del mundo. Un chat de grupo, como lo era nuestro Dramachat. Como lo había sido.

Aquella experiencia, la primera al borde de ser descubierta por culpa de una mochila de flecos, desembocó en un terrible sentimiento que llevaba arrastrando desde hacía semanas. Mis amigas y yo nunca habíamos estado tan lejos de estar cerca. Nunca el Dramachat había tenido silencios tan profundos. Y echaba de menos compartir con ellas unas palabras como lo había hecho con una amiga que no conocía.

Lucía, Laux, Sara y yo llevábamos sin hablar juntas, como deben ser las buenas conversaciones entre amigas, desde hacía ya más de dos semanas. Un periodo de tiempo lo suficientemente largo para que duela el corazón, por mucho que la vida nos estuviese poniendo algunas trabas en el camino.

Dejé Instagram y escribí en el grupo.

Dramachat
Laux., Lucía azafata., Sara., Tú

Aaaamigaas, feliz inicio
de semanaaa.
Este jueves nos vemos, ¿no?

Aguanté un rato con el chat abierto. No quise esperar al sonido de una notificación, si es que la había. Hice fuerza mirando la pantalla, anhelando una respuesta.

Lucía azafata.
Yo este jueves no puedo,
chicas. He quedado con
Nacho y no estoy muy
animada...

Bueno, no era lo que esperaba, pero era una respuesta. Algo poco entendible, máxime si tenemos en cuenta que vivía con él, pero al menos alguien contestaba. No quise ahondar en el tema, entendí que seguía con el ánimo tocado, así que respondí con el emoticono de un corazón, que entre nosotras significaba «Te entiendo y te apoyo, amiga». De la misma forma que otras veces, aunque con un significado diferente, contestas con un «OK» que en realidad significa «Eres imbécil».

Sara.
Yo el jueves tampoco,
tengo reunión en la prote.
Tenemos que ver la contabilidad
porque estamos fatal de pasta
y entre eso y el curro no me da la vida...
Lo siento chicas.

De nuevo, emoticonos de corazones por parte de todas.

Laux.
OK, no quedamos.

Crisis total en el grupo. Había tres frentes abiertos, a cada cual más complicado, y por primera vez en mi vida no sabía qué podía hacer por ellas. Por un lado, tenía que ver la forma de animar a Lucía, pero ella, al menos en ese momento, contaba con el apoyo de Nacho, así que pensé en centrarme en Sara. Hice lo que haría cualquiera en una situación así. Le escribí por privado presionando lo justo para que me contase cómo estaba. Al minuto vi que me grababa un audio que *a priori* se estaba volviendo interminable. Cuando llegó y vi la duración de siete minutos, supe que no iba a ser fácil.

Sara estaba muy cansada de su trabajo, se sentía ninguneada por su jefe, que no la valoraba. No lo dijo, pero insinuó, como ya había hecho en otra ocasión, que le rechazó y eso había cambiado su relación, convirtiéndose en insostenible hasta el punto de pensar en dejarlo, pero Marcelo, lejos de entenderla y apoyarla, le estaba presionando para que no lo hiciese. Se sentía atada por dos cuerdas que tiraban de cada lado de su cuerpo y ella estaba a punto de romperse. Además, la situación en la protectora era complicada porque las deudas con los veterinarios crecían y los fondos no llegaban.

Me abrumé con tanta información en tan poco tiempo y lo único que se me ocurrió fue ofrecerle el poco tiempo del que disponía. Aunque aquella semana le era imposible, cerramos una fecha para la siguiente, lo cual me dejaba algo de espacio para pensar en posibles soluciones que pudieran hacer más liviana la situación que estaba atravesando.

Sara tendía a no enfrentarse a los problemas y siempre los dilataba tanto como podía; solía postergar las decisiones hasta que no había más remedio que tomarlas. Su frase preferida era: «Lo vamos viendo». La conocía de sobra, así que cargué su pequeña piedra en mi mochila sin hacer caso de nuevo a Pol y a mi madre, mientras pasaba a la siguiente batalla: Laux. Al menos con ella conseguí quedar para comer al día siguiente. Tuve que incluir cuarenta minutos de metro, que sumaban otros cuarenta más a mi jornada laboral, pero no me importaba.

Laux apareció aquella tarde radiante por fuera y apagada por dentro.

—¿Qué te pasa, amiga?

—Pues que me jode que me cambien los planes, lo de quedar los jueves es sagrado...

Cualquiera que conociese a Laux sabía que no existía mayor verdad que aquella. Para una persona que planifica su vida en un Excel, que se prepara la ropa de la semana los domingos y tiene reservados los restaurantes en los que vamos a cenar el fin de semana desde el lunes anterior, un cambio de planes así era un tormento.

—¿Y sabes qué me jode también? Que cuando le ocurre algo a Lucía, siempre estamos ahí las primeras... Y no lo digo por lo que pasó mientras estuvo con el melanoma, eso está fuera de toda duda, pero cuando le pasa algo con Nacho o con sus dudas con el libro siempre nos volcamos. Siempre estamos ahí las primeras, las únicas. Igual que cuando le pasa algo a Sara, cuando se encierra en sí misma, en ese mundo particular en el que solo ella es la reina y hay que sacárselo todo con un sacacorchos...

La verdad era que para haber preguntado solo qué le pasaba, la respuesta había sido extensa y contundente. Y creo que aún quedaba algo más.

—Pero cuando me pasa algo a mí... —dijo afligida—, ni una llamada. Ni un mensaje. Solo estás tú.

Me entristeció muchísimo escucharle decir eso. Y aunque la rabia del momento y la situación que arrastraba con Iván le llevaba a expresar sentimientos de los que estoy segura de que no era consciente, algo de razón tenía.

Por lo general, tendemos a pensar que las personas que siempre están bien por fuera lo están también por dentro. Que las que presentan una sonrisa para nosotras y nos ayudan incondicionalmente lo hacen porque viven en paz consigo mismas cuando, en ocasiones, la realidad supera la fachada. Las personas que más sonríen lo hacen muchas veces porque saben lo que cuesta pintarse el gesto en los peores momentos de la vida.

—Venga, Laux, seguro que no se han dado cuenta... Cuando pasa eso entre nosotras sabes de sobra que no se hace a malas.

—Si ya lo sé, tía... pero me duele. No puedo evitarlo.

Entendía a Laux a la perfección porque había estado en su lugar. Pero también había estado al otro lado porque es algo que pasa en todos los grupos de amigas. Ofender y sentirse ofendida. Pasa también en las redes y pasa también en la vida.

—Lo que más me jode es que no quedemos el jueves y no podérselo contar. Porque las mierdas cuando se enquistan se hacen enormes —continuó hablando—. Y yo no quiero que nada se enquiste entre nosotras.

De eso estaba segura. Laux es la persona más noble del planeta y de alguna galaxia lejana, desde donde la oyen cuando dice «chiqui» y además tiene una capacidad brutal de recuperación, no solo con el alcohol, sino también con las emociones, así que, sin pestañear, llamó al camarero y pidió la comida: lentejas de primero y croquetas de segundo, como si nada hubiese pasado. Puede ser que sufrir le diera hambre.

Aproveché el momento, mientras traían la comida, para cambiar de tema al TEMA en mayúsculas.

—Bueno, cuéntame, ¿has empezado entonces el proceso? —pregunté en un acercamiento sutil y comedido.

El rostro de Laura se iluminó. Como si estuviese en el escenario de un teatro, delante de un gran telón rojo de terciopelo con detalles dorados a su espalda y el foco central directamente sobre su cara para pedirle hablar, como protagonista de aquella obra y de su propia vida.

—Sí, ya está todo en marcha. Ya he solicitado un donante anónimo de esperma.

Escucharlo así de repente, de su boca, me pilló por sorpresa, pero no intervine. Dejé que continuase sin hacer bromas, ya que sabía que era un tema delicado para ella.

—Sabes lo que me cuesta decir «esperma» en vez de «lefa», ¿no? —dijo ella directamente.

A tomar por culo el tema delicado. No me esperaba aquella salida de tono, así que solté una carcajada que oyeron hasta en la cocina del restaurante. Le arreé con la servilleta, le dije que no fuese imbécil y que me siguiese contando. La vida complicada es más fácil con Laux al lado.

—Bueno, pues ese es el primer paso. Una inseminación de un donante anónimo sobre mis ovulitos congelados.

—¿Los llamas ovulitos?

—Y les canto: «Ovulito, dime tú, na, na, na, na, na, na...».

Madre del amor hermoso. Por lo menos no engañaba a nadie. Laux formaba parte de ese grupo de personas que no se sabía la segunda parte de la canción de Heidi y solo la tarareaba. Obviamente, no pude evitar reírme por segunda vez.

—¿Y no te da un poco de miedo no saber...?

—¿De quién es la lefa? —dijo Laux, completando mi frase.

Dejé un silencio para que ella misma contestara.

—Pues al principio un poco sí, por si me pudiera salir un psicópata o una rubia obsesionada con la ortografía...

—Vale, lo pillo.

—¡Ah! Pues no iba por ti —dijo, haciéndose la tonta.

—Ya, ya, me lo imagino... —respondí haciéndome la ofendida mientras Laux sonreía, cómplice, antes de volver a cambiar el tono.

—Pero luego me di cuenta de que lo más importante para mí es que quiero ser madre, rubia, y no me importa el color de sus ojos porque voy a quererle tanto que me van a salir arrugas.

Aquella frase era preciosa y más viniendo de ella. No pude contenerme y la abracé. Estaba muy feliz por mi querida amiga.

—Eso y que leí una frase escrita en la pared del vestuario del gimnasio, una de Paulo Coelho tope motivacional.

—¿Una frase?

—«Hazlo ahora. A veces, más tarde se vuelve nunca». Me caló muy hondo.

—Joder, es como leer el horóscopo de la revista del *fitness*...

—Ya ves, yo sudando como una perra y el Coelho mandándome mensajes subliminales.

Las dos sonreímos. La conversación era cómoda y, sobre todo, repleta del humor que nos caracterizaba. Había echado de menos a mi amiga durante las semanas en las que el silencio había dado origen a esta situación de la que me sentía muy orgullosa. Orgullosa por ella y por lo valiente que estaba siendo.

—Igual es una tontería lo que te pregunto, pero ¿por qué quieres utilizar los óvulos que congelaste? —pregunté intrigada—. Quiero decir, sigues siendo fértil, ¿no?

—Sí, claro, pero habiendo varias opciones, mi ginecóloga dijo que la muestra de óvulos vitrificados era muy buena y que podría aprovecharse mejor, más rápido, que las reservas actuales de mi cuerpo —respondió con contundencia—. También podría probar más adelante con óvulos frescos, pero, en mi caso, vamos a empezar por descongelar.

—Vale... Ya veo que te has informado, sí.

—Sí, y estoy muy muy MUY ilusionada. —En Laux, las mayúsculas se notan—. Por una vez, siento que estoy tomando la decisión correcta.

Cuando iba a responder, percibí un gesto en su rostro. Intuí que aún le daba vueltas a una idea y esperé el tiempo que necesitaba. Para mí era muy importante escucharla. Cogió aire y lo soltó:

—Sé que lo has pensado, pero esto no tiene nada que ver con Iván, tiene que ver con mi deseo de ser madre. Lo que estoy haciendo solo lo hago por mí.

Las frases sonaban rotundas, meditadas. Volvió a coger aire por segunda vez.

—Ya te lo dije, no voy a esperar, voy a decidirlo yo. Y no quiero que haya una mínima posibilidad de que dejar mi gran deseo para más tarde acabe por convertirse en nunca.

Parafraseando a Paulo Coelho, entendí el proceso por el que Laux había pasado durante esas semanas y comprendí por qué había estado ausente. No era una decisión fácil. Era su decisión. Poco podríamos haber intervenido, poco podríamos haber aportado cuando solo una es consciente de lo que quiere y siente.

—¡Oye, perdona! —dijo Laux, de repente, llamando al camarero.

Empecé a temblar.

—Sí, dígame.

—Perdona, pero es que... ¿Este flan es casero? —preguntó, causando asombro al camarero, que no sabía dónde meterse.

—Sí, creo que sí.

—Pero ¿casero casero o de la casa Flan Dhul?

¡Increíble! Sé que es de mala educación, pero la carcajada que solté mientras bebía agua acabó desparramándola por la mesa y, cómo no, encima del postre «casero». La hija de su madre no solo provocó la risa en nuestra mesa, sino en todo el comedor e incluso la del propio camarero.

—Vamos, que de casero tiene lo que yo de sexadora de pollos. ¡¡Chiqui!! ¿Me cambias el postre por un buen plátano...?

¡Y seguimos para bingo! Inagotable, inigualable. Así era ella. Todo el restaurante nos miró de nuevo. La Laux seria y responsable había sido poseída por la Laux sin filtros de toda la vida. Ambas convivían en su cuerpo, pero que fueran a alternar de ahora en adelante nos teletransportaba a una dimensión desconocida.

—Joder... Nunca imaginé que te echaría tanto de menos, amiga —dije relajada al volver a sentirla tan... ella.

—Siento no haberte contestado a los mensajes. No ha estado bien.

Negué con la cabeza, restándole importancia a todo.

—¿Me perdonas?

—Claro. Madre mía, ¡¡¡vas a ser madre!!! —dije emocionada.

—Bueno, primero tiene que hacer efecto el tema, hay que preparar el endometrio...

—¿Así vas a llamar al niño? —respondí guiñándole el ojo.

Laux soltó una carcajada brutal.

—¿Te imaginas que el donante anónimo se llama Eustaquio? ¡Como las trompas!

—¡Y el hijo, Falopio!

Las dos nos reímos de aquel sinsentido de conversación que tanto bien nos hacía. Siempre he creído que el humor absurdo es la base de nuestra educación y que por eso hemos sobrevivido con dignidad.

En el metro, de vuelta al trabajo, escribí en Instagram un pequeño texto sobre la maternidad, centrándome en todo lo que había aprendido de mi madre. En aquel momento yo no me había planteado ser madre, pero las palabras de Laux me llegaron muy dentro. Es muy loable tomar una decisión así, tanto como no hacerlo, pero, desde el punto de vista de una hija, me fue muy sencillo valorar el sentimiento tan precioso que anida en una persona desde el instante en que se plantea cuidar de otra vida. Porque hay infinitas formas de ser madre, aunque la que nos ocupaba en aquel momento era la que había escogido mi amiga.

Aquel texto tuvo la mayor acogida hasta entonces y aquello me hizo sentir bien, algo que había desatendido mucho tiempo: cómo me sentía yo. ¿Cuántas veces anteponemos las necesidades de los demás a las nuestras, buscando su felicidad? ¿Dónde queda la nuestra? Expresar mis sentimientos en aquellos textos era liberador. Recibir tanto cariño en forma de comentarios, «me gusta» o mensajes era reconfortante. Me pesaba más de la cuenta no poder contestarlos todos, pero quería pensar que quizá eso no era lo más importante. Simplemente, todas nos sentíamos bien entre mis palabras y habíamos encontrado un lugar donde nos sentíamos seguras y acompañadas. Y, por qué no, también un sitio donde reírnos de las banalidades del día a día, tan necesarias como sacar fuera los sentimientos más escondidos en nuestra alma.

Las aparentes superficialidades muchas veces nos salvan de la profundidad de la vida.

17
Sentando las bases

Parece que el tiempo no pasa, pero nos acaba arrollando.

Cuando llegué a casa aquella noche, tras una dura jornada laboral y mi cita con Laux, Pol trajo la cena para lo que iba a ser nuestra primera reunión de trabajo.

—No me gusta cenar solo —me confesó—. Aunque uno nunca está solo si Dios está con él, ¿no? —me soltó sin venir a cuento y sin que pudiese discernir si estaba hablando en serio o en broma.

—¿Cómo? —Pedí una aclaración.

—Es lo que tiene haber estudiado en el Mater Salvatoris, que sueltas mantras como el que pide la vez en la frutería.

—¿Estudiaste en un colegio de curas?

—Claro... Lo peor fue no poder ponerme esa falda escocesa preciosa que llevaban todas. Me encantaba y encima ahora está tan de moda... Solo nos dejaban ponernos pantalones. ¡Malditos convencionalismos! Eso sí, en verano los llevaba tan cortitos...

—Los cuadros escoceses siempre vuelven... Además, te puedes poner una faldita sin calzoncillos debajo, Javi lo hace... ¡Venga, corre, sirve, que se enfría!

—¿Perdona? ¿Cómo es eso de que Javi lo hace? ¿Va en plan comando por la vida?

Estaba claro que la culpa la había tenido yo al lanzar aquel comentario al aire, pero empecé a pensar que iba a ser imposible tener una conversación laboral medianamente seria con Pol. Quizá tampoco hacía falta... Al final, la Vecina había surgido desde la risa, así que nunca había que olvidar esa base.

Después de acabar con el *sushi* y un tartar con base de aguacate —este de mejor color que el de la nevera—, Pol se fumó un cigarrillo en la terraza para compensar la cena sana. El frío ya hacía acto de presencia, pero teníamos una estufita en el techo que era maravillosa y nos permitía disfrutar de la terraza incluso en invierno, aunque eso sí, siempre con una manta sobre las piernas.

—Oye, qué texto tan bonito el último que publicaste... Me ha encantado. Supongo que tenía que ver con tu madre...

—Gracias... —asentí con vergüenza.

Aún no me había acostumbrado a hablar con nadie de lo que escribía de forma anónima y menos cuando reconocían el fondo de mis palabras.

—He estado leyendo algunos comentarios. Muchas chicas dicen que tienes una capacidad muy bonita para expresar los sentimientos, que se sentían muy identificadas. Me gusta repasarlos en diagonal para ver lo que piensan las personas que te leen.

—Sí, son tan amables, Pol... ¡Ojalá pudiese yo leerlos todos!

—Bueno, no caigamos en el mismo hoyo de siempre, que ya nos conocemos. Centrémonos en lo bonito del asunto.

—La piedra...

—¿Cómo que la piedra?

—Se dice: «No tropecemos con la misma piedra». No «no caigamos en el mismo hoyo»...

—Bueno, rubia, tú tropezarás con lo que quieras, que donde se ponga un buen hoyo...

La clara connotación sexual que Pol aporta a cualquier cosa es divertidísima. Podría hablar de unas lentejas y sacarle el punto sexual.

—Vale —dije comprometida.

—Venga, cuéntame más. ¿En qué crees que te puedo ayudar? ¿De qué crees que me puedo encargar? Vamos a empezar a hablar en serio.

—Pues siendo sincera, tengo claro que me gustaría seguir encargándome de las redes yo misma, pero ya sabes que hay toda una serie de correos electrónicos que me llegan desde que puse el *mail* en las redes que llevo sin contestar desde hace meses. Y la verdad es que me da bastante vergüenza. La gente escribe con mucha ilusión, incluso las marcas.

—Vale, creo que los correos de las personas que necesiten ayuda podemos gestionarlos juntos. Sé que para ti es importante estar ahí. Eso sí, tus redes y mensajes privados son solo tuyos, yo ahí no me meteré jamás. En cuanto a las marcas, ¿qué dicen?

—Bueno, algunas quieren que hagamos colaboraciones y otras me escriben para regalarme cosas...

—¿Y dónde está todo lo que te han regalado ya? ¿Hay algo de mi talla? —dijo mientras miraba hacia todas partes a la vez.

Qué facilidad tenía para el chiste. Qué facilidad para hacerme sonreír siempre.

—No, Pol, no hay nada. No he aceptado ni un solo regalo.

—Me temía esa respuesta... —matizó Pol.

Matices. Mi padre siempre decía que la vida estaba llena de matices. Esas pequeñas cosas imperceptibles a primera vista, pero que, si se reiteran en el tiempo, adoptan la fuerza arrolladora de un rompehielos.

—No quiero que me regalen nada. No creo que lo merezca más que cualquier otra persona.

Sé que era tentador, pero me parece injusto disfrutar de algo gracias a que otras personas me dediquen su tiempo. Siempre he pensado que es más satisfactorio cuando lo ganas demostrando tu trabajo. Cuando formas parte del proceso, cuando pueden ver el esfuerzo por mejorar y dar lo mejor de ti.

—Hombre, tienes más de un millón de seguidores, rubia...

—Con más razón, ¿no?

Al instante comprendí el conflicto interno al que estaba sometido Pol y que en cierto modo le hacía cortocircuitar. Por un lado, me veía como una parte más de ese mundo virtual que había surgido casi de la nada, lleno de exposición y anuncios, pero para mí, casi sin quererlo, se había convertido en el marco de un precioso cuadro donde había cabida para todo. Para lo importante y para lo banal, para las risas y para el llanto, para conocer, aprender juntas, dejarse llevar por las noches y para sentirse identificada o no hacerlo... En el fondo, el perfil era una ventana desde la que poder observar, pero no a la chica que estaba detrás, sino a una misma.

—De acuerdo —respondió Pol, convencido después de que su cabeza ejecutase los procesos convenientes, que a saber cuáles eran—. Me parece fantástico, rubia. Diferente. Creo que podremos conjugar todo esto y conseguir que lo que hagas sea siempre parte de todas. Además lo del anonimato me flipa. Es tu esencia.

—No solo es que sea mi esencia, es que quiero seguir bajando la basura en moño y con el abrigo por encima del pijama con dignidad. Y eso, Pol, no tiene precio.

—Ja, ja, ja. Como cuando Chenoa lo dejó con Bisbal y bajó a atender a la prensa en chándal...

—¡No creo que pudiera superar eso ni planificándolo con meses de antelación!

Ambos sabíamos que estábamos tratando el tema con superficialidad y seriedad a partes iguales porque era lo que mejor se nos daba: hablar de las cosas importantes tomándolo todo a broma, pero en aquel momento fui muy consciente de que los dos juntos éramos capaces de construir algo muy sólido. Algo no solo para nosotros, sino una muestra de nuestro cariño para regalar y ofrecer a las demás. Y de esa forma yo podría dedicar mi tiempo a lo que verdaderamente me gustaba, que era llevar yo sola, como he hecho siempre, mis propias redes.

Entonces Pol tomó la palabra con determinación:

—Vale, lo primero que vamos a hacer es crear un *mail* propio donde derivar todos los correos y tenerlos organizados. Los dos haremos el seguimiento de lo que nos vayan enviando y yo te consultaré siempre antes de responder. Nunca haré nada sin que lo apruebes y, si algún día te proponen una reunión y no quieres ir... Porque imagino que no querrás ir, ¿verdad?

—No, creo que estoy muy cómoda así.

—Con esta estufa, desde luego.

Sabía que Pol quería asegurarse de mi decisión y por eso me estaba tirando de la lengua, como hago yo con Laux cuando sé que no quiere hablar de algo, pero lo necesita.

—Entonces me maquillaré y saldré a escena como la cara visible de la Vecina. ¿Te parece?

—Me parece perfecto.

—Soy perfecto.

—Eres perfecta.

—Bueno, a mí me suda mucho el culo en verano, pero teniendo en cuenta que a ti el entreteto... Tan perfectos no somos.

Ambos nos reímos.

—Es preferible que cualquiera piense que me he meado encima a que la Vecina no sabe beber, se ha tirado el agua por el pecho y se ha puesto perdida... —dijo Pol agarrándose unos pechos inexistentes.

—¿Puedes dejar de irte por los cerros de Úbeda y hablar en serio?

—Qué carácter...

Pol es un gran apoyo, el más currante, el que lo desdramatiza todo y siempre está ahí para ayudar, pero a veces hay que guiar un poco la conversación para poder hablar en serio con él. Conseguí su atención y seguí hablando porque era muy importante:

—Mi idea sobre la Vecina es esta, Pol. Ponerle cara sería como personificar un sentimiento y estoy convencida de que esto va más allá de mí.

—¿Sabes qué creo? Que hay muchos perfiles y personas enseñando muchas cosas, pero pocas muestran el corazón. Eso es importante, rubia... —dijo Pol, hablando en serio, por fin.

—Ya... A veces me da miedo no cumplir las expectativas, hay muchas personas mirando y para mí esto ha empezado como un juego, pero está creciendo muy deprisa...

—Es que tú has crecido muy deprisa, rubia... Desde que te conocí tomando los *bloody* gazpachos en aquella piscina. ¿Te acuerdas?

—¡Cómo no me voy a acordar? ¡Tengo ardores todavía!

Una gran sonrisa se dibujó a la vez en el rostro de ambos. Es inevitable entrar en el juego de Pol cuando te intenta llevar al lado de la broma, de la superficialidad. Con aquel don para hablar de los temas más serios de la forma más amable. El recuerdo de aquellos *bloody* gazpachos, de aquel primer encuentro con mi vecino Pol —ahora mi amigo y compañero—, inevitablemente trajo, en orden de aparición, el de Álex, la muerte de mi padre, a Javi y la enfermedad de Lucía. Respiré hondo, presa de la nostalgia tras aquellos recuerdos imborrables.

—Parece que el tiempo no pasa, ¿verdad?

—Parece que el tiempo no pasa, pero nos acaba arrollando.

Nos quedamos en silencio, mirando las luces de la carretera que desembocaban en una rotonda enorme, mientras Pol daba la última calada a su cigarrillo.

—Bueno, tampoco hay que ponerse tan profundos, a ver si no vamos a hacer pie en nuestras propias palabras... Pensemos en el futuro.

—Yo ya me estoy haciendo ilusiones y me están quedando preciosas...

—¡Publica esa puñetera frase ya! Llevo años escuchándotela y me encanta —respondió emocionado.

—Pues la escribí hace muchísimos años en un blog que tenía...

—¡Qué tía! Llevas más tiempo en internet que Google, cómo no se te iban a dar bien las redes sociales...

Aquella noche comenzamos a sentar las bases de lo que sería parte de mi futuro, que pintaba muy rubio. Un futuro compartido con muchas personas que formaban una comunidad preciosa. Todavía no era consciente de todo lo que llegaríamos a conseguir juntas.

18
Un mural en la pared

No hay que romperse para arreglar a los demás.

Durante las semanas siguientes, Pol tomó conmigo el mando del *mail* y aquello me liberó mentalmente para dedicarme no solo al perfil al cien por cien, sino a mi trabajo y otros quehaceres de mi vida que tenía más desatendidos. Se le daba de maravilla lidiar con las empresas que escribían y era capaz de encauzar las conversaciones para conseguir ese valor añadido en el que tanto hincapié había hecho. Además, era muy educado por herencia de su anterior trabajo y tenía una gran sensibilidad. Creo que conseguí transferirle unos valores que interiorizó al instante y que se notaba que le apasionaban por cómo los transmitía a los demás.

—Creo que podríamos ayudar más desde el perfil —le dije en una de las muchas tardes de reunión que empezamos a programar, la mayoría de las ocasiones en su casa, donde podíamos hablar con mayor libertad que en la mía con Javi, aunque con cada vez más frecuencia una quedada cualquiera se convertía en una reunión improvisada, como ocurrió aquel día—. Cuento con un gran altavoz y creo que puedo hacer mucho más.

—Yo también lo creo —respondió convencido.

Era tal su implicación que empezó a mostrarse proactivo, algo que valoraba muchísimo.

—Pero hay que hacerlo bien —dije contundente.

—¿Bien en qué sentido?

—Bien en el sentido de que hay que contrastar las cosas. Hay que ser coherente. No quiero decir algo que luego no sea cierto o confundir sin querer a la gente...

—Como cuando hablo yo, ¿te refieres? —dijo Pol entre risas.

Hice un mohín que Pol captó a la primera.

—Oye... no hemos hablado de una cosa importantísima... ¿Y tu sueldo? —pregunté, cambiando radicalmente de tema.

—Pues no te lo quería decir, pero...

—Pero ¿qué?

—Soy caro, rubia, muy caro.

—¿Quieres que hagamos un *Pretty Woman*?

—¿Un qué? —dijo Pol sorprendido, temiendo lo que estaba por venir.

—Tú me dices que quieres 2500... Yo te digo que 2000...

—¿Y quedamos en la mitad?

—¡No! Entonces tú dirás que lo habrías hecho por 1500 y yo te respondería que te hubiese pagado 3000.

—Menuda zorra peliculera estás hecha.

Los dos nos reímos estrepitosamente y Javi asomó la cabeza desde la habitación.

—¿Puedo saber qué estáis tramando? —preguntó Javi, curioso.

—¡Conquistar el mundo! —respondió Pol.

—Vale, pues avisadme con tiempo, que he puesto una lavadora y no quiero que me pille desprevenido.

—No te preocupes, lo verás todo en Instagram —añadió Pol.

—No tengo Instagram —dijo Javi orgulloso.

—No me jodas, tu novia es la Vecina y tú...

—¡¡¡¡Pol!!!! —le corté de forma instantánea.

—¿Qué pasa?

—No hablemos de la vecina, por favor... No me fío de esa mujer —disimulé como pude.

—¿Ramira? Pero si Ramira es un cielo, lo que pasa que estás celosa. A mí me recuerda a la yaya —respondió Javi sin darse cuenta de la casi cagada de Pol.

—¿De qué estamos hablando ahora? —dijo Pol confundido.

—A ver, Javi, Ramira te tira los trastos y sé que tengo que aguantarlo, vale, no pasa nada... Lo asumo —continué con mi teatrillo.

Javi sonrió y volvió a la habitación satisfecho y, sobre todo, inocente.

—¿Me he perdido algo? —me preguntó Pol.

—Pues has estado a puntito de cagarla de pleno. Javi no tiene redes sociales, no sabe nada.

—¡No te creo! ¿Todavía no se lo has contado a él? Igual el tema del anonimato se te está yendo de las manos, ¿no?

—No quiero preocuparle con mis cosas.

—Rubia, lo estás haciendo muy bien, Javi seguro que se siente orgulloso.

—Digamos que Javi no es un gran aficionado a las redes y tiene muchas cosas en la cabeza.

—¿Tantas como para no contárselo?

—Viaja dos veces por semana de Ibiza a Madrid y vuelta, ha pasado de vivir en su preciosa casa junto a la yaya a un pequeño cuarto en casa de su padre y muchas veces siento que en el fondo ha perdido el vínculo con la isla. ¿Te parecen pocas cosas?

—Estoy seguro de que una más no le hará daño...

—Bueno, de momento mantengamos el misterio, que es lo que aviva el alma.

—¿Y esa frase de quién es?

—Mía, me la acabo de inventar ahora.

—Olía a rubiez desde el principio.

—Sin duda.

—Yo que tú le hacía firmar a Javi un contrato de confidencialidad a lo *Cincuenta sombras de Grey*, que luego nunca se sabe...

—Pero ¡serás imbécil? —le dije, aunque he de reconocer

que, ciertamente, no me pareció mala idea y sonreí para dentro, además de soltar una carcajada por fuera...

Entre esas risas tan sanas y motivadoras, a las que Pol y yo nos habíamos acostumbrado cada tarde, llegó un mensaje de Nacho.

Nacho.

¿Puedo llamarte?

Era bastante directo. No hacía falta ser muy lista para adivinar por dónde iban los tiros.

Dejé a Pol en el ordenador revisando algunos correos y salí a la terraza para hablar con él a solas. Fue una conversación breve, igual que sus palabras. Me pedía que nos viésemos para hablar de Lucía. La notaba muy desanimada y desde hacía unas semanas no levantaba cabeza. Había dejado de sentarse en aquel escritorio que con tanto cariño había decorado para escribir. El mismo donde Laux e Iván se separaron. Inevitablemente, esa conversación trajo a mi memoria aquellas llamadas que auguraban malas noticias cuando Lucía estaba en el hospital, siempre que tocaba médico o recibíamos resultados... En todo momento Nacho nos acompañó y estuvo a su lado desde el primer día. Lo mínimo que podía hacer era corresponderle de la misma forma; eso sí, esperando hacerlo con mejor tino que la última vez. Todavía me pesaba el incidente en la librería. Quedé en ir a buscarlo al hospital al día siguiente para hablar de ello.

Cuando Pol se marchó, fui a ver a Javi, que estaba haciendo ejercicios en la habitación. Lo hice motivada quizá por algo en mi interior que me llevaba a ese punto de ser siempre sincera con él. Nuestra relación se basaba en ello y yo ya estaba incumpliendo mi parte del trato al ocultarle que era «la Vecina». Por supuesto, no quería sumar nada más, pero al fin y al cabo Nacho fue mi primer novio...

—¿Qué haces ahí apoyada mirando al infinito?

Desperté de mi ensoñación, ya que ver a Javi haciendo ejercicio era un espectáculo para el que compraba entradas en cuanto podía, intentando contenerme a menudo para no parecer una *groupie* y abalanzarme sobre él. Máxime tras la visión de *Cincuenta sombras de Grey* que Pol había traído a mi mente inintencionadamente.

—Nada, nada, mirarte...

—Anda que no eres rarita a veces...

—Es que estoy preocupada por Lucía... Me acaba de llamar Nacho y dice que está muy desanimada con el libro...

Javi detuvo una de las series de abdominales que estaba terminando.

—Ya te lo he dicho muchas veces...

Se puso serio, incluso me llamó por mi nombre. Ni «niña», ni «cariño» o solo «rubia». Ya sabía que cuando alguien a quien quieres mucho te llama por tu nombre, y no digamos si incluye el primer apellido, es porque te va a decir algo que quizá no quieres escuchar. Me ocurría mucho con mi padre, así que tenía algo de experiencia para afrontarlo. Tragué saliva y él continuó hablando:

—Esto de hablar tanto con Nacho... —dijo un tanto desmoralizado.

Igual mis sospechas no eran infundadas. Quizá le había molestado, aunque no tenía motivos, por supuesto. La transparencia en nuestra relación era un pacto que ambos hicimos en cuanto dimos un paso adelante... y no por la fidelidad, sino por el hecho de que, si alguno ya no sentía la necesidad de estar con el otro o prefería estar con otras personas, lo mejor era hablarlo abiertamente y dejar que ambos decidiéramos nuestro futuro. Cuando alguien engaña a una persona, le niega la posibilidad de tomar sus propias decisiones. Para hacer eso hay que ser un cobarde y nosotros no lo éramos. Habíamos pasado mucho como para ser unos cobardes.

Dejé que continuase hablando.

—Estás haciendo lo de siempre...

—¿El qué? —pregunté, aunque con aquella frase ya sabía cuál iba a ser su respuesta.

—Estás volviendo a hacer tuyos los problemas de todos.

Y dale.

—Ya te lo avisé una vez. No puedes salvar siempre a todo el mundo. Y esto te lo digo porque te quiero, porque sé que sufres por todos los males que existen. Por desgracia, no puedes ayudar a todas las personas con las que te cruzas.

Por supuesto, sus palabras respecto a Nacho no iban por el camino tortuoso que había emprendido mi cabeza y que ni por asomo él tenía en la suya. No había ni un ápice de celos en sus palabras y todo lo que había dicho seguía en la línea de la que ya Pol me había hecho partícipe. La misma en la que mi madre también había incidido. En realidad, Javi solo se estaba preocupando por mí, como siempre.

Lo abracé y le agradecí muchísimo sus palabras, aun a sabiendas de que volvía a caer en un error recurrente que lo más probable sería que me lastrase de nuevo, pero no estaba dispuesta a dejarlo pasar, máxime cuando era la culpable, al menos en parte, de la situación emocional de Lucía y me sentía fatal por ello.

—Intentaré buscar los límites —dije mientras lo abrazaba y agradecía sus palabras.

—Los límites los marcas tú. No hay que romperse para arreglar a los demás. No te olvides de esto, niña.

Y entonces volví a ser «niña».

Al día siguiente por la tarde, esperé a la salida del hospital donde trabajaba Nacho y que tantas veces había visitado en el último año. Llegó vestido de celador. Aquella imagen era justo la misma que cuando nos encontramos, por casualidad, tiempo atrás. Es increíble lo que puede cambiarte la vida por estar en un lugar en el momento preciso. ¿Y si yo no hubiese visto aquel mural...? Inevitable pensarlo en cuanto recordé aquella escena.

De inicio, al ver su cara compungida, me preocupé por la salud de Lucía en cuanto a alguna recaída. La conversación por teléfono me había dejado un poso enrarecido que, por suerte, se disipó enseguida. Lucía se encontraba bien a nivel físico, pero anímicamente estaba hundida. Llevaba unos meses engañándose a sí misma y a todo aquel que le preguntase por las escasas ventas de su libro. Desde la distribuidora aseguraban que era habitual, ya que es muy complicado destacar cuando eres una autora autopublicada que no tiene un férreo apoyo comercial. En muchas ocasiones, tus libros acaban apilados en almacenes de las librerías sin que los coloquen en las estanterías y esa historia ya la conocíamos de primera mano.

—Lucía ha perdido la perspectiva, rubia. Intento animarla, pero de verdad que no sé qué hacer. Dice que todo el esfuerzo no ha servido para nada y siente que quiere abandonar... Y yo lo que más temo es que le afecte a la salud porque no está bien —dijo mientras sus ojos se humedecían.

Nacho siempre anteponía las necesidades de los demás a las suyas. Lo hizo con su familia cuando era un niño, conmigo cuando éramos novios durante la adolescencia, con Lucía mientras superaba el cáncer y ahora con la ilusión que movía su vida y que de repente parecía haberse quedado bloqueada. Ese tipo de personas corren el riesgo de perderse en los demás, de perder su identidad, si los problemas de otros copan su vida. ¿Me estaría viendo reflejada en él? ¿Seríamos Nacho y yo almas gemelas en ese aspecto? En aquel momento no supe, ni quise, contestar a esa pregunta, pero tenía claro que debía hacer una segunda tentativa para ayudar a mi amiga y no podía volver a equivocarme.

—Ya se nos ocurrirá algo para ayudarla, Nacho, no lo dudes. Estoy a tu lado.

—Hay que tener mucho cuidado. Está imposible ahora mismo...

—¿Solo ahora? —respondí, suavizando el tono de la conversación.

Nacho sonrió de forma sincera. Conocía aquella sonrisa desde hacía muchos años y supe que se sentía reconfortado.

—¿Cómo van tus murales? —cambié de tercio para intentar que se olvidase del tema durante unos minutos.

—¡Muy bien! ¿Quieres ver el último que he dibujado? —respondió apasionado.

—¡Por supuesto!

Nacho me llevó hasta una nueva sala dentro del área de oncología infantil en la que había decorado uno de los paños de las paredes y el techo con un cielo repleto de nubes cirrus. El color predominante del paisaje era el azul, que bailaba en todas sus tonalidades de arriba abajo. En el centro, sobre una colina cubierta por hierba, había un banco de madera, en el que una niña sentada en él sonreía con la lengua hacia arriba, en un gesto de concentración, mientras escribía sobre un libro. El viento ondeaba sus cabellos y las páginas se desprendían del manuscrito, perdiéndose en el infinito.

—¿Ella lo ha visto? —pregunté.

—Aún no. Quiero traerla cuando esté mejor... ¿Crees que le vendrá bien verlo?

—¿Cómo no va a venirle bien un acto de amor así? —respondí mientras lo abrazaba para darle confort.

Alguna vez escuché decir a mi padre que a las buenas personas siempre se les exige más. Nadie espera nada de los dañinos. Cuando una buena persona falla, siempre se le reprocha, pero cuando el dañino hace un esfuerzo mínimo, se le ensalza como si de un acto de gratitud y bondad se tratase.

«Haces mil y fallas una, y es como si no hubieras hecho ninguna».

19
Te quiero

El gran problema es cuando tú eres el problema.

Solo mi calendario menstrual daba fe de lo rápido que pasaba el tiempo. Estaba anotando mi última regla cuando me di cuenta de que apenas había sido consciente de las semanas transcurridas entre una y otra. Creo que la edad es un factor clave para que el tiempo pase más rápido. Cada año que cumples hace que parezca que los días tienen una hora menos, que los minutos pierden segundos, y nosotras, paciencia. Es un proceso por el que pasamos todas y que es inevitable, como madurar.

Que Javi estuviese de un lado para otro cada semana no hacía más que reafirmarme en el hecho de lo rápido que pasaban los días, sobre todo cuando estábamos juntos. Dicen que el tiempo pasa lento para los que esperan, corto para los que gozan y largo para los que sufren. Para nosotros era corto, muy corto.

Por eso, cuando aquella semana Javi apareció a primera hora por la puerta de casa, y además con churros, no pude evitar saltar a sus brazos.

—¡Por fin en casa! —dije, tal y como rezaba la frase de nuestro felpudo acostado en la puerta de entrada.

—¿Y este recibimiento? —me preguntó, mordiéndose el labio.

El recibimiento al que se refería era un bonito conjunto de lencería y una bata transparente negra que dejaba poco espacio a la imaginación. Siempre me ha gustado equilibrar en mi vida. Y ser sugerente era una especialidad que a veces contrarrestaba con una exhibición plena de mis intenciones. Este segundo era el caso.

—¿Dejamos los churros para después...? —sugerí, por si mis transparencias no habían sido lo suficientemente claras.

Nos tumbamos en la cama como quien ya ha desayunado y vuelve a ella. Con el doble de ganas. Nuestros cuerpos se entrelazaron e hicimos el amor con fuerza y cariño, ingredientes que nunca faltaban en la receta del buen sexo, el nuestro. Él siempre me preguntaba «¿Más fuerte?» y yo le contestaba agarrándome a su espalda. A veces, incluso le pedía que no parase porque no quería que acabara nunca. Me hubiera gustado que se quedara dentro de mí todo el tiempo que hubiesen aguantado nuestros cuerpos.

Era consciente de que estar separados gran parte de la semana era una carga que él soportaba más que yo. Mis ganas de verle ni siquiera suponían una décima parte del sacrificio que él hacía, pero debo decir que cuando nos veíamos, la intensidad de nuestros encuentros se multiplicaba por veinte. Aunque sabía que no quería estar así siempre, litigando con mi anhelo cuando se iba y con la impaciencia cuando volvía, no voy a negar que esas ausencias intermitentes nos hacían disfrutar mucho más que la rutina.

—¿Me echas de menos cuando estás en Ibiza? —le pregunté de forma innecesaria.

Hay respuestas que por obvias que resulten, a veces necesitan confirmación. Como cuando le preguntas «¿Me quieres?» a alguien que te ha dicho más de mil veces «Te quiero» mirándote a los ojos.

—Siempre. Pero es un echar de menos muy bonito. No sufro con ello. Solo te recuerdo y me alegro al saber que te veré pronto.

No voy a negar que aquella frase, sin pretenderlo, hizo que mis bragas se quedaran en el suelo algún tiempo más.

—¿Qué tal está Iván? —pregunté, cambiando de tema para evitar que después del sexo, los churros, un poquito de dulce y necesaria ñoñería, volviera a repetirse el círculo.

—No hemos hablado mucho de ello... Está bien. O al menos dice que está bien.

—¿No va a hablar con Laux?

—No, no tiene intención de hacerlo.

—¿Crees que debo...?

—Ni se te ocurra —me interrumpió—. Saber que ha iniciado el proceso para quedarse embarazada le ha dejado muy tocado. Ella no ha contado con él, le ha apartado de su vida de repente y, aunque sea tu amiga, lo que ha hecho es un poco feo.

—No voy a entrar en eso... —Hui de la conversación.

—¿Ahora no quieres hablar?

—Sí, pero es que tengo prisa —dije intentando no caer en la trampa de la conversación con doble fondo.

Ese concepto era algo que Pol me explicó al poco tiempo de conocernos. Las conversaciones con doble fondo son las que parecen una cosa, pero en el fondo son otra. Estaba claro que Javi intentaba hablar de Iván para sacar el tema de la decisión de Laux, con la que seguramente no estaba de acuerdo, como ya había apuntado. También he de decir a su favor que fui yo la que sacó el tema.

Con una sonrisa, le besé mordiéndole el labio inferior, casi llevándomelo conmigo, me di la vuelta y me vestí a toda prisa para irme al trabajo. Cuando gozaba de poco tiempo, sacaba todo mi potencial para resolver un vestuario digno en minutos.

Mientras terminaba de cerrar la mochila con un pequeño táper de ensalada que había preparado como había podido la noche anterior —mi alimentación sufría bastante cuando Javi no estaba en casa—, noté que vibraba su teléfono en el mueble de la entrada. Estaba enchufado, cargándose, así que miré quién era y avisé a Javi:

—¡Cariñoooooo! ¡Es tu padre!

No se levantó de la cama ni procuró el más mínimo gesto o palabra para que le acercase el móvil a la habitación. Era algo que solía ocurrir. Si su padre llamaba, de inicio había un silencio hasta que el tono dejaba de sonar para poder continuar con la vida después, como si ese momento no hubiese ocurrido. De primeras, él nunca quería hablar con su padre y siempre que yo intentaba sacar la conversación, con doble fondo o no, acabábamos discutiendo. Aunque intentaba apaciguarle y crear un nexo de oportunidad con su padre, él entendía que me ponía de parte de Martín, cuando no era así. Yo tampoco quería, ni por un segundo, excederme en una relación padre-hijo que comprendía toda una historia detrás. Solo quería que Javi no destilara tanta rabia acumulada porque era muy doloroso verle así. La rabia es mala compañera, aunque sea una de nuestras emociones básicas. Nos hace estar demasiado en alerta, nos consume energía y aporta muy poco. El rencor es más peligroso aún porque, a diferencia de la rabia, este no desaparece. En ningún caso quería que Javi transitara por ese camino.

Quedarnos anclados en una situación anterior que no somos capaces de superar es un problema del que en muchos casos ni siquiera somos conscientes y el motivo principal es que formamos parte de él. El gran problema es cuando tú eres el problema. Creo que es muy sano llevar a cabo el ejercicio de salir de uno mismo para analizar la situación con distancia, por eso intenté normalizar la conversación con la idea de que fuera algo que pudiera surgir de él.

—¿Has visto a tu padre estos días?

—Esta semana me he quedado en casa de Iván.

—Igual la llamada es importante.

—No lo creo.

Inalcanzable. Como las estanterías más altas de la cocina para las que somos bajitas. Como los vuelos baratos en verano. Como las playas sin gente en agosto. Así se mostraba el corazón de Javi cuando salía esta conversación: inaccesible. Lo noté especialmente triste e intenté cambiar de tema para animarle.

—Se acercan las navidades...

—Pues no lo había pensado, la verdad...

—Eso se soluciona poniendo ya el espumillón y sacando los polvorones.

Por fin conseguí que Javi sonriera antes de lanzar la bomba informativa.

—Si te quedas, podemos pasar la Nochebuena con mi familia y cenar todos juntos. Con mis hermanos, mis sobrinos...

Javi me miró, pero su respuesta fue el silencio, así que saqué mi plan B. Siempre hay que tener una segunda opción.

—También podemos pasarlo con la yaya, con tu padre, podemos intentar que vaya tu hermano...

Resopló como si la Navidad que tanto me apasionaba fuese un pequeño suplicio para él. Si los silencios pudieran medirse según su intensidad, este hubiese batido algún tipo de récord Guinness.

—A ver, también podemos hacer los dos planes: Nochebuena con unos y Nochevieja con otros...

Entonces reaccionó.

—Todavía no sé qué voy a hacer, estoy pendiente del calendario —respondió esquivo.

—¿Es complicado cuadrarlo?

—Es que no lo sé... Antes lo hacía yo, pero ya no depende de mí.

Javi insinuó que había perdido esa capacidad que tenía antes, pues era de un rango superior. Él se encargaba de cuadrar turnos y preparar acciones cuando vivíamos en Ibiza. Cuando solicitó una segunda permuta para venir a Madrid y explicó la situación, nuestra situación, le ofrecieron la posibilidad de mantener un puesto fijo durante más tiempo y con unos horarios ajustados a nuestras necesidades, pero a cambio de volver a un rango inferior. Claramente, estaba infravalorado en su puesto, pero la carga de trabajo era menor y cuando libraba podía pasar conmigo buena parte de la semana. Era lo acordado y lo que ambos asumimos aunque, obviamente, era a él a quien le afectaba.

Sé que en ningún caso quería hacerme sentir culpable, ni siquiera como ese dardo que se clava en ti y deja un poso de malestar, ya que se encargaba de mostrarme que estaba muy feliz con la opción que había elegido, la opción de estar juntos. Siempre me lo dijo, siempre le creí y siempre pensé que era un desperdicio impagable de su talento, pero él nunca me lo reprochó. Aquella mañana tampoco lo hizo, solo me informaba de que no estaba en su mano y, en cierto modo, dejaba entrever que esas fechas eran muy complicadas para él y su familia, pues estaba bastante rota.

—Vale... Solo quiero que sepas que me adapto a lo que tú quieras.

Era lo mínimo que podía hacer después de que él se hubiera ajustado a mi vida. Ser justa es lo mínimo que se puede ser en situaciones así.

Javi notó mi preocupación y al instante cambió de tono.

—Haré lo posible por estar aquí en Navidad y cenar con mi madre y con tu familia. Lo cuadraré todo.

Y una vez más se adaptaba, como buen bombero que nunca suelta un lado de la manguera sin saber que ya tiene agarrado el otro.

Me hizo especial ilusión y estoy segura de que a mi padre también se la hubiera hecho. Mi madre adoraba a Javi, su cara se iluminaba cuando él entraba en casa, pues era muy cariñoso con ella. Muchas veces, mi madre se refería a él como «tu marido» porque había asumido que estábamos casados en una boda que se había celebrado solo en su mente y quizá también en la mía.

20
La vida en modo difícil

El autocuidado no es egoísmo, es amor propio.

Una vez más, intenté poner orden en el Dramachat. Un grupo que, si bien rebosaba vida hacía unos meses, en aquellos momentos se seguía encontrando mohíno y seco. Lo siento, pero no soy nada orgullosa; si tenía que arrastrarme para conseguir que funcionase de nuevo, lo haría, porque por encima de todo siempre estarán ellas.

Dramachat
Laux., Lucía azafata., Sara., Tú

Amigas, sé que estamos atareadas,
cansadas y algo malhumoradas,
pero esto es el Dramachat
y aquí lo solucionamos todo.
Os amo y quiero veros.
¿Cuándo quedamos?

Aguanté unos minutos esperando una respuesta, pero transcurrido el tiempo mínimo que como amigas nos teníamos impuesto para contestar al menos con un sencillo «jajaja» o un emoticono básico, supe que nadie iba a contestar. Fue entonces cuando me empecé a preocupar seriamente por la unión de nuestro grupo.

Decidí en ese momento empezar la guerra de guerrillas. Fui paso a paso y el primero era Lucía. Le escribí personalmente para intentar quedar esa misma tarde y ver cómo andaba de ánimos. Aproveché también para dar el segundo paso y hacer lo propio con Sara, de la que hacía tiempo que tampoco sabía nada. Al menos, conseguí hablar con ella, mientras le daba tiempo a Lucía para que contestase.

—¿Cómo estás, rubia? —me preguntó.

—¿Cómo estás tú, tía? Estás desaparecida.

—Pues mal —dijo en una respuesta que ya intuía—. Mal en el trabajo, mal con Marcelo...

Me sorprendió escuchar esas palabras de su boca. Sin medias tintas y sin hacerme ver que estaba bien cuando no lo estaba, algo impropio de ella, ya que no solía ser tan directa.

Aquella conversación que hubiera sido tan sencilla de tener hacía un mes si una de las dos hubiésemos levantado el teléfono, la habíamos postergado sin motivo. Qué ridículas podemos llegar a ser las personas cuando no tomamos la decisión de dar el paso que nos lleva a realizar una llamada. Cuando dejamos pasar la oportunidad y entonces todo ha crecido y se ha vuelto más difícil de desenmarañar.

Sara se desahogó, contándome que ya no soportaba más la presión de su jefe. Estaba a punto de tirar la toalla y había surgido la oportunidad de llevar la contabilidad de la protectora. No sería un gran sueldo, pero al menos sería un trabajo en un sitio en el que se sentía útil y valorada. Un lugar que llenaba su corazón. Aquello suponía un cambio de ciento ochenta grados y cuando se lo contó a Marcelo a él le pareció una locura. No la apoyó. De hecho, la instó a que no dejase su trabajo, insinuando esas palabras que nadie debería escuchar en una relación.

—Pero, tía, si Marcelo es el hombre más tranquilo del mundo... Solo me lo imagino coloreando mandalas y haciendo figuras de croché...

—Ay, amiga, eso es lo que se ve por fuera, pero de puertas para dentro...

—¿Y qué te ha dicho?

—Bueno, no lo ha dicho, pero lo ha insinuado. Si dejo el trabajo...

—... se acabó —dije completando la frase con cierto malestar.

—Era fácil, ¿eh? Cuando la miseria entra por la puerta, el amor salta por la ventana.

Aquella última frase arrastró un silencio que nos dejó bastante mal sabor de boca.

No lo percibí a tiempo, pero todo cuadraba. No supe ver las señales que nos mandó en Grecia cuando no se despegaba del móvil con un jefe insistente, los jueves cuando quedábamos y estaba rota físicamente o cuando se quedó dormida el día de la inauguración del piso de Lucía.

En aquel momento, escuchando cómo hablaba sobre Marcelo, entendí que era imposible, y además innecesario, juzgar las relaciones de los demás, puesto que nunca tenemos una visión real de lo que ocurre con ellas. Todos intentamos mostrar nuestra mejor cara cuando salimos a tomar algo, cuando socializamos, pero esa no tiene por qué ser siempre nuestra realidad. Cuántas veces nos hemos sorprendido cuando una pareja rompe y pensamos: «Qué raro, con lo bien que se les veía...».

Cogí aliento para seguir escuchando a mi amiga.

—Entiendo que a nivel económico no podré aportar lo mismo, pero si no lo hago, creo que voy a perderme del todo y si él no es capaz de verlo... —dijo angustiada.

A pesar de estar al otro lado del teléfono, me sentí como si la tuviera delante. Su gesto, sus inflexiones de voz. La conocía demasiado como para no darme cuenta de que estaba sufriendo. Continuó hablando:

—No es justo que me dé a elegir entre la protectora o él. Yo amo a los animales y mi vida siempre estará unida a ellos. Sé que es egoísta, pero vienen de serie conmigo. Si me quieres a mí, tienes que quererme con esa parte de mi vida —concluyó emocionada.

Inevitablemente me di cuenta de cómo habíamos madurado. Cuando eres joven, la vida no te pone delante de los abismos que suponen tomar decisiones tan trascendentales que podrían cambiar tu vida. Tienes tiempo de equivocarte y reconducirla. Cuando tachas de tu edad el dos de los veinte y el tres es el que encabeza tus años, la vida pasa del modo fácil al muy difícil, como en los videojuegos. Pasas de jugar tú sola a entrar en una partida multijugador porque empiezan a formar parte de ella tu familia, tu pareja, tus hijos —si los tienes—, los compañeros de trabajo, las facturas... ¿Cuál sería el monstruo final de nuestra vida? Solo el destino lo sabía, aunque, sinceramente, esperaba haber adquirido el nivel de habilidad y experiencia necesarios para superarlo.

—Estoy harta de ser adulta. Me quiero operar el DNI —le dije a Sara, que soltó una carcajada que por poco me deja sorda al otro lado del teléfono.

—Estás fatal de la cabeza.

—Es que estoy un poco harta de ser mayor, la verdad. Me quiero operar de la fecha de nacimiento, quitarme un par de años o diez...

—No te preocupes, no los aparentas...

—¿Qué insinúas?

—Dios me libre de insinuar nada, rubia.

—¿Nos operamos juntas entonces? —le ofrecí.

—Por supuesto, rubia, siempre juntas. Gracias por la llamada.

Colgué reconfortada por, al menos, haber conseguido que Sara se desahogase y que incluso se riese un poco. Tenía que encontrar la manera de ayudarla, pero mi «primer paso» había contestado al mensaje mientras hablaba con Sara. Lucía estaba en casa y me ofrecía que me acercara a verla. No dudé ni un segundo. Taché en mi mente la tarea de hablar con Sara y pasé a la siguiente: Lucía.

Cuando llegué a su portal, apareció con unas gafas de sol en pleno diciembre. Cuando se las quitó, tenía visibles signos de haber llorado y dormido poco.

—Ya sé que parezco un mapache con el rímel corrido, no hace falta que me lo digas —me soltó.

—Pero ¿quién te has creído que soy, soltando verdades a la cara? ¿Tú? Perra...

Lucía esbozó una pequeña sonrisa antes de suspirar para llenar los pulmones de aire y el cuerpo de valor para contarme cómo estaba.

—No tengo ganas de nada, rubia. Ni de responder en el chat ni de quedar los jueves ni, por supuesto, de seguir escribiendo. Está claro que no es lo mío.

Si Sara había tardado apenas unos minutos en trasladarme, por fin, el mal momento que estaba atravesando, Lucía lo hizo en segundos. En realidad, no estaba nada bien.

—Venga, Lucía, que de peores hemos salido —respondí intentando hacerle ver lo que suponía haber superado un melanoma.

—Ya, ya lo sé, rubia, ya sé que la vida me ha dado una segunda oportunidad y estoy muy agradecida, pero, joder, estoy cabreada y estoy en mi derecho. No estoy enfadada con la vida, sino conmigo misma por haber pensado que lo iba a lograr.

—Pero lo has logrado, has cumplido tu sueño de escribir tu propia historia.

—¿Y de qué me sirve, si no la lee nadie? Estoy harta de las frasecitas de autoayuda que te animan a perseguir tus sueños, a llegar a la meta, a cumplir tus deseos. Parece que todo esté orientado a que tenemos que ser felices consiguiendo un objetivo, pero ¿qué pasa si no lo consigues? ¿Viene alguien a darte la mano y a levantarte de nuevo? ¿Acaso aparece una señora que te abraza y te dice: «No te preocupes, de esta hemos aprendido, vamos a por la segunda»?

Lucía estaba bastante molesta y se notaba por el tono que utilizaba.

—No, rubia, aquí no viene nadie a ayudar. Todo el mundo vende que hay que ir en busca de tus sueños, pero nadie te prepara para el fracaso.

No podía hacer otra cosa que no fuese escucharla, ya que había cogido carrete.

—Hay una frase que me da una rabia... —continuó—. «Elige un trabajo que te guste y tendrás la sensación de que no estarás trabajando ni un solo día del resto de tu vida». ¿Quién coño dijo eso? Alguien millonario, seguro. Porque eso solo pasa si tienes dinero, entonces puedes elegir en qué trabajar. Si quieres llegar a fin de mes, tienes que hacerlo en lo que surja, como hemos hecho tú y yo toda la vida: de azafatas, de relaciones públicas, en la revista, en tu trabajo como...

La corté para que no siguiese acumulando rabia o nos iba a desbordar a las dos. Rabia, otra vez esa palabra.

—Bueno, piensa que hay trabajos que son maravillosos porque puedes seguir tu vocación y...

—¡¡¡¡Y una mierda!!!! —Fue ella quien me cortó en aquel momento—. Lo de la vocación te lo dicen de pequeña para que trabajes en algo, pero si luego no consigues alcanzar las metas que te dicen que son alcanzables, no se responsabiliza nadie. Lo que deberían hacer es prepararnos para el fracaso, no solo para el éxito, porque se falla y mucho, y puede que no consigamos llegar al triunfo: aquel sitio al que parece que solo accedes si sales en la televisión, en los periódicos o en las redes sociales.

Entendí que Nacho y Lucía eran el uno para el otro porque ambos me habían hecho la misma reflexión en distintos momentos de la vida. En el caso de Nacho, cuando su padre lo perdió todo por intentar seguir sus sueños, y en aquel momento Lucía al sentirse defraudada porque su libro no había conseguido tener la repercusión que ella merecía.

—Lucía, es el primer intento. Es tu primera novela. No puedes venirte abajo porque lo hayas intentado una vez.

Lucía respiró de forma entrecortada. Cuando lo hacía así, significaba que iba a ser especialmente incisiva.

—Y tú, rubia, ¿cuántas veces lo has intentado? Porque te ha salido bien a la primera —sentenció.

—¿El qué? No te entiendo...

—Nada...

—No es que mi trabajo sea el sueño de mi vida, pero...

—Nada, olvídalo —insistió.

Aquella conversación se estaba volviendo bastante más incómoda que la que provoqué de forma involuntaria en aquella librería.

—¿De qué sirve haber sobrevivido a un melanoma, si no consigo realizarme en la vida? —concluyó de manera tan tajante que llegué a ofenderme por un momento.

—¿Tú te escuchas? —le reproché.

—Sí, por supuesto que me escucho.

—Lucía, estás obsesionada. No hay nada más importante en tu vida que tu vida, ni siquiera tu novela.

—En ella he puesto mi vida entera, nosotras, la amistad...

—Como si descubres la fórmula de la eterna juventud o el santo grial. ¿Qué me estás contando? Por encima de ella, de nosotras, estás tú, por encima de todo, siempre tú.

Lucía respiró hondo, rompió a llorar y a mí se me cayó el alma al suelo, incluso diría que a varios metros por debajo del suelo. Comprendí el sufrimiento que llevaba guardado durante todo ese tiempo. Su novela, como cualquier otro sueño que albergamos todas, había llegado a ser tan importante que se había tragado a mi amiga y hablaba por su boca. Estaba afectada físicamente y cuando los sueños duelen hay que saber parar a tiempo.

—Tu novela es maravillosa —continué—. Da igual cuántas personas la compren. Eso no va a hacer que sea mejor o peor.

—Lo sé, pero... pensé que sería más fácil. Te lo muestran tan al alcance de la mano... Profesoras que se hacen escritoras de la noche a la mañana, donnadies que encuentran la motivación y triunfan con su primer libro... Es la misma historia todo el tiempo, rubia, la de quien lo ha conseguido saliendo de la nada, con esfuerzo, con superación, sin la ayuda de nadie y entonces me pregunto: ¿por qué yo no?

Lucía hizo un silencio y tragó saliva.

—Y es justo cuando me doy cuenta de que quizá no tenga talento... Y entonces me esfuerzo para convencerme de que no es así, de que es buena... —dijo Lucía mientras una pequeña lágrima recorrió su mejilla hasta acabar sobre su labio.

—Y aunque no lo fuera, Lucía. Siento ser dura, pero tienes que ser consciente de que lo más importante es que has hecho lo más difícil.

Al instante me abalancé sobre mi amiga sin darle opción a réplica. En ese momento solo quería que sintiera que no estaba sola.

Sin pensarlo, me di cuenta de lo tremendamente afortunada que era. Un vasto grupo de personas ahora formaba parte de mi vida y había llegado a mí tal como Lucía lo había dicho: en un golpe de suerte, una oportunidad inconsciente o un talento que se hace visible en el momento oportuno. Fuera como fuese, entendía lo que quería expresar con tanta rabia acumulada y aunque yo ya era consciente de ello, sus palabras me hicieron comprender que esa oportunidad de ser la Vecina Rubia que tenía delante iba a costarme sangre, sudor y lágrimas porque quizá esa era la novela, mi novela, por la que al igual que Lucía, tendría que dejarme la piel.

—La vida se complica cuando creces, Lucía.

—Pues la tuya debe de ser maravillosa porque mides lo mismo desde los veinte años, hija de perra... —me soltó en toda la cara.

A tomar por culo la psicología invertida y el fomentar la autonomía del paciente. Nada de técnicas de acompañamiento. Una injuria bien hilada, fina a la par que elegante, para descojonarnos de la risa y desatar los nudos de la garganta a golpe de humor ácido, que era lo que mejor se nos daba.

—¿Qué dices, loca! Fíjate, ahora mismo estoy utilizando el papel de cocina para limpiarme el culo porque no he tenido tiempo de ir a la compra a por papel higiénico... Si eso no es madurar...

—La vida es una mierda, rubia.

—Y más cuando te tienes que limpiar con el que raspa... —añadí.

—¡Estás como una puñetera cabra! —dijo Lucía, por fin, estallando en una carcajada. Bendito risanto, la risa después del llanto...

Con aquella conversación sentí que nuestro nivel de dificultad en la vida había cambiado a «modo experto». Era un claro ejemplo de lo complicado que es lidiar con los límites. No solo los que nos impone la sociedad, sino los más importantes y a la vez los más complejos y exigentes: los que nos imponemos nosotras mismas. La necesidad de tener éxito, de ser vistas, de ser conocidas y relevantes... De que nos aprueben, al fin y al cabo, como si nos presentásemos a un examen constante. La tiranía del corazoncito en Instagram. La conjetura de los *likes*, como si tener más o menos nos definiera como personas válidas o no. Deseando cosas que nos frustran cuando no las conseguimos. Midiendo el esfuerzo por el éxito y comparándonos. Envidiando. Nos hace peores humanos, pero humanos al fin y al cabo.

Lucía subió a su casa más tranquila. En absoluto conforme, era una inconformista de carné, pero sí relajada. Y yo me marché con una idea en la cabeza de la que iba a hacer partícipe a Pol de camino a la mía.

Si me estás llamando para despedirme, quiero recordarte que tengo fotos tuyas muy comprometidas —me dijo Pol al otro lado del teléfono sin que yo ni siquiera le hubiese saludado.

—¿Qué dices, Pol!

—Ah, vale, entonces no he dicho nada... Pero las tengo. Que lo sepas.

—Déjate de monsergas. Te recuerdo que la única persona a la que he visto comerse billetes de cinco euros cuando va piripi eres tú y, créeme, eso sí que es algo de lo que avergonzarse...

Pol se rio desatado porque sabía de qué le estaba hablando. Hubo una época en la que le dio por meterse los billetes de cinco euros en la boca y masticarlos cuando iba con alguna cerveza de más. Siempre dijo que era una *performance* contra el capitalismo, pero nunca se le vio comerse ni los de veinte ni los de cincuenta euros.

—Escúchame: ¿te acuerdas de que hablamos de que había que hacer algo más con el perfil? Aportar más.

—Sí, claro. Sé que es raro, pero soy de los que escucha y retiene cuando me dicen algo.

—Pues tengo una idea.

—Me interesa.

—Genial, pues ya te contaré...

—¿Cómo? ¿Y para eso me llamas? Me niego a que me dejes así, esto es peor que cuando te llama un amigo para decirte «Van diciendo cosas malas de ti» y no te dice cuáles. Al final, se te vienen a la mente demasiadas...

—Que sí. Ya lo verás. Solo quería que estuvieses preparado.

—Pues a mí se me ha ocurrido otra idea —dijo con ese retintín que acostumbraba a utilizar antes de soltar alguna barbaridad.

—¿A ti solo o te ha ayudado alguien? —continué con el vacile, poniéndome a la defensiva por si acaso.

—Pues lo he tramado con Ramira, tu vecina rubia, mientras mirábamos fotos de tu novio a escondidas.

—Qué perro eres... —respondí con un claro tono de repulsa.

—No es eso, mujer... Por mi parte, al menos, por la de Ramira no sé yo, pero no es ese el fin de mi propuesta. Creo que debemos desintoxicarnos todos un poquito. Creo que no estamos pasando un buen momento y hay que cambiar este pozo de tristeza en el que nos hemos ahogado.

La verdad era que la expresión «pozo de tristeza» como analogía del momento que atravesábamos era todo un acierto.

—¿Te parece si le preparamos una fiesta a Laux en su cumpleaños? Para juntarnos todos...

—Sin duda. Acertado, *as usual* —dije al milisegundo.

—Por el tiempo de reacción en contestar, pinta mal la cosa, ¿no? Me temo que esa fiesta es más que necesaria.

—Bueno... Lucía está fatal con lo de la novela, Nacho preocupado por ella, Laux decepcionada con el resto del Dramachat, Javi en una pelea constante con su padre y tengo pendiente quedar con Sara, que está pensando en dejar su trabajo para dedicarse por completo a la protectora... —le dije a Pol.

—Y tu amigo Pol... —añadió sibilinamente.

—Y mi amigo Pol es la roca emocional más dura que conozco. Es el que menos me preocupa.

—Más duro que el caramelo de una abuela —respondió.

Sonreí. Sabía que Pol también necesitaba apoyo, pero era una persona muy equilibrada a nivel emocional, aunque no lo pareciera a simple vista. La ironía y el sarcasmo, que tantas veces se afanaba en diferenciar, lo hacían sobrevivir de una manera muy digna en los malos momentos. Sabía enfrentarse a la vida.

—Vale, voy a indagar para ver cuál es el mejor momento para que podamos estar todos.

—¿Quieres que haga algo? —se ofreció.

—No, no te preocupes. Iré un poco de cabeza, pero llegaré a todo —respondí.

Pol hizo un silencio, demasiado largo para mi gusto y para el de alguna otra persona quizá también.

—Venga, va, Pol, suéltalo, que ese silencio está gritando algo a voces —insistí.

Noté que se aguantaba la sonrisa. Como si intentara mandarme un mensaje que yo tenía que descifrar, algo que iba en contra de su personalidad, que en otro momento se encargaría de ponerme los puntos sobre las íes con un comentario incisivo.

—Mejor hacemos otra cosa: contesto unos *mails* que tenemos pendientes y luego me ocupo de organizar la fiesta. ¿Vale?

—¿Y yo?

—Tú te encargas de dedicarte a tus cosas y aprendes a dejarte ayudar de una puñetera vez. Hay que dejarse ayudar, rubia, no sé cuántas veces voy a tener que decírtelo.

No aprendía. Era incapaz de verlo.

—Vale, pero lo hablo con Javi para ver qué pasa con Iván. Es el invitado que más me preocupa.

—¿Iván? ¿Por qué? —preguntó Pol con tino, después de que mi lengua fuera más rápida que mi cerebro.

—Es una larga historia... Mejor te lo cuento cuando sea capaz de resolverlo.

Pol forzó el segundo silencio antes de lanzar su tentativa por segunda vez.

—¿Te das cuenta? —incidió.

—¿De qué?

—De que sigues haciendo lo mismo de siempre.

—No te entiendo.

—Sí me entiendes, sí, porque hablamos el mismo idioma —sentenció.

Sí que le entendía, pero volvía, como de costumbre, a mirar para otro lado. Quizá me estaba excediendo de nuevo, implicándome e intentando llegar a todo. Ajena a mí misma y volcada en los demás.

Hacer mía la situación de Lucía, Sara o Laux me complacía más que la mía propia. Otra vez el síndrome del salvador, cuando yo, en primera persona, guardaba como una gata en celo las noches en que echaba de menos a mi padre y le lloraba a escondidas. Cuando sostenía el peso de ver a mi madre frecuentar ese delicado mundo en el que se adentraba perdiendo la memoria, por no hablar de todo lo que me suponían las redes sociales. Un estrés con el que convivía de continuo y provocaba que a veces se me olvidaran palabras sencillas como «cuchara» o «tenedor», a las que cambiaba el nombre por el pronombre indeterminado «eso». Lo notaba, pero con la adrenalina seguía avanzando. Una huida hacia delante.

—Por cierto, tendremos vacaciones de Navidad en la empresa, ¿no?

Sonreí. Amaba aquella capacidad de Pol para cambiar de tema cuando más lo necesitaba.

—¿Rubinavidades?

—Hombre... ¡Y tendremos que hacer cena de empresa! Es lo mínimo.

—¿Una cena de dos?

—Invita a Ramira también, es como de la familia.

—Ni de coña. A ella le cobraría el menú doble.

—Cómo me gustas cuando te sale la vena vengativa. ¡Defiende lo tuyo!

Los dos nos reímos, como hacen las personas normales cuando hablan de otra que no está presente. Así es el ser humano, capaz de lo mejor y de lo peor, aunque en nuestro caso sin mala intención.

—Oye, Pol, sé que bromeabas sobre que eres un tipo duro, pero ¿qué tal vas con Jaume?

—No te preocupes por mí, estoy bien.

—Eso no responde a la pregunta.

—Pero es una respuesta.

Respiré.

—¿Sabes que, curiosamente, una persona me dijo hace poco que hay que dejarse ayudar?

—Sí, he sido yo hace unos cinco minutos para que te lo aplicaras a ti misma.

Grado de sutileza igual a cero. Mensaje captado. Resoplé.

—Perdona, es que a veces te veo tan rubia que pienso que igual no pillas las indirectas y quiero estar seguro de que te vas a casa con las ideas claras —añadió.

—¿Tú crees que el tinte tendrá algo que ver? —dije siguiéndole la broma.

—¡Seguro! Pasa por la raíz y te deja el cerebro frito —respondió mientras se mofaba de nuevo—. En serio, rubia, empieza a pensar un poquito en ti. Lee un libro, cómprate unos zapatos, mastúrbate, lo que sea. Basta ya de los «tengo que...» constantes. Hay que marcarse límites. Si no te cuidas tú, no podrás preocuparte por los demás. El autocuidado no es egoísmo, es amor propio.

En aquel momento no era consciente de cuánto escondía aquella frase de mi querido Pol. Guardé silencio y solté mi broma estándar de cierre de conversación que confirmaba que el mensaje de Pol había sido entregado. Y él lo sabía mejor que nadie.

—Eso de que me obligues a comprar zapatos no lo veo tan mal... —respondí.

—No voy a obligarte a masturbarte teniendo un bombero en casa —sentenció.

Y es así como se apagan los verdaderos fuegos de una vida, con el agua que ofrece la amistad más pura.

21
Navidad

Navidad, no te vayas nunca.

Aunque llevaba meses oyendo villancicos en los supermercados y los centros comerciales, que son los que más se adelantan a las fiestas, no fue hasta que los disfruté en casa de mis padres cuando me sentí verdaderamente inmersa en la Navidad. Unas navidades juntos y con sorpresas. Con la madre de Javi apareciendo en casa de mis padres junto a su hijo para cenar en familia. Otro esfuerzo más por su parte, que consiguió ajustar el calendario para que pudiéramos pasar esa noche con mi madre y mis hermanos.

Una cena sin alardes, con lo habitual en esas fechas: comida navideña, turrón, mazapanes y polvorones, un tiramisú de la consuegra, como le gustaba llamarla a mi madre, y patatas fritas para los sobrinos, que dejaron paso a una sobremesa de chascarrillos y mucha emoción, la que conservábamos personificada en el recuerdo de mi padre desde que se fue. Un recuerdo cada vez más diluido en la cabeza de mi madre que nunca se me ocurriría reprocharle y que, por otro lado me aliviaba. No quería verla sufrir; de hecho, quería verla feliz y he de reconocer que aquellas botellas del vino semidulce que trajo mi hermano desataron la verborrea de mi madre, pero también animaron a la de Javi, algo que hizo las delicias de todos.

Entonces ocurrió lo que tarde o temprano tenía que ocurrir. Mi madre botaba sobre la silla, cantando y riendo, cuando de repente se le escapó. Todos lo escuchamos, todos, incluso uno de mis sobrinos que, con la desvergüenza que te otorga la inocencia, le dijo a mi hermano cuando reinaba el silencio:

—Papá, la abuela se ha tirado un pedo.

Incontestable. Mi hermano no pudo hacer más que darle la razón:

—Sí, eso parece. La abuela se ha zurruscado.

Todos explotamos de la risa en un círculo vicioso donde unos contagiaban a los otros. Esa noche me di cuenta de que mi madre guardaba en su interior a una Laux en potencia. Se reía con la boca abierta a pleno pulmón mientras la madre de Javi lo hacía como un pajarito, con la boca cerrada. Era como ver en directo un dúo cómico dando lo mejor de sí mismas estando algo «piripis», como a mi madre le gustaba decir, y que acabó por expandirse por la sala como un virus lleno de felicidad y todos acabamos llorando literalmente por las carcajadas. Todos menos mis sobrinos, claro, que nos miraban desconcertados, imagino que pensando: «Están locos estos adultos».

Me atrevería a decir que fue una de las Nochebuenas en las que más cansada acabé por el disfrute. Ver a mi madre desinhibida me daba mucha paz. Haber compartido con Javi esos momentos, verle disfrutar como un niño, hizo que por un instante pensara que estábamos conectados de verdad y para siempre, que no quería estar en ningún otro lugar ni con ninguna otra persona. Que no quería que aquellas navidades acabasen nunca.

A veces pasa. Sé que hay que quererse a una misma y yo lo hacía, pero es que le quería tanto a él que me sentía mejor a su lado.

Aproveché el momento en que todos recogían la mesa para escaparme y poder formar parte de la Navidad de otras personas. Las muchas que me etiquetaban y me hacían partícipe en Instagram de sus cenas, sus regalos, sus mejores deseos y emociones y algún que otro modelito de estreno. Aquello me gustó. Me gustó sentir que tenía otra familia al otro lado de la pantalla. Aquel alarde de optimismo me acercó a parientes más cercanas que no podía borrar de mi cabeza: mis amigas. Así que me aventuré de nuevo con un tercer intento.

Dramachat
Laux., Lucía azafata., Sara., Tú

Feliz Navidad, perras.
Quería escribiros para
recordaros que las bragas rojas
son para Nochevieja.

Laux.
Jajajaja. Hoy no llevo.

Lucía azafata.
Pues póntelas, que a esta edad ya
se te va a caer el papo.

Sara.
¿El papo o el pavo?

Lucía azafata.
El pavo es en Estados Unidos,
aquí somos más del papo
del día a día.

Desahogo. Esa era la palabra que sentí al ver tres mensajes consecutivos. Por un momento, el Dramachat cobró vida de nuevo y yo no podía ser más feliz. O quizá sí...

A los pocos segundos recibí un wasap privado de Laux. Una foto de su barriga, aún no barriga, desnuda entre sus manos y detrás, en un segundo plano, estaba toda su familia, junto con un pequeño mensaje:

Laux.

Chiquiiiiiii, te deseo una Feliz Navidad.
Aprovecha para consumar
todas las guarrerías que te quedan
por hacer porque este año
vas a ser TÍA
(no se lo digas a nadie).

No hizo falta que echara cuentas ni que preguntara por ello incrédula porque su frase era un dos más dos de manual.

Y es que semanas después de que Laux hubiese iniciado el proceso de embarazo, tenía nuevas noticias. Las mejores.

Ella iba a ser madre y yo... yo iba a ser tía. Una de esas que aguantaban la alegría conteniéndola muy fuerte por dentro para que nadie lo sospechara aquella noche, incluido Javi.

22
Laux

Hay un momento para todo en la vida.
Incluso para mí.

Cerré la puerta de Iván. No sé si hice bien o mal, pero lo hice. Las personas tomamos decisiones, algunas que *a priori* parece que son las mejores y otras que finalmente el tiempo acaba poniendo en su sitio. Como no sabía a cuál de ellas me enfrentaba, quise centrarme en lo importante: yo, Laux, había tomado mi propia decisión, fuera la que fuese.

Aquella noche y las semanas siguientes sé que pude parecer —e incluso llegar a ser— brusca y cruel con Iván, pero en mi mente no podía entrar en una batalla emocional, exprimiéndome para convencer a alguien de lo que yo quería como persona, de una idea que tenía tan clara.

Fue muy duro darme cuenta de que ambos transitábamos por caminos opuestos. Tuve que convencerme de que no íbamos a encontrar un sendero intermedio, un cruce común ni una rotonda que nos uniese en algún momento de nuestras vidas. Mi absoluta prioridad en aquel momento era ser madre y no me importaba recorrer el camino sola, aunque nunca fuese a estarlo.

Desde que inicié el proceso hasta la confirmación de

mi embarazo, la rubia no me soltó la mano ni un momento. Desde las primeras dudas hasta la última certeza. Aquella que, por fin, pude compartir con mi familia y con ella en Nochebuena.

Nada más saber que me había metido de lleno en el proceso, quiso estar conmigo a cada instante. No había terminado de poner un pie en Madrid a la vuelta de su viaje a Ibiza y ya estaba acompañándome a la consulta de la doctora que llevaría mi proceso. Incluso me había comprado un cojín especial para los futuros problemas de espalda. Por mi parte, ya me había hecho los primeros análisis y era el momento de empezar a preparar mi endometrio.

En cierto modo, siento que tuve mucha suerte. Mi medicación inicial consistiría en administrarme estrógenos y progesterona por vía vaginal. Pese a ser enfermera, odio las agujas, así que pensé que era la mejor forma de afrontarlo y quizá la más amable, aunque no lo pareciera a simple vista. «Vía chochil», le decía a la rubia para intentar que se riese un poco, ya que en ocasiones la veía preocupada en exceso, tanto que a veces parecía mi madre. Y también ella fue un gran apoyo para mí, aunque al principio no lo entendió del todo, al igual que mi padre. A una familia tradicional, «de toda la vida», les parecía antinatural y notaba la desaprobación en sus miradas e incluso un ápice de... lástima.

—Pero, hija, ¿por qué no esperas un poquito? ¿Crees que no vas a encontrar un novio tú, con lo guapa que eres? —dijo la pobre sin maldad, pero compadeciéndose.

—Mamá... Créeme que no me hace falta nadie. Quiero ser madre y voy a intentar ser la mejor versión que pueda, como lo has sido tú todos estos años —respondí, sabiendo que un argumento tan contundente y algo tendencioso, todo hay que decirlo, le ablandaría el corazón y abriría una puerta al entendimiento.

En realidad, no estaba convenciéndola porque yo ya estaba convencida.

Muchas mañanas me sorprendía delante del espejo antes de ir a trabajar, mirando mi barriga de reojo aun cuando ni siquiera había empezado el proceso. Estaba preparada y me emocionaba pensar que una vida podía crecer dentro de mí. También es cierto que aprovechaba para mirarme las tetas y pensar que, si me crecían un poco, no habría mal que por bien no viniera.

El proceso, una vez tienes el endometrio preparado, tus óvulos listos y el esperma del donante concedido, en teoría es bastante sencillo, pero tremendamente incierto en la práctica.

En las salas de espera conocí a muchas madres —porque para mí eran madres desde el momento en el que tomaron la decisión de serlo— que al final no lo consiguieron. Ilusiones que se quedaban tatuadas en sus pieles con el color de un test negativo. Reglas que las destrozaban cuando aparecían al mes siguiente.

La culpabilidad en los ojos de los padres es una carga que jamás debería aparecer, pero el ser humano es así. Nos culpamos de todo lo que no nos sale bien, incluso de aquello que no está en nuestra mano y no es justo.

Insisto: tuve mucha suerte. «Buena suerte», como se afanaba en defender la rubia, porque como ella misma decía siempre había que especificar que deseas tener «buena» suerte y no solo «suerte», por si te toca de la mala. Y yo le pedí a cada pestaña que se me caía, a cada once y once que veía y a cada diente de león que soplaba lo mismo: que todo saliese bien y que me quedara embarazada pronto.

Y por eso era tan consciente de mi suerte porque, aunque no lo viví en persona, como enfermera pude sentir la decepción en muchas mujeres que transitaron el mismo camino que yo misma inicié, pero con un desenlace totalmente distinto.

Durante el proceso reconocí términos que en absoluto eran nuevos para mí como Laura, la enfermera, pero sí que lo eran para mí como Laux, la madre. Conocía perfectamente la definición de la betaespera: el periodo de incertidumbre que hay desde que termina el proceso de reproducción asistida hasta que te puedes hacer una prueba de embarazo. Pero sostener el peso de su sentido completo ya era otra cosa. Entendí que conocer el significado de las cosas y experimentarlas en tu cuerpo eran aspectos muy diferentes. De hecho, la primera solo te otorga el valor de las palabras, mientras que la segunda te ofrece, sin pedirlo, la experiencia que en algunos casos no es nada agradable. Eran apenas dos semanas, pero el tiempo te devora por dentro hasta que pasan. Supuse que serían días de emociones intensas, positivas, pero por algún motivo que desconozco y del que no fui consciente hasta más adelante, para mí fueron semanas de silencio, impotencia, nerviosismo, dudas sobre mí misma y sobre el estado de mi cuerpo.

Quizá de forma inconsciente me influyeron las palabras de una de mis profesoras: «Te tienes que poner siempre en el peor escenario posible» y así, según ella, si al final la situación era favorable, estabas preparada para lo peor y eso que ganabas. Seguí aquella recomendación en mi vida, preparándome mentalmente para un posible suspenso en exámenes que había estudiado a la perfección, en sucesos de la vida que percibí como posibles peligros cuando no lo eran y en demás catástrofes que imaginé sin motivo alguno que lo advirtiese. Viví, o más bien sobreviví, con el miedo en el cuerpo a desgracias que nunca pasaron, pero que sí recreó mi mente. Poniendo la tirita antes de que apareciera la herida, lejos de lo que hace una enfermera. Quizá de ahí nació mi vena controladora, la que necesita un Excel para prepararse una vida en la que todo lo que se salga de uno de los recuadros me trastoca los planes.

Durante aquellas semanas de incertidumbre recibí mensajes, audios y llamadas de Iván, hasta que un día desaparecieron. Sin más. No sabría señalar en el calendario el último día que mi móvil recogió su intento de contactar conmigo, pero sé que por fin me quedé en paz cuando ocurrió. Ya estaba todo hablado, al menos por mi parte. Siendo sincera, haber seguido insistiendo en el tema nos habría hecho más daño a los dos. Lo habíamos intentado, casi lo conseguimos, pero al final no pudo ser. Y no pasa nada. Hay cientos de cosas en la vida que no salen bien solo por el hecho de que las intentes. Durante años he pretendido hablar con un tono que no supere los sesenta decibelios, dejar de llamar «chiqui» a los desconocidos o aprender a tocar la guitarra, pero no es posible en ninguno de los casos. No he nacido para eso, he nacido para ser Laux, enfermera y madre. Ni siquiera he nacido para ser Laura. Hay muchas Lauras en el mundo, pero Laux solo una.

Siempre he pensado que hay un momento para todo en esta vida e Iván fue uno de los más importantes, a pesar del poco tiempo que ocupó en la mía. Pero ese tiempo pasó, como lo hicieron hace años las diademas y los calentadores.

Hay un momento para todo en esta vida y aquel era mi momento.

23
Juntas de nuevo

Juntas logramos grandes cosas.

Hay una fecha en el calendario que es imposible que pase desapercibida en el Dramachat y es el cumpleaños de Laux. El año anterior habíamos organizado una tremenda fiesta sorpresa que acabó de manera inoportuna con Lucía ingresada en urgencias, experiencia que nos dejó un mal sabor de boca y que, afortunadamente, pasó a la historia. Estoy segura de que a todas, incluida a la propia Lucía, nuestra memoria nos jugó una mala pasada, pero era el momento de retomar con más fuerza un evento que siempre prometía grandes recuerdos. Y que, sin duda, borraría los anteriores para siempre. Mi padre siempre decía que no se trata de enterrar las malas experiencias como si no hubieran existido, sino de extraer de ellas el aprendizaje correcto y, acto seguido, cambiarlas por otras nuevas más reconfortantes. Eso es lo que estábamos dispuestas a hacer, preparadas para que Laux nos ofreciera un *show* que nunca nadie olvidaría.

Cumple Laux
Alberto amigo Lucía., Lucía azafata., Pol vecino., Sara., Tú

Amigas, perras y demás animales
que habitáis en este grupo...

Recupero la conversación
porque se acerca el cumple de
Laux y esta señora pausada,
tenue y discreta nos necesita.
Tenemos que organizar algo.

Sara.
Cuenta conmigo.

Lucía azafata.
Y conmigo.
Este mes hay compatibilidad
con las capricornio.

Pol vecino.
Por Lady Susurros, lo que sea.
Soy todo oídos.

Lucía azafata.
Dirás todo orejas.

Sara.
Jajajajajaja.

Pol vecino.
En cuanto lo he escrito
me he dado cuenta de mi error.
¡Hijas de perra!

Sara.
¿Hacemos otra pinkparty?

El color rosa nunca
pasa de moda, pero creo que
deberíamos hacer algo distinto.

Lucía azafata.
A ver, hay una cosa que le llevo
escuchando decir a Laux hace tiempo:
quiere ir a un japo a cenar,
pero con japoneses de verdad dentro.

¿Espera ver otra cosa?

Sara.
Con Laux, cualquier
cosa es posible.

Alberto amigo Lucía.
Yo fui a uno hace un par de semanas
que estaba muy rico y a riesgo de
equivocarme, el camarero parecía
japonés.

Pero ¿japonés del centro
o de algún pueblo?

Lucía azafata.
Jajajajaja.

Alberto amigo Lucía.
Joder, pues no le pregunté
de qué zona, la verdad.

Pol vecino.
Alberto, no hagas caso.
La rubia te está vacilando.
¡Venga, pues lo miro y os digo!

Fueron pocos mensajes y muy concisos, pero daba gusto recuperar la camaradería y la unión. Lo que no habíamos conseguido sacar adelante en el Dramachat, lo logramos en aquel grupo creado para la ocasión hacía ya un año y que retomamos en el momento justo, como si el tiempo se hubiese detenido en él. Como si ese chat, ya archivado, nos hubiese congelado en un momento de felicidad plena antes de que la vida continuara arrasándonos como una ola en la que vas montada hasta que llegas a la orilla. Como si fuera imposible no volver a ese estado de felicidad en el que lo dejamos.

Aproveché la coyuntura para escribir a Sara e intentar quedar con ella con la excusa de comprarle un regalo a Laux que estuviese a su altura. Con su nuevo estado, algo de ropa de embarazada hubiese sido todo un acierto, pero por el momento solo yo estaba informada de ello y la alegría aguardaba contenida en mi cuerpo, a la espera de poder contarlo. También tenía pendiente que Sara me hablase de su situación y de cómo se encontraba. Todo esto si ella lo tenía a bien, claro, ya que no quería, en ningún caso, caer en el mismo error que cometí con Lucía. Además, ya sabemos que Sara no es muy proclive a expresar sus sentimientos. Tiende a guardarse las cosas, a diferencia de Laux o Lucía que explotan con facilidad. Sara necesita su tiempo. Sentirse cómoda.

—He dejado el trabajo, rubia ¡Que les follen!

Toma ya, ahí lo llevas. Así, sin paños calientes. En la puerta del Zara más grande de Madrid, la Sara que no es proclive a contar las cosas, la que necesita su tiempo para hablar, la que no se enfrenta a nada... Se salió por la tangente y fue directa al grano.

—Pero, vamos a ver... ¿Cómo que has dejado el curro? —dije incrédula, no solo por la frase en sí, algo abrupta para lo que ella era, sino porque se había saltado todos los pasos intermedios que habitualmente dábamos en nuestras conversaciones hasta llegar a la cuestión. Desde luego, yo lo agradecía porque se ahorraba una cantidad de tiempo...

—Sí, ya te lo dije ¿no?

—Bueno, me contaste que estabas mal y...

—Mal es un eufemismo. Estaba, estoy... —rectificó— fatal. Y que ya no aguantaba más al idiota de mi jefe, coño. Que yo no he venido a este mundo a aguantar las inseguridades de niños de mamá de cuarenta años que no soportan que les digan que no. Que no soy su madre.

—¿Y Marcelo? ¿Qué ha dicho? Porque me comentaste que no le parecía buena idea que lo dejases...

—Marcelo es otro idiota —me interrumpió con vehemencia—. Está cabreadísimo porque sigue con la tontería de que ahora toda la responsabilidad económica de la casa es suya y creo que está a punto de dejarme, o más bien estamos los dos a punto de dejarlo, de dejarnos el uno al otro, porque ya no nos aguantamos. Por sus palabras no hay mejor tiempo verbal que ese: dejarnos. En paz.

—¿Y cómo estáis en casa? ¿Cómo es la convivencia, si estáis tan enfadados?

—Pues en silencio. El silencio lo copa todo... y las caras largas. Somos compañeros de piso más que una pareja. Seguimos juntos por la problemática de que ninguno tenemos tiempo para buscar casa. Ni tiempo ni recursos, diría yo. Porque a ver cómo me pago yo ahora un piso de alquiler para mí sola... —dijo Sara afligida—. Pero, oye, que estoy feliz, eh —concluyó, reponiéndose.

Era capaz de entender la situación de manera cristalina porque viví algo parecido las últimas semanas en casa de Javi en Ibiza. La descripción de los problemas era tan familiar para mí que casi por un momento me trasladó a aquella época cuando nuestra relación pendió de algo menos que un hilo.

—¿De verdad eres feliz? —pregunté, buscando la certeza que quizá yo no tuve.

—Sí, lo soy. ¿Y sabes por qué? Porque ahora, por fin, tengo todo el tiempo para la protectora y no me importa seguir la inercia de la vida mientras disfruto de lo que estoy haciendo. Soy afortunada, privilegiada por pasar mi tiempo entre animales, ¿sabes? —Sus ojos se iluminaron.

Ella entera brillaba, pero no pude evitar hacerle la pregunta:

—¿Y qué vas a hacer ahora? ¿En la protectora te van a pagar?

Sara sonrió amable. Creo que esperaba aquella cuestión que, seguramente, no fuera ni la primera ni la última persona en hacerle.

—La prote me cuesta dinero, rubia, pero... no sé, a veces hay que romper con todo para unir las cosas de nuevo.

Y quién era yo para ponerlo en duda.

—Amiga, si necesitas algo, siempre tienes mi casa. Mi hogar es tu hogar. Lo que sea.

—Ya lo sé, rubia, no te preocupes. Voy a ver cómo salgo de esta. De momento, mientras Marcelo y yo sigamos así, no hay problema, lo pagamos todo a medias y ya. No estamos bien, pero tampoco mal. Estamos, sin más. Me preocupa más no poder sacar adelante la protectora, ahí la cosa está más jodida, pero ahora podré dedicarle más tiempo, ir a más mercadillos a vender para recaudar fondos, buscar ayudas... no sé, algo caerá, seguro. Lo de Marcelo ya pasó, en serio.

En cierta manera y aunque se hubiese desahogado de primeras, la personalidad de Sara siempre había sido así. Veía venir los problemas y se limitaba a esperar a que algo ocurriese, bien para que se solucionasen por sí mismos, bien para que se le pusiese de frente una situación tan desesperada que tuviera que afrontarla de verdad. Pero hasta que llegaba ese momento, dejaba que todo fluyese, se dejaba llevar. Como una pelota en una piscina. Como en su relación con Marcelo. No se preocupaba de nada hasta tener la luz del tren cegando sus ojos, a punto de embestirla. Yo, en cambio, siempre intentaba llegar pronto a la estación para subir con calma y coger un buen sitio, lo que no quita que alguna vez también me atropellara.

El empotrador embaucador Álex fue un ejemplo claro de ello. De lo que pudo llegar a deslumbrarme la luz de una persona para perder la noción del espacio-tiempo y acabar como un mosquito en el parabrisas. Pero era cierto que Sara y yo éramos muy distintas en aquel aspecto de la vida. Una siempre intentando anticiparse a los problemas y la otra siempre intentando esquivarlos.

Después de ahondar en los detalles, de valorarla y apoyarla en una decisión tan complicada tras varios años de pareja que de repente parecían desvanecerse, Sara se mostraba más resignada que dolida.

Incluso ahora, con el tiempo que ha pasado tras el daño que me hizo Álex, me pesa más el aprendizaje que me llevé de aquello. No querría olvidarlo porque hacerlo supondría perder esa enseñanza.

Siempre me ha costado comprender cómo los sentimientos de alguien pueden disiparse de la noche a la mañana, cómo todo lo vivido en una relación se borra y se convierte en olvido.

Ahora sé que se limita a pasar. Sin más. A veces sin grandes aflicciones ni batallas que librar para que la relación perviva. Otras con paciencia hasta que el tiempo pone de nuevo las piezas en su lugar. Estamos hechas de movimiento constante para seguir avanzando, para que nada nos ate de manera continua al pasado.

Sara decidió apartar de su memoria la imagen de Marcelo, que tanto le había ayudado y con quien tan buenos momentos había compartido. Asumió que se perdía simplemente porque un día cualquiera, sin previo aviso, algo le había descuadrado y entonces todo lo bueno, casi sin querer, había desaparecido, sin más. Creo que cuando alcanzamos determinada edad nos volvemos más egoístas, dispuestos siempre a menos en vez de a más. Dispuestos a conceder menos, a entender menos, a ofrecer menos e incluso a querer menos. Quizá el problema sea que, con el tiempo, nos acabamos conociendo, no solo a nuestra pareja, sino a nosotros mismos un poquito... más. Ya lo dijo Milan Kundera en su libro *La insoportable levedad del ser*: «Los amores son como los imperios: cuando desaparece la idea sobre la cual han sido construidos, perecen ellos también». Y el imperio de Marcelo había sido derrotado.

Después de aquello nos abrazamos porque hacía mucho que no lo hacíamos y es importante. «Hay que abrazarse más, hay que ser más humanos» es algo que le escuché decir a Lucía una vez, y en aquel momento Sara y yo decidimos tomárnoslo al pie de la letra. También aprovechamos para comprarle un conjunto de falda y blusa a juego a Laux y algún capricho para nosotras, de recompensa por ir a comprar el regalo de parte de todos. Para rematar la tarde, compramos algunos detallitos pequeños, ya que Laux adoraba abrir muchos regalos por encima de uno grande y caro porque ella quería dilatar esa emoción lo máximo posible. Solo tenías que conocerla para saber hacerla feliz.

En apenas un par de horas, Sara se había quedado vacía, nuestra cartera también y Pol había preparado el plan con todo lujo de detalles. Reservó mesa en un japonés muy cuqui que garantizaba el éxito porque cumplía con todos los requisitos con los que

Laux solía trabajar: un sitio instagrameable donde hacerse fotos, comida sin gluten —algo que compartíamos las dos— y que estuviera de moda: el Okashi Sanda, en Malasaña.

El restaurante era precioso, decorado con multitud de papeles pintados en tonos pastel y pequeñas ramas con flores de cerezo. Un espacio pequeñito, muy acogedor, más para parejas o grupos reducidos, lo cual era maravilloso para volver una noche con Javi, pero complicado si el evento era el cumpleaños de Laux. Su comida era auténtica, alejándose del *sushi* con platos típicos japoneses de los que había oído hablar a mi padre. Ahora podía ponerle gusto a cada uno de ellos porque no me corté en robar comida de todos los platos.

—¡¡¡Fuahhhhhh, qué sitio, chiquis!!! ¡Cómo os lo habéis currado! —dijo Laux silbando las haches.

—Lo que te mereces, reina —apuntó Pol.

—¡Mira, ese señor es japonés de verdad! —dijo intentando bajar la voz con su ya conocido grito susurrado.

—Sí, pero es de pueblo. No es del centro —respondió Lucía desconcertando a Laux por un momento, que asintió convencida con un movimiento de cabeza similar al de los muñecos que van en el salpicadero de los coches.

Una vez nos sentamos, pedimos unas deliciosas croquetas de calabaza, las *kabocha korokke*, unos *takoyaki*, que son bolitas rellenas de pulpo vegano, y un par de platos de comida típica callejera, además de unos postres que compartimos todos. Ese era el verdadero detalle, que lo compartimos todo de nuevo. Si bien era cierto que se notaron las ausencias de Iván, Marcelo y Jaume, no era menos real que yo estaba feliz por ellas y con ellas.

Comimos, brindamos y reímos. Y dejándose llevar por el momento de dicha o porque se había tomado algún vino de más, Lucía tuvo la ocurrencia de poner sobre la mesa nuestro famoso juego de la verdad. ¿Que teníamos una edad para andar con jueguecitos de adolescentes? Sí. ¿Que hemos escuchado de todo en este juego y nos encanta? También. Era algo que llevábamos haciendo en nuestras noches más épicas desde que nos conocíamos.

—Venga, Laux, arranca el «contador de secretos» —dijo Lucía con voz de concurso—. Cuéntanos algún secreto de última hora, luego los demás y la confidencia que mejor puntuación tenga, no paga la cena.

—¡Ohhhh! ¡Qué divertido! —exclamó Pol emocionado—. Voy a esforzarme mucho porque no tengo ni un euro.

—No te preocupes, que Javi te invita...

—Bueno, eso si merece la pena su confesión... —respondió Javi interrumpiéndome, cuando Laux gritó de repente:

—¡Estoy embarazada!

A tomar por culo el juego. El primer secreto de la noche y ya había hecho saltar la banca. Después de eso, cualquier otro secreto que no entrañara contrabando, un plan para dominar el mundo o quién era la Vecina Rubia resultaría algo insípido a todas luces.

Tras un silencio prolongado, aquella noticia los dejó a cuadros. A rombos, que diría Laux. Lucía fue la primera en estallar de emoción. Por supuesto, hubo un tenso cruce de miradas entre Javi y yo, a sabiendas de que eso no le iba a sentar bien a Iván, pero de todas formas Javi abrazó a Laux, feliz por ella.

—Joder, Laux, ¿así, de sopetón, el día de tu cumple? —preguntó Lucía.

—Bueno, Luci, tú has preguntado. Además, llevo bebiendo agua toda la noche y no quería que me estropearas la exclusiva...

Yo me di cuenta, claro, al igual que del tono pausado que la acompañó durante toda la velada.

—Perdona, cariño, por no haber estado pendiente de lo que te estaba ocurriendo... —dijo Sara, consciente de que quizá durante los últimos meses no habíamos estado lo suficiente encima las unas de las otras.

—Joder, yo también lo siento —añadió Lucía, sumándose a la disculpa—. Mira que el otro día leí tu horóscopo y decía que las capricornio esta semana tendríais grandes noticias que compartir, pero no me imaginaba esto...

—Había pensado en compartir un meme en el Dramachat, pero como ya no habláis por allí, malditas zorras, he tenido que hacerlo a la vieja usanza —dijo en un tono totalmente amable dentro de nuestro código de amistad que incluía los insultos como demostración máxima de amor.

—Ja, ja, ja, qué perra eres.

—¡Una mamiperra! —gritó de nuevo Laux entre las risas de todos que ahora sí que ponían en jaque (o en *sake*, según se mire) la armonía del restaurante y del japonés de pueblo que nos había atendido con tanta amabilidad.

—¿Y hay nombre, género o raza para la criatura? —preguntó Pol, sabiendo que a Laux le encantaban sus juegos de palabras. Aunque le hubiese recitado un versículo de la Biblia, Laux se hubiese desternillado de la risa.

—No se sabe aún, pero no me importa.

—Espero que salga al padre, porque como salga a la madre al primer soplo de aire va a llegar al mundo gritando «chiquiiiiiii» en lugar de hacerlo llorando —continuó Pol la broma—. Y por cierto... ¿se sabe quién es el padre?

Momento clave. Laux no dudó.

—El padre soy yo —dijo, brava, zanjando el tema.

—Me gusta —respondió Pol con decisión—. Y yo voy a ser el tito Pol.

Después de aquella frase no hubo más comentarios sobre el tema, pese a que la incertidumbre quedó flotando en el aire, mezclada con el fuerte olor a comida y al nuevo perfume de Laux. Todos entendimos y respetamos sus tiempos. Los que ella necesitase antes de abrirse del todo. Entonces, Nacho, ni corto ni perezoso, llamó al camarero para que nos trajera una botella de vino blanco. En concreto, yo pedí un Bento, algo que traía implícita una mirada cómplice para Laux y para mí. Viejos recuerdos que salieron a la palestra para el deleite de todos, aunque Laux no pudiese tomar el vino que nos trajeron.

—Un fin de semana, la rubia y yo fuimos a un viaje de vinoturismo a Logroño —dijo Laux levantando la copa, con el meñique señalando al techo y moviendo el líquido de lado a lado haciéndose la experta.

—¿«Vinoturismo»? ¿No es enoturismo? —preguntó Javi.

—¡Calla! —le dije mientras Laux seguía con su *performance* haciendo como que lo olía, para seguir con la comedia que se estaba montando en la que todos sabíamos que ni siquiera iba a probarlo.

—Bueno, como sea... el caso es que fuimos a una cata y... —Laux dejó abierta la frase para que yo cerrara la anécdota.

—Y... no escupimos ninguno de los vinos que probamos. ¡Nos los bebimos todos!

En aquel momento una risa generalizada se adueñó del restaurante de nuevo.

—Me acuerdo de la rubia diciéndome: «Sí, hombre, voy a escupir el vino, con lo que me ha costado el viaje».

—¡Llevábamos un pedete más tonto! La gente nos miraba como diciendo: «Pero ¿y estas dos?».

—Y yo diciéndole al canciller: «¡Deja aquí la botella!».

—¿El canciller es el sumiller, verdad? —se aventuró a preguntar Pol entre risas.

—¡Ese! ¡¡¡El somier ese!!! —respondió Laux al instante—. Y el tío que no la soltaba y la rubia diciéndole: «¡Trae para acá la botella o ponme una copa de amigo, que has echado muy poco!» —añadió con total desparpajo.

No podíamos parar de reír. No cabía en el pecho más aire que regalar en forma de amor a cada una de las personas que estaban sentadas a esa mesa. Creo que puedo decir que he exprimido mi vida al máximo, cada sonrisa, cada carcajada. Solo cambiaría una cosa y es haber pasado más tiempo con mi padre antes de que se fuera. Del resto, no cambiaría ni un ápice, ni de sufrimiento ni de alegría junto con ellos.

Después de rememorar alguna que otra anécdota, llegó el momento de una foto de grupo que inmortalizara aquel día. Laux le pidió al camarero que la hiciera, no sin antes preguntarle de qué pueblo de Japón era. El chico le dijo en un perfecto español que era de Toledo, pero a ella no le importó, le tendió el móvil igualmente, sin rencor alguno.

—He hecho varias, para que elijáis la que más os guste —dijo Juan Pedro, que así se llamaba, antes de despedirse de cada uno de nosotros con un *arigatô* que dejó más que satisfecha a Laux.

De vuelta a casa, Laux se fue caminando, ya que estaba bastante cerca de nuestro piso, su piso. A pesar de que yo ya no vivía allí, sentía que una parte importante de mi vida estaba en ese lugar, con ella. Nacho y Lucía acompañaron en taxi a Sara y nosotros dejamos a Pol en la suya. Durante el trayecto hice balance de aquel día y de lo maravilloso que había sido el reencuentro. Entonces, caí en la cuenta.

—Pol, ¿me das la cosa esa que me debías...? —dije, sin ser muy convincente.

—¿Cómo dice, joven? —me preguntó delante de Javi, que estaba perplejo.

—Sí, el tema este que tienes en casa. Así ya lo tengo para mañana.

Pol dudó durante un segundo, al igual que Javi, que me miraba sin entender nada. Por suerte, Pol reaccionó a tiempo.

—Ah, coño, el abono especial para geranios que me habías pedido —dijo saliendo muy bien al paso.

—Pero si no tenemos geranios... —respondió Javi, extrañado.

—Da igual, geranios, petunias, claveles... Es un abono muy bueno para que todo florezca.

—Pero si estamos en invierno, ¿no? —insistió Javi, que de plantas sabía un rato. Y, por lo que parecía, de estaciones también.

—¡Por eso, por eso! Para que cuando llegue el verano estén bien abonados —concluyó Pol con más miedo que vergüenza.

Yo no intervine. Solo esperaba cierta aprobación de Javi para poder hablar a solas con Pol durante unos minutos.

—Pesará mucho... ¿Queréis que os ayude o espero aquí? —titubeó, dándose por vencido.

—No, no te preocupes, es una bolsita pequeña, enseguida volvemos —dije mientras salíamos del coche.

Pol y yo caminamos hacia el portal mientras Javi observaba desde el coche. Una vez dentro, Pol fue directo al jardín de la que había sido nuestra urbanización y empezó a llenarse los bolsillos del pantalón de tierra de los maceteros.

—Pero ¿qué haces? —pregunté extrañada.

—¿Que qué hago? No tengo ni idea de lo que me quieres contar, pero ¿tú te crees que tengo abono de geranios en casa? Coge arena, anda, que como Javi te vea bajar sin una bolsa, aunque sea de tierra, lo llevas claro.

Estaba claro que Pol era un maestro en el arte de la guerra.

—Habla —dijo mientras seguía metiendo puñados de tierra en su precioso pantalón de pinzas.

—A ver... ¿recuerdas que te dije que tenía un plan?

—Sí, claro, de la misma manera que me acuerdo de que no me lo contaste.

—Pues ahora tengo dos —comenté orgullosa.

—Ah, pues qué bien, ¿no? ¿Enhorabuena? —respondió con su habitual tono faltón mientras seguía cogiendo tierra como un loco.

—Calla y escucha. ¿Te acuerdas de lo que hablamos de llevar el perfil de la Vecina más allá?

—Sí.

—¿Recuerdas que empezamos con la donación de pelazo?

—Sí, claro.

—¿Y que hemos conseguido recaudar más de veinticinco mil euros para aquel proyecto de investigación de la metástasis en el cáncer de colon...?

—¿Cómo no...? Eso ha sido bestial, rubia.

Pol me miró con ternura y continué hablando:

—Pues me he dado cuenta de que el perfil es necesario para mucha gente que no conozco en persona y, si es importante para todas aquellas que, sin verlas, las considero amigas, quiero que también lo sea para ellas.

—Ahora sí que me he perdido. ¿Qué «ellas»?

Sonreí.

—Esto es lo que quiero hacer —le dije a Pol mostrándole el borrador de una *story* guardada en mi perfil.

Aparecía una foto de mi mano y mi preciosa manicura, todo hay que decirlo, sosteniendo la novela de Lucía.

Pol me miró, desconcertado por un momento, antes de atar cabos. No es tonto y al instante advirtió que las ventas del libro no eran buenas y que las llamadas a horas intempestivas con Nacho solo podían tener un motivo.

—¿Cómo está ella? Hoy la he visto bien.

—Duda de sí misma. Se culpa de que no sirve para escribir y no es justo. Es una buena novela, creo que merece algo de ayuda.

Pol me miró con el gesto torcido, lo cual me hizo justificarme aún más.

—No estoy engañando a nadie, Pol. La novela es una maravilla y me encanta. Podría haberlo hecho por cualquiera, pero voy a hacerlo por ella. ¿Quién no ayudaría a una amiga teniendo la oportunidad?

Pol respiró profundamente antes de contestar:

—Pues ya está. No hay más que añadir —dijo convencido mientras seguía juntando tierra entre sus manos.

—Yo sí. Sí que tengo algo más que añadir, pero la verdad es que no sé cómo hacerlo...

—No pienso volver a comprarte cervezas porque crean que eres menor de edad.

—Que no es eso, hombre. Aunque es verdad que cuando no voy con Javi, sospechan...

—No les culpo. Yo también lo haría.

—¡Escúchame, Pol! Es por Sara.

—¿Qué le pasa a mi Sara? —preguntó Pol al segundo, preocupado. Para él, Sara era como una hermana pequeña a la que acogió desde el primer momento.

Aunque nuestra relación era muy especial, Pol mantenía con ella un vínculo casi fraternal y siempre se desvivía por ella desde que la conoció en la misma piscina de la urbanización donde en ese momento estábamos robando, con nocturnidad y alevosía, parte de la tierra en la que crecían algunas plantas de las que nunca supe el nombre.

—Sara ha dejado el trabajo y no sé qué va a pasar con Marcelo. Está resignada. De momento viven juntos, pero no creo que aguanten mucho más. Es una cuestión económica hasta que encuentre otro trabajo, aunque...

—¿Aunque qué?

—Creo que ha optado por dedicarse por completo a la protectora y la verdad es que no creo que eso vaya a facilitar las cosas.

—Económicamente no, desde luego. La protectora no es que esté boyante, de hecho tienen que poner dinero ellas —respondió Pol, conocedor de la situación.

—Ya... por eso no sé cómo hacerlo.

Pol se quedó pensativo mientras cogía una bolsa de basura de una de las papeleras y empezaba a meter en ella la tierra de sus bolsillos.

—Toma, ya se nos ocurrirá algo.

Pol me entregó la bolsa y me acompañó hasta el portal, donde Javi seguía dentro del coche, esperando. Antes de despedirse me cogió de la mano, algo que pocas veces le había visto hacer.

—Sé que estáis convencidas de que hacéis lo correcto, pero no es verdad.

—¿A qué te refieres? —pregunté desconcertada.

—Eso que hacéis las cuatro de guardaros vuestras cosas, las emociones, y no compartirlas. Lucía con el libro, Laux con el embarazo, Sara con el trabajo y tú con tu ansiedad por responder a todo el mundo en primera persona.

La verdad es que no había un resumen más claro de la situación que atravesábamos que aquella que Pol había hecho en ese instante.

—No se puede vivir así, rubia. Como si solo existieran los buenos momentos. Como si solo existieran noches como la de hoy.

Pol me soltó la mano y se giró para subir a su casa.

—Mañana te cuento. Creo que tengo una idea cojonuda para ayudar a nuestra queridísima Sara, pero ahora eres tú la que vas a tener que esperar... —dijo con una maléfica e impostada sonrisa y el teatro por bandera, como a él le gustaba.

Qué gran amigo era y cuánta razón tenía.

Entré en el coche con una bolsa de arena o lo que fuera que Pol hubiera metido en ella. Javi me miró. Los dos, a solas, nos quedamos en silencio un segundo. Sabía lo que me iba a decir antes de que abriera la boca.

—¿Y qué hacemos ahora con Iván? —me preguntó claramente.

—No lo sé. ¿Crees que le dolerá? —respondí.

Javi sonrió irónicamente y respondió:

—Me ha dolido hasta a mí...

Mi padre siempre me decía que los rosales en invierno entraban en reposo. Entonces, había que abonarlos y podarlos para que más adelante, en verano, crecieran más fuertes y con más rosas, rosas nuevas, llenas de color. Esa noche nos dimos cuenta de que era lo que había ocurrido con nuestra amistad, que se había puesto en pausa durante un tiempo para volver con más fuerza que nunca.

Aquel era el momento de abonar y podar los rosales de la amistad en la cuenta atrás para el verano.

24
Noticias desde Ibiza

Solo tenía que cuidarla.

Cuando me desperté a la mañana siguiente, Javi no estaba en la cama. Se había levantado temprano, como de costumbre, y había salido a entrenar con la bicicleta. Daba igual la hora a la que se acostase, que estuviese de vacaciones o que fuera hubiese un par de grados bajo cero; él siempre madrugaba al día siguiente para hacer sus rutinas de entrenamiento. Qué valor y qué constancia. Yo siempre había afirmado, por supuesto en broma, que no me fiaba de la gente que madrugaba para hacer deporte, pero tuve que tragarme mis palabras en cuanto lo conocí. En cierto modo, admiraba en él algo que a mí me costaba horrores.

Cerré los ojos de nuevo e intenté volver a coger el sueño con mis propias manos para arrastrarlo sobre mi cuerpo, con la esperanza de dormir alguna hora más. Respiré profundamente y descubrí que la casa estaba envuelta en un creciente olor a café recién hecho. Una vez leí que algunos agentes inmobiliarios preparaban las casas que iban a enseñar a posibles compradores con olor a café para hacer la visita más agradable y dar la sensación de hogar. Supongo que aquello era una especie de publicidad subliminal para instar a los clientes a decidirse en el momento y, en mi caso, una trampa irrechazable para levantarme, ya que adoro ese aroma.

Javi siempre tenía el detalle de dejarme el café preparado y, de vez en cuando, incluso añadía alguna notita especial. Esa vez no había nota, pero aquella mañana con el café me bastaba y me sobraba. Abracé la taza para sentir su tacto caliente, ya que hacía frío fuera y ya se sabe lo que dicen de los áticos, aunque sean pequeños como aquel: «En verano son un horno y en invierno, un congelador». En esa época del año tocaba lo segundo, pero no me importaba. Independientemente de la estación, adoraba esos momentos en los que solo tenía que dedicar el cien por cien de mis sentidos a una cosa.

Aproveché para mirar el móvil y el Dramachat estaba echando humo, como antaño. Decenas de mensajes se habían acumulado mientras yo dormía. Sara, la que más madrugaba, escribía desde la protectora, enviando fotos de sus perritos vestidos con preciosos jerséis y chalecos de lana, mientras que Lucía, algo más resacosa, había recuperado parte de ese carácter de mierda que siempre la había acompañado para responder a la altura.

Dramachat
Laux., Lucía azafata., Sara., Tú

Sara.
¿Os gusta la moda
de mis perritos?

Lucía azafata.
¿Puedo ser sincera?

Sara.
Solo una vez.

Lucía azafata.
Son horterísimos, cariño.

Laux.
Hombre, el fluorescente
siempre está de moda,

sobre todo en el gimnasio.
¿Has buscado prendas de leopardo?

Lucía azafata.
Cariño, creo que es un poco raro ver
a un perro vistiendo un
chaleco de leopardo, ¿no crees?

Laux.
Jajajaja. Para nada.
Tú eres una perra, por ejemplo, y
te sienta de maravilla el print.

Sara.
Jajajaja.
Laux 1 – Lucía 0

Yo, que entré con el miedo en el cuerpo pensando que después de tanto tiempo sin hablar quizá se hubiese podido mascar la tragedia, rápidamente me di cuenta de que el grupo estaba empezando a recuperar su tono habitual.

Laux.
¿Y la reina del castillo seguirá
durmiendo?
¿Estará con el kiki mañanero?

Sara.
¿Quién es kiki?

Lucía azafata.
Imposible, la rubia está
sobando todavía.
La libido le sube a partir
de las tres de la tarde.

Estaba claro que tarde o temprano el foco de sus bromas se iba a centrar en mí. En ese momento, cuando iba a ponerlas en su sitio, me percaté de que tenía tres llamadas perdidas del padre de Javi que no había visto. Me sorprendió porque nunca me había llamado a mí directamente y menos aún tres veces en una hora, siendo tan temprano. De hecho, nunca habíamos compartido una llamada, ni siquiera una conversación completa más allá de un saludo educado cuando ellos hablaban por teléfono, que era muy poco, o las preguntas de rigor cuando estuvimos en Ibiza, incluso cuando estuve viviendo allí. Aquello era muy extraño, por lo que le devolví la llamada al instante.

Duró muy poco. Departimos apenas un minuto y medio en el que Martín se mostró tremendamente angustiado porque no conseguía hablar con Javi. Lo había llamado varias veces esa misma mañana, pero no le cogía el teléfono. Imaginé que era porque iría en la bici.

Angustiado, con un voz profundamente triste, me avanzó la peor de las noticias: habían ingresado a la yaya Catalina y estaba muy mal.

—Tenéis que venir ya —dijo con una frase que no dejaba hueco para la esperanza.

Rápidamente llamé a Javi, que me respondió desde los cascos inalámbricos. Supe que no había querido cogerle el teléfono a su padre, como de costumbre.

—¿Qué pasa, niña? —dijo, jadeando por el esfuerzo.

—¿¿¿No has visto las llamadas de tu padre???

—Sí, pero le iba a llamar luego...

—¡Vente ahora mismo! ¡Es la yaya! —le grité nerviosa, fuera de mí.

Javi no respondió. Durante los pocos segundos que la llamada siguió activa antes de colgar, noté que el viento golpeaba el micrófono de los cascos mientras Javi aceleraba al mismo tiempo que su respiración. Llegó a casa descolocado, con la cara lívida y un sudor en la frente que desde lejos se percibía helado. Había hablado con su padre. Me tranquilizó, pese a que él estaba más nervioso. Me contó que la habían ingresado en el hospital Can Misses de Ibiza y que la situación no era la mejor. Cuando mis ojos empezaron a convertirse en una vidriera de lágrimas, Javi me recordó la fortaleza de la yaya y me aseguró que ella estaría bien, pasara lo que pasase.

En el tiempo que tardó Javi en llegar, yo había preparado una pequeña maleta para los dos y había cogido unos vuelos de última hora para ese mismo día a un precio desorbitado. No importaba. Javi me lo agradeció con un beso en la frente, abrazándome con fuerza. Se dio una ducha rápida y salimos hacia el aeropuerto con toda la prisa que nuestros nervios nos permitieron en aquel instante.

Recuerdo el silencio prolongado de ese viaje. Cogidos de la mano. Con cientos de personas a nuestro alrededor a punto de celebrar el fin de año en cualquier parte de mundo y nosotros sin poder articular ni una sola frase. Atragantados por la urgencia que te da el no saber e inmóviles por el miedo que acaba por robarte las palabras de la boca.

Cuando desembarcamos, Iván nos estaba esperando en el aeropuerto de Ibiza con su coche para llegar lo antes posible al hospital. Nos abrazó con cariño y nos contó con temple que la situación era grave. Él llevaba toda la mañana en el hospital con Martín y pensaba que no quedaba mucho tiempo. No se anduvo con rodeos. Lo que dijo fue directo y doloroso, pero también necesario para que pudiésemos prepararnos para lo que pudiera estar por venir.

Al recibir el impacto de las palabras de Iván no pude contenerme y percibí que Javi tampoco. Se quedó en silencio, un silencio que de nuevo lo copó todo, absorbiendo el poco aire que quedaba en el coche y dejándonos a solas con nuestros pensamientos, hasta que explotó:

—Me voy unos meses y se lía todo —masculló enfadado—. Dejo al cargo a mi padre los pocos días que estoy fuera y siempre la jode... Solo tenía una puñetera cosa que hacer, joder, cuidarla. Solo tenía que cuidarla —repitió una y otra vez.

—Javi, tienes que relajarte. No puedes llegar con ese nivel de intensidad a verla. Todavía no sabemos qué ha pasado. —Intenté calmarlo, sin éxito alguno.

—Pues eso es lo que quiero saber, ¿qué coño ha pasado?

Javi respiraba profundamente y miraba por la ventana del coche hacia los pinares que nos recibían a ambos lados del camino, totalmente abstraído, hasta que Iván intervino, contundente:

—La edad, Javi. Eso es lo que ha pasado. Sin más.

No volvió a decir ni una palabra. Solo Iván rompió el silencio para preguntarme por Laux, como quien habla del tiempo, en una cuestión que iba más por intentar encontrar un tema que nos uniese que por su propio interés. Lo consiguió, al menos durante el tiempo que duró el trayecto, lo cual agradecí. Por supuesto, ni por asomo se me ocurrió comentarle nada acerca de su embarazo. No era el momento.

No me considero una mujer demasiado valiente, pero cuando aún tienes la sensación de los últimos días antes de la muerte de tu padre en el hospital, cruzar las puertas de uno siempre es un ejercicio de valentía. Ya supuso un reto para mí cada uno de los ingresos y cirugías de Lucía, pero a diferencia de aquella situación, donde confiaba en que mi amiga se recuperase, en este caso, con la yaya Catalina intuía un final parecido al de mi padre.

Las puertas de cristal se abrieron, cada una hacia un lado, dejando que Iván, Javi y yo las cruzásemos para encontrarnos con decenas de personas que levantaban su mirada a nuestro paso mientras esperaban. Miradas que escondían lo mismo: miedo, duda, desazón, nerviosismo. Afortunados aquellos que no reconocen lo que esconden esos ojos cansados, esa impresión que te recorre el cuerpo de arriba abajo cuando te acercas a una ventanilla para dar un nombre y unos apellidos. No hay mayor suerte que no reconocer esa extraña sensación.

Cuando llegamos al pasillo B de la segunda planta, el padre de Javi estaba sentado en una silla con la cabeza entre los brazos, en la misma posición que se describe en los folletos de los aviones ante un aterrizaje de emergencia. No hizo falta siquiera lanzar una pregunta por compromiso. Estaba todo dicho, sin decir una palabra.

Javi no pudo contenerse y corrió a la habitación, donde dos enfermeras tapaban el cuerpo de su abuela y desconectaban una bolsita de suero, preparándola.

Entonces todo transcurrió a cámara lenta. Javi, fuera de sí, se abrazó a ella, mientras Iván y yo nos apresuramos detrás de él, como en una pesadilla donde corres y corres, pero no alcanzas lo que necesitas porque se aleja cada vez más. Las enfermeras se retiraron para dejarle unos minutos. Era como un niño que ha perdido aquello que más quiere en el mundo. Nunca le había visto así. Nunca le vi aferrarse a algo con tanta fuerza, de rodillas, frente a la cama de su yaya. Ni siquiera pude acercarme a él. No quise. Aguanté mis enormes ganas de darle consuelo para respetar su dolor, que también era el mío.

Y entonces, cuando la situación empezó a sobrepasarme, cuando yo misma estaba a punto de explotar, de repente uno de los pies descalzos de la yaya quedó al descubierto, asomando por debajo de la sábana. Los mismos pies descalzos que nos presentaron la primera vez que la conocí o, mejor dicho, que dejaron que la conociera. La primera vez que me llamó «niña» y me enseñó su precioso huerto.

Ver aquellos rudos y morenos pies, fruto de años y años caminando libre, sin ataduras, me recordó que no había motivo para sentir pesar ni dolor porque estaban llenos de una vida exprimida al máximo y así era como ella siempre lo había entendido. Esa extraña sensación de presión en el pecho se transformó en desahogo y desenredó cualquier nudo de mi garganta, liberándola por completo.

Javi estuvo aferrado a ella unos minutos más, hasta que su padre apareció por la puerta:

—Javi... —dijo con voz temblorosa.

Cuando levantó la cabeza de la cama, me di cuenta de lo que iba a ocurrir. Ya no había dolor en su gesto, sino rabia, mucha rabia, e Iván supo verla antes que yo.

—¡¡¡¡Tú...!!!! —le gritó, dirigiéndose hacia él como un tren de mercancías.

—¡Javi, para! —Iván se interpuso en su camino.

—Me marcho y dejas que mi abuela se muera, pedazo de mierda...

Javi se abalanzó sobre su padre mientras Iván le agarraba con fuerza. Yo también intenté sujetarle, pero fue imposible. Era como contener un tráiler que va por una autovía a doscientos kilómetros por hora. Javi golpeó a su padre con fuerza y este cayó al suelo desplomado.

—¿Cómo has podido hacerle esto? Era tu madre... Que pases de mí me la suda, pero de ella... ¿cómo has podido dejarla a ella?

Javi escupió aquellas palabras mientras volvía a respirar como un caballo desbocado. Por momentos noté cómo la ira y el odio se hacían presas de su cuerpo. No lo reconocía. Entonces no tuve más remedio que interponerme entre él y su padre mientras Iván lo ayudaba a incorporarse. No lo hice por Martín, aunque nunca participé de los motivos por los que Javi lo odiaba tanto y ni siquiera cuestionaba si tenía razón en ese momento tan doloroso. Lo hice porque no quería ver esa parte tan violenta de Javi ni un segundo más y estaba segura de que la yaya tampoco hubiera querido.

—¡Yaaaaaaaa, Javi! ¡¡Ya vale!! —le grité—. ¿Es esto lo que quieres hacer el día de la muerte de la yaya?

Javi se detuvo un momento al verme frente a él.

—Tú no sabes el tiempo que llevo aguantando esto...

—Pues vas a tener que seguir haciéndolo o me marcho.

Javi inspiró y soltó todo el aire de golpe, levantando la cabeza mientras cerraba los ojos.

Y se derrumbó. Negó con la cabeza mientras se dejaba caer sobre el suelo, apoyado en la pared, abatido. Iván aprovechó para sentar a Martín en una de las sillas de la sala de espera, mientras yo me acercaba a Javi para abrazarlo con fuerza.

En el suelo, intentando hacerme grande para abarcar el máximo posible de su cuerpo y de su dolor, intenté absorber toda la ira que llevaba dentro. Es increíble lo que la propia culpa puede llegar a hacerle a una persona tan buena.

—Te quiero, mi amor, te quiero... Lo has hecho muy bien

todo este tiempo. Con ella, conmigo, con todos... Ya está. Ella lo sabe. Yo lo sé.

Javi tragó saliva. Aunque no podía verle, lo noté en su cuello, aún hinchado por la adrenalina.

—Tenía que haber estado aquí... Es culpa mía —dijo responsabilizándose.

—Tú no tienes la culpa. Nadie la tiene, no hay culpables —respondí.

A los pocos minutos, Javi sacó la cabeza de entre los brazos y volví a reconocer su verdadero rostro entre las lágrimas. Por unos segundos estuvo tan cargado de odio que incluso tuve miedo de él. Unos ojos llenos de una cólera que en ningún caso querría volver a ver jamás.

—¿Estás mejor? —le pregunté, viendo cómo su cuerpo volvía a su estado natural.

Javi asintió mientras se recomponía.

—Lo siento, niña... Lo siento mucho —repitió mientras respiraba profundamente para coger el impulso necesario y levantarse del suelo.

Había pasado del sentimiento más humano que hay, el de echarle la culpa de todo a los demás, como había hecho con su padre, a atribuírsela por completo a sí mismo.

Desolado, Iván consiguió que entrara en la habitación para despedirse en condiciones de la yaya, mientras yo le ofrecí a su padre que me acompañara a tomar algo en la cafetería. El golpe había sido duro, pero menos de lo que Javi prometía. Estoy segura de que solo quería descargar parte de su miedo sobre alguien.

Dejé que se despidiese como Catalina hubiese querido que su nieto lo hiciera. Con la calma que ella misma promulgaba para comprender la vida. Incluso este último paso.

Cerré la puerta de la habitación, pensando que quizá mi padre y la yaya se conocerían en ese arcoíris que había forjado en mi cabeza desde la infancia, y dejé que el dolor se alejase, amortiguado por aquel pensamiento, mientras caminaba con Martín por los inhóspitos pasillos hasta la cafetería del hospital.

Sentados en una mesa del fondo, encontré a un hombre vacío, dando vueltas con la cucharilla a una taza de café que estaba segura de que no pensaba ni probar. Su mano hacía círculos con la inercia que a veces te otorga la tristeza.

—Lo siento —dijo casi sin mirarme.

—Yo también. Lo siento mucho, Martín —respondí, ofreciéndole la mano.

Y se derrumbó. Rompió a llorar, pero sin que apenas se notase, disimulando bajo un rostro implacable, maltratado por el paso del tiempo y el desencanto. Las personas infelices no pueden ocultarlo. La tristeza se queda tallada en cada arruga como si de una cicatriz se tratase.

—Sé que la culpa es mía. Mi hijo tiene razón.

—No se lo tengas en cuenta. Ha sido un momento muy duro para él. Para todos.

—Ya... pero podría habérselo ahorrado, si hubiese sabido hacerlo mejor con él desde pequeño... pero no supe, no pude.

Sus palabras salían atropelladas de su boca, buscando redención. Simplemente le escuché porque a veces solo necesitamos que nos escuchen.

—Te juro que he estado pendiente de la yaya todo este tiempo, más pendiente que de mí mismo. Joder, que era mi madre... La quería más que a mi vida. Se desvaneció mientras la ayudaba en el huerto esta mañana y no pude hacer nada, nada...

Mirar a ese hombre intentando expiar sus pecados me dejó un sabor agridulce porque ni muchísimo menos, y por segunda vez, era capaz de ver al hombre que Javi me había mostrado. Al menos para mí había cambiado, era evidente que lo estaba intentando con todas sus fuerzas.

—He llamado a Javi muchas veces, intuía que algo pasaba, que quizá quedaba poco tiempo, incluso se lo insinué en casa alguna vez, pero no me escuchaba y en el fondo soy el responsable de que no lo haga... No he sabido hacerlo mejor, no supe hacerlo de otra manera...

Martín levantó la cabeza al escuchar unos pasos que se acercaban a la mesa. Miró hacia arriba, temeroso, como un niño que sabe que ha hecho algo malo a la espera de una reprimenda. Los roles entre padre e hijo parecía que se habían invertido, de la misma forma que lo habían hecho sus posiciones: uno sentado y el otro de pie. Javi miró a su padre distante, con sequedad, pero sin la ira que tenía acumulada desde que entramos en el hospital. Su rostro estaba dolido, pero relajado y así lo mostraron sus palabras:

—Vamos, hay que hacer todo el papeleo —dijo cabizbajo.

El padre respiró hondo, me dio las gracias por escucharle y se levantó para ir con su hijo. De forma instintiva, miré a Iván. No hizo falta que le dijera nada. Me entendió perfectamente.

—Venga, voy con vosotros para revisar el tema del seguro de decesos y esas cosas, que hace poco tuve que hacerlo por un tío mío —dijo Iván acompañándolos, por si acaso.

Y así me quedé. Sola en la cafetería de otro hospital, una vez más. Sintiendo el desánimo y el dolor de otra pérdida imperdible.

Dramachat
Laux., Lucía azafata., Sara., Tú

Ha muerto la yaya.
No me cabe más tristeza
en el pecho.

25
El adiós

Golondrina viajera.

Los últimos días del año nos sobrevinieron en la isla. Tuve que llamar a mi madre para decirle que al final no cenaríamos con ella y mis hermanos. Javi me insistió en que volviera, pero no iba a dejarlo solo. Ni de broma. Además, después del uno de enero, él tenía que quedarse allí porque esa semana le tocaba el turno de Año Nuevo y no lo vería hasta el fin de semana de Reyes.

Esa misma tarde llegó la madre de Javi. También lo hizo su hermano, a quien apenas conocía. El abrazo entre los dos fue muy emotivo y pude ver cómo su madre se emocionaba al verlos juntos, imagino que recordando esa misma escena siendo niños. Aunque fuese duro, la muerte de la yaya había vuelto a unirlos a todos por primera vez en muchos años.

Cuando llegó el momento de escoger si la enterraban junto al que fue su marido, Javi tomó la decisión de incinerarla. Su abuela era un verso libre que pertenecía a la isla y era allí donde debía estar, en su huerto. Una decisión a la que nadie se opuso.

Iván se ocupó prácticamente de cerrar todo el papeleo del seguro en el hospital y el resto de los temas que tenían que ver con el tanatorio y el funeral del día siguiente. Por experiencia sé que no es el mejor momento para elegir ataúdes, recordatorios, lápidas, estampas, mensajes o flores. Tener a una persona a tu lado gestionándolo es un mal necesario que Iván asumió por su amigo sin que nadie se lo pidiese. Un mal que es muy difícil que la familia lleve a cabo con lucidez durante ese trance.

Iván alivió el peso que esas decisiones y trámites podían ejercer sobre los hombros de Javi en un momento tan duro. Más que un verdadero amigo era un verdadero hermano, un nieto más para la yaya, que lamentaba de igual manera lo ocurrido, compartiendo el vínculo con toda la familia. Ahí entendí que la decisión que había tomado Laux había afectado a Javi también personalmente, aunque no me lo dijera. Porque estaba segura de que él lo padecía igual que lo iba a sentir Iván cuando se lo contásemos. Lo sabía porque a Iván le dolía exactamente igual la muerte de Catalina que a Javi. Estaban conectados, para lo bueno y para lo malo. Compartían las alegrías y el llanto. La verdadera amistad. La familia que escogemos.

Esa noche nos fuimos a descansar bastante tarde. Iván nos dejó una de sus villas de alquiler para darnos la intimidad que una habitación en su propia casa solo podía ofrecernos a medias. La madre de Javi fue a dormir a su antigua casa, la que compartía con Martín antes de separarse. Ellos también llevaban muchos años de tiranteces, conflictos y negaciones que era el momento de hablar para dejarlas atrás. Nosotros también aprovechamos para hacerlo. Si una cosa había hecho fuerte nuestra relación era la comunicación y, aunque fuese duro, esa noche sentí la necesidad de hablar con Javi.

—Cariño... ¿Puedo decirte algo?

—No es necesario que lo digas, te prometo que no vas a volver a verme nunca de la manera en la que me has visto hoy. Nunca más. Lo siento mucho, de verdad, pero... lo que no puedo prometerte es que vaya a perdonarle. Es una elección mía y te juro que no te afectará.

No hizo falta que incidiera más en ello. Javi es una persona muy racional que como todos, incluida yo, puede llegar a perder los papeles. No me daba miedo por mí, me daba miedo por él, porque la rabia que surge del rencor es mala compañera de viaje, muy pesada. Te lastra. Y la yaya siempre dijo que hay que viajar ligero, sin equipaje y, sobre todo, saber perdonar.

Que Javi hubiese acumulado todos esos sentimientos contra su padre no podía derivar en nada bueno. No quería que llegara a perderse en ese camino con una mochila a la espalda. Mi madre siempre dice que la rabia es mucho peor que el odio. El odio desaparece cuando dejas de ver a la persona, pero la rabia te acompaña de por vida. El odio se personifica, lo unes a una cara, a un físico, pero la rabia es un sentimiento que lo copa todo. Llegas a sentir rabia no solo por esa persona, sino por todo lo que la rodea. Es una inundación que lo destroza todo a su paso, que nunca vuelve a dejar nada igual. Genera una infelicidad que nadie merece y Javi se merecía ser feliz.

Aquella conversación de dos frases antes de intentar dormir dejaba patente que había sido consciente de su error y yo descansé. Descansé porque supe que nunca más volvería a ver a ese Javi.

A la mañana siguiente, aquel 31 de diciembre de 2017, el cielo estaba abierto, dispuesto a recibir a la yaya con el azul más radiante que tenía. Nos vestimos en silencio, pero tranquilos. Desayunamos en una espectacular terraza que daba al mar, respirando profundamente la brisa fresca que contrarrestaba una extraña sensación de calor que dejaba el sol en nuestros rostros para ser diciembre.

—¿Nos vamos?

—Estoy a tu lado, mi amor, vamos —respondí.

Javi asintió y nos pusimos en marcha. Aquella mañana todo lo hicimos por inercia. Nos despertamos por inercia, nos movimos por inercia y recibimos por inercia a todos los familiares y vecinos que pasaron por el tanatorio a darle su último adiós a la yaya. Intentamos, por todos los medios, seguir enteros y en pie para soportar el peso de aquellos momentos tan duros por los que, por desgracia, casi todas hemos pasado. Días en los que parece que la mente entra en reposo, el cuerpo en pausa y la vida tiende a seguir mientras tú te has quedado paralizada unos días antes. Días en los que la compañía de los demás cuenta más que nunca.

Después de aquel adiós multitudinario en el que participaron todos los vecinos de la zona y los hijos de estos, nos entregaron las cenizas de la yaya en una pequeña urna, nada ostentosa, antes de que nos dirigiéramos a su casa. La ceremonia consistió en una pequeña despedida a la que acudimos apenas diez personas. Fue en el patio interior, junto a la enorme higuera, que seguía triste por la muerte de la yaya.

Sin orden y casi sin quererlo, Javi se erigió como el portavoz del momento. Tomó la urna donde se encontraban las cenizas de Catalina y arrancó unas palabras de su boca. Muy sencillas, pero muy sinceras. Al final eso es lo más importante de las palabras: que sean sinceras; pueden ser más o menos profanas, transparentes, enrevesadas, inaccesibles o adaptadas... pero solo cobran sentido si son escritas o pronunciadas desde el sentimiento y las de Javi venían de muy adentro.

—Cuando pienso en mi yaya Catalina, pienso en la canción «Golondrina viajera» de Chavela Vargas.

Golondrina viajera,
de mirar dulce y triste,
que tu nido formaste
dentro del corazón.

Di por qué me has amado,
si tan pronto te fuiste.
Di por qué me quisiste,
golondrina que vuelas
como una canción.

Golondrina viajera,
yo te habré de esperar.

Nadie sabe, viajera,
que tu ausencia he llorado,
con la dulce esperanza
de que habrás de tornar.

Golondrina viajera,
yo te habré de esperar.

Cuando terminó de pronunciar aquellos versos, todos nos quedamos sumidos en una profunda sensación de bienestar acompañada de un mutismo absoluto. Javi cogió la urna de la yaya, abrió la tapa y un maullido rompió el silencio ensordeciendo el sonido del mar que se respiraba de fondo.

Sentada sobre sus patas traseras, una preciosa gata negra levantaba la cabeza mirando a Javi y a la urna. Él la reconoció al instante.

—Sura, bonita, has venido... —dijo sorprendido, con la voz quebrada.

Un segundo más tarde, otro maullido se sumó al de Sura. Y luego otro, y otro, y así muchos más. En una lenta y silenciosa coreografía, a nuestro alrededor aparecieron todos los gatos de la yaya, que eran todos los gatos de la isla: habían emprendido su viaje para despedirse de ella. Nunca había visto semejante acto de generosidad. Entre las ramas de las tomateras, en el huerto, en lo alto del olivo o sentados en el canal de riego. Allí estaban todos y todos querían ofrecer un último aliento, maullido o ronroneo para despedirse de la yaya Catalina, la abuela de la isla. Nadie pudo controlar el llanto. Nadie pudo pronunciar ni una palabra.

Entonces Javi, visiblemente emocionado, esparció las cenizas en aquella vieja higuera, otrora esplendorosa y en ese momento sin frutos, como si ella también hubiese tomado la decisión de marcharse con quien compartió toda su vida. Así lo hizo ante la atenta mirada de quienes estábamos allí reunidos. Los gatitos incluidos.

Entre todas las personas, una mano buscó la mía. Era la mano de Iván. Estaba llorando, destrozado. Para él también había muerto su abuela.

26
Iván

El hilo rojo.

Al día siguiente de despedirnos definitivamente de la yaya Catalina, Javi y yo llevamos a la rubia al aeropuerto. Ella tenía que volver a Madrid, mientras que a Javi le quedaba una semana muy dura de trabajo por delante. De vuelta, en el coche, ya sin el apoyo incondicional que ella le regalaba, Javi afrontó la situación como mejor supo. Yo también lo hice y siento si no pude dar más de mí al que consideraba un hermano, pero la situación me sobrepasó.

—Gracias por todo lo que has hecho —dijo perdiendo de nuevo la mirada entre los pinares a ambos lados de la carretera, como tantas otras veces lo había visto hacer en los últimos días.

—Era lo mínimo. En parte, también era mi yaya —le respondí.

—Te quería más a ti que a mí...

Sonreí ante aquella frase. Me reconfortaba pensar que aunque no fuera cierto, al menos ocupé una parte de su corazón.

—No es cierto, pero sí que la sentía siempre muy cerca. Era muy generosa. El mundo necesita más Catalinas.

En aquel momento fue Javi el que sonrió, al tiempo que sus ojos empezaron a humedecerse.

—Ya... —respondió pensativo mientras llenaba los pulmones—. ¿Y tú? ¿Cómo estás? —me preguntó después de recomponerse.

—Bien. No sé... haciéndome a la idea de no volver a verla.

Javi hizo un silencio. Uno que reconocía a la perfección en él y que no se atrevía a llenar, así que le pregunté:

—¿Qué pasa, Javi?

No obtuve respuesta. Ni un gesto cómplice.

—Venga, Javi, que ya somos mayorcitos como para no afrontar las cosas —insistí.

—Laux está embarazada —respondió.

De todo lo que podría haber salido de su boca, quizá eso era lo único para lo que no estaba preparado. Me quedé inerte. No sé el tiempo exacto, quizá un segundo, quizá diez, no fui consciente, pero cuando reaccioné di un volantazo que nos sacó de golpe de la carretera hacia un pequeño camino de tierra en el lateral. El frenazo dejó el coche inmerso en una polvareda y a mí inmóvil, con las manos en el volante. Con la mirada perdida al frente.

Javi me tocó el hombro, imagino que para asegurarse de que me encontraba bien, pero no, claro que no lo estaba. Abrí la puerta del coche furioso y arranqué a caminar con tanta fuerza que sentía como si me hundiera en la tierra a cada paso. Javi salió corriendo detrás de mí, preocupado porque la dirección que había elegido era el acantilado que había junto a la carretera. Podría haberme borrado el nombre de tantas veces que lo gritó.

Aquella tarde el mar estaba en calma. El horizonte estaba limpio y yo me quedé absorto, perdido en él. En silencio.

Javi se sentó a mi lado, puso la mano en mi hombro y no nos dijimos nada más. Cuando uno no encuentra las palabras adecuadas, basta con permanecer callado y abrir los brazos en vez de la boca. Eso fue lo que hizo Javi. Sin más.

—Pues ya está, ¿no? —le dije, asumiendo la situación.

Javi asintió comprensivo. Y es que era así. Ya estaba. Hay ocasiones en las que por más que busquemos ese idílico destino que nos une a otras personas, tomamos caminos diferentes que nunca terminarán por cruzarse. Y aunque lo intentemos con todas nuestras fuerzas, aunque sigamos empeñados en ir contra los abismos que indirectamente nos van avisando de que no es posible, a veces es evidente que los caminos se bifurcan y nos alejan, sin más. Estaba claro que Laux había elegido un sendero diferente al mío sin tenderme la mano para seguirla. Quizá fuera eso lo que más me dolió, que ni siquiera me ofreció la opción de acompañarla.

No quise preguntar de quién estaba embarazada. Aquella última vez supe ver en sus ojos la determinación clara del deseo de ser madre. Lo había conseguido y no importaba ni cómo ni con quién, puesto que, simplemente, no había sido conmigo.

Nunca he creído en esa ridícula idea del destino. No pienso que haya personas conectadas en el tiempo obligadas a confluir en el mismo lugar. No lo creo porque quiero pensar que soy dueño de mis elecciones, pero he de reconocer que una vez, en una escapada que hice a Madrid para verla, a espaldas de todos, incluso de Javi y la rubia, sucedió algo que dejó que mi cabeza volara hacia ese lado oscuro donde todo parece coordinado para que sea así. Sin que puedas elegir si quieres o no tomar una decisión al sentir que el destino la ha tomado ya por ti.

Laux y yo estábamos en la cama y ella llevaba un pijama de un tejido muy suave. La verdad es que aquella noche estaba más pendiente de quitárselo que de saber si la composición de la prenda era cincuenta por ciento algodón, cincuenta por ciento poliéster. Ella se levantó para ir al baño y un pequeño hilo rojo de alguna costura del pantalón se quedó allí, en mitad de la cama.

—¿Conoces la leyenda del hilo rojo? —me preguntó al darse cuenta, mientras enredaba aquel hilo entre sus dedos, seductora, buscando mi mirada cómplice.

—No —respondí, pensando que cualquier cosa podría salir de su boca en aquel momento. Con Laux, cualquier cosa es posible.

Ella es muy fantasiosa y estaba seguro de que iba a exagerar cualquier historia de manera pretenciosa. Como era ella, ostentosa en el alarde. Bastante que en los momentos íntimos no gritaba ni la mitad de lo que lo hacía cuando estaba rodeada de gente.

—Dicen que un hilo rojo invisible conecta a aquellos que están destinados a encontrarse. No importa el tiempo, el lugar o las circunstancias. El hilo se puede estirar o contraer, pero nunca se rompe y siempre acaba por encontrarte. Y, chiqui, convendrás conmigo en que conocernos aquel día los cuatro en aquel concierto de *jazz* en Ibiza tiene su puntito cósmico...

—No te hacía tan romántica, pensaba que eras más pragmática —dije, buscando tirarle de la lengua.

—Puedo ser todo lo racional que quieras, pero el destino es el destino... Yo creo en él. Es lo que hay.

Me encantaba cuando su razonamiento acababa en un «Es lo que hay» porque no engañaba a nadie. Era transparente como el agua de río.

—¿Por qué crees en el destino? —le pregunté, sonriendo.

Era inevitable no sonreír cuando compartías techo con Laura. En aquellos momentos sentía que me hacía la vida más sencilla.

—Para tener a quien echarle la culpa de todo.

—¿De verdad me estás diciendo esto?

—Claro. Es como el comodín del público del programa ese de la tele. Yo digo: «Eso es culpa del destino» y así minimizo la responsabilidad de mis actos. ¿Qué te parece, eh? Es buena esa, ¿verdad? —me contestó convencida de lo que acababa de decir.

Laux tenía la capacidad de hablar en serio de temas absurdos y en broma de los más importantes. Se rio a carcajadas y se quedó tan ancha, tras soltar que el destino era ideal para quitarse del medio cualquier posible responsabilidad sobre las decisiones que tomaba cuando quizá no eran acertadas.

Recogió el hilo de las sábanas, jugueteó con él entre los dedos y acabó por tirarlo a la basura del baño. Supongo que aquella conversación era una buena metáfora de lo que nos había ocurrido.

En aquel momento no le di importancia, más aún cuando luego volvió a la cama desnuda y follamos todo el fin de semana. Pero ahora no puedo evitar recrear en mi mente aquella escena en la que ella tiraba a la papelera ese hilo que encontró en su cama. Ese que decían que nunca se rompería y que en nuestro caso acabó hecho un nudo y en la basura.

—¿Estás bien? —me preguntó Javi para sacarme del infinito en el que mi mente estaba secuestrada.

Sentí una punzada en el pecho antes de contestar. Un dolor físico inexplicable porque no había nada funcional que lo provocase. Sé que hay muchos tipos de dolor y que la percepción del daño no depende siempre de un componente físico. Existe el dolor emocional, el psicológico y, por supuesto, el real, el que se puede señalar con el dedo o describir con palabras, pero el que yo sufrí en aquel momento iba mucho más allá de estos tres. Un recuerdo no podía doler tanto, ¿o sí?

—El aire sigue entrando en mis pulmones... Eso es que debo de estar bien —respondí sacando una sonrisa a Javi.

La verdad es que me he acostumbrado al dolor, me ha acompañado desde muy pequeño. Siempre sentí que mis padres —quiero pensar que por ignorancia o desconocimiento— consiguieron, a base de desprecios improvisados y de otros no tanto, que me instaurara en una sensación constante de ardor que me quemaba por dentro.

Nunca quise seguir el camino que ellos habían trazado, no solo para mí, sino para mis hermanos. Cuando mi padre me invitó a marcharme de casa a los diecinueve años, después de que no quisiera formar parte de la empresa que él había construido como si fuera un puzle, me derrumbé. Pero no porque al final no fuera a formar parte de ese legado que él había puesto en pie con sus propias manos, sino porque nunca creyó que sería capaz de crear el mío propio. No creía en mí. Y un padre que no cree en su hijo hace tanto o más daño que cualquier paliza. Y esto es algo que entendí años más tarde porque en aquel momento estaba tan descolocado que apenas fui consciente. También entendí que todo ese desconsuelo tenía mucho que ver con la soledad y yo había forjado mi futuro completamente solo.

Una vez la rubia me explicó que hay una teoría que divide el dolor en tres dimensiones. No tiene mucho que ver con las fases que todo el mundo conoce del duelo: negación, ira, negociación, depresión y aceptación. Es mucho más directo y sencillo.

Hasta hace no mucho solo se hablaba del dolor físico, ya que para todo el mundo era el más obvio. La mayoría podía, más o menos, explicar que sentía molestias en la pierna o presión en alguna parte del pecho, pero con el tiempo este tipo de dolor no pudo explicar otros, como el dolor fantasma tras la pérdida de un miembro, ese que sigue sintiendo una persona a la que le han amputado una extremidad a pesar de haberla perdido. Entonces, el dolor adquirió el componente emocional y superó las barreras de lo físico. Es justo ahí donde yo me encontraba después de recibir aquella noticia.

Si tuviera que describirlo, creo que primero me invadió la tristeza, antes de enfadarme, tras pasar por la rabia y la ira. Era un dolor cognitivo, ese que surge fruto del análisis de las experiencias previas. Ese que me recordaba a mi padre de nuevo porque sentía que Laux me había hecho lo mismo que él: no darme siquiera la opción de creer en mí.

Y ese dolor es el más duro de todos.

27
La vida sigue

No podemos anclarnos en la tristeza.

Aquella mañana helada de enero recordé un refrán de mi padre: «No estés al sol sin sombrero ni en agosto ni en enero». Me vino muy bien tomar prestada aquella frase para colocarme un sombrero antes de salir a la calle y resguardarme de las bajísimas temperaturas. Reconozco que me daba cierto pudor hacerlo porque en Madrid no es muy común ver a personas con sombrero y no me refiero al típico gorro de lana, sino al sombrero como tal, pero como decía la yaya Catalina: «Con la vergüenza, ni se come ni se almuerza». Sin duda, sentía que mi padre y ella estarían en una conversación de lo más interesante compartiendo sus mejores refranes. Fue imposible no sonreír al imaginar aquella preciosa imagen en mi cabeza.

No tenía prisa, así que escogí bien. Me puse un Fedora marrón de fieltro muy calentito. Estaba colocándomelo frente al espejo cuando apareció Javi en el reflejo, cabizbajo. Tenía el gesto torcido y llevaba la barba algo descuidada. No me importaba, de hecho me gustaba, pero no era habitual en él. Qué os voy a decir yo, solo puedo describirlo con la mirada de alguien que siente un profundo amor por otra persona, pero en aquel momento me di cuenta de que algo no iba bien y poco tenía que ver con su pelo largo o su barba.

Al instante reconocí aquellas señales en mi padre. Su depresión provocada por la enfermedad se fue haciendo patente cada día que no se afeitaba, con cada corbata que ya no se ponía o cada vez que salía a la calle con la camisa sin planchar. Ocurre algo parecido cuando no te apetece dedicar tiempo a lo que antes te hacía sentirte bien contigo misma. Cuando te das cuenta de que vas en el coche sin música. Son detalles que provocan un pequeño e insonoro clic en el interior de tu cabeza y hay que prestarles atención.

Las últimas semanas después de la muerte de la yaya habían pasado con una tristeza soterrada de la que nos estaba costando salir. Como es lógico, a él un poco más. Debía mantenerme fuerte para intentar animarle y me costaba muchísimo asumir ese papel, pero era necesario, puesto que uno de los dos tenía que hacerlo y al menos yo tenía cierta experiencia con el duelo.

La pérdida de Catalina fue algo inasumible para Javi. Se culpaba una y otra vez por no haber estado a su lado cuando ocurrió, incluso reprochándose a sí mismo no haber llegado a tiempo para verla con vida una última vez, como si hubiese estado en su mano cambiar los horarios de la compañía aérea. Aunque él nunca me trasladó ni un ápice de esa terrible sensación a mí, en cierto modo me sentía responsable porque él estaba conmigo en Madrid cuando recibimos la noticia. Es algo que jamás le he confesado ni a él ni a nadie. La culpa es un peso muerto que se hace el doble de grave cuando la soporta una sola persona y, si la guardas en silencio, el esfuerzo para sobrellevarla se multiplica exponencialmente.

Durante muchos años también yo me hice responsable de la muerte de mi padre. Siempre pensaba, al menos un par de veces al día, que teníamos que haber ido a otro hospital, que no luché lo suficiente o que tenía que haber sido más consciente cuando la oncóloga me dijo «Te tienes que ir preparando» y yo no fui capaz.

En ningún caso fui capaz de aceptar la situación. Por un momento le sentí invencible, inmortal. Cuanto más se degradaba su salud, más me aferraba a un posible milagro que nunca ocurrió. Ahora, con el paso del tiempo, intento entender a mi yo del pasado, aquella que de forma inconsciente negó y luego necesitó creer que no iba a suceder lo que finalmente pasó.

Él todavía no era capaz de verse con esa mirada del Javi del futuro, así que no me quedaba otra que intentar tranquilizarle como mejor sabía, con la experiencia de quien había conseguido seguir adelante sin el hombre de su vida. De quien se coloca frente al espejo un sombrero al igual que la sonrisa, teniendo la certeza de que no somos responsables de lo que no podemos controlar. Javi se controlaba, y mucho, para no hablar de su padre. No sé si lo hacía por mí, por él o porque quería sacarlo definitivamente de su vida. En cualquier caso, era una forma muy dañina de golpearle con el látigo de la indiferencia. Una indiferencia que se sumó a otros apartados de su vida. Perdió el interés por el deporte y dejó de lado sus rutinas. Se sentaba en el sofá con la mirada perdida y me costaba mucho sacarle una sonrisa cuando estaba en casa.

—¿Te gusta el sombrero?

—Te queda muy bien —me dijo.

Pese a estar triste, nunca perdió la educación ni las ganas de seguir teniendo un mínimo de conversación.

—¿Y el vestido? —le pregunté.

—Me gusta mucho.

—Pues te lo presto cuando quieras, entonces.

Supongo que le pillé con la guardia baja, pero una carcajada salió de su boca.

—Volveré el viernes. El jueves tengo que resolver algunas cosas de la yaya —añadió en un tono melancólico.

No me lo pensé. Me di la vuelta y me fui directa a él para besarle.

—¿Quieres que me pida algún día de esta semana y vaya?

—No, no te preocupes. Llevamos unos meses gastando una barbaridad...

—Vale —respondí sin insistir. En ningún caso quería forzar la situación y, en parte, llevaba razón.

Con la promesa de que cuando volviese de Ibiza cenaríamos en un restaurante bonito y alguno de los dos se pondría el vestido, me despedí de él y me fui a trabajar. Me daba muchísima pena que el mar Mediterráneo volviese a interponerse entre nosotros, pero la vida está diseñada para avanzar siempre. No podemos anclarnos en la tristeza. Nuestra mente tiene muchos mecanismos de defensa de los que no somos conscientes, pero uno de ellos es tener la capacidad de seguir disfrutando de pequeñas cosas tras un hecho traumático, incluso más que antes de que suceda, si cabe. Aprendemos a valorarlo todo de otra manera.

Quise creer que Javi aún no había llegado a esa fase, pero que lo haría antes o después. La cabeza tiene la capacidad de mantenernos en equilibrio cuando alguno de los pilares de nuestra vida se tambalea. Como hubiese dicho Lucía, nuestra mente tiende a ser muy libra, siempre buscando la armonía, mientras que el corazón lleva la esencia de un capricornio en estado puro, obstinado en conseguir siempre lo que se propone. Javi, como buen tauro, se caracterizaba por tener mucha fuerza de voluntad y paciencia, así que solo era cuestión de tiempo que su horóscopo nos dijese que se encontraba mejor emocionalmente.

De camino al trabajo, aproveché el trayecto a pie que transcurría desde la boca del metro hasta la oficina para hablar con Pol. Siempre me llamaba a primera hora para organizarnos la mañana. A mediodía, durante la pausa para comer, volvíamos a hablar y por la tarde, según el día, manteníamos la rutina de vernos en nuestras reuniones.

Su dedicación plena era algo que, por supuesto, me ayudaba una barbaridad y en pocas semanas cogió las riendas de toda esa parte que rodeaba a la Vecina Rubia fuera de las redes. Esas llamadas nos permitían poner los puntos en común y, sobre todo, quitarle la responsabilidad de tomar alguna decisión que yo no compartiera. Es algo que Pol me dejó muy claro desde el principio. Siempre quiso que yo tuviera la primera y la última palabra.

—Tengo noticias frescas —me dijo.

—¿Y eso significa que son buenas o malas?

—Hombre, rubia, algo fresco siempre es bueno. Como cuando tu amiga Laux ve a un tío aparente y dice: «Mira qué fresco está...».

La verdad es que la frase me hizo gracia porque pude recrear a Laux en mi cabeza no solo diciendo las mismas palabras, sino silbando después con su famoso «fius, fius», pero por desgracia, aquella mañana no tenía tiempo de enredarme en anécdotas infinitas, así que le pedí que hablásemos en modo Twitter y no en modo blog.

—Al grano, Pol, que hablas más que una radio. Resúmemelo en un tuit.

—Qué brusca, por favor. Lo que me faltaba, tener que contar caracteres al hablar.

—Son los nuevos tiempos. Ya sabes que ahora la atención se pierde a los cinco segundos.

—Pues me sobran cuatro —Pol hizo una pequeña pausa—. Hemos conseguido lo de Sara. Acaban de contestar.

Me detuve en seco. Aquella frase me interesaba mucho. Tras la fiesta de cumpleaños de Laux, Pol y yo habíamos decidido intentar ayudar tanto a Lucía con su novela como a Sara con la protectora con algo que se nos había ocurrido y que parecía que había dado sus frutos.

—Les parece fantástico lo que les hemos propuesto —añadió conteniendo la emoción.

—¿Sí? ¿De verdad?

—Hombre, estás hablando conmigo, con el auténtico «Polpenes», ¿qué esperabas? Además, les vas a publicitar de manera gratuita en tu pedazo de perfil, así que ellos encantados...

—No me importa, Pol. Sara es lo principal.

—Lo sé. Sé que no te importa y eso es lo que más me gusta de todo esto.

—Ojalá funcione... Veo a Sara muy agobiada y me preocupa...

—¿Y de Lucía sabemos algo? —preguntó Pol.

—¡Hostias, Lucía! Olvidé devolverle una llamada que me hizo la semana pasada... —respondí con la sensación de estar superada de nuevo por todo lo que me rodeaba. Estábamos en enero y ya sentía que llevaba a cuestas más de la mitad del año consumido.

—Relax, no pasa nada... ¿Te veo esta tarde en el ático?

—No, mejor esta noche. Tengo que llegar a casa, recoger y salir pitando para acompañar a Laux a la revisión.

Pol hizo un silencio. Uno más largo de lo habitual. En lugar de llamarme rubia, lo hizo por mi nombre de pila. Luego aguantó la respiración un segundo para ponerse serio. Serio a un nivel impropio de Pol.

—Otra vez los «tengo que» —dijo Pol aludiendo a una conversación que se repetía cada cierto tiempo.

—Ya lo sé, Pol...

—No, no lo sabes, pero... —respondió, dejando la frase abierta para que mi cabeza la completara— vas a petar a un nivel que no conoces y te lo digo por experiencia, pero está claro que quieres vivir de cerca esa situación. Hay que estar muy ciego para ver el muro y acelerar.

Después de aquellas palabras no supe qué decir porque llevaba meses intentando cambiar, pero al final, con descaro, mi cuerpo y mi mente acababan por desoír a mi madre, a Javi o a Pol. Qué difícil es a veces luchar contra una misma...

—Luego te llamo y me acerco a cenar, ¿vale?

—Gracias, Pol. De verdad, gracias.

Pasé el resto del día acelerada. Tener tantas cosas por hacer me creaba un estado de ansiedad que a veces me obligaba a sentarme en el baño del trabajo. Mi cuerpo no lo gestionaba bien y la tripa se me hinchaba como una pelota de voleibol, aquella que tantas veces sostuve entre las manos durante mi adolescencia. No es agradable sentirse así, respirando profundamente sentada en un inodoro dentro de un cubículo de dos metros cuadrados, esperando a que se te pase.

Siempre he sido así, no solo desde que la Vecina Rubia entró en mi vida. Ya de niña fui de ese tipo de personas que no soportan tener tareas que tachar en su lista. Los quehaceres pendientes se agolpan en mi cabeza como un *Tetris* que no encaja y todos sabemos qué pasa cuando las piezas se acumulan de forma caótica.

Me acostumbré a los trayectos en transporte público para moverme por Madrid, dejando aparcada mi preciosa moto rosa, porque así podía aprovechar el tiempo para estar en el perfil. En cierto modo, ellas también demandaban una parte de mí y yo también demandaba una parte de ellas. De esa forma, intentaba encajar las piezas de mi *Tetris*, uno en el que siempre esperaba a que apareciera el palo largo, que era el descanso, con la idea de quitarme cuatro líneas a la vez.

No obstante, reconozco que me sentía muy afortunada por lo que me estaba pasando. Abrir la aplicación de Instagram y recibir tanto cariño justificaba que todo mereciese la ilusión, que no la pena. Una ilusión compartida e inesperada que llegaba en forma de onces, como ocurren las verdaderas historias, las más honestas. Las once y once era una hora mágica para mí, la hora en que Lucía quedó libre del melanoma que la atrapaba. La hora en que mi deseo más profundo salió a flote en favor de mi amiga.

El día que compartí el salvapantallas de mi móvil con las once y once impresas en él no desvelé lo que significó esa hora para Lucía y para mí, pero sí que pude explicar la importancia que tenía compartir los buenos deseos. Entendí que a veces todas necesitamos sentirnos reconfortadas, da igual si es a una hora concreta o por el mensaje de una desconocida que nos dice: «No te preocupes, todo va a salir bien». Eso era lo que los onces habían generado en el perfil de la Vecina. Personas que compartíamos a esa hora nuestros buenos deseos con compañeras que no conocíamos, pero que creíamos que los necesitaban más que nosotras. Así es como los onces de la suerte pasan de unas a otras, cediéndose en un acto de bondad.

Con el paso del tiempo, comprendí que pedir deseos con la hora espejo iba mucho más allá de la esperanza depositada en lo deseado: nos sentíamos arropadas por las demás. Si el deseo se cumplía, nos alegrábamos, pero si no lo hacía, lo importante era haber recorrido el camino juntas y, lo más valioso de todo, que nadie se sintiese sola. No habíamos inventado los onces, pero sí les habíamos dotado del significado tan profundo que hay detrás de la frase «Compartir es de guapas».

A las siete de la tarde, Laux me esperaba sentada en un banco frente a la boca de metro con la cara pálida.

—¿Te pasa algo, amiga? —le pregunté.

—No sé... Hoy no me encuentro muy farandulera.

—¡Oye! Ya se te va notando la barriguita. ¿O son gases?

—Ja, ja, ja, cerda. Ya estoy en modo mamiperra total. Esta bichina que llevo dentro será increíble. —Laura acarició su barriga como si estuviese mesándole los cabellos a una niña.

—¿Bichina? ¿En femenino? ¿Lo sabemos ya? —pregunté emocionada mientras me imaginaba mil nombres de niña.

—Tengo una corazonada —contestó Laura, ufana.

Verla tan ilusionada era un chute de energía que compartíamos las dos en vena.

—¿Qué toca hoy?

—Una revisión, sin más. Ver que todo va bien...

—Seguro que va genial —dije mientras Laux acusaba con un gesto mi afirmación.

—La verdad es que me apresuré contándolo. Por lo general se espera al primer trimestre para decirlo porque hay mucho riesgo de aborto espontáneo, pero estaba como loca por compartirlo.

Noté cierto pánico en la cara de Laux. Hasta ese momento la había visto pasar miedo por cosas triviales como perder un avión o meter la mano en el bolso y no encontrar el móvil, pero mi amiga ya se sentía madre. A riesgo de equivocarme, noté que estaba pensando más en su bichina, si es que al final era niña, que en ella misma.

—Tía, es que ahora me da miedo todo. Hay veces incluso que lloro con cualquier cosa. El otro día me dio por sentirme mal porque se me había muerto una plantita que tengo en casa... Que a nadie le gusta que se le muera una planta, pero, joder, de ahí a llorar como una magdalena...

—Serán las hormonas. Ahora puedes echarles la culpa de todo. Incluso de tu tono de voz, de que desafinas cantando...

—Ja, ja, ja. Qué zorra eres. En la vida me has visto desafinar.

—Te he visto hacer cosas peores, eso es verdad —respondí sonriendo antes de cruzar juntas la puerta del hospital.

Inevitablemente, volvieron a mi cabeza recuerdos de mi pasado como acompañante de mi padre, el cual entraba un paso por detrás de mí con el miedo que otorga la experiencia y el cansancio, o de Lucía, que siempre iba a mi lado mirando al frente, con arrojo. Laux, en cambio, me pidió la mano, igual que lo hacía en los aviones cuando íbamos a despegar o a aterrizar.

Cada persona tiene su propia forma de enfrentarse al miedo, lo importante para quien la acompaña es respetarla.

Entramos a la sala de espera y solo soltamos nuestras manos al sentarnos. Pude comprobar que la mía estaba llena del sudor de mi amiga. La notaba muy nerviosa y no solo era visible en mi mano, sino en la propia comunicación, porque no dijo ni una sola palabra desde que entramos.

Al final, la enfermera llamó a Laux para hacerle una ecografía y alguna otra prueba mientras yo aguardaba fuera.

Acostumbrada a acompañar en la consulta tanto a mi padre como a Lucía, me resultaba incluso extraño no participar de ese proceso, que a todas luces era más gratificante, pero entendí al instante que era bastante invasivo que tu amiga esté delante cuando te meten una sonda en la vagina con un preservativo puesto.

Aproveché el momento para coger el móvil de nuevo. Últimamente lo hacía por costumbre. De manera silente. Casi como un automatismo que adquiere tu cuerpo de forma natural para llenar los tiempos muertos con él. Adapté mis viajes en el metro para estar con él. Si paraba a tomar café a media mañana, estaba con él. Si me tumbaba en el sofá a última hora para relajarme, también.

Aunque he de reconocer que me apasionaba por encima de todo ser parte de lo que las redes sociales me estaban regalando, estar conectada todo mi tiempo que consideraba como libre me generaba una duda más que razonable sobre cómo acabaría reaccionando mi cuerpo.

Al poco rato, una enfermera llegó al control de sala junto a una chica joven. Se notaba que estaba en prácticas o acababa de entrar a trabajar en el hospital porque anotaba las indicaciones que esta le iba dando en una libreta, como lo haría una estudiante en su primer día de universidad.

No pude evitar reparar en ellas cuando la enfermera jefa pasó a explicarle el horario, según el cual las primeras pruebas se realizaban a partir de las 7:30 de la mañana.

—Tendrás que estar a esa hora. Es un poquito temprano, pero como dice la Vecina: «Madrugar es de guapas».

Mis ojos se abrieron como platos. Era la primera vez que escuchaba a una persona desconocida lanzar una de mis frases estando presente.

—¿Quién? —preguntó la chica más joven.

—La Vecina Rubia. Es una chica muy maja de internet. No se le ve la cara y...

—Ah, sí, la de la Barbie. No me gusta nada —respondió la chica joven, interrumpiéndola con cierto tono despectivo.

—¿Y eso?

La enfermera jefa hizo la misma pregunta que yo misma hubiese hecho al momento. En su voz se notaba tanto desprecio que quería saber qué había podido hacer que tanto le molestaba.

—No sé, es como muy *happy* todo, se las da como de que sabe de cualquier cosa, de informada de la vida, que todo es de color de rosa... me parece un poco estúpida.

No pude evitar hacerme pequeñita por momentos. Era la primera vez que escuchaba hablar en primera persona de mí y no era precisamente de la mejor manera. De la misma forma que leer cientos de mensajes de cariño cada día me hacía sentir inigualablemente recompensada, escuchar aquellas palabras me llenó de una profunda tristeza. Quizá no estaba preparada para ello. Mi mente rápidamente repasó todos mis actos, cada publicación, cada chiste. Evalué a quien había podido ofender, si había sido correcta o incluso si me había quedado a medias en vez de darlo todo. Por un momento empecé a dudar de mí misma y mi labor hasta que la enfermera jefa me dio la clave.

—Pues fíjate que yo esta mañana te he tenido que corregir dos veces porque tú también pensabas que lo sabías todo, que no te equivocabas y, aunque me he contenido por ser educada y porque apenas tienes veinte añitos, he de decir que también me has parecido un poquito estúpida. Pero tú no has visibilizado ninguna causa solidaria, no me has alegrado el día con un comentario irónico esta mañana y llevas una libreta mohína que comparada con mi agenda de la Vecina deja mucho que desear. Así que mañana estarás aquí a las 7:30, guapa o fea, a mí me da igual, pero a las 7:30 en punto. Y a ver si miramos un poquito más las cosas buenas en vez de buscar siempre las malas.

La sentencia sonó contundente por toda la sala. La chica joven no dijo nada más y en el fondo me alegré. Pero muy en el fondo, porque el daño ya estaba hecho. No pude evitar recordar aquellas palabras muy duras que, siendo ciertas o no, me recordaban que por mucho que me esforzara por hacerlo todo a la perfección, nunca conseguiría que todo el mundo lo viera. Escuchar hablar de ti de esa manera cuando no te conocen te deja triste, completamente noqueada, porque detrás del perfil hay una persona que sufre como cualquier otra.

Siempre he intentado aprender de los errores y me disculpo con facilidad cuando me equivoco, pero escuchar cosas que no responden a una justificación real, duele. Duele más que la alegría de escuchar la respuesta de la enfermera jefa y esto era algo con lo que debía aprender a lidiar.

—¿Rubia? —dijo Laux sacándome de mi pensamiento al verme con la mirada perdida.

—¿Qué te ha dicho? —le pregunté al verla salir, cambiando el ánimo totalmente.

—Nada, está todo bien, salvo que tengo la presión arterial un poco alta. Pero, bueno... Por lo demás, todo en orden.

No noté especialmente satisfecha a mi amiga, a pesar de que todo, como había dicho, estaba en orden. Saqué entonces mi mejor artillería para estos casos: el humor.

—¿Te han metido el superpene de la ecografía con su correspondiente condón?

Laux sonrió, volviendo a ser ella.

—¡Qué poco te pega ser tan bruta, rubi! Intentas parecer así, como guarrilla, pero canta de lejos que no lo eres... Además, el «superpene» es una sonda transvaginal...

—Ah, bueno, perdona, es que ahora estoy hablando con Laura, la enfermera. La Laux normal, te recuerdo, ve penes junto a mí en los elementos arquitectónicos...

—Si fuera solo ahí... ¡veo pollas hasta en las galletas de chocolate! —dijo a pleno pulmón en medio de la sala de espera.

Las reacciones no se hicieron esperar y las miradas nos obligaron a pedir perdón mientras salíamos vivas de la risa, con una nueva cita bajo el brazo y cogidas de la mano.

Acompañé a Laux hasta la puerta de su casa y me despedí de ella con un abrazo. La invité a cenar conmigo y con Pol en casa, pero estaba cansada.

—¿Vendrás conmigo a la próxima revisión? —dijo por sorpresa cogiéndome del brazo antes de marcharme.

—Sí, claro. No te preocupes, va a ir todo bien —respondí intentando darle una confianza que de nuevo veía flojear.

—¿Y si no va bien? —insistió.

—Laux, eres enfermera. No pongamos tiritas donde aún no hay heridas.

Aquella frase, que tantas otras veces me había repetido ella, la reconfortó. Por mi parte le prometí que iba a estar muy pendiente para todo lo que necesitara.

Tras aquel duro día de trabajo, preocupaciones y emociones, todavía quedaba que Pol viniese a casa a cenar. Miré el móvil y un wasap me anunciaba que me estaba esperando en el portal y que se enfriaba la cena.

Apurada, anduve tan deprisa como pude hacia mi próxima parada del día y esperaba que última. En mi caso, andar deprisa significa ir al paso de un caracol de camino hacia una lechuga. Una vez leí que los caracoles podían llegar a desplazarse un metro por hora si lo hacían detrás de otro para ahorrarse baba, a rebufo del rastro de su compañero. En mi caso no podía aprovecharme de la baba de nadie para llegar antes y menos con las pequeñas zancadas que mi estatura me permitía. Me adelanté nada más verle sentado en el portal.

—Sé lo que me vas a decir, Pol. Llego tarde.

—No te preocupes, anda —respondió, comprensivo.

—¿Estás bien? ¿Estás enfermo?

—¿Por qué dices eso?

—¿Ni un reproche ni un insulto ni una blasfemia?

—Vamos a ver, si quieres me puedo meter con tu sombrero, decirte que pareces un mosquetero con esas botas...

—Vale, ese sí es mi Pol. ¿Subimos?

—No, estoy cómodo en el bordillo. Cenemos aquí en la puerta, con el frío que hace, no te jode...

Respiré profundamente, inhalando con satisfacción toda su ironía.

—Menos mal, por un momento pensé que te habíamos perdido.

Aquella noche con Pol comenzó relajada. Repasamos los correos y la gestión que él había realizado para ayudar a Sara. Casi por inercia, el nombre de Lucía apareció sobre la mesa.

—¿Has llamado a Lucía? —preguntó Pol.

—Ha sido imposible... Quería escribirle ahora...

—¿Y qué tal fue la foto de la novela que publicaste? ¿Sabes algo?

Touché. Después de varias semanas intensas, tras la muerte de la yaya, los problemas de Javi con su padre y teniendo a Laux en mi cabeza todo el día, había olvidado que hacía una semana había publicado aquella *story* en Instagram recomendando la novela de Lucía.

—Pues la verdad es que no lo sé... Vi algunos mensajes que se interesaban por ella, pero... no he podido leer mucho. En realidad ni siquiera sé si he podido ayudarla...

—No pasa nada. No todo tiene que salir bien siempre y no es culpa tuya... Lo sabes, ¿verdad?

—El otro día, además, una chica me envió un mensaje desde la quimio y yo quería que supiese que estaba a su lado, y hoy he escuchado a una chica decir una cosa horrible sobre mí y...

Repentinamente, mi boca se detuvo. No pude articular ninguna palabra más. Empecé a sentir un tremendo ardor en el pecho que me impedía respirar. Agarré la mano de Pol con fuerza mientras intentaba coger todo el aire por la boca. Me estaba ahogando, de repente el corazón se me puso a mil revoluciones por minuto y lo escuchaba por encima de mis propias palabras.

—Rubia, ¿qué te pasa! —gritó Pol asustado.

Mis manos empezaron a temblar y perdí toda la fuerza con la que mis piernas sostenían mi cuerpo. Pol me agarró mientras me arrastraba hasta el sofá.

—Vamos, túmbate.

Sin apenas fuerzas ni control sobre mi cuerpo, empecé a llorar desconsoladamente. Estaba derruida, agotada, sentía que mis pulmones golpeaban mi pecho de forma totalmente arrítmica. Pol me ofreció agua y un vaso de leche mientras intentaba relajarme e insistió en que recuperara el control de la respiración. Estuve a punto de desmayarme, lo sé porque vi esa delgada línea donde sientes que tu cuerpo está a punto de dejar de pertenecerte.

Cuando por fin pasó, sentí como si mi cuerpo estuviese hundido bajo el sofá y el peso me impedía moverme.

—¿Estás mejor? —preguntó Pol algo más aliviado.

—Sí, estoy mejor, debe de haber sido un golpe de calor o...

—Estamos en febrero, rubia. Ha sido un ataque de ansiedad y esto no puede volver a pasar. Llevas mucho acumulado. ¿Entiendes lo que te está pasando?

Volví a llorar sin consuelo.

—No puedo con todo, Pol, no puedo. ¡No puedo! —grité.

—Lo sé, cariño, lo sé.

—Escuchar a esa chica ha sido solo la gota que ha colmado el vaso hoy. Me siento como una mierda...

—Pero esto es algo que va a pasar, rubia. Es así. Recibes miles de comentarios preciosos, ¿por qué vamos a darles importancia a los dos o tres que no lo son?

Aquella pregunta retórica que tan hábilmente lanzó Pol me hizo reflexionar sobre una lección que aprendí a poner en pie más adelante. Creo que siempre caemos en el error de conceder importancia a los comentarios más dañinos, por pocos que sean, porque nos tocan en el orgullo. En mi caso es un defecto que he conseguido trabajar con el tiempo y con la experiencia.

—Además, esto lo he aprendido de ti: «No puedes gustarle a todo el mundo, no eres una croqueta» —añadió con una sonrisa.

—Ya... pero no deja de ser duro. De todas formas, Pol, eso es lo de menos. Lo que más me pesa, lo único que me mata por dentro es no llegar a todo —respondí.

Pol dejó que me desahogara y esperó durante todo el tiempo que necesité hasta que me recompuse. No quería quedarme sola aquella noche. Había sentido miedo porque durante unos minutos, una eternidad para mí, no tuve el control de mi cuerpo ni de mis emociones. Sentí que un pánico irracional se apoderaba de mi pecho de la misma forma que lo hizo en aquel *parking* del hospital cuando me rompí la mano al recibir las peores noticias sobre el melanoma de Lucía. Las taquicardias me habían asustado lo suficiente como para saber que no quería pasar la noche sin alguien a mi lado.

—¿Te quedas a dormir? —le pregunté.

—Vale, pero no ronques —contestó, de vuelta a su característico tono de broma.

Respiré y sonreí. Con más ganas de llorar que de sonreír, en realidad. Tumbados en la cama, me abracé a él y le pedí que me contara algo, lo que fuese, con tal de distraer mi mente.

La respuesta no se hizo esperar, fiel a su estilo. Comenzó a contarme algo sobre su casera, mi excasera. Algo de lanzar bolis por la ventana... Una discusión con su jefe por el finiquito, otra con Jaume por... y hasta ahí puedo leer.

Exhausta, cerré los ojos y me quedé dormida.

28
El poder de la sonrisa

Todos los días pueden ser ocasiones especiales.

Recuerdo haberle preguntado a mi padre, cuando era niña, cómo sabían los árboles que debían florecer, si no tenían calendario.

Entre risas por una más de mis habituales preguntas capciosas que tenían la misión no solo de conocer la respuesta, sino de ponerle en un compromiso, me contó que lo hacen en función de la cantidad de horas de luz que tienen los días. Cuando perciben que estos comienzan a alargarse, sacan sus vestidos más floridos, henchidos de alegría por mostrarnos su mejor versión.

Aquella tarde de marzo, las flores comenzaban a embalsamar el aire del Retiro con leves toques de su primaveral perfume. Mi madre y yo paseábamos, como lo hacíamos también con mi padre tiempo atrás, por el que era uno de nuestros parques favoritos de Madrid, cubierto por una alfombra de frondoso césped que nos invitaba a tumbarnos sobre él a cada paso que dábamos. Íbamos cogidas de la mano, meciendo nuestros brazos al compás de las pisadas como una niña de cinco años lo haría con su madre.

No me atrevería a describir a mi familia como especialmente cariñosa. No es que fuésemos fríos emocionalmente, ni mucho menos. De hecho, tengo en mi memoria grabados a fuego recuerdos de una infancia llena de abrazos, de imágenes con mi padre llevándome en bomborombillos, de la mano de mi madre aprendiendo a montar en bici o con el cálido abrazo de un hermano mayor cuando te caes y te ayuda a levantarte. Pese a todas aquellas amables reminiscencias, no destacábamos por llamarnos unos a otros con apodos dulces o por expresar de manera exagerada nuestros sentimientos.

Cuando mi padre enfermó, todo cambió radicalmente. Desde aquel fatídico momento, no pasó ni un solo día sin que dijese en persona un «Te quiero» a él o a mi madre. Incluso ahora sigo haciéndolo en mis pensamientos con mi padre.

Hasta su partida, atesoraba los «Te quiero» para ocasiones especiales, como si fueran un bien muy preciado que solo debía ofrecer cuando la situación estaba a la altura. Como si decirlo muchas veces les hiciera perder su valor o incluso fuesen a agotarse. A partir de aquel momento entendí que cuando el «Te quiero» es sincero, no importa el momento, sino la sensación que te lleva a decirlo y comprendí que todos los días tienen al menos un par de ocasiones especiales, inesperadas, que nunca debía desaprovechar.

Me vino a la mente el recuerdo en el que siendo niña, el suelo de la urbanización de nuestra casa de la sierra me dio una pequeña tregua con la bicicleta y pude recorrer mis primeros veinte o treinta metros sin caerme. Visualicé una fotografía de las de antes, de las que había que ir a la tienda a revelar, en la que aparecía con mi madre inmortalizando aquel valioso logro. En ella, aparecía con una preciosa camiseta de cerezas bajo un peto vaquero que resaltaba mis pequeñas piernas, que apenas llegaban al suelo cuando soltaba los pedales. Recuerdo que mi madre siempre enseñaba aquella foto de mi álbum, orgullosa, como si aquello hubiese sido el mayor hito en mi historia.

Cuando le quitas los ruedines a la bici que es la vida y te lanzas a ella sin protecciones, te das cuenta de que hay que aprovechar cada momento, ya que todo lo que hacemos entrará a formar parte de ese álbum de fotos de nuestra vida sin saber si será la última vez que disfrutes de ese instante.

—Mira, ese es el árbol que tanto le gustaba a papá.

«Gustaba». Por mucho tiempo que pasase, seguía doliendo hablar de él en pasado, aunque sentía que mientras estuviera presente en nuestro recuerdo no solo formaría parte del aquí y ahora, sino también del futuro. Lo demás eran solo matices del lenguaje.

Mi madre se quedó algo pensativa, cariacontecida, quizá por el tiempo verbal que había empleado.

—No me acuerdo, hija... —respondió con tristeza—. Hay tantas cosas que ya no recuerdo, que me da miedo haberlo perdido todo. Hay veces que quiero tener presente alguna de las bromas que tenía con tu padre o incluso lugares a los que fuimos juntos y no me sale. Me da mucha pena y me cabreo porque quiero recuperarlo y no puedo llegar a él.

Aquellas palabras de mi madre me revolvieron el estómago. Era consciente de que algunos pasajes de toda una vida junto a mi padre se le escurrían entre los dedos como el agua y prácticamente no podía hacer nada por retenerlos. Escucharlo de su boca me dolía muchísimo. Continuó hablando:

—Lo bonito es que, a veces, cuando estoy haciendo otra cosa o hablando con tus hermanos, de repente aparece como por sorpresa. Entonces me alegro mucho, pero me gustaría recordarlo por mí misma —añadió, esbozando una pequeña sonrisa.

—No te preocupes, mamá, yo te lo cuento todo de nuevo para que no nos olvidemos.

Utilicé el plural para que me sintiese aún más cerca.

—Perdóname si te pido que me lo cuentes muchas veces.

—Mil, si hace falta.

En ese momento apreté aún más fuerte su mano. Sus finos y largos dedos se entrelazaron con los míos y continuamos caminando con más firmeza. Quise imprimirle a aquel momento todo el cariño y amor que era capaz de profesarle. Sentí en sus ojos el miedo a olvidar y quise, por todos los medios, cambiar esa sensación en su mirada. Entonces le conté de nuevo la historia de aquel árbol, un precioso manzano japonés, también llamado el árbol de Judas, que tanto le gustaba a mi padre, no solo por lo imponente que era cuando florecía, sino por la leyenda que sostenían sus ramas. Lo hice despacio, intentando que la asimilara, acompasando nuestros pasos al ritmo de las palabras.

Aquella tarde en el parque del Retiro me preocupé mucho por mi madre y su maltrecha memoria. No pude evitar sentirme una inútil que no podía ofrecerle más amparo que el recuerdo ante su triste mirada, pero la providencia y ella misma consiguieron que mi estado de ánimo tras la conversación no decayera. Cuando más apesadumbrada estaba, ni corta ni perezosa sacó a relucir toda la sinceridad que tenía guardada.

—Cariño, creo que se te ha cagado un pájaro encima.

—No me digas, ¿sí? —De forma instintiva, me llevé las manos a la cabeza, aunque me las fuese a llenar de caca.

—Bueno, no creo que te hayas puesto esa caca en el pelo al salir de casa, ¿no? Igual es una nueva moda...

Mi madre tirando de sarcasmo.

—¿Cómo me voy a poner caca en el pelo a propósito, mamá? —dije mientras me tocaba la cabeza con la mano, expandiendo la caca involuntariamente hasta el flequillo.

—No sé, hija, los jóvenes de ahora seguís unas modas tan raras...

—Pues no, mamá, la caca todavía no es tendencia —afirmé mientras miraba al cielo buscando al pájaro que por el tamaño de la mierda, debía de ser como un pterodáctilo de grande.

Entonces mi madre hizo lo que hacen todas las madres: actuar por instinto. Sacó un pañuelo del bolso, utilizó la saliva como método antimanchas y me lo refregó por la cabeza, con saña.

—Estate quieta, que esto sale, ya verás... —decía mientras me zarandeaba la cabeza haciendo un trabajo en mi cuello que ni el mejor fisioterapeuta.

Y así, como el telón que da por finalizada una función de tragicomedia, en un abrir y cerrar de ojos su preocupación se disipó, aunque la mía permaneciera oculta. Desde entonces, observo cómo descansa mi madre detrás de cada palabra. Procuro aprovechar con ella el sabor de cada momento e intento no sufrir con el olvido. Esperando estar siempre a su lado para que ese tiempo desmemoriado sea el más corto del mundo y vuelva a ser ella lo más rápido posible. Apenas unos segundos para que no pueda notarlo. Estar siempre a su lado para rememorar todo lo que necesite recordar al instante, antes de que pueda sentir un ápice de tristeza por ello.

—¿Cómo va tu trabajo de internet? ¿Estás menos agobiada?

Aquella pregunta me pilló por sorpresa. No pensé que mi madre hubiese prestado mucha atención a aquella conversación que tuvimos sobre etiquetas en fotos y redes sociales.

—Bien, va muy bien. La verdad es que ya hemos hecho muchas cosas... Hemos informado sobre la donación de pelo, ayudado a recaudar fondos para la vacunación de niños y ¡hemos sacado una agenda preciosa! Además...

Mi madre me cortó:

—Pero ¿y tú? ¿Cómo estás tú? Porque me estás hablando de muchas cosas y todas muy bonitas, por lo que veo, pero te he preguntado por ti, por si estás menos agobiada.

Hice un pequeño silencio. Pensé que al igual que una madre es una madre para limpiarte la cabeza con su propia saliva cuando se te caga un pájaro, también lo es cuando nota que algo no va bien, aunque físicamente no lo vea. Si alguien es capaz de sentir en su propia piel lo que tú sientes, esa es una madre.

Respiré profundamente, consciente de que seguía dilatando esa respuesta sin dejar de hacer cosas que me mantuviesen ocupada. Me interesaba seguir metida en mil batallas para no centrarme en mi estado de ánimo. Como si mantenerme en movimiento me ayudase a desviar la atención de la realidad que solo se observa cuando te detienes.

—Pues siento que es una responsabilidad, mamá. Es verdad que estoy agobiada, pero no te voy a engañar, lo disfruto una barbaridad. Tenemos una comunidad maravillosa.

—¿Tienes una comunidad de vecinas? —preguntó, estoy segura de que con toda la intención de quitarle hierro al asunto.

—¡Eso es, pero sin reuniones ni derramas!

No pude evitar reírme y contagiarle la risa a mi madre. En aquel momento sentí que era un poquito más feliz gracias a ella.

—Me alegro mucho, hija, pero piensa que aquello que amas no puede costarte la salud porque entonces dejarás de amarlo. Esto es muy importante.

Mis padres me ofrecieron muchos consejos a lo largo de su vida. Algunos, la mayoría, fueron muy valiosos para mí, pero también erraron, sobre todo en mi adolescencia, cuando es más difícil ponerse en la piel de una niña con tendencia a convertirse en mujer. No todo han sido valiosas lecciones, pero he de reconocer que conforme iba cayendo en la cuenta de lo que era ser adulta con todas las letras, los mensajes que antes parecían anacrónicos cuajaban con gran sentido en mi cabeza. Al hablar con mi madre, quise darme cuenta de que era feliz con lo que estaba haciendo, pese a que a veces pudiera llegar a ser abrumador. Aquel ataque de ansiedad que sufrí había sido un punto de inflexión muy importante para darme cuenta de que, si quería rescatar todo lo bueno que podía tener la Vecina, debía aprender a digerir todo lo que la rodeaba y, ahora sí, marcar unos límites muy difíciles de manejar.

No se trataba de gestionar el éxito. Eso no me preocupaba porque nunca lo busqué, pero sí aquellos mensajes duros emocionalmente hablando. Y no me refiero a los de los jéiteres; por suerte, sabía lidiar con ellos. Me refería a los mensajes tristes de aquellas personas que buscaban alivio. Cuando te sientes tan cerca de tantas personas, haces tuyos sus problemas casi sin querer, como una amiga más. Yo siempre estaba dispuesta a ayudar, pero era muy duro gestionar los miedos de otras, más aún cuando traían consigo recuerdos asociados a mi padre, tan dolorosos como el proceso que sufrí con su enfermedad. Y aunque muchas chicas se sentían identificadas porque estaban viviendo lo mismo en primera persona o lo veían en sus familias, cada noche, al leer sus mensajes, acababa desarmada. Esperaba que al menos sacarles una sonrisa al final del día pudiese ayudar.

—Tienes ojeras —convino mi madre.

—Es que Javi es muy nocturno y al final me arrastra hasta las tantas...

—Tu padre decía que las ojeras eran las horas del día que exprimíamos al máximo, pero yo creo que es falta de sueño, sin más.

Pese a intentar sacarle el lado positivo, noté que mi madre quería escarbar en mis sentimientos para que me desahogase.

—También es que me quedo hasta tarde contestando todos los mensajes que puedo. No vamos a echarle la culpa siempre a Javi... —respondí, completando lo dicho, que había quedado un tanto vago.

—¿Mensajes? —preguntó sorprendida.

—Sí, ¿recuerdas que te comenté que las chicas me escribían mensajes?

Noté la duda en la mirada de mi madre y la disipé volviéndoselo a contar de nuevo:

—Muchas chicas me escriben cada día mensajes privados. Mira, te leo uno al azar: «¡Hola, rubia! Gracias por el meme...».

—¿Meme? —preguntó mi madre desconcertada.

—Sí, es como un chiste, pero con una foto —respondí antes de continuar con el mensaje.

—«Hoy he tenido un día de mierda y me ha sacado una sonrisa».

—¿Día de mierda? ¿A esta amiga tuya también se le ha cagado un pájaro en la cabeza?

Con aquella pregunta no pude evitar soltar una carcajada enorme. Mi madre había hecho un chiste maravilloso y a mí, sin duda, se me había quedado cara de meme.

—Léeme otro. Me gusta escuchar cosas bonitas. No es algo muy habitual hoy en día —insistió.

—«Hola, Vecina, me llamo Clara y tengo un bebé de veintiún meses. No sé si me leerás, pero hace poquito me diagnosticaron cáncer de páncreas con posible metástasis en el hígado... Llevo ingresada unas semanas y quería decirte que gracias a tus mensajes y a los de todas las amigas me siento más anim...».

No pude terminar la frase. En aquel momento se me quebró la voz y no fui capaz de seguir leyendo. Temí volver a sentir un ataque de pánico.

—A veces los mensajes son muy duros de leer —dije conteniéndome por no llorar.

—Tranquila...

Mi madre me cogió de las manos y tras ello puso una de las suyas sobre mi frente, intentando relajarme. Igual que lo hacía cuando de niña tenía una pesadilla. Venía rápidamente a mi cama hasta que el ritmo de mi corazón volvía a la normalidad.

—Es muy duro porque no sé cómo hacerlo, no sé cómo ayudar más... A veces no puedo contestar, no llego a todo, no tengo las herramientas...

—No tienes que hacerlo tú —me interrumpió de nuevo, enérgica—. Hay personas que se dedican a ello.

—Lo sé, pero confían en mí...

—Creo que ella no busca que la ayudes tú en concreto, cariño. Ya hay gente que seguro que lo hace. Ella busca liberarse y no sentirse sola. Si te lo cuenta, es porque le has dado la confianza para hacerlo. Y eso es precioso.

—¿Y si un día no puedo? ¿Y si las defraudo y no soy lo suficiente...?

—Entonces tendrás que dejarlo. Porque te harás daño a ti misma. No puedes salvar al mundo. Yo no pude salvar a tu padre.

Aquella última frase, repetida por mi madre, trajo de vuelta las palabras que Javi me profirió en su día y que Pol había aseverado otras tantas veces. Fueron muy duras, pero no por ello menos ciertas.

Después de respirar profundamente, intenté que no nos quedásemos ancladas en la tristeza. No quería que se repitiera el episodio que sufrí con Pol en casa y aunque estas emociones eran incontrolables para mí, en aquel momento no quería transmitirle preocupación. Busqué en mi interior algún motivo de alegría que compartir con ella y revertir aquel escenario.

—Mami, no te lo había contado, pero ¡mi amiga Laura está embarazada!

Tras aquella noticia, vi la alegría en sus ojos. Mi madre apreciaba mucho a Laura, igual que en su día había adorado a Lauri, mi mejor amiga de la infancia. Siempre le pareció curiosa la coincidencia de que ambas compartiesen nombre.

—Laura y Lauri... Qué amistades tan bonitas...

Aquella vuelta al instituto trajo, casi como si de una casualidad cósmica se tratase, un mensaje de Nacho:

Nacho.

¡Rubia, llámame!
¡Lucía está feliz!

Una pequeña sonrisa se esbozó en mi cara. Mi madre la intuyó y otra se dibujó en la suya, como si fuera un acto reflejo.

—Alégrate por todo lo que haces, hija. Lo estás haciendo muy bien.

Reconfortada por sus palabras, supe que aquella noche me sentiría como esa hija metida en la treintena que vive fuera de casa y que vuelve a su casa con el táper lleno de consejos y ánimos para afrontar la vida.

Apenas dejé a mi madre en el portal de su casa, la que fue mía durante años, llamé a Nacho. *A priori*, aquel mensaje me había dado muy buenas sensaciones. Leer que Lucía estaba feliz, conociendo sus carencias por lo que a la alegría se refiere, era todo un logro. Casi sin querer, estaba tan emocionada como debía de estarlo él. Todo ello sin saber lo que había pasado, aunque podía intuirlo.

—¡Rubia! Qué ganas tenía de contártelo.

—¡Pues cuéntamelo, que tengo más curiosidad que un gato!

—Lucía acaba de recibir nuevos resultados y se han vendido casi dos mil ejemplares de su novela. ¡Está pletórica!

—¡Qué maravilla! ¿Y eso, cómo ha sido? —Quise indagar sobre sus impresiones acerca del motivo que podría haber impulsado aquellas ventas, con la Vecina en mi cabeza, pero sin mencionarlo.

—Pues por lo visto lo puso una *influencer* de las que hay

ahora en las redes y ha habido un pico enorme de ventas. Lucía está loca de contenta.

Sonreí por dentro, o al menos eso creía, hasta que fui consciente de que también lo había hecho por fuera cuando varias personas con las que me crucé me devolvieron el gesto. Es curioso cómo las emociones se reflejan en los demás, no solo en mi madre. Observas sonreír a una desconocida por la calle, anónima, y al instante te contagias. El poder de la sonrisa.

—Están imprimiendo ya una segunda edición. Es una pasada —concluyó Nacho, descargado de tensión.

En aquel momento sentí que mi cuerpo se relajaba de la misma forma que lo hacía su voz, como si fuera una victoria compartida. Me senté en un banco de la calle, uno de esos de madera desgastados por el sol en los que nunca había reparado y de los que seguramente tiempo atrás incluso habría puesto en duda su utilidad. Pues para eso estaban: eran bancos para los momentos importantes en los que las piernas flojean. Para cuando tienes que sentarte a disfrutar de algo importante.

Sentí que Nacho se había quitado un peso de encima y yo una satisfacción que me dejó con esa placentera calma. Esa en la que a veces entra tu cuerpo cuando consigues que una tentativa de proyecto, como aquel intento por ayudar a Lucía, se convierta en realidad. Cuando entras en paz contigo misma y más que celebrarlo gritándolo a los cuatro vientos, lo saboreas en silencio.

—Me alegro mucho por vosotros, de verdad. Sé que tú también lo pasas muy mal cuando ella sufre. Ahora toca disfrutarlo. Esperaré hasta que ella misma me lo cuente.

Nacho hizo un silencio al otro lado del teléfono. Imagino que meditando con calma su siguiente frase.

—¿Crees que ya puedo enseñarle el mural?

—No creo que haya nada mejor que eso.

Era increíble el amor que le profesaba. Incondicional y sano. Un bastión para aquellos que no creen más que en uno mismo como respuesta para todo.

Cuando colgué, me quedé inmóvil, sentada en aquel banco. Aliviada, por supuesto, pero insatisfecha. Como si no hubiese podido llenar una parte de mí con la felicidad que Nacho me había transmitido. Notaba que algo en mi interior no iba muy bien porque no conseguí alegrarme del todo por Lucía. Sentí que era cómo un trabajo que había tachado de mi lista interminable, más que una batalla ganada en favor de mi amiga. «Ayudar a Lucía»: subrayado en fosforito. Hecho. A por lo siguiente. Aún me quedaban Sara, Pol y Javi, claro, que me esperaba en casa.

El tiempo que había dejado pasar para que Javi remontara por sí mismo tras la muerte de la yaya no había servido de mucho. Llevaba varias semanas en silencio responsabilizándose de lo sucedido. Seguía mostrándose ante el mundo en blanco y negro, haciendo un esfuerzo por dejar entrever, muy de vez en cuando, colores vivos.

Aquella noche al menos se había esforzado en cocinar. Era como si la energía se le hubiese agotado. Como cuando fallan las pilas del mando y te afanas en sacarlas y volver a meterlas para aprovechar el último resquicio de energía.

Javi se había empeñado en aferrarse al recuerdo de la yaya hasta el último aliento.

—¿Quieres que hagamos algo esta noche? —le pregunté.

—La verdad es que no tengo muchas ganas. Estoy agotado.

Durante unos segundos nos quedamos sin hablar. Como si nos inundara una terrible sensación de adormecimiento, como si un perfume de señor, de los de imitación, nos hubiese noqueado, fijando nuestra mirada en el televisor, que estaba apagado. Observando la pared, a solas con nuestros sentimientos.

Javi arrancó a hablar justo cuando ya no soportaba más aquel silencio.

—¿Sabes qué es lo que más me duele?

Una pregunta retórica siempre conlleva una respuesta conocida, que suele ser muy contundente. Estaba claro que Javi llevaba madurando mucho tiempo lo que iba a decir.

—Que ya ni siquiera estoy enfadado. El cabreo me daba energía y ahora mismo no la tengo. Solo siento tristeza y no sé cómo salir de ella.

Desde luego, la frase era contundente y yo, sin apenas energía para sostener el peso de la culpa de Javi, busqué lo poco que me quedaba esa noche para intentar lanzarle una tabla a la que agarrarse.

—Mi padre me recitaba una frase cuando estaba desanimada: «No hay espacio más ancho que el dolor», decía.

—No sé qué significa...

—Es de un poema de Neruda. Creo que significa que el dolor, al final, es subjetivo, pero pienso que tiene que ver con lo cómodos que nos llegamos a sentir con la tristeza. Es tan ancha que siempre hay espacio para nosotros en ella.

—Ya no quiero volver a ver a mi padre... —respondió seco, abatido.

—No hagas eso. No te acomodes en la tristeza, por favor. No durmamos sobre ella. Estoy contigo, estamos juntos. De verdad que no sabes lo que yo daría por poder volver a decir «papá» en voz alta, por tenerlo a mi lado. Tú lo tienes, cariño. Es tu padre.

Javi cerró los ojos un segundo, imagino que buscando una nueva respuesta. Un segundo, el tiempo justo para desear con todas mis fuerzas que no siguiera por ese camino. Un segundo eterno.

Al abrirlos, el brillo volvió de nuevo a sus pupilas, los hoyuelos a sus mejillas, me sonrió y acarició mi mejilla con auténtica dulzura con una de sus grandes manos. Me dijo el «te quiero» más sincero y nos abrazamos con fuerza. Hacía tiempo que no nos abrazábamos como para sentir el calor humano.

Hay muchos abrazos, pero solo los que arrastran un sentimiento irradian calor y aquel, milagrosamente, nos quemó por completo.

29
Laotong

Hermanas de vida.

A la mañana siguiente nos despertamos fundidos en el mismo abrazo con el que nos habíamos quedado dormidos. Uno tan estrecho que la tristeza no tuvo cabida hasta que con el sonido de la alarma, su pecho se volvió sobre el otro lado de la cama y posó los pies descalzos en el suelo.

De espaldas a mí y de frente a la ventana, sentí el frufrú de su camisa al rozar sus hombros y el sonido de los botones abrochándose, con cierta desidia. Enfadándose cuando no conseguía encajar el botón en el ojal a la primera. Aquella visión de su cuerpo, desvinculada de las emociones que parecía destilar, me hizo estremecer. Como cuando ves a alguien colorear de una forma magistral y se te eriza el vello de la nuca en una especie de orgasmo visual inoportuno. Conseguí alejar la aflicción de su cuerpo por un instante trepando por su espalda y besándole con cariño. Me devolvió una mirada repleta de amor, pero tan efímera que a los pocos segundos había vuelto a ser secuestrada por la desazón. Tenía que marcharse a Ibiza de nuevo, lo que implicaba volver a encontrarse de frente con todos los fantasmas que lo atormentaban. En cuanto salió de casa, escribí a Iván para que estuviese muy pendiente de él aquellos días y que me fuese informando de todo. Por el momento, no podía hacer más.

Me pasé la mañana en el trabajo intentando concentrarme en mis tareas. En los últimos meses, las redes habían copado una gran parte de mi tiempo de existencia vital y aunque siempre había presumido de tener la capacidad de hacer varias cosas a la vez, no sé si por la edad o por el cansancio, comenzaba a notar que no rendía de la misma manera. La Vecina había llegado a mi vida sin buscarlo, como una especie de Mr. Hyde vestido de rosa que por un lado me encantaba, pero por otro también me demandaba un tiempo voraz, si quería hacer las cosas bien. Tanto mi madre como Pol tenían razón en que debía relajarme y los ataques de ansiedad eran avales muy sólidos como para llevarlo a cabo inmediatamente, pero ¿cómo se hace eso? ¿Cómo consigues no involucrarte tanto en algo que te apasiona? ¿Cómo quedarse inmóvil cuando en tu mano tienes una herramienta tan potente para ayudar? La Vecina era algo muy personal para mí, con una carga de implicación personal muy difícil de explicar y de comprender, pero muchas veces me preguntaba: ¿quería ser yo la Vecina Rubia? ¿Podría sostener el peso del anonimato siendo ella?

A la hora de comer ocurrió algo que ya imaginaba: recibí una llamada muy esperada. El día anterior no había querido levantar sospechas y por eso no hablé con Lucía cuando Nacho me dio la buena nueva sobre su novela. Quería que ella me lo contara. Creo que las buenas noticias pertenecen a las personas a las que les suceden y son ellas quienes han de contarlas porque de esa forma, la emoción se multiplica por dos. Y aunque Nacho era una parte activa de todo aquello, cada persona es dueña de sus alegrías. Ser elegida por Lucía para escuchar las suyas era algo digno de apreciar.

Esperé impaciente a que sus palabras me inundaran y de esa forma intentar salir de esa sensación de insatisfacción crónica que estaba viviendo, ese sentimiento por el que no conseguía disfrutar de mis logros, fueran grandes o pequeños, no importaba el tamaño. Esa idea que me llevaba a envejecer bajo el yugo de que todo para mí era una especie de trabajo anclado en el gran volumen de cosas que sumaba a mi mochila existencial. Mi trabajo. No hacía más que mirar atrás y pensar: «OK, una cosa menos de la lista. Pasemos a la siguiente». Necesitaba que mi mente dejara de estar coaccionada por todas las tareas emocionales que la estaban presionando para liberarme y así poder degustar tanto los aciertos como los errores. Sentirme persona otra vez.

Contesté aquella llamada que vibraba en mi móvil:

—Rubia...

—Lucía...

—Solo te voy a decir una cosa...

—Lo veo difícil, pero adelante... —respondí en tono de broma.

—Ayer recibí una noticia maravillosa con la luna en fase nueva. Tenemos que comer juntas hoy.

—Vale. Eso son dos cosas, aunque tu mensaje es tan confuso y críptico que no sabría descifrarlo...

—Sí, bueno, en realidad parecen dos cosas, pero es una porque guardan relación.

—Tú sabes, Lucía, que a veces dices varias cosas a la vez y no te entiendo, ¿verdad?

—A mi abuela también le pasa, no te preocupes —respondió la hija de perra volviendo por sus fueros—. He reservado para comer a las 14:30 en el restaurante ese tan cuqui que está al lado de tu curro. No me refiero al que van todas tus compañeras, al otro.

—Veo que conoces bien mis rutinas. ¿Tengo algo más en la agenda de hoy?

—La regla.

—¡Joder! ¿Me has puesto un detective? ¿Lo pone en mi horóscopo?

—Sí a todo, pero que sepas que he elegido ese lugar por si grito de felicidad en el restaurante. No quiero que pases vergüenza...

Y esa última frase rescató una sonrisa de mi cuerpo, una pequeña chispa que arrancó las ganas de verla, cara a cara, igual de fuerte que cuando recibimos juntas la noticia de que había superado el melanoma.

Cuando apareció en la terraza, llevaba un vestido largo blanco de lunares rojos, a juego con los botines, y una *biker* motera negra, muy de su estilo. Su sonrisa de pendiente de aro a pendiente de aro precedía sus pasos.

—Qué guapa, ¿no?

—¡Tú sí que estás guapa, rubia! ¿Has crecido o son las plataformas que llevas?

Nos reímos con complicidad. Rápidamente, el camarero se acercó y yo me pedí un zumo de piña, mientras que Lucía se pidió un vino blanco con un hielo, una de sus excentricidades que auguraban que estaba pletórica. Le brillaba el pelo tanto como la actitud. Siempre he pensado que a las personas nos ocurre como a los gatos, cuya salud se percibe por el estado de su pelaje. Lo primero que hace un gato cuando está enfermo es dejar de lavarse, en un intento por guardar la energía útil para recuperarse. Quizá nosotras hacemos lo mismo de manera inconsciente al caer en una depresión, cuando no tenemos ganas de peinarnos, maquillarnos o sentirnos nosotras mismas en definitiva, cada una a su estilo, intentando atesorar las últimas líneas de batería que nos quedan.

—Bueno, cuéntame cuál es esa buena noticia que te anunció la luna llena.

—Fase nueva, no llena.

—Me cuesta distinguirlas...

—¿Perdona? Está clarísimo. La luna nueva es el arranque de un ciclo y siempre representa nuevos comienzos.

Intuí que la conversación iba a volverse densa.

—Pero entonces ¿el horóscopo de la luna es igual para todo el mundo? Quiero decir, si hay luna nueva, ¿todos tenemos opción a un nuevo comienzo? —pregunté con auténtica curiosidad, incluso pensando en mí.

Lucía me miró con los ojos muy abiertos, como si estuviese preguntando algo evidente.

—No, la luna estaba en mi signo cuando pasó —me explicó con gestos de obviedad—. La luna permuta de signo zodiacal cada dos o tres días y eso influye en nuestro ánimo, emociones... La llegada de una llamada con la luna nueva en tauro solo podía significar algo bueno.

—Claro, claro... —afirmé mientras notaba cómo la palabra «permuta» volvía a mi vida y yo le daba un trago a mi vaso de aquel zumito para pasar por encima de ella cuanto antes—. Bueno, pero ¿me lo vas a contar o no?

Lucía hizo una pausa, intentando aumentar la tensión del momento, aunque poco más se podía alimentar la intriga cuando yo ya sabía lo que me iba a contar.

—Recibí una llamada de la distribuidora para decirme que teníamos que imprimir urgentemente... ¡una segunda edición de la novela!

—¡No te puedo creer! —respondí emocionada, como una auténtica actriz, y no porque no me alegrara, sino porque ya lo había hecho cuando me lo dijo Nacho y reproducir la misma emoción fue digno de un Goya.

—Están teniendo muchos pedidos. Bueno, muchos dentro de lo que es un libro autoeditado, claro, pero está muy bien, rubia.

Sus palabras contenían toda la emoción de las primeras veces. Y en el caso, además, de mi amiga Lucía, se trataba de una primera vez que venía de la mano de una segunda oportunidad que le había dado la vida tras haber superado el cáncer. Vivirlo con ella era lo más importante.

—Pues qué bien, ¿no? ¡Te vas a convertir en la nueva Agatha Christie!

—Ojalá... Me han diseñado incluso una nueva faja con una frase de un periódico que dice que es un éxito inesperado.

—Me alegro muchísimo, Lucía. Te lo mereces. Sabía que eras una gran escritora, ya era hora de que todo el mundo se diese cuenta.

Lucía se quedó en silencio durante algunas respiraciones, mirándome a los ojos. Seguí bebiendo de mi vaso con disimulo, haciéndome la tonta con naturalidad, sorbiendo mi bebida de una pajita de cartón como si me fuera la vida en ello. Por supuesto, obvié preguntarle por el posible motivo. Con Nacho lo hice porque sabía que vivía en un mundo paralelo en el que todavía usaba Facebook y solo a ratos, en vez de Instagram. Opté por dejar que siguiera contándome, sin más.

—¿Sabes? He pensado que ya es hora de que las demás hagamos algo por ti. Siempre estás apoyándonos. Si Sara revienta el coche por meterlo en los caminos de cabras de la protectora, ahí está tu moto. Si Laux quiere tener un hijo por ciencia infusa, ahí estás tú para acompañarla. Si a Pol le da por tirar bolígrafos por la ventana en una catarsis transitoria...

Me reí a carcajadas con lo de Pol, sin dejar que terminara la frase, y ella continuó:

—Y si a tu amiga Lucía le da por pasar un melanoma y después quiere triunfar como escritora, ahí estás tú para...

Lucía tampoco terminó aquella frase. Me extrañó, pero lo único que hice fue acompañar aquel silencio con más silencio.

—Mira, te he traído un regalo —añadió de repente con cierto suspense.

—Me encantan las sorpresas —afirmé con rotundidad.

—Pues esta es de lo más especial.

Lucía sacó de su gran bolso una bolsita de papel. En su interior estaba la segunda edición de la novela con su nueva faja.

—Es el primer ejemplar. Quiero que sea para ti.

—Joder, no sé qué decir. ¿De verdad? —pregunté incrédula.

—¡Sí! —gritó Lucía como si de Laux se tratase.

Igual que tiempo antes había unido mi silencio al suyo, esa vez uní mi alegría a su emoción, desgastando mi voz en aquel momento tan especial en el que solo los gritos podían estar a la altura de nuestra ilusión. La terraza al aire libre también ayudó.

—Tendrás que dedicármelo, ¿no? —le pedí.

—Ya lo he hecho —respondió, segura de sí misma.

—Ah, ¿sí? Imagino que tiene que ver con mi ascendente

capricornio... Como si lo estuviera viendo —dije intentando entrar en su espacio sideral.

Cuando me disponía a abrir la portada para ver la primera página y su dedicatoria, Lucía me detuvo y cerró el libro de un golpe seco entre mis manos que casi me pilla los dedos.

—No, mejor cuando llegues a casa. No quiero ponerte en un compromiso.

—¿En un compromiso? ¿A mí? ¿Por qué?

—Hazme caso, mejor en casa.

Ante la insistencia de Lucía, decidí guardar el libro en el bolso y dejarlo para más tarde. Acto seguido, Lucía se levantó, me abrazó con fuerza y me plantó un sonoro beso en la cara. De los que te pita el oído durante un buen rato después, en uno de esos momentos que surgen de pronto, en los que a veces tu amiga no se puede controlar del amor que siente. Me di cuenta de lo feliz que estaba por el sonido de aquel «muac».

—¡Guapa! Gracias.

—¿Gracias por qué?

—Por todo.

Aquella comida me supo a gloria, bueno, mejor dicho, aquella comida me supo a Lucía. A mi Lucía de siempre, la que destilaba ese tono burlón mezclado con un amor incondicional que nos había hecho inseparables. Unidas desde la primera vez que montamos en aquel coche, con veintiún años, camino de Talavera de la Reina. *Laotong* es el término chino que se utiliza para describir en una sola palabra a las hermanas de vida. Una amistad más fuerte que el acero, una relación íntima y duradera que persiste al paso del tiempo, más sólida y valiosa que cualquier otra relación. Éramos amigas, éramos familia, éramos *laotong*.

—Creo que te están llamando —dijo Lucía señalando mi móvil sobre la mesa, que intentaba llamar nuestra atención con timidez, iluminando intermitentemente la pantalla.

Lo tenía en silencio para evitar escuchar muchas de las notificaciones que me llegaban.

—¿Quién es?

—Es Martín, el padre de Javi —contesté, extrañada.

—¿No lo vas a coger?

—Es que es un poco raro, no suelo hablar con él. Ya sabes que la relación que tienen ellos dos no es muy buena y a mí me pilla siempre en mitad del fuego enemigo.

—Ya... Los suegros son así.

—Pero tú te llevas bien con Ignacio, ¿verdad? —le pregunté con interés.

—Mi suegro es una delicia —respondió relajada.

Hablar de Ignacio me trasladó a la primera vez que le conocí en aquella sala de hospital cuando Nacho tuvo el accidente con la moto. Cuánto tiempo había pasado, cuánta vida habíamos derrochado por el camino.

—¿Y cómo está? —pregunté, sintiendo la imperiosa necesidad de saber más de él y de su familia. Mi recuerdo se había anclado en la imagen de un hombre ahogado por una deuda que condicionó la vida de su hijo.

—Está bien. Se ha jubilado. Ha conseguido descansar por fin. Es un buen hombre...

—... que no ha tenido suerte —completé su frase, como si supiera lo que iba a decir porque ya lo había escuchado de la boca de Nacho mucho antes.

—Exacto.

Después de celebrarlo con la mejor tarta de queso que habíamos probado en nuestra vida —y eso que éramos bastante exigentes con ellas—, nos despedimos y volví al trabajo con el runrún de la llamada de Martín en la cabeza. No sabía si devolvérsela, por si era algo importante sobre Javi, pero él ya me había puesto un mensaje diciendo que había llegado bien a Ibiza. La duda me corroía, casi tanto como saber qué había puesto Lucía en la dedicatoria de la novela, así que me decidí a salir de dudas, al menos con una de las dos.

Una voz grave al otro lado del teléfono, con un leve riso nervioso, me saludó con cariño, disculpándose de antemano.

—Hola, perdona por haberte llamado así, de improviso... Supongo que te habrá pillado un poco por sorpresa.

—No te preocupes, Martín, estaba con una amiga, por eso no he podido cogerlo. ¿Todo bien? —respondí, descargándole de una posible culpa.

—Sí, sí, tranquila, todos estamos bien.

—Javi no está aquí, se ha ido esta mañana a Ibiza... —me excusé, pensando que la llamada iba dirigida a mí porque Javi no le cogía el teléfono.

—Sí, lo sé. En realidad quería hablar contigo, pero si no te pillo bien, no pasa nada...

La vergüenza, apoderada de la voz de aquel hombre, no daba pie a que comenzase a contarme el verdadero motivo de aquella conversación. Rápidamente, intenté allanarle el camino para que se sintiese cómodo, ya que se percibía que no lo estaba pasando bien y había algo detrás de aquellas palabras que no terminaba de salir a la luz.

Tras algunos minutos de rodeos, conseguí averiguar el porqué de la llamada. Aquel padre se sentía culpable, ya no solo por la muerte de la yaya, sino por cómo había tratado a su hijo durante toda su vida..Destrozado, se sentía incapaz de conectar con él. Desesperado, había encontrado en mi número de teléfono la única posibilidad de que Javi le diese una oportunidad, la que fuera, de cualquier tipo, con tal de recuperar la atención de su hijo.

—Sé que Javi no confía en mí. No se lo reprocho. No he sido el padre que él esperaba ni el padre que él necesitaba...

Su voz, quebrada por momentos, sonaba sincera.

—Sé que todo es responsabilidad mía y lo asumo, entiendo que no quiera verme y que ahora que la yaya no está, yo desaparezca de su vida, pero me gustaría que al menos supiese que yo quería a su abuela por encima de todas las cosas... Igual que lo quiero a él.

Respiré hondo, intentando que no lo notase. Para mí, que conocía muy poco de la relación entre ambos porque Javi apenas me hablaba de ella fruto de la rabia, aquellas palabras suponían un cortocircuito emocional y un claro conflicto de intereses.

Escuchando su relato, pude reconocer a un hombre derrotado que asumía su orgullo y su fuerte carácter, ese que le había llevado a perder a la madre de sus hijos y, por ende, a ellos. La muerte de la yaya Catalina había sido el detonante para ser consciente de todo lo que se había diluido en su vida.

—No he sabido hacerlo mejor. No tuve la capacidad —concluyó antes de romper a llorar con unas últimas palabras que ya había escuchado de su boca en el hospital.

Aquella tarde, el motivo de la llamada no era otro que pedirme ayuda para recuperar la confianza de su hijo. Y lo hizo con miedo, con respeto, con vergüenza, pero sobre todo con esperanza. Depositó en mí la poca que aún conservaba.

Esperé unos minutos antes de contestar, mesurando la respuesta, ya que me veía de nuevo involucrada entre los dos y ya conocía los sentimientos de Javi al respecto. Meterme en medio de un conflicto entre padre e hijo podía acabar por echar a perder la preciosa relación que tenía con Javi, pero también podría hacerlo esa rabia incontenible que percibía en él cuando hablaba de su padre. Un peso que le lastraba y le impedía ser él.

—Eres la única persona a la que puedo acudir. No me queda nadie más —remató.

Cuando escuchas una frase así, no puedes mirar para otro lado. No se puede ser indiferente al dolor ajeno.

Martín solo me pedía que convenciese a Javi para que le escuchase al menos una vez más. Me confesó que incluso había escrito un texto con todo lo que quería decirle para estar seguro de no olvidarse nada. Tenía depositadas todas las esperanzas en que, si conseguía que Javi lo leyese y luego nada cambiaba, al menos él podría descansar en paz con la tranquilidad de haber hecho un último intento por recuperar a su hijo. Se conformaba solo con eso. Un hombre desesperado por hablar con su hijo, que lo había castigado con el látigo del silencio y el mayor de los desprecios: la indiferencia.

—Lo voy a intentar, Martín, pero no puedo prometerte nada. Esta es vuestra historia y yo... —me detuve intentando emplear las palabras adecuadas—. Y yo también quiero ser justa con él. Al final, será Javi el que decida, pero te prometo que haré lo posible.

—Lo sé y te lo agradezco de corazón. Solo intentarlo merece la pena para mí —respondió esperanzado.

Colgué con la promesa de buscar la forma y el momento ideal para que Javi entendiera las razones de mi implicación en el único tema de su vida en el que apenas me había dejado entrar.

Aquella noche recibí un mensaje de Javi desde casa de la yaya Catalina, donde se había instalado con tal de no ver a su padre. Me dijo emocionado que Sura estaba tumbada entre sus piernas, ronroneando. Seguía instaurado en la hechura de la tristeza, acomodado en ella como la gata en su regazo. No me atreví a contarle nada. Tenía que madurar la conversación pendiente y pensar cómo abordarla. Era un tema muy complicado, ya que suponía meterse en la relación entre un padre y un hijo, pero estaba dispuesta a creer en mis propias palabras, aquellas que una vez le dije a Javi: «Hay que saber perdonar». De eso sí que estaba convencida.

Esa noche, aún con todas las emociones a flor de piel, decidí publicar un texto muy personal y reflexivo sobre la importancia del perdón. La conversación con Martín me había removido viejos fantasmas que tuve la necesidad de compartir. Acompañé el texto con una foto en blanco y negro, lo que evidenciaba aún más, si cabía, el carácter del escrito. Cuando lo publiqué en el perfil, fui consciente de que mis palabras habían removido el corazón de muchas personas que se habían identificado conmigo y con la profundidad de su significado. Era un texto sinceramente narrado en primera persona sobre cómo tuve que perdonarme a mí misma cuando mi padre falleció. Me fustigaba por no haberlo mantenido a mi lado cuando todavía creía que estaba en mi mano. Por mi mente pasaron frases de culpabilidad como «Teníamos que haber buscado más opciones», «No hice lo suficiente» o «Podía haber hecho más». Cargué con aquellas piedras en silencio hasta que fui capaz de liberarme y redimirme, algo que conseguí cuando fui consciente de que hice todo lo que pude.

Después de aquel duro ejercicio de ofrecimiento personal, mi cerebro desconectó y solo me pedía algo de azúcar emocional. Un cambio de ciento ochenta grados que me llevara a la cama con una sonrisa. Tras aquella reflexión, no pude evitar compartir el meme que más gracia me había hecho aquel día, uno que sacó la risa floja de mi pecho y que en ese momento se había convertido en catalizador de desahogo. Porque así es el humor y así es la risa: una medicina. Al momento, recibí cientos de mensajes de agradecimiento. Gratitud porque al igual que yo, habían pasado del llanto a la risa, soltando algún que otro nudo de la garganta por el camino. La liberación del risanto.

Solté el móvil. Eran las doce y media de la noche. Me dejé caer sobre el sofá para mirar el techo durante unos minutos. Y es que hay días que solo necesitas acabarlos observando una pared en blanco para relajarte. Entonces, aparecen imágenes sobreimpresionadas de tu vida anterior. Aquella noche, sobre la pared, aparecieron recuerdos que me trasladaron a otros tiempos. Un carrusel de imágenes proyectando secuencias de mi vida, como los *reels* que tu móvil genera con las fotos del carrete.

En el mío apareció Lauri el primer día que fuimos de excursión con el colegio en el autobús, seguido de una imagen de mí misma montada en la moto de Nacho para ir al instituto y varias secuencias de Álex sentado a mi lado en aquel banco del Retiro. También aparecía el día que conocí a Sara, la cara de Laux impávida cuando se encontró con Javi aquellas navidades en el bar y, por supuesto, mi padre y mi madre en la casita de la sierra, metidos en aquella piscina redonda que disfrutábamos cada verano. Aquella película la cerraba Lucía el día que salimos de hospital juntas de la mano, tras haber superado el melanoma.

Esa imagen me hizo recordar que no había leído la dedicatoria de la novela que me había regalado aquella tarde.

Abrí entonces la primera página y allí estaba: «Esto no habría sido posible sin ti, mi querida amiga, hermana y vecina rubia...».

Vaya... Eso sí que no me lo esperaba.

30
Laux

Había nacido una madre.

Sonó una notificación en mi móvil. Era del Dramachat. Lo sabía sin mirar la pantalla porque todas habíamos configurado uno de mis «chiquiiii» como tono de mensaje grupal. Lo grabé un día que iba un poco piripi y la verdad era que mi voz, lejos de sonar agradable, como solía, parecía la de un gallo esmirriado al amanecer. Lo hicimos así para que ninguna pudiera obviar la notificación con la excusa de que no la había escuchado, era imposible. Había que asegurarse de que ese chat respirara vida y ese «chiquiiii» nos sacaba a todas una sonrisa.

Me estaba mirando en el espejo con la blusa subida hasta el pecho, dejando mi barriga al descubierto. Por feo que esté que yo lo diga, me veía radiante. Entrábamos en la semana veintidós de embarazo, 10 de mayo para el resto de las personas que no contaban la vida en semanas como yo, y mi tripa era ya algo más que incipiente. Había aumentado una talla y las copas que no me había tomado desde hacía meses se habían sumado a las copas de mi sujetador. Era primavera, el tiempo pasaba más despacio de lo habitual y yo sentía que poco a poco una vida crecía dentro de mí. Me hacía sentir viva.

Me hice un selfi de lateral, presumiendo. Algo que venía haciendo desde las primeras semanas para luego acabar subiendo la foto a Instagram acompañada de la fecha. Como una especie de álbum digital. Recuerdo a la perfección la primera vez que lo hice, la primera vez que no me reconocí en el reflejo de aquel espejo. No fue una cuestión física. No fue por la tripa ni por el peso ganado ni por las tetas más grandes, fue porque ante mis ojos fui consciente de que había nacido una nueva Laux, antes siquiera de que mi bebé lo hiciese. El espejo me mostraba a una Laux que se había convertido en madre y aquello me hacía sonreír de manera plena. Una madre, una leona capaz de todo por sus cachorros.

Y es que yo, como madre, nací el día que tomé aquella decisión, el momento en el que comencé a ser feliz en mi nueva etapa. Siempre he pensado que en la vida hay múltiples etapas por las que transitamos. La mayoría se desarrollan con mejor o peor fortuna, pero todas llegan extasiadas a un punto final donde desaparecen y dejan paso a una nueva.

Hay puntos de giro que te obligan, casi sin querer, a hablar de ti desde un antes y un después de cada una de ellas. Así, hay un «antes del colegio», «después de la carrera», «antes de empezar a trabajar», «después de conocer a Iván»... Y en ese momento me enfrentaba a una nueva etapa en la que se alojaba una Laux madre donde antes hubo una Laux a secas. Una decisión que lo marcaría todo en mi vida. Una elección que, frente al espejo, me hacía inmensamente feliz. Feliz y acojonada, a partes iguales, porque cuando naces como madre te cambian las prioridades, el tiempo pasa a narrarse en semanas y surgen miedos que ni siquiera sabías que existían.

Cuando piensas que otra vida depende de la tuya, comienzas a tener todo tipo de pensamientos intrusivos que hasta entonces desconocías por completo. Si viajas en avión, no te da miedo que te ocurra algo a ti, sino que te preocupas por lo que le podría ocurrir a quien depende de ti. Pasas no solo a proteger a esa nueva vida, sosteniéndola entre algodones, sino también la tuya propia.

Aquel soleado y caluroso jueves de mayo comenzaba la cuenta atrás para el verano que tantas veces mencionaba la rubia y que yo había hecho propia con las semanas que me quedaban para dar a luz. Sería a principios de septiembre, por lo que me iba a tocar lucir bombo en playas y piscinas. Miré de nuevo mi tripa en el espejo con mis manos rodeándola en un instinto primario de protección, algo que venía haciendo desde que supe que había un corazón latiendo al compás del mío.

Cuando fui consciente de que mi bebé había desarrollado sus pequeños oídos y sería capaz de distinguir sonidos, intenté regular el volumen de mi voz. No fue algo exitoso de forma inmediata, pero lo intenté moderar cada semana. Y mientras que antes desayunaba con *jazz* y limpiaba la casa con reguetón, intenté sustituirlo por ópera en las limpiezas generales.

«No le va a pasar nada si escucha reguetón», me decía mi rubia. Y mi respuesta era que no quería que naciese perreando, a ser posible, que los nacimientos cuando el bebé viene de nalgas casi siempre acaban en cesárea. Gajes del oficio de enfermera.

Noté entonces una pequeña patadita en el vientre.

«¿Será Bisbal?», pensé en broma, riéndome a solas de mis propios pensamientos.

La verdad es que poco me importaba si elegía ser cantante o trabajar en una pizzería, algo que me encantaría por lo aficionada que soy a la de cuatro quesos, pero quizá, si había algo que desde mi experiencia pudiera ofrecerle, sería que se pensase muy bien el ser enfermera. Me llenaría de orgullo, por supuesto, amo con locura mi trabajo pero en ocasiones es demasiado duro. Creo que hay muy pocas personas que sean conscientes del desgaste emocional al que te lleva esta profesión y no sé si estaría preparada para verlo desde fuera. Sé que es un acto egoísta pero, en cualquier caso, no es algo que vaya a depender de mí.

El día que me enteré de que iba a ser una niña fue de improviso. Supuestamente, todavía no era el momento, ya que recuerdo que estábamos en la semana catorce, pero ella quiso enseñarnos desde bien temprano que iba a ser un poco como su madre, algo inquieta y nerviosa. Yo lo hago gritando «chiqui» a metros de distancia de la persona a la que voy a saludar y ella lo hizo mostrándose al mundo tiempo antes de lo previsto.

Supongo que el tópico más típico y manido de los embarazos es decir que te da igual si es niño o niña. No me hubiese importado en absoluto que hubiese sido niño, de hecho lo principal es que el bebé esté sano, pero aun sin tener una ecografía que lo confirmase, siempre supe que iba a ser niña. Mi niña. Lo supe desde antes de que yo fuese a ser madre. Lo supe desde los once años.

Cuando era muy pequeña, había una especie de juego con el que nos divertíamos y que consistía en saber si íbamos a ser madres de niños o niñas. Es curioso porque todas dábamos por hecho que íbamos a serlo; no recuerdo que ninguna compañera no tuviera interés en conocer su futuro maternal y yo, claro, conocía el mío.

Por supuesto, esto ahora es muy distinto. Echando la vista atrás, con la reflexión que la madurez te otorga, me doy cuenta de cómo nos autoimponíamos un pensamiento reduccionista de nosotras mismas como mujeres. Por no hablar de que era un juego en el que los niños ni siquiera participaban. Sé que eran comportamientos infantiles, que éramos unas niñas jugando inocentemente a ser adultas, pero también sé que quizá yo no hubiese tomado la decisión de ser madre soltera si siguiera anclada en aquellas formas de pensar más propias de tiempos pasados. Con los años y la evolución propia de la sociedad, aprendes a advertirlos para que no se repitan en un futuro y ser un poquito más libre para tomar tus decisiones. Pero volviendo al pasado, solo éramos niñas que habíamos crecido con la influencia de madres abnegadas, princesas Disney y películas románticas con finales felices.

Nos recuerdo sentadas en círculo, unas frente a las otras, compartiendo miradas cómplices. Una de nosotras cogía una cadena, por lo general alguna que nos habían regalado en la primera comunión, se la desabrochaba con sumo cuidado del cuello e introducíamos un anillo. Entonces, la que quería conocer su futuro, extendía la palma de la mano mientras otra suspendía la cadena estirada con el anillo flotando sobre ella. Todas cerrábamos los ojos para imprimir nuestra ilusión en aquella joya que por arte de magia comenzaba a moverse sobre la palma de la mano. Si el anillo oscilaba como un péndulo, hacia delante y hacia atrás, sería niño. En cambio, si el anillo comenzaba a girar en pequeños círculos, sería niña. En mi caso, el anillo no cesó de dar vueltas como una peonza a toda velocidad, sin un ápice de duda.

Por eso aquella revelación en la consulta no me sorprendió, ya que llevaba años preparada para ello, aunque eso no impidió que mi alegría fuera desmedida. De aquella revisión salí por un lado feliz, con la confirmación del sonido del latido de mi pequeña todavía retumbándome en el pecho, pero, por otro, también preocupada, ya que seguía teniendo la presión alta y no conseguíamos controlarla. Y cuando digo controlarla me refiero a bajarla, puesto que yo la medía de forma compulsiva y estaba sometida a mi absoluto seguimiento. Para una psicópata del control como yo, que intenta mantener bajo su yugo todos los aspectos de la vida para que no haya imprevistos, una variable como aquella me desestabilizaba. Tener acceso a los tensiómetros a cada hora de mi vida tampoco ayudaba.

Reconozco que los primeros meses del embarazo me encerré demasiado en mí misma. Devoré todo tipo de libros que me iban guiando durante la gestación, me bajé *apps* que comparaban cada semana el tamaño de mi niña con frutas según sus medidas y no mentiría si digo que creé un Excel donde fui apuntando mi peso, el contorno de mi cintura, la evolución de mi ombligo, todos mis síntomas, sus medidas y cada detalle, por pequeño que fuese, que yo considerase relevante para el seguimiento. Por ello, apuntar la presión arterial en color rojo en aquel cuadro, sin posibilidad de controlarlo a golpe de clic, me estaba consumiendo por dentro. Solo me tranquilizaba mirarme al espejo y tocarme la tripa, envolviendo a mi niña entre las manos con la idea de darle todo el confort del mundo. Sentir su calor, su movimiento, su vida.

—¡Chiqui, es una niña! —le dije a la rubia en un audio de escasos cinco segundos nada más salir de la única revisión a la que no me había acompañado en todos los meses de embarazo por un marronazo en su trabajo. Recuerdo que su respuesta llegó dos minutos después con un audio de nueve.

Estaba feliz de que aquel jueves de mayo, tiempo después, hubiésemos quedado. Eso significaba que la rutina se había instaurado de nuevo en nuestras vidas. Como hacíamos cada jueves, celebrando la vida. Todo se había vuelto a poner en su sitio. Aun siendo diferente para cada una de nosotras, con nuestras circunstancias, todo volvió a ser amable.

Dramachat
Luchi, Rubia, Sarix, Tú

Luchi
¿Cómo está la mamiperra
y su bragas?

Sarix
¿Su bragas?

Luchi
¡¡¡Su barriga!!!
Joder, el autocorrector...

Jajajaja.
Estaba a punto de decir
que no llevo bragas.
No me caben ya.

Rubia
¡Queremos foto de
tus bragas!

Ahora, cuando nos veamos,
os las enseño en directo.

Sarix
¿Qué te ha dicho la gine?

Pues que ya van
veintidós semanitas...

Luchi
De verdad que no me
adapto a lo de contar
el tiempo en semanas...

Rubia
Pues yo, que soy de letras...

Sarix
Va a ser exactamente igual
que tú, os vais a dar una
turra la una a la otra...

¡Qué dices, tía!
Seguro que no se parece en nada
a mí. Siempre pasa en mi familia.
Cuando la madre es calmada, la hija es
un torbellino y al contrario. A esta le
toca ser budista o algo así.

Sarix
Jajaja,
¿budista o nudista?

Lo que ella quiera,
como si no lleva bragas.
Va a ser un alma libre
porque con el embarazo
que me está dando...

Rubia
Se te nota cansada.

Un poquito sí,
pero bueno, supongo
que es normal.

Sarix
¡Pero si estás divina!

Las tetas las tengo
que no me lo creo ni yo.
Tengo dos melones
que han dejado
de ser limoncitos...

Luchi
He estado calculando y,
si nace a principios
de septiembre,
va a ser virgo.
¡Ojo!... Porque tú eres
capricornio y, si tu hija
es virgo, pertenece
a los signos de tierra.

¿Y eso qué
coño significa?

Rubia
Lucía, por favor, sé diplomática
con la respuesta.

Sarix
Jajajaja, se masca la tragedia.

Luchi
Joder, pues que habrá
más tensión en esa casa
que meando en un baño
público sin pestillo.

Sarix
JAJAJAJAJA
Ha sido todo muy diplomático...

Rubia
¿Me paso a recogerte, Laux?
Así no te desplazas...

Sí, por favor...

Sarix
Rubia, yo llego directamente
de la protectora a tu casa,
me voy con vosotras en el coche.

Luchi
Vale, ya veo de qué va el rollo,
dejemos a Lucía que se vaya sola,
a ver si con suerte se equivoca
de bar y no viene...

Sarix
Nos has pollado...

Rubia
Ese autocorrector otra vez...

Luchi
Ya quisieras tú que te pollasen...

Después de la última broma de Lucía, dejé el móvil en la mesa con una sonrisa en la cara. El dolor de espalda que venía acompañándome los últimos meses estaba algo acentuado aquel día, un poco más de lo normal, pero quedar con esas perras me daba la vida. También tenía la tensión especialmente alta esa tarde, así que preferí que la rubia pasase a buscarme para no hacer esfuerzos.

Volví a revisar el Excel del embarazo. Me había hecho un análisis de orina por una molestia y todo estaba bien. Había tenido algún que otro cambio de humor, dentro de lo normal. Nunca tuve muchas náuseas, tengo un estómago fuerte, sin embargo, a pesar de que todo parecía estar en su sitio, había algo que me estaba dando guerra.

Hice un pequeño esfuerzo porque por ellas siempre merece la pena, a pesar de que no era el mejor día para mí. También era cierto que necesitaba distraerme, así que decidí tumbarme y echarme una pequeña siesta en la cama mientras la rubia y Sara venían a recogerme como a una reina y así paliar esa fatiga generalizada que se había instaurado en mi cuerpo.

Puse una alarma por si me quedaba dormida, algo habitual con la somnolencia que llevaba encima. No hizo falta.

Imagino que al poco tiempo —no podría determinar si pasaron minutos u horas—, me desperté desorientada con un fuerte dolor de estómago. Mucho peor y más agudo del que llevaba padeciendo desde esa mañana. Me llevé las manos, aún confundida, sobre la barriga, sobre mi niña, para intentar apaciguarlo. Entonces noté que estaba húmeda. Cuando desperté del todo, me vi las manos cubiertas de sangre. La cama estaba igual.

Llevaba diez años trabajando como enfermera. Había visto de todo en urgencias, pero cuando sentí los muslos ensangrentados, entré en pánico. La crisis de ansiedad que sufrí —porque sabía lo que estaba pasando, por supuesto que lo sabía— apenas me dio unos segundos para reaccionar. Lo justo para coger el teléfono.

31
Compañeros

Las vueltas que da la vida
y la cantidad de gente que se marea.

Sonó una notificación en el móvil y me sobresalté un poco con el sonido. Pese a que estoy más que acostumbrada a escuchar el «chiqui» de Laura en mi propia oreja, he de reconocer que cuando aquel graznido te pilla en silencio y a la vez te vibra el teléfono es cuando menos aterrador. Miré la pantalla del móvil, eran las 15:55 del 10 de mayo de 2018 y el mensaje era de mi querido chat de grupo de amigas.

Me sentí muy bien. Ver que el Dramachat volvía a responder al calor humano que había en su interior consiguió animarme el resto de la tarde. Al poco de cerrar la conversación con las chicas, Sara me escribió por privado para concretar la hora a la que vendría a casa antes de recoger a Laux. Me dijo que tenía algo que decirme. Intuí que la cosa con Marcelo, lejos de haberse apaciguado, se habría intensificado. La última vez que habíamos hablado del tema seguían compartiendo los gastos de la casa porque aquel era el trato, su trato. Vivían juntos, se respetaban, pero lo suyo estaba roto. Y digo que lo intuí porque únicamente me dijo que quería venir a hablar conmigo, sin más detalles. Cuando ella sentía la necesidad de contarme algo, solo tenía que estar allí para ella. Precisamente por su carácter reservado, le avisé de que se encontraría a Pol en casa, ya que estaríamos poniendo en orden mi doble vida que ella desconocía, pero se lo conté para que no le pillase por sorpresa su presencia.

No le importó, siempre habían sido muy buenos amigos e imaginaba que sincerarse delante de él no iba a suponer un problema. También podría ser que simplemente quería venir a decirme que me traía una tortilla de patatas de las que hacía su madre, que estaban exquisitas, pero, en el fondo, el tono de su mensaje estaba cargado de desaliento.

A las cinco de la tarde de aquel caluroso jueves me encontraba en casa y Pol, puntual como las flores de cerezo en primavera, llamaba al timbre, listo para su café con piti. «Café y cigarro, muñeco de barro», solía decir antes de hacer uso y disfrute de mi baño tras aquellos festines.

Después del capuchino, repasamos los temas pendientes de la Vecina Rubia. Yo sentía que eran inabarcables, pero Pol se armaba de paciencia, respiraba y me pedía que acompasase mi respiración con la suya para calmarme. Siempre fue un soplo de aire para mí y no precisamente «aires» como lo eran, en ocasiones, los de Laux.

Por suerte, él llevaba un escrupuloso orden de todos los correos electrónicos que llegaban, que no eran pocos, ordenándolos por carpetas, colores, remitentes y urgencia, además de seguir haciendo un uso exquisito de la educación en el trato con los demás, incluso en aquellos mensajes que bien hubiesen requerido del Pol más ácido en la respuesta.

No solo conocía al detalle mi manera de ser y mis valores, que eran los de la Vecina, sino que se preocupaba por seguirlos, agarrando mi mano hasta donde yo le dejaba, entendiendo como nadie mi continua insatisfacción y necesidad de hacerlo todo en persona.

Mientras estábamos repasando los temas del día, como en las reuniones de vecinos, Sara llamó al timbre. Eran las seis en punto. Pol, lejos de sorprenderse, ya que no le había dicho nada para no condicionarle, se alegró muchísimo.

—¡Saritísima! ¡Qué hermosura de mujer! —dijo Pol a modo de recibimiento al abrir la puerta.

—¿Ya está borracho a las seis de la tarde? —preguntó Sara, mirando un reloj imaginario en su diminuta muñeca.

—Creo que el capuchino se le ha subido a la cabeza —respondí desde la sala.

—No, joder, es que hoy estás especialmente guapa. Y flamenca.

—¿Así, toda llena de barro y caca? —dijo Sara, justificando su apariencia recién llegada de la protectora.

—A mí es que me ponen las mujeres con olores fuertes.

—A ti no te ponen las mujeres, Pol.

—Eso es verdad, pero a ti te amo con locura —concluyó él antes de lanzarse sobre Sara para darle un abrazo con su típica actitud de «abuela muerdecarrillos».

Sara reculó:

—Eso es muy bonito, Pol, pero permíteme ir al baño un momento para dejar de oler a animal y volver a ser esa persona de la que hablas.

Sara se dirigió al baño, dejándolo con la boca abierta.

—Que me ha hecho una cobra, la hija de su madre... Además, una cobra sentimental —dijo bastante afectado.

—Sí, sí, lo he visto. Te ha dejado con el cariño en las manos —respondí metiendo el dedo en la llaga.

—Para una vez que me beso encima de amor... A ver si vuelve doña Flequillos del baño, que le voy a cantar las cuarenta.

Sonreí al ver a Pol falsamente despechado. Sin lugar a dudas, estaba muy complacido por ver a Sara, no solo por lo mucho que la apreciaba, sino porque estaba emocionado con la idea tan maravillosa que habíamos llevado a cabo en el perfil para ayudar a su protectora, la cual no pasaba por su mejor momento económico, al igual que nuestra Sara. Haber dejado su trabajo no le había reportado ni siquiera paro. Todo su esfuerzo y ahorros se centraban en ese pequeño espacio de recogimiento donde se dejaba el alma y la cartera en cada animal. La situación era tan crítica que habían abierto un pequeño *crowdfunding* de apenas cinco mil euros para paliar las facturas de comida y el veterinario. Pidieron justo lo que necesitaban. Ni un euro más. Su honestidad y generosidad eran para enmarcar. Todas las personas que trabajaban en aquella protectora eran ángeles para los animales.

Aquellos cinco mil euros fueron recaudados en apenas veinticuatro horas una vez que lo publiqué en la Vecina Rubia. Aquello hizo que, casi sin quererlo y de manera orgánica, una de las tiendas de animales más grandes de España se pusiera en contacto conmigo, con la Vecina, para hacer, además, una donación de comida y otros accesorios. La gestión de Pol con ellos fue impecable. Y lo hizo por «Saritísima», como él la llamaba, porque parafraseando sus propias palabras: «La amaba con locura».

A lo largo de los años he meditado mucho sobre la preciosa y silenciosa labor, a ojos del mundo, que Sara realizaba. Muchas veces no la he valorado con el reconocimiento que merecía y no era ni muchísimo menos por no respetarla, sino más bien por no prestarle la atención necesaria. Supongo que ese es uno de muchos de los problemas que nos acompañan ahora mismo: prestamos mucha más atención a todo lo que grita en las redes sociales y no a las cosas que en silencio sostienen el peso de lo que nos rodea. Creo que siempre tuve claro que yo no quería gritar o, al menos, quería hacerlo de otra forma. Las manifestaciones silenciosas y anónimas suelen ser más grandes y sinceras, pero cuatro personas dando golpes a una cacerola son más estruendosas y se habla más de ellas. Estaba convencida de que yo podría cambiarlo en mis redes sociales. Dicen que hace más ruido un árbol cayendo que un bosque creciendo, pero yo quería que mi comunidad floreciese y tuviese voz a través de mí, buscando hacer ese ruido que a veces es necesario para cambiar el mundo.

Mi padre era un gran amante de los animales y yo me crie rodeada de gatos. Él siempre decía que cada niño debería crecer con un animal doméstico a su lado: un perro, un gato, un hámster... Cualquier vida de la que tuviese que responsabilizarse y, a la vez, crecer con un compañero del que aprender cada día.

Recuerdo que gracias a todos los animales que pasaron por mi vida de niña pude comprender asuntos tan importantes como la muerte o el duelo, temas que mi padre abordó cuando llegó el momento de decirle adiós a mi primer gato, Bartolo. Nunca olvidaré cómo asumí su pérdida gracias a imaginarlo en aquel mundo paralelo que creé junto a mi padre en forma de arcoíris para apaciguar mi mente, donde había barra libre de latas de atún y paredes construidas de la tela de los rascadores. Además, consiguió mostrarme, con la delicadeza que acostumbraba a tener, que junto a nosotros había vivido sus mejores años con siestas interminables panza arriba bajo el sol, peluches rellenos de valeriana y pelotas de goma en cada rincón.

El amor de mi amiga Sara por los animales me enorgullecía sobremanera, puesto que tengo la férrea convicción de que las buenas personas siempre comparten el común denominador de sentirse vinculadas a ellos. Y en mi amiga, aquel denominador no era común, sino extraordinario. Si contásemos todos los kilómetros que ha recorrido en busca de perros o gatos perdidos, abandonados, desorientados en la carretera o que solo necesitaban que les prestaran atención, llegaríamos muy lejos juntas. Más incluso que Tom Hanks en *Forrest Gump*. Y llegaríamos, por supuesto, llenitas de barro hasta las cejas. «Quien alimenta a un animal hambriento, alimenta su propia alma», decía Charles Chaplin. Y qué razón tenía.

Cuando Sara salió del baño, nos quedamos mirándola fijamente. Como si nuestros pensamientos más hermosos se hubiesen enfocado en una sola persona.

—¿Qué pasa? ¿Tengo un moco? —nos preguntó.

En ese momento, Pol ya no pudo contenerse. Se levantó del sillón con firmeza y la abrazó, escuchándose a kilómetros el crujido de, al menos, un par de vértebras cervicales y alguna lumbar.

—¿Qué le pasa a este? —me miró Sara extrañada.

—Qué no le pasa, diría, más bien... ¿Y tú qué tal?

Así, directa. ¿Para qué andarnos con paños calientes? Estaba claro que había venido a casa antes de nuestra reunión de los jueves por algún motivo y estaba claro también que no era para traerme una de las jugosas tortillas de patatas de su madre. Ponerlo encima de la mesa cuanto antes era, sin duda, la mejor opción. Sara se quedó en silencio durante el gorjeo de un par de gorriones que había en la terraza. Pol sostuvo su mirada, sintiéndose incómodo, hasta que reaccionó.

—Bueno, chicas, yo me voy, que imagino que tenéis que hablar de vuestras mierdas... —dijo Pol, intuyendo la situación.

Sara respondió al instante:

—No, si en el fondo tampoco hay mucho que contar... Y si lo hubiese, estaría encantada de compartirlo también contigo, Pol.

—¿Sí? ¿De verdad?

—Claro, estuve enamorada de ti durante toda una noche cuando nos conocimos. Eso une mucho —respondió Sara con soltura.

—¡Te como esa cara!

Y Pol volvió a abalanzarse sobre ella, sacándonos una sonrisa que precedía a una conversación que se intuía delicada.

—¿Qué tal con Marcelo? —le pregunté directamente.

—¿Con quién? —respondió esquiva e irónica.

Se hizo un silencio que enmudeció incluso a los propios gorriones de mi terraza. Pol y yo intercambiamos miradas furtivas entendiendo el subtexto que rodeaba a esa pregunta, en cierto modo, retórica. Rápidamente, intenté que se sintiese más cómoda con una conversación mucho más confortable para ella.

—¿Y en la protectora? ¿Qué tal?

Sara respondió categórica:

—Quiero marcharme de casa y no sé cómo hacerlo. Tenéis que ayudarme... No puedo más. Tengo que irme.

Aquella respuesta y el grado de contundencia nos puso en alerta. Pol cambió el gesto y no dudó un segundo en preguntar con urgencia:

—¿Pasa algo con Marcelo, Sara?

—¿Algo de qué?

—Algo de si te ha hecho algo... —apuntillé con sutileza.

—¡Nooooo, por Dios! ¿Marcelo? No, hombre no. Nunca se le ocurriría hacerme daño ni a mí ni a nadie. No es eso... —respondió Sara convencida.

He de reconocer que Pol, los gorriones y yo respiramos aliviados tras su respuesta.

—He sido muy feliz con Marcelo, de verdad, pero ya no. Y me da pena, pero ha cambiado. Y yo también he cambiado.

Escuchar esas palabras por boca de Sara, con la sinceridad que transmitía, nos dejó helados.

—Entonces ¿qué ha pasado? —preguntó Pol con cariño.

—Pues que a Marcelo no le ha sentado nada bien que dejase el trabajo y le dijera a mi nuevo jefe que le dieran por culo después de hacerme la vida imposible. No estaba muy de acuerdo con que antepusiese mi felicidad, dignidad y salud mental a la nómina de cada mes. En vez de apoyarme, no ha parado de decirme que si no aporto nada a la casa, que si la protectora no nos ayuda a pagar el piso, sino todo lo contrario... —Sara hizo un pequeño silencio lleno de ternura y cariño—. Esos bichos son mi vida y pensaba que Marcelo también... pero está claro que la gente no deja de sorprenderte, ¿no?

El tono derrotista de la conversación empezaba a preocuparme porque sonaba más sólido que nunca. Casi podía tocar con las manos la tristeza que desprendía y nunca había visto a mi amiga así. Ni siquiera cuando la conocí con veintitantos años y salía con el gañán de Rafaelito.

—Ayer por la tarde tuvimos la última discusión, aunque más que una discusión fue una invitación.

—¿Cómo que una invitación? —pregunté desconcertada.

—Me ha sugerido amablemente que, si no voy a aportar nada a la casa, imagino que en lo económico porque es lo único que queda entre nosotros, lo mejor es que me vaya...

—¿Nada económico? ¿Lo dijo con esas palabras? —volví a preguntar atónita.

Sara asintió.

—Joder con el Mandalas, pensaba que era mucho menos materialista.

—La gente es poco materialista con los primeros mil euros, Pol...

—Tengo claro que es un buen tipo, pero esta situación lo ha superado. A mí misma me ha superado. Ayer me dijo que no iba a cargar con la responsabilidad de todo mientras yo no tuviera un trabajo «de verdad». —Sara entrecomilló las palabras en el aire—. Como si dejarme la piel en la protectora no fuese un trabajo...

—¿Y qué le dijiste?

—Que le liberaba de esa responsabilidad...

Pol y yo nos miramos de nuevo.

—Madrecita... Y entonces ¿en qué situación estáis? —preguntó Pol intentando llegar al quid de la cuestión, si es que podía resumirse en una frase.

—Pues que ya no tengo casa... Y venía a ver si podía dejar algunas cosas en vuestro trastero, hasta que encuentre un piso barato, claro. Hoy voy a aprovechar para dormir en la caseta del guarda de la protectora. Él no está, que ya os estoy viendo venir, sobre todo a ti, Pol.

Se hizo un pequeño silencio, a pesar de la broma de Sara, que no arrancó ninguna sonrisa en nuestros rostros. Ella lo advirtió, restándole importancia al momento:

—Será solo por unas semanas. Luego iré viniendo poco a poco a por ello...

—Pero ¿qué dices, loca! ¿Cómo vas a dormir allí? —le pregunté, incrédula.

—No pasa nada, allí tenemos muchas mantas que nos han donado, será algo temporal...

Sara respiró hondo. Pasó el tiempo necesario para que nuestros cerebros asimilaran la situación con calma antes de que uno de los dos interviniera. Y justo cuando iba a decirle que podía quedarse en casa, Pol respondió con contundencia.

—No, ni de coña.

Sara y yo le miramos impresionadas.

—¿«No» qué?

—Que no, coño. No te vas a ir a dormir a la caseta del guarda como que yo me llamo arroba Polpenes.

—¿Arroba qué? —dudó Sara.

—¿Qué propones, Pol? —le pregunté previendo en el horizonte una de sus *performances* a las que nos tenía tan acostumbradas.

—Lo mejor es que te vengas a casa conmigo.

—Venga ya, si en vuestra casa apenas cabéis Jaume y tú... —dijo Sara, desestimando la opción.

—Yo y... ¿quién? —respondió Pol de la misma manera que lo había hecho Sara minutos antes.

No hizo falta decir más. Pol se sinceró y le explicó algo que yo ya sabía, que Jaume se había marchado de casa hacía meses y que también había perdido el trabajo. Sara no daba crédito a la información que salía de la boca de Pol y aunque nunca había sido especialmente avispada con los detalles, ató cabos. Las últimas veces que habíamos quedado, Jaume siempre estaba enfermo, en Lleida y la excusa era el trabajo o cualquier otra. Pese a que resultaba obvio que llevábamos meses sin verle, ese despiste de serie que hacía tan especial a Sara le había impedido darse cuenta en primera instancia de nada. Eso y que arrastraba lo suyo sin haberlo compartido con nadie más que conmigo, lo que hacía la carga el doble de pesada.

La propuesta era clara y cuadraba a la perfección. Sara se iría a vivir con Pol, sin presión. El tiempo que necesitara. Quién sabe, si Sara se enamoró momentáneamente de él, igual el roce hacía el cariño...

—Perfecto. No hay más que hablar. Te vienes a casa. Con tus perros, tus gatos, tu barro y tus cacas. Eso sí, me gustaría dejar clara una cosa: lo siento, Sara, pero me gustan los nardos.

—Muy bonita esa flor —dije rápidamente con ironía.

—¿Verdad? —respondió con la misma agilidad.

Los tres nos reímos a carcajadas mientras las ilusiones de cada uno tomaban forma en nuestras cabezas: de pene en el caso de Pol y de nubes con forma de perro en el caso de Sara. Los dos atravesaban una crisis emocional y el destino, la providencia quizá —o lo que fuese aquello—, había puesto sus vidas en el mismo camino, cuyo trayecto terminaba en la misma puerta del antiguo edificio donde yo también viví una vez. Donde había sido muy feliz.

—¿Habrá *bloody mary* de gazpacho este verano? —pregunté recordando cuando nos conocimos los tres.

—Yo soy más de cerveza. Mucha cerveza —dijo Sara con una sonrisa en la boca.

—¿Y de tortilla con o sin cebolla? Eso es algo que hay que saber antes de irte a vivir con alguien —añadió Pol emocionado.

—De la de mi madre, que le encanta a la rubia, por cierto.

—Espera a que este tortillero te cocine, ya verás... —dijo Pol retándola.

—Difícil que la superes, pero te daré la oportunidad.

—¡Ohhhh! ¿Será esta nuestra primera discusión, cariño?

—Dios me libre de discutir contigo, Pol. Por mi parte solo te puedo prometer que seguiré oliendo fuerte cuando vuelva a casa.

—Ja, ja, ja. Cómo me pone esta mujer —añadió Pol mientras terminamos de tomar el café, inmensamente faustos de que la casualidad les hubiese concertado una segunda cita, en esa ocasión para vivir juntos.

Las vueltas que da la vida y la cantidad de gente que se marea...

En definitiva, Sara pondría fin a una relación que en su día fue de amor para iniciar otra como meros compañeros de piso y empezar una convivencia distinta. Nuevos compañeros. De piso, de vida, de anécdotas. De incontables risas.

No es fácil saber poner fin a una relación. Pero cuando lo

haces, la sensación de libertad se apodera de tu cuerpo, como lo hizo aquella tarde con el de Sara. Su gesto se tornó relajado y amable. Diría que incluso se le limpió de pronto el barro que aún le quedaba en las orejas.

El tiempo se nos echó encima cuadrando fechas para la mudanza. Sara y Pol no podían esconder su emoción, como dos niños esperando a que los padres paguen en la tienda unos juguetes que les acaban de comprar. Los amaba a los dos por separado, imaginaos teniéndolos bajo el mismo techo.

Cuando dieron las siete menos cuarto, Sara y yo nos despedimos de Pol para ir a recoger a Laux tan emocionadas que apenas cabíamos en el coche. Era como si unas veinte rubias y otras veinte Saras se hubiesen montado con nosotras y todas fuésemos coreando la misma canción a la vez. Pusimos la radio a todo volumen, como si no fuésemos a aparcar entre dos coches nunca más en nuestra vida. En aquel momento, el «tra, tra» nos había impactado «malamente» más de la cuenta escuchando la que era la nueva canción de Rosalía. Aquel Capítulo I, llamado «Augurio», de su nuevo disco tomó todo su significado de repente. El del mal augurio.

Una llamada entró por *bluetooth* y cortó la canción. Era Laura.

—Chiquiiiiiiii, estamos llegando —dije, al más puro estilo Laux, silbiditos incluidos.

—¡Ve bajando, perra! —gritó Sara emocionada.

Laux solo dijo una frase, muy débil.

—Rubia, estoy sangrando. Voy a desmayarme.

Y después, el silencio más absoluto. El más oscuro y profundo. El que no deja espacio para la duda ni el miedo porque es tan negro que no cabe nada.

Aceleré. Todavía tenía las llaves de su casa. Nunca me pidió que se las devolviera. Cuando entramos, Laux estaba en el suelo, recostada contra la pared de la entrada. Estaba consciente, pero mareada. Había perdido sangre, no sé si mucha o poca, eso lo dejo para quienes escriben novela de género, pero apenas podía hablar.

Como si estuviésemos dentro de una burbuja, me quedé bloqueada. Todo lo que ocurría lo hacía a cámara lenta y el sonido se había vuelto grave e ininteligible. Me quedé paralizada al ver la imagen de mi amiga con las manos llenas de sangre y la cabeza hundida entre los hombros.

Entonces Sara, acostumbrada en la protectora a lidiar con estas situaciones límite en las que llegaba algún animal en estado crítico, tomó las riendas. Me gritó tan fuerte que salí de esa ensoñación en la que había caído presa del pánico. Me dio el teléfono para que llamara a una ambulancia, mientras ella cogía un trapo de la cocina para evitar que siguiera sangrando.

No quiero describirlo más. No puedo.

Lo siguiente que recuerdo fue estar en la sala de espera de urgencias del hospital donde ella trabajaba. Todo era confuso, borroso. Podría decir que lo recuerdo incluso en blanco y negro, sin un ápice de color, sin definición siquiera.

Las últimas palabras que retuve en mi cabeza fueron las de una doctora diciéndonos que Laux había perdido a su hija.

32
Iván

Dejarlo todo.

Aquella tarde me acerqué a casa de la yaya Catalina en coche. Tras la muerte de su abuela, Javi se había instalado allí los días que trabajaba y, a pesar de que le había insistido en que viniera a mi casa, quería mantenerse entretenido limpiando el huerto y dando de comer a los gatos. Dormía en su diminuta cama con su fino colchón, su edredón de flores y un cabecero de madera oscura muy antiguo que seguramente había tallado a mano su abuelo, a juego con dos pequeñas mesillas. Con su tele de tubo, la estantería de las fotos de la comunión de todos sus nietos, la vajilla transparente anaranjada y los muebles abrigados con tapetes de punto tejidos por ella misma. En cierto modo, quería estar cerca de todo lo que le recordaba a su yaya. De todas las cosas que aún estaban impregnadas con su esencia.

Estábamos en mayo, 10 de mayo concretamente, habían pasado cinco meses, pero él se había quedado anclado en aquel mes de diciembre cuando ella había fallecido, como si el tiempo no hubiese pasado. Sin embargo, lo había hecho y el jardín daba buena cuenta de ello.

Nos dedicábamos a sanear el riego y a limpiar la maleza. Había crecido sin cesar, alentada por el buen tiempo tras las lluvias y aunque no necesitaba mi ayuda, yo estaba junto a él porque quería compartir su tristeza. Aunque Javi podía cortar y mover los troncos de los árboles grandes, sentía que la culpa que arrastraba era un peso mucho más difícil de levantar que aquellas ramas secas.

Pese a que no hablara de ello, seguía presionándose, sumido en una especie de penitencia autoimpuesta.

Lo sabía porque en su casa, con la rubia, no podía explotar y sacar toda la rabia contenida, así que lo hacía limpiando las zarzas con sus propias manos y cavando en la tierra hasta provocarse unas heridas que intentaban compensar el duelo de la pérdida. Cada vez más profundo, cada vez más hondo. Como si quisiera llegar a la raíz del dolor que llevaba tiempo acumulado en una bolsa dentro del estómago. Yo solo quería asegurarme de que no caía en ese agujero, por eso estaba allí, a su lado, cuando Javi recibió la llamada de la rubia.

Al descolgar, a través del teléfono pude escuchar un llanto tan claramente como sus palabras:

—Hemos perdido a la niña —dijo ella antes de que las lágrimas volviesen a devorarla.

Javi dejó de cavar y me buscó con la mirada. Tras el vacío, oculté la mirada durante unos segundos, como un niño que juega al escondite y se siente a salvo en el lugar que ha encontrado, oculto a los ojos del mundo. Donde nadie puede tocarle.

—Tenemos que irnos —apremió Javi.

—¿Ella está bien? —pregunté en un acto reflejo.

—No lo sé.

Javi esperó unos segundos más, entiendo que por deferencia a que yo pudiera asimilar en escasos minutos, otra vez, las noticias que me llegaban de Laux. Estaba cansado de tener que adaptarme a ciertas cosas en tan poco tiempo. La vida es tan compleja que no todo se puede digerir en segundos.

—¿Nos vamos? —insistió Javi, poniendo la mano en mi hombro.

Asentí, aún conmocionado. Ni siquiera pude preguntar qué había pasado porque no me salían las palabras, porque no me llegaban a la boca. Se quedaban por debajo de la nuez, sin ser capaces de atravesar el nudo de mi garganta. Atoradas, acumuladas, fugaces, quizá innecesarias.

Después de aquel palo emocional, aquella tarde no pudimos hacer nada. No había vuelos disponibles y tuvimos que esperar a primera hora de la mañana siguiente. Javi se pidió unos días libres y yo lo dejé todo para ir a verla. Fue tan rápido que apenas tuve tiempo de pensar en nada. La verdad es que ni siquiera quise hacerlo.

—¿Cómo estás? —me preguntó Javi en el avión, supongo que esperando cualquier tipo de respuesta.

Después de todo lo que había ocurrido viajaba sin rencor, sin miedo... Intenté resignarme a pensar que sería uno más de los que estaríamos a su lado. Me impuse que tanto Javi como yo íbamos en la misma posición. Con la misma implicación, con la misma preocupación. Como dos amigos que van a dar apoyo a una amiga que lo necesita.

—Bien —contesté, intentando liberarme de la carga—. Deseando llegar y ver cómo está... Como tú, ¿no?

Javi lo percibió y sonrió con sutileza, imagino que pensando en el bloqueo al que estaba sometido en aquel momento —por la rabia, por despecho o por cualquier otro motivo—, sin percibir la verdadera preocupación y el nexo que me unía a ella y que yo me estaba negando. No le faltaba razón, quizá esa que me sobraba a mí intentando comportarme como un amigo más con ella, intentando anular los verdaderos sentimientos que ni yo mismo entendía.

—Si vas a estar pensando cómo comportarte delante de ella, aparentando estar bien para que parezca que lo has superado, no lo hagas. No es el momento de hacerle sentir así —dijo Javi, sabiendo lo que rondaba por mi cabeza.

Me conocía tan bien como yo a él. Supongo que en eso consiste la verdadera amistad.

Cuando llegamos al hospital, respiré profundamente antes de entrar. Sentía como si el edificio se me fuese a caer encima. Cada paso que daba detrás de Javi hacia la habitación, lo hacía como un niño que se esconde detrás de su padre en su primer día de colegio. Como aquel que huye de encontrarse de frente con la realidad. ¿Por qué son interminables los pasillos de los hospitales? ¿Por qué dilatan la angustia de esa manera?

Cuando salí de la sombra de Javi, allí estaban todos. Sara, Nacho, Lucía, Pol, los padres de Laura, algún familiar más y la rubia, por supuesto. Todos nos saludaron, pero no recuerdo sus palabras. Todos nos abrazaron, pero en mi cabeza solo estaba la imagen de la puerta entreabierta de su habitación. Casi instintivamente, me alejé del grupo y me dirigí despacio hacia ella. Noté que todos me miraban porque en ese momento dejaron de hablar.

Respiré de manera entrecortada y tragué saliva, caminando con pasos cortos. Abrí la puerta con suavidad. Laura estaba tumbada en la cama, mirando hacia la ventana. Nunca le había visto brillar tan poco.

Mi respiración delató mi presencia y Laura volvió la cabeza para mirarme. Detrás de la melancolía, noté la sorpresa en sus ojos, incluso el calor del cariño. Me lanzó la mano todo lo que el suero al que estaba anclada le permitía y caminé hasta ella, sentándome a su lado. Me miró, me sonrió aún débil y me desinflé.

—Lo siento —dije mientras la miraba.

Laura rompió a llorar y yo no pude controlarme. La abracé gritando de dolor. Porque el dolor físico de la pérdida se grita. Se contiene durante un montón de tiempo y al final sale a voces.

—Lo siento. Lo siento de verdad.

33
Incluso el día más oscuro tiene sus matices

Para tomar una cerveza cualquiera vale,
pero para ofrecer ayuda solo unos pocos sirven.

Todos oímos el llanto de Laux y de Iván desde el pasillo. Yo aguantaba en silencio, consternada por la situación. El impacto que recibimos fue demasiado fuerte y con lo vivido estaba a punto de explotar. Javi lo percibió nada más verme y me cogió de la mano para sacarme de allí con la intención de que me calmara.

—Vamos a la cafetería. Necesito un café —dijo Javi dejando clara su intención.

Sentada a la mesa y recordando la sensación que había tenido con Martín hacía solo unos meses, esperé a que Javi trajera dos capuchinos mientras mi mente intentaba ordenar lo ocurrido. Aunque no me lo pidió, necesitaba contárselo. Quería sacarlo mientras bebía el café ardiendo de forma compulsiva.

—No tienes por qué hacerlo ahora... —insistió Javi, supongo que viendo mi nerviosismo.

—Quiero hacerlo porque no puedo llevarlo conmigo más. Lo dejaré en esta mesa ahora y no volveremos a hablar de ello jamás —respondí contundente, intentando adoptar una decisión rápida que me ayudara.

Javi asintió y entonces respiré hondo para coger el aire suficiente que me diera la fuerza necesaria para exponerle lo sucedido. Laux había tenido un aborto espontáneo. No pude explicarle muy bien las razones porque ya estaba en su séptimo mes de embarazo, si no me equivocaba, ya que nunca llegué a acostumbrarme a contar las semanas.

—Aparentemente, todo iba bien. Hablamos a mediodía y le dije si quería que pasara a recogerla. Cuando iba de camino con Sara, me llamó por teléfono y... —Me quedé sin aliento mientras la voz se me quebraba recordando el momento.

—Tranquila. Tómate tu tiempo... —dijo Javi mientras me cogía la mano para calmar el temblor que de repente había aparecido de forma involuntaria.

—Nos dijo que estaba a punto de desmayarse y luego... se cortó. Cuando Sara y yo llegamos, estaba en el suelo sobre un charco de sangre. Casi no pude reaccionar.

Javi me miraba mientras intentaba recomponerme.

—Hoy nos han dicho que estaba relacionado con algo de la tensión arterial, pero podría estar diciendo una tontería porque mi cabeza ha llegado al límite. No puedo más.

—No te preocupes. Está bien así, no tienes por qué culparte.

—Me quedé paralizada, Javi —respondí con contundencia, dolida—. Como una muñeca de porcelana inservible...

—Es normal —me interrumpió intentando sosegarme.

—No, no lo es. Me quedé bloqueada. Laura estaba en el suelo y yo me quedé como una idiota con las manos en alto. Como se queda un inútil ante una puerta cerrada y no es capaz de distinguir «empujar» de «tirar».

—No te equivoques... Estabas allí y eso ya era importante para ella.

—Si Sara no hubiese estado conmigo, no hubiese podido ayudarla.

—¡Ya! ¡Para! No te castigues más —me interrumpió Javi alzando la voz, tajante—. Siento ser tan borde, pero esto empieza a afectarte mucho, cariño, y sigues sin darte cuenta. No puedes llegar a todo de manera ejemplar y dar el doscientos por cien porque es imposible. ¿Cómo no va a ser normal que te quedaras paralizada en una situación así con tu amiga? Hasta a mí me hubiese costado. ¿Te vas a castigar por eso? ¿Te vas a castigar también por trabajar mañana y tarde en el curro y con Pol por las noches, por cuidar de tu madre, ayudar a Lucía con su libro y contestar a los cientos de mensajes que te llegan a la Vecina Rubia? ¿Lo vas a hacer?

Y aquella última frase me dejó descolocada. Como cuando entras en una habitación buscando algo y, justo cuando estás en ella, se te olvida qué era. Por supuesto, no escondí mi sorpresa, pero intenté desviar el tema, por si había sido una casualidad.

—¿A qué te refieres?

Javi me miró fijamente haciendo un pequeño gesto de obviedad. No necesitaba más respuesta. Conocía las inflexiones de su cara y estaba claro de lo que hablaba.

—¿Desde cuándo lo sabes? —pregunté en una segunda tentativa más directa y sincera.

—¿No debería saberlo?

—No, no... Es que no pensé que esto pudiera... interesarte —respondí con sinceridad.

—Todo lo tuyo me interesa, pero tienes que contármelo tú...

Javi hizo un silencio que dejaba encima de la mesa una sentencia que traía una carga emocional importante, al menos para mí, ya que durante todo ese tiempo le había mentido a la persona que más me había apoyado en todo. La que más sacrificios había hecho por mí.

—Lo sé, pero no había encontrado el momento.

Javi resopló por segunda vez. No acostumbraba a hacerlo de un modo tan explícito, lo cual dejaba entrever que la reflexión iba a ser profunda y contundente.

—Mira, niña, sé que esto ya te lo ha dicho Pol muchas veces, de hecho, yo también lo hice cuando pasó lo de Lucía, pero no puedes seguir capitalizando todas las ayudas de este mundo. Siento mucho decirte que eso es imposible. Así que deja de sufrir por todas esas veces en las que no has sido capaz de hacer algo tal y como lo habías planeado en tu cabeza porque no va a ser ni la primera ni la última vez. Deja de alargar las horas del día para estar disponible porque no vas a llegar y, sobre todo, deja de sentirte culpable por haber entrado en pánico porque es normal, porque eres una mujer normal. No eres médica, no eres psicóloga, no eres una superheroína... Solo tienes que estar ahí, siendo honesta como siempre lo has sido e intentar cuidarte más.

Me quedé en silencio. No quería volver a darle la razón como otras tantas veces había hecho con Pol y con mi madre. Incluso a mi cuerpo le había dado la razón después del ataque de ansiedad.

—¿Y a ti quién te ha contado todo esto? Porque tiene impreso el sello de Pol... —le pregunté, poniéndome a la defensiva, secretamente furiosa.

—Pues no, él nunca me ha contado nada sobre la Vecina, si te refieres a eso... Él me habla siempre de ti, de la rubia, de la persona. Está muy preocupado y más que enfadada, deberías estar orgullosa de su actitud porque hay muy pocos amigos que lo sean de verdad. Y no sé si te estarás excediendo cuando piensas que esas personas que hay al otro lado de la pantalla lo son.

Javi siempre había tenido pocas amistades, pero las que atesoraba, porque ese es el verbo, «atesorar», eran fuertes e inspiradoras. Desde que lo conocí siempre recurría a una frase típica para describirse en ese aspecto y en la vida: «Para tomar una cerveza cualquiera vale, pero para ofrecer ayuda solo unos pocos sirven». Supongo que aquel pensamiento era el reflejo de una vida de incertidumbre y desaciertos en la que Iván era un referente de hermano difícil de igualar. Entendí su preocupación, ya que desde fuera tiene que ser complicado valorar los fuertes vínculos que se pueden crear tras una pantalla que en mi caso no nos separaba, sino que nos unía.

Sin perder la perspectiva de que el pensamiento de Javi era una exposición de ideas difícilmente refutables, no estaba de acuerdo y me consideraba muy afortunada en la amistad. Mi experiencia me decía que había encontrado a miles de compañeras con un respeto inigualable al otro lado de la pantalla, compartiendo palabras sin necesidad de vernos las caras. No obstante, le entendía y no podía sentenciarle por ello. La vida y las circunstancias de cada uno son diferentes y nos llevan a tener nuestros propios pensamientos, unos acertados y otros equivocados, según quién los mire.

Mi padre me enseñó que nunca había que juzgar a una persona sin conocerla porque eso significa pisotear la historia que le precede. De pequeña tenía que prestar atención cuando caminábamos por el campo para no pisar las flores ni las hormigas. Como él me decía cuando pisaba alguna: «No es solo una hormiga, es el respeto por lo que te rodea. Intentemos tener cuidado la próxima vez». Así era mi padre, siempre dejando la puerta abierta a mejorar.

No os voy a engañar, era doloroso para una niña crecer pensando que, si pisas a una hormiga, una silla se quedará vacía en su hormiguero a la hora de la cena, pero siento que en la medida de lo posible me ha hecho ser cuidadosa con todos los seres que me rodean.

—Lo de la Vecina lo descubrí hace tiempo por casualidad —añadió con cierto misterio.

—¿Cómo? —le pregunté intrigada.

Javi sonrió cómplice.

—Que no tenga redes no significa que no sepa que existen...

Y así, casi sin esfuerzo, me arrancó una sonrisa. Jugando conmigo, manteniendo el secreto como dos niños que se entretienen el uno al otro porque se gustan. Sin decírselo.

No quise preguntarle más. Javi consiguió hacerme sentir bien de nuevo el tiempo justo y necesario antes de levantarnos para volver a la habitación. Eso es lo que hacen las grandes personas, rebajarte la presión durante unos instantes para que puedas coger aire y ser consciente de que estás pasando por un mal momento.

Cuando llegamos, no había nadie en el pasillo. Nos sorprendimos y preocupamos a partes iguales hasta que oímos salir de la habitación de Laux algunas risas, muy ligeras, casi imperceptibles desde fuera.

Todos estaban allí, arropándola. Y ella, aún agotada, volvía a esbozar una ligera sonrisa mientras la luz de la mañana teñía su cara y le devolvía, por momentos, el brillo que había huido de su cuerpo. Como quien colorea una foto en blanco y negro.

Laura me miró. Aún me sentía culpable, no podía evitarlo. Entonces me sonrió y un «chiqui», casi silbado, salió de su boca. Me acerqué a ella, contenida por todo lo vivido horas antes. Y cuando quise soltar una de mis bromas para rebajar la tensión, Laux se adelantó.

—Gracias.

Me quedé sin palabras. Ni siquiera pude decirle «Al menos estás más blanca que yo...» o algo así para intentar arrancarle una sonrisa... Ninguna de las palabras que dijese me iban a liberar de la culpa que sentía.

—¿Por qué? Fue Sara la que...

—También le he dado las gracias a ella —interrumpió.

—Lo hizo muy bien.

Laura asintió, sonriendo.

—Sí, pero cuando pensé a quién llamar, sabía que tú estarías ahí.

Y por tercera vez me desmoroné. En solo unas horas. Me abracé a ella seguramente más fuerte de lo que debía en ese momento y al instante se unieron Sara y Lucía.

—Gracias por estar aquí, amigas. Gracias de corazón. No cambia nada, pero lo cambia todo.

Sé que a la gente no le gusta hablar abiertamente de los sentimientos, pero no se puede vivir para siempre en un pozo de tristeza. Incluso el día más oscuro tiene sus matices.

34
El duelo

Hace falta un pueblo entero para curar un corazón roto.

Dolly Alderton, en su libro *Todo lo que sé sobre el amor*, dijo que hace falta un pueblo entero para curar un corazón roto. «Ese momento me hizo reparar en la cadena de apoyos que mantiene a flote a una persona que sufre. La persona que está en medio de una crisis necesita el apoyo de su familia y sus mejores amigos y esas personas, a su vez, necesitan apoyo de sus amigos, pareja y familia. E incluso puede que esas personas que se encuentran a dos eslabones de distancia necesiten hablar con alguien sobre el tema».

Como si fuésemos un pequeño pueblo, todas nos volcamos con Laux en las semanas siguientes a la pérdida. Todas necesitábamos hablar del tema, pero a la vez, sin saberlo, lo evitábamos porque las heridas seguían siendo recientes. Intentábamos respetar nuestros tiempos, pero éramos plenamente conscientes de que iba a ser un proceso largo. Si yo veía que Lucía estaba animada, intentaba no hablar de lo que le había ocurrido a Laux. De la misma forma, si Sara veía que yo me encontraba bien en algún momento o al menos distraída, no sacaba el tema para que no lo trajese de nuevo a mi mente.

Quizá nos equivocábamos actuando así. Probablemente, todas deseábamos soltar la tristeza, pero imagino que en el fuero interno de cada una medimos nuestros tiempos y las palabras para construir un lugar seguro donde Laux pudiera desahogarse siempre que lo necesitase y, al mismo tiempo, erigimos para nosotras mismas una coraza acorde a nuestros sentimientos que nos protegía de la vida y sus envites.

Laura no tardó en recuperarse físicamente. Como ella decía: «Soy fuerte como un ficus», pero su ánimo necesitó mucho más tiempo para digerir todo lo ocurrido. Tenía el apoyo de sus compañeros de enfermería en la parte profesional y la nuestra en la emocional, pero seguía siendo un proceso muy duro y quedaba un largo camino por recorrer.

Durante las primeras semanas entendió la pérdida con culpabilidad. Sabía que algo no iba bien en su cuerpo desde el primer momento y cargó sobre su conciencia el pecado de no haber sido lo suficientemente previsora. Lo suficientemente precavida. En cierto modo, era una sensación que yo también conocía y que seguía arrastrando, la sensación de culpa cuando perdí al hombre de mi vida, mi padre. Aquel año siempre tuve la sensación de haber pasado constantemente por gibas, altibajos de una montaña de emociones dispares que desembocaban en un nuevo verano, al que solo pedía algo de calma.

El estado de salud de Laux copó prácticamente la mayor parte de nuestro tiempo. Nosotras, como aquel pueblecito que necesitaba el apoyo del resto de los habitantes para subsistir, nos refugiamos las unas en las otras buscando la risa tras el llanto y un abrazo sincero cuando lo necesitábamos. Uno de mis pilares fundamentales fue Pol. Con su capacidad innata para dibujar sonrisas y el *eyeliner* perfecto. Con su buen pulso para utilizar las palabras adecuadas en el duelo.

Una tarde, Pol y yo quedamos en casa para tomar café, como de costumbre. Una rutina que, si bien es cierto que habíamos vuelto a poner de moda a raíz de la Vecina, venía de años atrás, cuando nos conocimos en mi antigua casa. A veces, cierro fuerte los ojos y deseo volver a ese momento, justo al día que me enamoré de mi pequeño piso. Un tiempo en que éramos más jóvenes, en que casi todo lo importante se reducía a los planes del fin de semana y las risas lo copaban todo sin dejar apenas espacio para la tristeza. Un tiempo en que no teníamos ni idea de lo que nos deparaba el futuro y que ahora pienso que quizá aprovechamos de la mejor manera posible: acolchándolo con risas, con las mejores anécdotas, viviendo sin ser conscientes los tiempos más felices para que nos permitiesen, más adelante, encararnos con energía a los más complicados.

Pol llegó a casa con el ordenador y unos bollos de crema que compraba siempre en una pequeña tienda que había debajo de mi casa. Eran artesanales, sin gluten, muy ricos. Siempre decía que eran mis favoritos, cuando en realidad eran los suyos y acababa por comérselos él.

—¿Ese bollo no era para mí? —le pregunté al ver que atacaba al último.

—¿Qué bollo?

—El que te acabas de com... ¡Joder, Pol!

—Rubia, tú y yo sabemos que compro dos sabiendo que me los voy a comer yo, pero deja que al menos te haga pensar, hasta este momento, que soy un tío generoso.

Lo era... y sobre todo era una persona excelente. En ese tiempo, Pol no solo acogió a Sara en casa sino que aguantó estoicamente mi continua necesidad de acapararlo todo, además de llevar parte de la gestión de aquello en lo que se había convertido mi vida, sosteniendo en silencio su ruptura con Jaume.

—¿Cómo vas con Sara?

—¿Con Saritísima? De fábula. Cada día viene a casa llena de mierda, pero trae una cara de felicidad que se le perdona todo.

—¿Y tú? ¿Cómo estás tú?

—Yo, impoluto, como si estuviera a puntito de hacer la comunión.

En esos consabidos momentos, cuando desviaba la atención con sus comentarios más sarcásticos, era cuando había que atacarle de frente.

—Javi lo sabe.

—¿El qué? ¿Que soy gay? Intentaba que no se diera cuenta, por si podía trincármelo.

—¡Pol!

—¿Qué quieres que te diga con una frase tan críptica? ¿Piensas que puedo leerte el pensamiento?

—Es verdad, perdona... Quiero decir que sabe lo de la Vecina Rubia.

—Pues por mi boca de piñón no ha salido. Me amenazaste hace meses y no quiero perder la vida. Así que a mí no me mires...

Me di cuenta de que detrás de esos comentarios, siempre ocurrentes, dejaba claro que no tenía ninguna intención de que le reconociera que gracias a sus acciones silenciosas, sus indirectas, su apoyo en la sombra y su conversación con Javi, yo me encontraba mucho mejor. La ansiedad que había sufrido ese tiempo, provocada por mi implacable necesidad de llegar a todo, gracias a él se había transformado en algo un poco más abarcable. Me había vuelto más honesta conmigo misma, pero permitiéndome las pausas obligatorias que la vida te marca, incluso en los peores momentos.

Toda esa tensión acumulada durante meses me impidió ver de manera directa lo que Pol había sufrido en su ruptura con Jaume, algo que él camufló bajo la ironía y el trabajo sin pedir nunca nada a cambio.

Conseguí arrebatarle el último mordisquito de bollo que quedaba y me lo tragué antes de que pudiera robarlo de mi mano.

—¡Perra, estaba guardándolo para mojarlo en el café!

—Ese es el problema, Pol, que llevas mucho tiempo guardándote cosas...

Aquella frase intencionada fue captada por Pol al momento. Sabía que era el momento de no postergar más la conversación que teníamos pendiente ni distraer la atención con mis problemas o con los del resto.

—¿Guardarme cosas? Perdona, cariño, pero no soy un hámster acumulando pipas en los carrillos...

Segundo chiste propio de su característico humor. Seguía batallando.

—No, pero los hámsteres se estresan muy fácilmente y son capaces de comerse a sus crías, como tú ese bollo con tal de no hablar...

Segunda gran indirecta. No iba a dejar que se escapara esa vez.

Pol respiró. Supuso que no tenía sentido seguir desviando la conversación. Asumió que era su momento.

—Vale. ¿Quieres hablar? Pues hablemos, pero lo único que te pido es que mientras lo hacemos no sientas pena por mí. No es lo que necesito.

Así era Pol, orgulloso hasta en el desaliento.

Me contó que Jaume apenas le había dado margen de reacción para cambiar y aunque él lo intentó, no fue suficiente. En el fondo pensaba que Jaume ni siquiera buscaba eso. No se castigaba por ello y no se cerraba a otras relaciones. El sentimiento era más profundo. Pol, lejos de ser una persona superficial, era un gran defensor de la reflexión tras el llanto y había llorado mucho.

—Ya sé lo que me vas a decir.

—¿Ah, sí? ¿Y qué es lo que te voy a decir?

—Pues que la vida es así, que está llena de altibajos, que a veces se gana y a veces se pierde... y que de todo se sale. De verdad que el manual de cómo superar una relación lo he leído varias veces y me lo sé de memoria. Pero no es eso...

—¿Y qué es entonces? —le pregunté, buscando el desahogo.

—Es la ataraxia, rubia —respondió, dejándome descolocada, ya que no tenía ni idea de qué significaba aquella palabra. Incluso pensé que era algo que se estaba inventando para tomarme el pelo.

—No sé lo que es eso, Pol.

—Mejor, eso es que no lo has vivido.

Lo miré preocupada. No quería seguir jugando con la retórica de palabras y mensajes incomprensibles. Quería saber cómo se sentía y quería saberlo con palabras profanas. Reales. Era la única manera de evaluar cómo estaba en realidad.

—La ataraxia es cuando ya te da igual todo. Cuando ya ni siquiera discutes y te das cuenta de que no hay nada por lo que pelear. Si una persona te interesa, luchas por ella, te enfrentas a ella con tal de solucionarlo. Así son las relaciones. Es lo que Jaume y yo llevábamos haciendo durante años: batallar.

—¿Y ahora?

—Jaume y yo dejamos de enfrentarnos hace mucho tiempo... de buscarnos el amor el uno al otro. He aprendido a vivir sin esperar nada de él ni de nadie. Ni siquiera de mí. Vivo sin expectativas y eso es muy doloroso...

Dicen que el silencio no se puede escuchar, pero hay puntos suspensivos que dicen más que las palabras.

—Pues yo soy de las que piensan que hay que medir las expectativas, pero hay que tenerlas. Y hay que saber en quién depositarlas y en qué medida. No puedes esperar lo mismo del amor de tu vida que de alguien que acabas de conocer, aunque a veces las personas que llegan las últimas se quedan para siempre...

Entonces, Pol negó con la cabeza, abatido ante mi razonamiento.

—Quiero vivir lleno de expectativas, pero las he perdido. Quiero pensar que mi amiga me ama y me va a echar una mano si pierdo el trabajo, quiero pensar que Sara haría lo mismo por mí si fuera al contrario... Si mato las expectativas, mato la ilusión por vivir... Cuando Jaume se fue, se quedó un vacío dentro de mí que no sé llenar y no quiero respirar como un acto reflejo sin esperar nada de la vida...

Aquellas palabras estaban muy meditadas. Insistí.

—Pero no puedes meter a todas las personas en el saco de Jaume. Creo que el truco está en depositar las expectativas únicamente en quien las vaya a valorar y, sobre todo, en quien las cuide. No digo que Jaume no las mereciese, pero en cuanto dejó de hacerlo es mejor pasar a otra cosa. La clave es reconocer esos instantes para no perder tiempo.

—Ya... pero eso es muy difícil. Nadie va con un cartel en

la frente que diga: «Deposite en mí sus expectativas, no le defraudaré».

Pol consiguió arrancarme una sonrisa, como siempre hacía en el peor momento. Con ese don que compartía con Javi.

—No sé qué decir, Pol... Siento que soy una expectativa más que no se cumple en tu vida. Siento que no he estado ahí cuando lo has necesitado...

—Para nada, mírate cómo estás, mira cómo estamos... Pedirte una mano a la que agarrarme hubiese supuesto hundirnos los dos. Trabajar contigo me ha devuelto parte de la ilusión. Por momentos he conseguido evadirme de todo. Sé cuánto me aprecias. Lo noto en cómo hemos crecido juntos en este tiempo... aunque tú crecer, lo que se dice crecer, has crecido poco, pero ya me entiendes...

Sonreí por segunda vez. Pol me miró y respiró hondo, como quien pretende cerrar la conversación con una llave y tirarla a un río.

—Rubia, no te enfades conmigo, pero le dije a Javi algo que él ya sabía porque te conoce más que tú a ti misma. Estabas entrando en una dinámica muy jodida y a mí no me escuchabas... De hecho, ni siquiera sé si lo has hecho aún porque tú también eres de guardarte las cosas... Como las bragas en el bolso, que sé que llevas siempre unas de repuesto, zorra.

Sonreí. Le miré fijamente y me acerqué para darle un abrazo. Con mi pequeña cabeza apoyada en su hombro, no pude evitar pedirle perdón.

—Lo siento...

—No lo sientas. Los disgustos son así. Igual que aparecen, desaparecen. Lo importante es que no se queden mucho tiempo dentro...

—Estoy segura de que nos va a ir muy bien, ya lo verás —añadí convencida.

—¿Es eso una expectativa?

—La primera de muchas.

—Te quiero.

—Y yo a ti...

Aquella conversación con Pol fue de lo más gratificante. Y digo aquella porque en la siguiente volvió a su tono habitual de chascarrillos, sintiendo que esa frase tan de libreta de instituto de finales de los noventa que acababa de decir se llenaba de todo el sentido: «Los disgustos son así. Igual que aparecen, desaparecen. Lo importante es que no se queden mucho tiempo dentro». Me sentí muy afortunada de que fuera él quien me acompañara en esta aventura.

En cuanto superamos los abrazos y nos recompusimos emocionalmente, Javi llegó de entrenar. Pol aprovechó el momento para recoger sus cosas y marcharse.

—¿No te quedas a cenar? —preguntó Javi con cariño.

—Qué va, en esta casa apestáis a belleza.

No pude evitar descojonarme mientras Javi se quedaba durante unos segundos sin saber qué decir. Pol retomó la palabra entre risas:

—Nada, es broma, prefiero el olor a perra de mi mujer cuando viene de la protectora.

—¿Qué tal está Sara? —se interesó Javi.

—A veces pincha cuando la beso.

—Qué maravilla... No todos tenemos esa suerte —le respondió Javi, a la vez que me miraba, jugando esta vez con las reglas de Pol. Me encantaba cuando se ponía a su altura.

—¿Perdona? —respondí, haciéndome la ofendida.

—Puedo dejarme bigote... —añadió Pol.

—¡En el cipote! —respondí casi por instinto como una niña de quince años. Era una de mis mejores virtudes ocultas e insustanciales: las rimas absurdas.

La cara de ambos era un poema. No hay nada como romper las expectativas de dos hombres con un comentario que les cortocircuite el cerebro. Se miraron de nuevo y, sin más dilación, se despidieron. Yo me sentí orgullosa de seguir teniendo la capacidad de ser natural en unos tiempos en que la espontaneidad se pierde por momentos en cada tuit que se publica. Y también de soltar alguna burrada de vez en cuando.

Esa noche, mientras Javi estaba en la ducha, recuperé la conversación que había tenido tiempo atrás con Martín por teléfono. No la había olvidado, por supuesto, pero lo ocurrido con Laux me había obligado a hacer una pausa en aquella contienda que tenía pendiente. He de reconocer que no era una batalla fácil, puesto que se trataba de un tema muy delicado entre padre e hijo que debía abordarse con extrema sutileza. Javi podría cerrarse en banda o, lo que era peor, sentir que me estaba posicionado del lado de Martín y en ningún caso quería que lo pudiera percibir así. No estaba de parte de nadie porque a pesar de la rabia contenida que Javi destilaba contra él, nunca supe los motivos reales, solo retales de conversaciones y medias palabras que Javi compartía antes de cerrar herméticamente las conversaciones, como si fueran un táper, con la frase: «No quiero hablar más de él, por favor».

Un consejo que Javi me dio como bombero y que siempre recuerdo, por si algún día lo necesito en un incendio, es que es fundamental cerrar las puertas detrás de ti. Con ese sencillo gesto puedes conseguir que el fuego no se propague por el resto de la casa o del edificio. Insistía mucho en ello, tanto que creo que estaba aplicando a su propia historia con su padre la absoluta necesidad de cerrar la puerta y no mirar atrás.

En cualquier caso, Martín solo me estaba pidiendo que le ofreciese la oportunidad de explicarse. Todo el mundo debería tener derecho a una explicación, tanto a darla como a recibirla.

Aquella noche, como otras tantas, Javi cocinaba y yo preparaba la mesa fuera, en la terraza. Nos gustaba aprovechar el buen tiempo, disfrutando de las templadas temperaturas que ofrecía la primavera en Madrid. Encendíamos algunas luces de chiringuito, como yo llamo a esas bombillas que salen en todos los anuncios de cerveza del verano y, en una mesita para dos, disfrutábamos de una ensalada de tomate y unas patatas fritas que insistía constantemente en que Javi me preparase para pasar mejor el trago. Las cenas con él distaban mucho de las que tuve durante los meses que viví en casa de Laux con nuestro amado Kebab El Príncipe.

Justo cuando Javi se levantó a por su postre —pensando en aquellos higos que tanto le recordaban a su abuela y que llevaba comiendo desde su infancia—, cogí todo el aire de la terraza con la intención de contarle la llamada que Martín me había hecho. Y así, con suavidad, y en función de las primeras reacciones, iría trabajando con dulzura hacia ese punto que los volviera a unir. Por supuesto, en ningún caso quería erigirme como la salvadora de nada ni ser una adalid del reencuentro entre padre e hijo. Solo quería que Javi dejara de llevar ese peso muerto que acumulaba sobre la espalda después de tantos años y que cuando explotaba, sacaba su peor versión. En el fondo, subyacía un poso egoísta en mis ganas de solucionar aquello y de descifrar aquel hermetismo de Javi porque si él no cerraba ese apartado de su vida, tenía la sensación de que en cualquier momento podía pasar algo parecido a lo que vivimos en el hospital el día de la muerte de la yaya. No quería volver a enfrentarme a esa imagen de él. No quería perderlo entre tanto odio inútil.

Soy consciente de que el odio es una emoción más del ser humano. Yo misma lo he experimentado muchas veces sin saberlo y es horrible. No quiero imaginarme qué pasa cuando uno es consciente de ello.

Mi madre siempre me decía que el odio te hacía sentir mal, pero no solo a nivel psicológico, sino también físico. Es tremendamente destructivo para la persona que lo lleva dentro: provoca ansiedad, dolores musculares, gastritis... Cuando odias, es probable que te estés haciendo más daño a ti que a la otra persona.

Pol muchas veces bromeaba al respecto. Se quejaba de que no soportaba a la gente en general. Todo y todos lo molestaban. Era un misántropo convencido, de los de libro, porque decía que cuando se odiaba había que hacerlo motivado al cien por cien.

A veces he sentido esa confrontación. Ese deseo de no cruzarse con nadie, de vivir de puntillas por la vida pensando «que no me hablen...», de leer con ira las palabras de otros que por surrealistas que parezcan, son reales... Pero no es sano, sobre todo para uno mismo, y Javi estaba hiriéndose cada vez que focalizaba la muerte de su abuela en la figura de su padre. Dejaba de entrenar, se distraía, comía peor, el carácter se le agriaba y, por supuesto, dejaba de disfrutar de la vida, sin más, así de simple. Palabras más retóricas y poéticas nunca serán capaces de describir lo que uno siente cuando odia.

Javi volvió de la cocina con dos yogures de higo y dos cucharillas. Los detalles que importan. No se levantaba a por su yogur sin más. Si se le había olvidado preguntarme si quería postre, lo traía, por si acaso. Él siempre pensaba en mí y nunca hubo reproches, nunca llegamos a tener esa conversación tan típica de las parejas: «¿Y a mí no me traes uno?», «Joder, habérmelo dicho y te lo hubiese traído. Pensaba que no querías».

Nunca se planteó si lo quería o no. En sus manos había dos yogures porque siempre pensaba en nosotros. Cuando estaba conmigo era capaz de hundir el odio en su interior, en su fuero interno, para dar paso al Javi más atento.

Siempre he valorado todos esos destellos de su personalidad, esa generosidad que no se representaba en grandes alardes, sino en minucias. En las dos cucharillas, cuando traía a la mesa mis colines sin gluten por si me apetecían o cuando una de las botellas de agua, la mía, estaba a temperatura ambiente porque no me gusta de la nevera. Minucias, cuyo peso podría hundir toneladas de odio acumuladas.

Pensé que aquel momento, enmarcado en el postre, era el adecuado y entonces él habló antes de que pudiera mediar palabra.

—La semana pasada estuve con mi padre.

A veces pienso que la gente puede leer mis pensamientos. Que debo de ser transparente de cerebro para arriba.

—Y ¿qué tal? —respondí distraída.

—Solo hablamos de la casa de la yaya. Quiere que me la quede yo.

—Bien, ¿no? Es lo que siempre has querido —me ilusioné.

—Pues no, lo que siempre he querido es que mi padre desaparezca.

Después de aquella frase ya me hubiese gustado tener un libro de instrucciones de cómo seguir la conversación porque aquello tiraba por tierra todas mis buenas intenciones.

—Javi, ¿por qué dices eso? Tú no eres así. ¿Por qué...?

No me dejó continuar.

—Porque no puedes haber estado pasando de tu hijo y de tu madre durante veinte años y ahora, de buenas a primeras, hacer como que no ha pasado nada —me interrumpió contundente.

—Creo que todo el mundo tiene derecho a cambiar. Tú lo hiciste conmigo y yo lo hice contigo.

—No es lo mismo...

—¿Por qué?

—Porque no es lo mismo, rubia.

—Yo es que llevo muy mal los porque sí y los porque no... Creo que hay palabras suficientes en el diccionario como para expresar las cosas.

Javi respiró profundamente. Cambió el gesto. No estaba enfadado, ni muchísimo menos. Me miró con cariño, con la sensación de que ante mi insistencia velada, no le quedaba más remedio que darme una respuesta convincente.

—Rubia, sé que desde fuera las cosas se ven diferentes. Yo, por ejemplo, siempre he visto la situación de Laux con Iván muy distinta a cómo la tiene que ver ella o incluso tú... Pues con mi padre pasa lo mismo. Por mucho que quieras ponerte en mi situación o que te explique los motivos, no lo entenderás, y no sirve de nada intentar hacer borrón y cuenta nueva. Hay veces que las cosas son «porque no», sin más, porque el alma se queda seca y ya no se la puede exprimir más.

Bajé el ritmo de la conversación para no estresarle y que acabara por cerrarse en banda.

—Lo entiendo, pero lo nuestro también necesitó de una segunda oportunidad y no puedo estar más satisfecha con la decisión que tomamos.

—Y yo también, pero tú conoces a mi padre ahora, cuando ya no tiene fuerzas y se da cuenta de que la vida se le escapa... ahora que se siente solo y está cansado.

Javi hizo una pausa, pero tomó aire rápido, intentando que no le afectase lo suficiente como para poder continuar hablando sin titubear:

—Antes no se cansaba... Y eso que aguanté bien las primeras veces que se le fue la mano. El «me harás caso por cojones mientras vivas en esta casa», las miradas intimidantes y autoritarias en las comidas, ese gesto hierático que mantenía durante minutos eternos mientras me ordenaba cualquier cosa...

—Uno se puede equivocar...

—Yo no digo que no... No digo que no —repitió comprensivo—. Y, verdaderamente, me da pena porque es la educación que arrastró de su padre. Pero yo era un niño y con doce años no estaba allí para educarle y hacerle reflexionar sobre si aquella era la manera adecuada de tratar a su familia. Debería haber sido al contrario...

Me quedé sin argumentos a la vista de la solidez de sus palabras. No transmitía el mismo odio que aquella tarde en el hospital tras la muerte de Catalina. No destilaba la rabia contenida que se hacía palpable en sus ojos cada vez que hablaba de Martín y, sobre todo, dejaba a la luz muchos de los problemas que yo no conocía.

—Lo siento mucho por él, es mi padre y estaré ahí cuando no me quede más remedio, pero hay una especie de rechazo que se ha instalado aquí dentro —dijo señalándose el pecho—. Todo lo que huela a él me genera un malestar por el que ya ni quiero ni puedo volver a pasar. No voy a perdonarle, rubia, pero soy capaz de tolerarle. Sin más.

Y a pesar de lo duras que sonaba aquellas palabras, esa última frase me dio la clave. Como quien se agarra a un clavo ardiendo.

Sé que quizá no tenía derecho a transmitirle la idea que rondaba por mi cabeza, pero las palabras que escuché salir de la boca de Martín —que para bien o para mal era su padre— merecían al menos ser escuchadas, así que iba a intentarlo, incluso a riesgo de comprometer nuestra relación.

No creo que a Javi le pareciera bien que me adentrara en la relación con su padre, dado el mensaje claro y conciso con el que había rematado su soliloquio y que en cierto modo sonaba a final de capítulo, pero no me cansaré de repetir que los finales felices son para los valientes.

35
Una nueva misión

El arte de la buena guerra.

En todas las grandes batallas que cualquier mariscal con cierta inteligencia hubo de llevar a cabo siempre se rodeó de un capitán dispuesto a entrar en faena. Estos apuntes militares los descubrí en los documentales sobre la Segunda Guerra Mundial que Javi veía por las noches en el canal Historia. La verdad es que él los disfrutaba muchísimo y yo, que siempre estaba con un ojo en el móvil y una oreja en la televisión, me acababa quedando con un poco de cada mundo, que a veces mezclaba. Los errores de Churchill en Noruega por un lado y los míos al compartir en *stories* una preciosa falda antes de meterla en el carrito y ver cómo se agotaba al instante. Al menos a él lo ascendieron a primer ministro y yo, bueno..., yo me quedé sin la falda.

Conociendo mis dotes de mariscal para convencer, sugestionar e incluso implantar ideas sutiles en el subconsciente de las personas, conté con el capitán Pol para mi misión. No podía dejar de visualizar la *performance* que había llevado a cabo un año atrás para que no firmara el contrato con mi antigua casera, tirando el boli por la ventana, mientras Laux e Iván traían de la mano a Javi para llevarnos a nuestra nueva casa, donde ahora vivimos. Pol era, sin duda, la persona adecuada.

Por supuesto, no podía decirle el motivo final de la escaramuza sobre el terreno que tenía pensado hacer; se trataba de un tema muy personal para intentar rescatar la relación entre Javi y su padre, por lo que no podía hacerle partícipe sin su consentimiento. Por eso tuve que camelármelo como una auténtica Señora Smith, dosificando la información. Eso sí, sin tener a Brad Pitt a mi lado.

Aquella mañana acabé de dar forma a mi plan sin que Pol sospechase nada. Solo precisaba que él, de manera sigilosa, incitara a Javi a seguirme en las redes. Le dije que era importante para mí que valorase mi perfil, ya que lo notaba distante, a pesar de que sabía que yo era la Vecina Rubia, y le hice ver que aquello me apenaba. Rápidamente, Pol salió en mi defensa y picó el anzuelo.

—Pero, rubia, ¿qué dices? ¡Cómo no va a valorar tu maromo lo que haces en las redes?

—¡Hacemos! —le corregí.

—Bueno, yo organizo lo desorganizada que eres a veces, lo demás es producto de tu cabeza... Algo inestable y falta de concentración, eso sí, pero estas nuevas drogas de diseño en forma de móvil son así...

—La verdad, Pol, es que bebes muy poco para la verborrea que tienes...

—¿A que sí? Mi madre me lo dice siempre. Cuando entro por la puerta me dice que huelo a alcohol, aunque sean las diez de la mañana, por si es verdad y de ese modo justifica la energía que tengo.

Por frases como aquellas siempre quise ahondar en la relación que Pol mantenía con su madre. La de historias para no dormir que podrían salir de esa familia una Nochevieja...

—Bueno, centrémonos. ¿Serás capaz? —pregunté directamente.

—¿Es el chándal la nueva prenda de moda?

Respuestas como esa justificaban su capacidad para un cometido de tal calado como el que teníamos entre manos. Y, por cierto, efectivamente en aquella época el chándal estaba de moda, igual que en su día lo estuvo por la Spice Girl deportista y en aquel momento se debía a la influencia de Rosalía.

—¿Y solo necesitas que Javi siga tu perfil?

—Sí.

—Pero ya lo hace, ¿no?

—Sí, pero no. Está, pero no está. Necesito que me lea, claro.

—No veo el reto. Propones cosas insustanciales para una mente privilegiada como la mía.

—Pol, tú sabes que Javi es como si no tuviera redes sociales, ¿no? Se desinstaló Instagram del móvil... Tienes que convencerlo; primero para que retome su perfil, si es que se acuerda de cómo entrar y, sinceramente, esa batalla será más dura que el salvamento de Dunkerque...

—¿Perdona, el duque de qué?

—Nada, es que llevo toda la semana viendo documentales de la Segunda Guerra Mundial y estoy sugestionada...

—Ya veo, ya...

—¿Necesitas apoyos? —le pregunté interesada.

—Ni un batallón haría el trabajo de este maricón.

Casi escupo mi propia saliva de la risa al oírle hablar así de sí mismo.

—¿Qué tiempos manejamos? Para la invasión, digo —me preguntó.

—¿Cuántas jornadas necesitas? —repliqué.

—Semana y media.

—Perfecto. Justo cuando comienza el verano.

—Mejor, que luego viene el calor y bajo el rendimiento.

Y en aquel instante iniciamos, casi sin saberlo, nuestra primera cuenta atrás oficial para el verano, aunque en ese momento aún no le había puesto nombre.

Cuando colgué con Pol dejando las tropas —más bien la tropa— en avanzada, me di cuenta de que Laux me había enviado un mensaje por WhatsApp. Quería salir de casa a toda costa. Los nervios la estaban comiendo por dentro y aunque debía mantener reposo, como si de un cambio de batería se tratase, la energía le había venido de golpe y estaba que se subía por las paredes. Literalmente.

—¿Salimos esta tarde? ¿Un paseo? ¿Un Nestea? ¿Un café?

—¿Una tila, quizá? —respondí.

—Las tilas son para la gente nerviosa.

—Efectivamente... ¿No te ha dicho el médico que guardes reposo?

—Y ya lo he guardado. Está en el armario, así que hoy puedo salir.

—Me fascina tu capacidad de recuperación, como cuando éramos jóvenes y nunca tenías resaca.

—El truco está en beber mucha agua...

—¡En cómodos hielos! —dije completando su frase. Como una especie de mantra coreografiado a dúo a la perfección que nos transportaba a otra época de nuestra vida.

—Ja, ja, ja, qué tiempos aquellos... Y ahora me conformo con un paseo... —dijo Laux con cierta nostalgia.

—No desprecies un buen paseo con una amiga. Hay pocos momentos más reales que ese.

—Ya... —sentenció, cambiando la inflexión de la voz.

Al instante comprendí que su cuerpo había superado físicamente las cicatrices de un dolor que, por el contrario, a nivel emocional seguía presente.

Aquella tarde a última hora paseamos por el centro de Madrid. A diferencia de Sara, a Laux no le gustaban los parques y sí la ciudad. Le satisfacía sentirse rodeada de gente, como si estar con cientos de personas le ayudara a disolver el dolor que aún llevaba dentro. Como una pastilla disuelta en un vaso de agua, que siempre es más fácil de tragar. Así entendía Laux la sensación que cargaba después de haber perdido a su hija.

Intentaba distraerla observando los edificios porque aprendí de mi padre que Madrid era más bonita si mirabas hacia arriba que hacia el suelo. Tenía razón. Aún se atisbaban, entre las pantallas publicitarias de las fachadas, las cúpulas, estatuas y ornamentación originales de hoteles y museos de mediados del siglo xx. Me encanta Madrid. Los secretos escondidos que guardan sus calles y edificios y que muchas veces releía curiosa o compartía en las redes. Cuando paseo por la ciudad, me gusta imaginarme descubriéndola como turista, con los ojos de quien se enamora de ella por primera vez. Siempre he dicho que Madrid tiene una luz especial, sobre todo al atardecer, y el de aquella tarde era imponente. Así se lo hice ver a Laura aunque por mucho que intentase captar la atención de mi amiga, había largos momentos de silencio y cuando se rompían era para hablar de temas insustanciales.

A pesar de que durante la recuperación había estado junto a ella, pero dándole su espacio, aquella tarde sentí que estábamos ante uno de esos tabúes ridículos impuestos por la sociedad del silencio. Ahora sé que hablar abiertamente del aborto que había sufrido Laux era bueno para las dos. Sentí que aquel paseo con muchísima gente a nuestro alrededor estaba lleno de estímulos que nos permitían no tocar el tema, pero era el momento de desahogarnos y, sobre todo, de afrontarlo juntas, como siempre habíamos hecho con todo.

—¿Cómo estás?

—Bien... Apenas siento molestias.

—Sí, por teléfono me he dado cuenta de que ya habías recuperado el tono de voz habitual...

—Son los micrófonos de ahora, que son muy sensibles...

—Ya, claro... ¿Y de ánimos cómo estás? —pregunté sin darle tiempo a reaccionar para que la conversación no pudiera escurrirse como el agua entre los dedos.

—¿Qué quieres que te diga? —respondió con tono triste.

—Lo que tú quieras decirme...

Laux sonrió, reconociendo el contexto que había detrás de mi juego de palabras. Como buena amiga, sabía que nunca doy puntada sin hilo.

Se mantuvo en silencio de nuevo. Le costaba expresar sus sentimientos y lo entendía. No quería forzarla en absoluto. Si aquel no era el momento adecuado, lo sería cuando ella estuviese preparada.

—No te preocupes, no tenemos por qué hablarlo hoy, ni nunca, si no quieres —le dije, mientras intentaba quitarle el peso de una conversación incómoda.

Laux volvió a sonreír levemente antes de coger todo el aire que había a su alrededor, incluso el mío. Entonces, su voz se rompió y tuve la sensación de que era el momento, tras varias semanas de silencio.

—¿Sabes qué pasa, rubia? Que esto es muy difícil de contar porque es muy duro.

—Lo entiendo... —añadí, intentando consolarla.

—Pues no es fácil de entender, créeme... En el fondo, siento que no solo he perdido la vida de mi hija, he perdido todo lo que la acompañaba. La ilusión, el futuro que me había imaginado juntas... Había pensado una vida entera para nosotras y eso también se ha ido... La quería tanto... —Instintivamente, Laux se llevó las manos a la barriga mientras el nudo en su garganta crecía por momentos.

—Sé que lo que te voy a decir no consuela, pero quizá más adelante puedas volver a... —dije intentando aliviarla.

—No —me interrumpió—. No quiero pensar en eso ahora. No puedo.

Tenía toda la razón. Intentaba ayudarla, pero no podía resumir una situación tan complicada en soluciones de consultorio que se despachan en cinco minutos. Como tomar un antiinflamatorio para el dolor de espalda y esperar una hora. No funciona de esa manera, así que dejé de insinuar su futuro para que pudiera desahogarse en el presente.

—Lo siento mucho —respondí arrepentida.

—No te preocupes, cariño. Si yo estuviera en tu lugar, habría hecho lo mismo. Diría: «Oye, rubia, hay que mirar adelante, seguro que hay más oportunidades, el tiempo lo cura todo y eres fuerte, lo superarás y cuando estés preparada lo afrontarás de nuevo con más fuerza»... ¿Verdad?

La miré y sentí que había hecho una radiografía completa de

algunas de las frases que mi cabeza había reservado para esa tarde con la mejor de las intenciones.

—Pero es diferente cuando lo vives en primera persona... Si te sirve de consuelo, yo también he cogido la mano de muchas personas como enfermera y he repetido esas mismas palabras, sinceras, porque de verdad las creía, pero son palabras de consuelo que no siempre consuelan.

Nos miramos con auténtico cariño.

—No quiero que pienses que no podemos hablar de lo que me ha ocurrido. Nos ocurre a muchas mujeres. Demasiadas. Pero nos callamos, seguimos con nuestras vidas y el mundo nos silencia. Todas esperamos los tres meses de rigor para contar que estamos embarazadas porque si ocurre algo malo, no tendremos que enfrentarnos a ello ni contarlo. Me he dado cuenta de que es injusto para nosotras y para los hijos que perdemos.

—Estoy totalmente de acuerdo. —Aquella reflexión de Laura fue lo más certero que había escuchado en mucho tiempo.

—Sé que tengo que seguir con mi vida y lo haré, pero nunca silenciaré lo que me ha pasado. Y no permitiré que nadie intente llenar mi vacío con frases hechas.

Aquellas palabras me llegaron muy adentro porque no había sido consciente del daño que podía haberle hecho. Siempre he pensado que Laux es fuerte, así que lo di por sentado. A veces, damos por hecho que todas debemos recomponernos cuando estamos rotas, pero no tiene por qué ser así. Muchas veces no se nos exige la entereza que nosotras mismas nos imponemos.

Laux se detuvo en mitad de la calle e hizo un gesto de incomodidad.

—¿Estás bien? —pregunté.

—Sí, ya está.

—Lo siento de verdad —repetí.

—Lo sé, amiga —respondió sincera mientras se llevaba de nuevo las manos a la tripa, pero con más fuerza que antes.

—¿Te duele el abdomen? —le pregunté, preocupada.

—No, era un pedo que se me había quedado atravesado. Ya está, corre, vámonos de aquí.

No podía dar crédito a lo que acababa de oír saliendo de su boca y de su...

—¿Te acabas de tirar un pedo aquí mismo?

—¡Calla! Baja la voz. ¿No ves que con tanta gente no se nota? Es que llevo unos días que se acumulan y me molesta. Además huelen fatal fatal.

Como si alguna vez hubiesen olido fetén fetén. Nunca vi a nadie tener tanto talento para pasar de la desazón más absoluta a la broma más superflua.

—¿Quieres agua?

—Tengo —respondió Laux mientas sacaba una botella termo de leopardo de su mochila con unos dibujos feísimos.

—Está claro que tu buen gusto sigue intacto...

—¡Gracias!

—Era sarcasmo, Laux.

—Muy bien, me gusta que continúes despierta, a pesar de tu edad.

Desde luego, estaba a pleno rendimiento. Dejarme claro que era mayor que ella de una forma tan sutil y fina era un síntoma de salud. Después de aquella frase, bebió y me ofreció agua.

—¿Quieres?

—¿Con la mala baba que lleva? ¡Ni de coña!

Laura se mofó estrepitosamente y sentí por momentos que era la misma Laux de siempre. La que utilizaba la risa para camuflar los pedos. Era curioso porque la percibía así a intervalos. Tan pronto tenía una energía desbordante y comentarios propios de la mismísima Laux, como de repente se venía abajo segundos más tarde para ser Laura. Llevaba tanto tiempo preocupada por ella que había pasado de Laux a Laura y aquella tarde comencé a notar que la que acababa en equis estaba de vuelta. Tampoco hacía falta, la hubiese esperado el tiempo que hubiese necesitado, los escalones que le hubiese hecho falta subir y bajar para estabilizarse. He de reconocer que aunque no había sido consciente hasta ese momento, echaba de menos los pedos de Laux. Esos cambios repentinos justificaban su inestabilidad emocional, lo que implicaba ser más comprensiva con ella.

Cuando llegamos al final de Gran Vía, nos sentamos en uno de los bancos infinitos de Plaza de España. Me gustan ese tipo de bancos porque no son los típicos en los que caben un par de personas, como aquel que visitaba años atrás con Álex en el Retiro donde solo estábamos nosotros dos, a pesar de todas las personas, más bien novias, que le acompañaban y que yo desconocía. En estos bancos puedes ver en un mismo espacio a una señora recibiendo un baño de sol en las piernas, a dos niñas preparando el baile del día con el que intentar hacerse virales en las redes sociales y a un par de turistas chinos con sus mascarillas adelantándose un par de años a la pandemia.

Estaba repleta de gente y la luz entraba entre los árboles, por aquel entonces enormes, que ofrecían sombra y refugio a los sentimientos de decenas de personas. Cada una con su mochila llena de frases hechas a la espalda.

—Gracias por salir hoy conmigo.

—Cómo me lo iba a perder... Menudo *show* llevamos encima... —dije, siguiendo con el tono de humor que estábamos manejando.

—Igual te he forzado un poquito.

—Para nada, estaba deseando echar a Pol de casa y me ha venido de perlas.

Laux sonrió e hizo una pequeña pausa en su respiración que rompió su frecuencia, siempre perfecta como un metrónomo. Le temblaba la mano.

—¿Otro?

Esta vez su gesto no fue cómplice. Laux guiñó un ojo incómoda y su gesto se volvió cansado.

—No, a veces me pasa. Estoy bien y de repente la mano me tiembla. Se me acelera el corazón y no puedo controlarlo. Es superior a mí.

Rápidamente entendí que esos cambios emocionales que ya había percibido formaban parte del duelo que aún le acompañaba. Cogí su mano con fuerza e inspiré hondo, invitándola a que lo hiciese conmigo para tranquilizarla. Como dos instrumentos diferentes que se solapan durante unos segundos en el mismo compás de una pieza musical.

—Me ha dicho la psicóloga del hospital que no intente borrarlo, que guarde los recuerdos. Es muy importante no pensar que ha sido un error o que no pasó. Mi hija estuvo ahí, conmigo, no se trata de olvidarla, pero no sabes lo que duele...

Laux empezó a ponerse más nerviosa, así que volví a coger aire invitándola a que lo repitiese conmigo. Sincronizadas entre frase y frase para compartir el dolor y sacarlo fuera.

—Aún conservo las ecografías... Muchas veces las miro, buscando la manera de sanar la herida. Hablo con ella, como si me fuera a escuchar, como si estuviera loca...

—No digas eso... Es bueno hablar con ella.

—El otro día me contó mi compañera Marta que atendió el aborto de una mujer en el hospital... Según empezó a hablar sobre ello, pensé en si yo también seré capaz de volver a hacerlo...

Laux se quedó en silencio. Como enfermera, el reto de superar lo ocurrido era no solo personal, sino además profesional, así que era el doble de duro. La cogí muy fuerte de la mano, deseando que el máximo de mi energía atravesase su cuerpo y se traspasase desde el mío.

—Pensé: «¿Para qué me estaba contando una historia sobre el aborto de otra persona?». Pero al instante entendí que Marta nunca me contaría nada que fuese a hacerme daño, sino que tendría sentido. Me contó que tras el aborto, aquella mujer no se quedó devastada, sino todo lo contrario. En un momento dado, estaba en la cama, totalmente en calma.

—¿Y entonces? —pregunté interesada para que Laux siguiese contándome la historia.

—Marta me dijo que la mujer le contó que era su tercer aborto y que ella quería pensar que su hijo tenía tantas ganas de estar con ella que seguía intentándolo... Estaba segura de que en algún momento lo conseguiría.

No pude evitar emocionarme ante aquella historia. Al final, todos tenemos que encontrar algo a lo que aferrarnos para seguir adelante y, sin duda, aquella mujer lo había conseguido. Cada uno tiene su forma de hacerlo y estaba segura de que Laura encontraría la suya.

—Aún no puedo sentirme así, como esa mujer —añadió Laux mientras rompía a llorar con timidez—. Ya he pasado por todas las fases. Me he sentido culpable, he culpado a los demás... Incluso he sido capaz de no pensar en ello en algún momento del día, pero cuando he intentado sentirme aliviada pensando que mi hija lo va a conseguir, yo no lo he conseguido. ¿Crees que soy una mala madre?

—Jamás pensaría algo así —respondí con rotundidad.

—Y entonces ¿por qué no puedo dejar de llorar?

Laux se desmoronó y hundió la cabeza en mi pecho. La sostuve pasando la mano por su pelo. Como quien intenta quitar algo de peso de encima para que el dolor sea más liviano.

—Llorar no es malo, cariño.

—Ya... pero ¿cuánto, rubia? ¿Cuánto más tengo que llorar? No va a volver... Y yo no quiero que se vaya... Ya han pasado muchas semanas y me siento cada día como si fuera aquel 10 de mayo.

No tuve respuesta. No creo que nadie pueda determinar cuánto dolor sufre alguien y cuánto se tarda en superarlo. Es un viaje demasiado personal en el que solo puedes darle la mano y respirar junto con ella.

Laux se recompuso durante unos segundos y sacó algunos pañuelos que llevaba en la mochila. Bebió un sorbo de agua e intentó recomponerse de nuevo.

—Es muy bestia todo esto... Intentar readaptarme al mundo que había imaginado con ella.

—Lo sé, pero estamos aquí para acompañarte.

No había más verdad que esa. Laux tenía grabada aquella fecha en su cuerpo de la misma forma que yo la tenía en mi cabeza.

—¿Hasta dónde, rubia? Hay veces que el viaje se ha de hacer sola —respondió mirándome a los ojos.

Sentía en sus palabras una profunda tristeza y, sobre todo, una terrible desazón que no hacía más que levantar un muro entre nosotras. Una aflicción muy profunda. Tanto que daba miedo escucharla.

Volví a hacerle el gesto de inspirar hondo al unísono por tercera y última vez. Y de nuevo se recompuso... como una veleta que va y viene, sin saber en qué parte del cielo quedarse, inestable, a merced del viento.

—Perdona. Necesitaba soltar todo esto...

Y entonces vi el momento adecuado para hacer lo que mejor se me da. Convertir una situación tensa en algo aparentemente insustancial con lo que arrancarle a la gente una pequeña sonrisa. No parece un don demasiado importante, pero no sabéis el bien que puede llegar a hacer.

—Cuando hablas de soltarlo todo... ¿Te refieres también a los pedos que has dejado en Gran Vía para que medio Madrid los deguste?

Y la risa floja nos entró a la vez, dejándonos sin aire, pero llenas de esperanza. Una esperanza que, casi sin querer y como si de una regla de tres se tratase, despejó la equis de la ecuación con el nombre de una persona.

—Tengo ganas de hablar con Iván, amiga.

36
Laux

Hay que dejarse ayudar.

Cuando desperté aquel 10 de mayo, rápidamente lo reconocí todo a mi alrededor. Era una de las habitaciones del hospital donde trabajaba. Las sábanas tenían bordado el nombre y, junto a mi cama, distinguí uno de esos sofás azules que también decoraban las salas de descanso de urgencias y que tantas veces habían dado cuenta de mi culo durante las guardias. Eran antiguos, pero muy cómodos. Venían de otra época en la que se respetaba a las enfermeras y nuestro trabajo.

Aquel sofá estaba vacío, pero aún seguían allí las marcas de las piernas de alguien que había estado sentado en él hacía poco. Aunque seguía adormecida y solo era consciente de mi cuerpo dolorido, sentí que estaba rodeada de gente. No en la habitación, allí solo me encontraba yo, pero reconocía en el pasillo las voces de la rubia, de Lucía, de mi madre, de Sara, de Nacho... Todos, incluso las voces de algunas compañeras enfermeras que les explicaban lo que había sucedido. Escuchaba palabras que entendía de sobra, como aborto espontáneo, materia tisular, perivellositis... Y quizá por eso me angustié tanto que decidí volver a cerrar los ojos muy fuerte, intentando quedarme dormida de nuevo. Como quien cree que está viviendo un mal sueño del que podrá despertar horas más tarde sin consecuencias.

Al día siguiente intuí que quien llegó a revisar mi tensión, los sueros y los medicamentos intravenosos fue Marta, mi compañera de guardias. La reconocí porque usa una colonia muy particular. Siempre bromeamos con lo bien que huelen las urgencias de nuestro hospital gracias a ella. Allá por donde vamos, se queda impregnada en las paredes. Es muy agradable. No me hizo falta abrir los ojos para cerciorarme de que era ella quien me cuidaba y que, por ende, todo lo que mi cabeza recordaba no había sido una pesadilla.

Soy fuerte, o al menos creo serlo, pero supe desde el primer momento que abrir los ojos de nuevo supondría enfrentarme a la realidad de una madre que había perdido a su hija. Era consciente aunque aún no me lo hubiesen dicho y eso me ahogaba. Una madre lo sabe y yo me sentía madre.

Entonces, dentro del silencio que había, escuché la voz de la rubia. Por las inflexiones, la notaba preocupada:

—¿Está despierta? —preguntó a Marta.

—Sí, pero vamos a darle su tiempo —respondió muy bajito, lo justo para que la escuchara.

Qué gran profesional es. Conoce su trabajo.

El confort de oír dos voces tan valiosas para mí me ofreció la fuerza suficiente para ponerle cara, por primera vez, no solo a todo lo que había sucedido, sino a todas esas personas a las que he llamado «amigas» a gritos, literalmente, durante todos estos años. Verlas a todas juntas, sin duda, amortiguó el golpe.

Cuando Lucía hablaba de su enfermedad siempre decía que amortiguar el golpe no implicaba que no te hubieses dado ya la hostia. Yo lo sabía y aunque tenerlos allí me reconfortaba, y mucho, en aquel momento sentía la hostia muy presente. Un vacío en mi interior imposible de llenar. Sé que no puedo estar más agradecida de que estuvieran allí, no hay nada en este mundo que pueda compensarles tanto amor en aquellos momentos, pero había perdido a mi hija. Y no solo a ella, me había perdido a mí como madre. Escuchaba sus palabras de ánimo, comedidas, preguntando cómo estaba y algún que otro «Ella es fuerte», pero mi mente solo recordaba una frase que se repetía en mi cabeza una y otra vez, golpeándome: «No hay latido». Es lo último que recuerdo.

El cansancio de las primeras horas hizo que ni siquiera reparase en quién estaba en aquella habitación o en quién podía faltar. Faltaba mi hija. Era imposible pensar en nadie que no fuera ella. Solo intentaba sonreír, sin demasiado éxito, ante las bromas que poco a poco iban surgiendo con el paso de las horas, a medida que estaba más despierta. Sin embargo, hasta que no apareció, no supe lo mucho que necesitaba verle. Iván llegó con Javi y me derrumbé. No recuerdo haber llorado nunca de la manera en que lo hice abrazada a él.

No me pidió ni reprochó nada y yo tampoco a él. Había venido para acompañarme, como todos, consciente de que quizá tendríamos una conversación más tarde o más temprano, pero sin hora ni fecha. Como Iván me dijo: «La prioridad es que ahora tú estés bien».

El *shock* acumulado en los primeros días no dio para más. Él se marchó a Ibiza, pero prometió volver. Yo lo agradecí. De haberse quedado más tiempo no habríamos superado todas nuestras emociones, muy contradictorias por el bagaje vital acumulado, algo que no dejaría espacio para ver las cosas con claridad. Cuando estuve en reposo, conteniéndome para no salir y distrayendo la mente mientras contemplaba la vida de los demás, recibí cada noche algunos mensajes de Iván. Medía muy bien los tiempos. Eran frases muy cortas que cumplían a la perfección su cometido: sentirle cerca. Me dijo que no era necesario que le contestara, que no esperaba respuesta hasta que estuviese preparada para darla y ambos sabíamos que eso iba a ser un proceso bastante largo.

Una vez que superé el dolor físico me enfrenté al vacío de mi propio cuerpo y de mi corazón. Asumí las miradas involuntarias de lástima, alguna que otra frase que intentaba ayudar, aunque consiguiera todo lo contrario: «Todavía eres joven». O una de las peores: «Quizá no era el momento», como si una hija pudiera reemplazarse sin más. Asistí muda, ahogando mi propia voz y mis lágrimas en todas aquellas frases que se me clavaban en el alma.

Las semanas siguientes recibí el apoyo psicológico necesario para sobrellevar las fases del duelo. Reconocer el hecho de que había perdido a mi hija supuso un proceso muy duro, ya que desde el principio entendí su pérdida con culpabilidad. Sabía que algo no iba bien en el embarazo y sentía que había cometido el error de no haberme anticipado más, de no haber hecho nada. De no haber sido lo suficientemente «madre», si es que eso existe, se puede definir o medir de algún modo. Una persona no debería culpabilizarse por las cosas que al final no pudo hacer, si antes lo intentó todo, y yo tenía agarrada al estómago la sensación de que me quedé impasible ante las señales que ella me fue mandando. Era y es muy duro tener esa percepción sobre mí misma; estaba y estoy rota.

Poco después, sin querer, pasé a bloquear mis sentimientos e intenté hacerme ver a mí misma y a los demás que estaba bien. Como se suponía que debía ser y todo el mundo esperaba de mí después de un cierto tiempo, que era el que ellos habían determinado, claro. Intenté reincorporarme al trabajo y quise salir a la calle, respirar de nuevo para convencerme de que había iniciado el camino de la superación, lo que me provocaba reacciones incontroladas de tristeza repentina, de las cuales la rubia fue espectadora de primera fila en la mayor parte de ocasiones. También Iván. Nunca dijeron nada al respecto. Se mantuvieron fuertes, incluso cuando a nivel emocional pasaba de un extremo al otro, como cuando soltaba bromas incontroladas o de pronto escribía a Iván algún mensaje diciéndole que le echaba de menos y al momento lo borraba o le aseguraba que era una broma. Ellos supieron ver por lo que estaba pasando cuando ni yo misma era consciente.

Me ayudó mucho la oportunidad que me brindó mi compañera Marta de encontrar respuestas en otras personas que hubiesen pasado por la misma situación. Me di cuenta de que era un tema tabú por el que demasiadas mujeres habían transitado sin hablar de ello. Como si no tuviéramos derecho a un duelo en condiciones. Como si todo el mundo esperase de nosotras que siguiéramos adelante sin más, pasando una hoja en el calendario, cuando nuestra mente se ha quedado anclada en el día exacto, en la hora exacta en la que ella comenzó y dejó de existir a la vez. Ese fue el momento crucial. Una de las psicólogas que me ayudaban consiguió hacerme ver con sus palabras el punto exacto en el que me encontraba: «Laura, estás pasando por un momento muy duro en tu vida, ¿estás siendo consciente?». Quizá no.

Aquella misma noche me decidí a llamar a Iván. Después de todos los mensajes que habíamos compartido, sentí la necesidad de escuchar su voz de nuevo. No sabría explicar por qué me agarré tanto a él en aquellas semanas, pero su presencia en el hospital me ofreció un salvavidas cuando me encontraba a la deriva y a punto de ahogarme. Me aferré a él como si fuese lo único que me permitiese seguir a flote.

Sus primeras palabras, llenas de energía, me elevaron a una situación muy distinta a la que en un principio había imaginado. Contaba con una conversación tensa, de largos silencios a los que me había acostumbrado y que iban en contra de mi naturaleza, donde, en otra vida anterior, como bien decía la rubia, debí de ser un pez porque no me callaba ni debajo del agua.

Su tono no expresaba rigidez ni tensión. Todo lo contrario. Se mostraba laxo y amable, lo que hizo que me relajara desde el principio. Es maravilloso cuando se rompe una expectativa de tal calibre, como cuando en una película esperas que el asesino sea uno de los personajes principales y de repente resulta que ha sido el mayordomo.

—¿Cómo estás? —dijo amable.

Esa pregunta me la habían hecho cientos de veces en las últimas semanas. Sé que todos lo hacían de buena fe, pero yo ya no sabía muy bien qué responder.

—No lo sé, a veces bien, otras no tan bien...

—Es normal... No tienes por qué sentirte mal por ello.

—Eso me han dicho, pero no es algo que pueda controlar.

—Tampoco tienes que hacerlo. Es bueno dejar que afloren los sentimientos.

—¿Ahora eres psicólogo? —dije con ese tono horrible que a veces no conseguía evitar, fruto de mi inestabilidad.

Iván lo percibió, pero en ningún caso entró al trapo.

—Bueno, yo también he tenido mis cosas y me ha venido bien que afloren —añadió con una leve sonrisa amable que pude percibir a través del teléfono.

—Perdona.

—No pasa nada. Entiendo que no es un buen momento.

Esa frase volvió a resonar tristemente en mi cabeza como las otras tantas veces que la había escuchado. Todos sabían que estaba pasando por una crisis; al menos, así me lo hacían saber siempre que hablaba con alguien. Todos menos yo que, por muy mal momento que atravesara mi vida en ese instante, no era capaz de identificar qué era lo que más me atormentaba.

Tenía claro que algo no iba bien, no tenía fuerzas para enfrentarme a la vida y me sentía cada vez más irascible, pero no podía saber con certeza si era rabia, ira, desazón...

Estaba claro que no era un buen momento, no había que tener un doctorado para darse cuenta de ello, pero me desesperaba no saber si sería capaz de superarlo. «¿Acaso quería superarlo?», me preguntaba a menudo.

Me enfurecía no reconocer si lo que más me dolía era haber perdido a mi hija, sentirme culpable o haber experimentado alivio cuando llegué a casa y su cuna, su ropa y todos los muebles que había comprado para ella y colocado en la que iba a ser su habitación simplemente ya no estaban y ni siquiera pregunté nunca quién lo hizo.

De todas las cosas que pasaban por mi cabeza y que estaban a punto de hacerla estallar, no reconocía cuál me provocaba aquel estado de ánimo de mierda. ¿Cuál de todas ellas? ¿Acaso importaba?

—No sé qué me está pasando. Nunca me había sentido así... —le dije a Iván mientras lloraba, disculpándome por la frase anterior.

—Pues ahora sí, Laura... Y no pasa nada. Siempre hay una primera vez para todo —respondió—. Tienes que darte tiempo. Todo el que necesites. Tienes que sacarlo, llorar, gritar. Sé que soy la primera persona que te pide que grites y no que hables más bajo, pero ahora es el momento de hacerlo.

Sonreí, aunque me hubiese llamado «Laura» en vez de «Laux».

—Es algo irracional. No puedes controlarlo porque si no, te acabará consumiendo —añadió.

Las personas racionales tenemos el gran problema de buscarle un nombre a todo: a las emociones, a las enfermedades, a las situaciones jodidas de la vida... Nos gusta saber que los problemas están bien definidos con sus características y apelativos para, una vez identificados, poder buscar la solución en Google. Con la pérdida de mi hija no fui capaz. No había respuestas en internet y tampoco las encontraba en un interior que se derrumbaba por momentos.

Aquella comprensión que ejercitaba Iván en cada frase me ayudaba a relajarme. En el fondo, era yo quien le había llamado, pero no tenía muy claro el objetivo. Quizá porque le echaba de menos, quizá porque al verlo en el hospital sentí que había dado un gran paso por su parte para acercarnos de nuevo o al menos así lo percibí yo. No le debía ninguna explicación, pero era consciente de que fui injusta con él antes de tomar la decisión más importante de mi vida. No nos habría venido mal hablar de ello antes de que ocurriera, pero yo me fui aquella noche de la casa de Lucía y no le di la opción.

A veces pienso en todas esas frases que escucho en televisión en boca de gente que no conozco: «Coge las riendas de TU vida», «Sé TÚ misma», «La felicidad empieza justo en TI», «Toma TUS propias decisiones»... Tú, tú, tú, yo, yo, yo... Me las creí tanto que me olvidé de todo lo demás.

Siempre he pensado que es importante quererse a una misma, pero en esas frases falta alguna persona más que el singular. Una no puede vivir satisfaciéndose eternamente.

No quiero imaginar un mundo lleno de gente pensando siempre en su propio beneficio. Al ser enfermera, entiendo que compartir con los demás es lo que nos hace crecer como seres humanos o al menos a mí como persona. Sé que para estar bien con los demás, lo primero que tengo que hacer es estar bien conmigo misma, pero yo me equivoqué y no puedo andar cargando de culpa a los demás.

Yo, en primera persona del singular, le dije a la rubia que no quería plurales en mi vida y me equivoqué, y no porque no fuera valiente por encima de todo, ya que serlo es fundamental para una mujer independiente. Me equivoqué porque una persona inteligente hubiese evaluado todos los puntos de vista y sentimientos de los plurales antes de hacerlo.

«Toma tus propias decisiones» es muy bonito como eslogan, pero es mejor cuando además tienes razón y yo no la tuve.

—No sé qué hacer ahora —dije bastante afligida por todo el peso de la conversación.

—No tienes que hacer nada... Solo déjate ayudar. Hay que dejarse ayudar —respondió.

—¿Y tú? ¿Y nosotros? —dije rápidamente antes de que pudiera desarrollar una respuesta que quizá no quería escuchar.

Iván se quedó en silencio al otro lado del teléfono. Estaba claro, meditaba la respuesta.

—De momento, yo creo que lo ideal es dejar que el tiempo nos vaya situando de nuevo...

Era una frase de huida, de escape, pero no sabía si hacia delante.

Con aquella conversación sentí, quizá tarde, que empezábamos de cero, pero sin poder negarnos el uno al otro que arrastrábamos unas cadenas muy pesadas que nos lastraban.

Marta me dijo que hay un duelo silencioso, un duelo del que se habla poco: el que cuenta la pérdida de toda la persona que tú eras antes de que alguien a quien quieres se marche. La Laux que yo solía ser antes de la muerte de mi hija.

Lamentablemente, en aquel momento tuve la sensación de que ya nunca volvería a ser aquella Laux que un día tuvo la oportunidad de ser alguien en plural junto a Iván.

37
Iván

La continencia cósmica.

Le dije que debíamos dejar que el tiempo nos situase de nuevo porque así lo sentía. Ella había tomado su decisión y, si bien es cierto que durante mucho tiempo quise culparla de lo que pasó, ella no era responsable y aquella noche ni mucho menos era el momento de hablarlo.

Muchas veces me culpaba a mí mismo. Quizá en su día no supe establecer un punto de comunicación válido que me diera la oportunidad de estar a su lado cuando ocurrió todo. Quizá ese fue el problema, que no escuché lo que quería decirme.

En aquel instante me lanzaba de nuevo una mano, puede que por la situación que la rodeaba o quizá porque seguía existiendo esa conexión que queremos generar con ciertas personas, como en una batalla por darnos la razón a nosotros mismos.

Cuántas veces nos herimos en la búsqueda de esa especie de continencia cósmica que une nuestra existencia a otra persona. Somos responsables de fracasar una y otra vez en nuestras relaciones, obsesionándonos por pensar que estamos predestinados a estar junto a ella. Nos convencemos de que es la adecuada y pasamos por un desierto de experiencias, a cuál más placentera y dolorosa al mismo tiempo. Las discusiones y el recelo en una proporción e intensidad igual al amor y el sexo. Una montaña rusa que nos vuelve invencibles cuando estamos bien y locos cuando caemos.

No quería que mi relación con Laux se convirtiera en eso. Buscaba algo sencillo, real, no una apuesta siempre a la más grande porque ese tipo de relaciones acaban generando frustración.

No necesitaba tener una colección de experiencias ni pensar que el destino nos quería juntos para saber lo que sentía por ella.

Supe lo mucho que me importaba cuando acompañé a Javi a retirar de su casa los enseres de la niña. De su niña. Sentí que podría haber sido nuestra hija y experimenté uno de los mayores dolores que recuerdo en toda mi vida.

—¿Sabes qué? Creo que tú y yo podemos acabar juntos —dijo Laux al otro lado de teléfono antes de colgar. Me arrancó una sonrisa sin piedad. No pude ocultar que me ilusionaba escuchar esa frase.

—Puede ser —respondí.

Dentro de cada relación hay otra relación. Solo hay que saber descifrar cuál es para saber si funcionará.

38
Salvar al soldado Pol

Más se perdió en la guerra y volvieron cantando.

Pol me escribió a los pocos días: «Rubia, ya he hecho mi primera incursión en territorio enemigo. Necesito más datos». Centrada completamente en Laux, había dejado en un segundo plano a Pol, como un programa que se va actualizando durante la noche mientras duermes y que de repente aparece con nuevas funcionalidades.

No dudé en llamarle, no solo porque era el momento de afrontar un tema delicado que me afectaba directamente en mi relación con Javi, sino porque me daba más miedo que vergüenza saber qué había hecho.

—¿Cómo vas? —pregunté temerosa.

—Bien, ya he conseguido hacer sentir mal a Javi.

—Joder, Pol, dicho así suena fatal.

—Era lo que querías, ¿no? Que sonara fatal.

—¿Tengo que empezar a preocuparme ya o espero a colgar el teléfono?

—¿No me habías dicho que querías que Javi supiera lo defraudada que te sentías porque no te seguía en las redes?

—Bueno, no era justo eso, Pol... Pero sí, es un acercamiento.

—Pues ya lo sabe.

—Pero lo importante es que me lea, Pol.

—Ya... Por eso te llamaba.

—A ver, Pol, no quiero parecer una zorra malcriada y que tengas la sensación de que no te respeto, pero ese «ya» no ha sonado muy convincente.

—A ver, rubia, necesito saber cuándo quieres que te lea. Me ha costado sangre, sudor y lágrimas que tu maromo active las notificaciones.

—¿Has conseguido que Javi active las notificaciones?

—Claro... He tenido que recurrir a algún favor sexual, pero todo muy limpio.

—Pol, empiezo a sentir verdadero pavor por saber qué has orquestado para que Javi no solo haya decidido entrar en su Instagram, olvidado de la mano de Dios, sino que además haya activado las notificaciones.

—Pues lo de siempre: una broma por aquí, una amenaza por allá...

—¿Una amenaza? —pregunté sobresaltada.

—A ver si ahora nos vamos a escandalizar con mis capacidades para chantajear a la gente. Lo importante, rubia, es que las tropas están en terreno enemigo generando dudas y hay que aprovechar la ventana para entrar hasta la cocina...

Cuando Pol está tan motivado da miedo. Es como si hubiese nacido para ese tipo de situaciones. En ese momento, justo cuando iba a pedir explicaciones más concisas, sonó la cerradura de la puerta de casa con aquel ruido de llaves tan característico que me recordaba a mi padre. Era Javi quien entraba.

—Te dejo, que acaba de llegar.

—Vale, pero escúchame, rubia, esto es muy importante: sea lo que sea que quieras publicar para que él lo lea, hazlo cuanto antes. No creo que aguante mucho con el soniquete de Instagram en el móvil. He tenido que currármelo mucho, no me hagas pasar vergüenza ahora y tires por tierra mi obra maestra.

Colgué con una sensación de desasosiego y un nerviosismo muy difíciles de describir. Algo que solía pasar tras las conversaciones con Pol —lacónicas, carentes de información, llenas de un montón de nada— que me dejaban con el corazón en un puño, a la espera de lo que estuviera por venir.

Sin saber muy bien a qué me enfrentaba, esperé a Javi de pie, en mitad del salón. Como una niña que acaba de pintar con un rotulador rojo la pared de su casa, dispuesta a echarle la culpa al gato.

—Hola, mi amor. Qué guapa estás, ¿no...? —dijo con un tono demasiado cariñoso.

Teniendo en cuenta que estaba en pijama y no conjuntado, me quedé descolocada. No esperaba que Javi entrara como un elefante en una cacharrería, pero tampoco embadurnado en crema hidratante de manos por la suavidad que destilaba.

—Pues no sé... Me he duchado hoy —respondí como pude.

—Pues hueles muy bien.

—Es el ambientador de Mercadona —susurré.

—He traído la cena. He pasado por ese restaurante sin gluten y he pedido la *ratatouille* de verduras a la plancha que tanto te gusta.

Vale, *stop*. Paremos un momento. No quería parecer la campeona de un concurso de obviedades, pero algo pasaba. Y no era que estuviera incómoda con la situación. Había recibido tres halagos y unas verduritas a la plancha para cenar en menos de tres minutos, lo cual podría haber batido algún tipo de récord de declaración empalagosa. Pero sabiendo que detrás de cualquier acto que Javi pudiera estar acometiendo se intuía la sombra de Pol, dejé que la escena siguiera su curso con el fin de ver dónde desembocaba y, por qué no, si la cosa seguía así, quizá compartir algo de sexo, si conseguía sacarme de la cabeza los comentarios eróticos que Pol había hecho sobre Javi.

—¿Qué tal hoy? —dijo mientras me servía el calabacín.

—Bien... Como siempre, vamos, normal.

—¿Solo normal?

«Ay, Dios...», pensé. Javi estaba esforzándose para llevar la conversación hacia algún sitio un tanto difuso que no terminaba de visualizar.

—No, no, ha habido momentos espectaculares, pero no quiero aburrirte —le contesté.

—Ja, ja, ja, qué ocurrente eres —respondió sobreactuado.

«¿Qué ocurrente eres?». «¿Qué ocurrente eres?». Estaba deseando llamar a Pol para saber qué le había dicho a Javi para que se comportara como si fuera un político en plena campaña electoral.

—¿Y en lo otro qué tal? —preguntó por sorpresa.

—¿Qué otro?

—Pues lo otro tuyo, las redes sociales...

Ahí vamos. Por fin empezábamos a concretar.

—Ah... Pues bien también... —dije mientras bebía vino blanco y me atragantaba con un trocito de calabacín.

—Ya te dije que te leía, ¿te acuerdas?

—Sí, sí, claro que me acuerdo. —Segundo trago a la copa de vino en menos de cinco segundos.

—Está muy bien lo que escribes, la verdad... Si nunca te lo he dicho, te lo digo ahora.

—Gracias, me alegro mucho de que te guste —respondí descolocada mientras daba el tercer y último trago a la copa de vino antes de ponerme otra que paliara la sequedad de mi garganta.

—Sé que no le pongo mucho interés a todo lo que estás consiguiendo. Ya sabes que nunca he sido muy fan de lo virtual, pero eso tampoco es justo para ti —continuó con un tono culpable que, en cierto modo, también me hacía sentir mal porque en realidad solo quería que Javi me prestara atención para intentar resolver la relación que tenía con su padre.

Por un momento, me arrepentí de haber lanzado a las tropas en avanzada. Ya estaba arriesgando bastante metiéndome en un tema tan delicado después de todo lo vivido como para haber metido a Pol en el ajo que, para más inri, no tenía ni idea de mis intenciones originales. A saber qué, cuándo y cómo había ejecutado aquella invasión que, sin duda, había surtido efecto.

—Bueno tampoco es para tanto... —dije, recomponiéndome de nuevo.

—Te sigue cada vez más gente, ¿no? —insistió.

—Sí, la verdad es que sí...

—Se nota que tienes algo especial.

Y en esa extraña frase, por fin, reconocí a Pol tras las palabras de Javi. Tenía la costumbre de decírmelo y siempre discutíamos por ello. Yo no me sentía especial.

Mi padre siempre hacía una distinción: admiraba el trabajo de las personas y no a las personas *per se*. Siempre me decía que no hay seres especiales, sino hechos, obras y momentos especiales. Recuerdo la anécdota perfectamente como una lección de vida que se hubiese grabado en alguna parte de mi memoria...

Como cada verano, mi padre conducía camino al pueblo de Lauri para que yo pasase un par de semanas con ella y con su familia. Aunque no lo pareciera, ese viaje de apenas una hora y cuarto daba para mucho. Aquella mañana decidimos poner la radio en vez de alternar canciones, como solíamos hacer. No recuerdo la emisora, tampoco importa, pero escuchábamos una entrevista a un cantante famoso. Después de hablar de sí mismo y de cómo afrontaba sus proyectos de una forma muy personal, contaba cómo desde pequeño sintió la llamada de los escenarios y cómo la vida poco más que le había otorgado un don. Entonces, mi padre respiró hondo y soltó el aire durante más de siete segundos. No tuve que preguntarle.

—No hemos aprendido nada... —dijo sin apartar la vista de la carretera.

—¿Por qué dices eso? —le pregunté con la curiosidad de una adolescente que está descubriendo el mundo que la rodea.

—Es un poco... complicado —respondió.

La mirada desafiante que dejé caer sobre el salpicadero dejó claras mis intenciones y mi punto de vista. Mi padre respiró de nuevo, asumiendo que íbamos a tener esa conversación.

—Mira, esto es solo lo que piensa tu padre, pero creo que la gente se está enfrascando en una batalla por ser especial como sea. Nos hemos acostumbrado a escuchar tantas veces que cada uno de nosotros somos únicos que a veces pienso...

—Pues yo creo que es verdad. No hay dos personas iguales —respondí cortándole.

—Tampoco hay dos gatos iguales... —contratacó.

—Vale, ahora me he perdido. ¿Qué tiene que ver una cosa con la otra?

Mi padre sonrió, tratándome con condescendencia, algo que me ponía de los nervios.

—Está muy bien que nos enseñen que cada persona es única e irrepetible porque así debe ser, pero se les olvida lo más importante, que es enseñarnos a no compararnos —me dijo.

—No lo entiendo.

—Este cantante, por ejemplo —dijo dirigiendo la mirada hacia la radio—, piensa que es especial, pero el día que vea a otro cantante se comparará con él y, lejos de pensar que cada uno es diferente, si intuye que el otro es mejor, que vende más o que llena más estadios, se frustrará.

Mi padre hizo un silencio, convencido de lo que decía, y yo me esforcé por entenderle.

—La intención es buena; quererse y valorarse es bueno, pero nos obligan a pensar en que somos ediciones limitadas y no nos dicen qué pasa cuando te das cuenta de que no es verdad.

En aquel momento no supe si mi padre tenía razón. Tuve que aceptar que quizá era demasiado complicado, no solo para una niña de dieciséis años, sino incluso para él, pero aquellas palabras dejaron el poso de una reflexión que estaba segura de que tarde o temprano aparecería en mi vida.

En una época donde todos nos exponemos constantemente en las redes, no podemos dejar de compararnos con otras personas: añoramos cualidades, envidiamos sus vidas... y, en ese proceso, vamos perdiendo nuestra esencia. Con el tiempo pude rescatar el fondo de sus palabras. Eso es lo que mi padre quería transmitirme en aquel viaje.

Me gusta pensar que no soy especial, que son los hechos y las decisiones que tomamos en nuestras vidas los que nos hacen únicos, porque solo entonces descubrimos que hay muchas personas como nosotros. Una comunidad maravillosa y única. Distinta, quizá, pero ni mejor ni peor.

Después de que Javi soltara aquella frase patrocinada por arroba Polpenes, *marketing online*, la siguiente fue al fondo del asunto.

—Y entre toda esa gente que te sigue, ¿hay algún famoso? —me preguntó mientras mezclaba el queso de cabra a la plancha con la berenjena, mirando siempre hacia el plato en vez de a mí.

—¿A qué te refieres con «famoso»? —dudé, interesada.

—Sí, bueno, no sé, cantantes, actores... —contestó, cara a cara con la berenjena.

—Sí, alguno... —dije mientras repasaba mentalmente a los que yo seguía y era recíproco.

—¿Y te escriben? Quiero decir, ¿hablas con ellos? Tiene que ser lo más, ¿no? Hablar con famosos... —Javi continuaba percutiendo en esa parte de la conversación mientras masticaba, haciendo como si el derrotero que estaba tomando fuese de lo más normal, nada relevante.

—Bueno, tampoco es...

No me dejó continuar.

—¿Y modelos? ¿Hablas con algún modelo? —dijo, sacando por fin la cabeza del plato.

Y entonces, como si de una pieza de puzle que no encuentra su hueco se tratara, de repente todo cobró sentido en mi cabeza y acabé por completarlo. Aquella entrada pomposa llena de halagos con *ratatouille* de verduras incluida para cenar no eran actos que Javi no pudiera haber replicado *per se* cualquier otra noche, pero la aparición en escena del «modelo» era, sin duda, obra del gran Pol.

—Vale, Javi. Creo que ya hemos hecho una aproximación muy elaborada hacia el asunto. ¿Me explicas qué pasa? —le pregunté directamente, aunque ya intuía la historia antes de que me la contara. Y vaya si lo hizo.

Esa tarde Pol había quedado con él. El hijo de una hiena, porque así era como me gustaba llamarle cuando hacía ese tipo de cosas, no le había hablado sobre el trabajo que estábamos haciendo o la importancia de los mensajes que transmitía para que sintiera curiosidad y pudiera leerme. Había tirado por la calle del medio, que suele ser la más rápida, pero también la más complicada de digerir. Ni corto ni perezoso, Pol le había dicho que un modelo me estaba tirando los trastos por Instagram. Que me había hecho tan famosa que, claro, era lógico que otros famosos se hubiesen fijado en mí. La madre que lo parió.

Y ahí estaba el pobre Javi, que nunca había sentido nada parecido a eso que llamamos celos —porque ni yo le había provocado semejante inseguridad ni él a mí—, comprando una *ratatouille* de verduras y adulándome de manera exagerada por culpa de una duda infundada para que estuviese atento a mi perfil. Y este montaje para recopilar información de manera bastante torpe, todo hay que decirlo, no fuera a ser que me escapase en un futuro próximo con un modelo a vivir la vida loca de *influencer* en las playas del Caribe... Aunque visto así, tampoco pintaba mal, ¿no?

—Y yo de verdad que valoro lo que haces, pero, claro, si ahora voy a tener que estar pendiente también de modelos, de drogas y sectas...

—¿Drogas? ¿Sectas? —No pude evitar reírme mientras Javi se ofendía por momentos.

—Eso me ha dicho Pol, que en vuestro mundo se mueve el rollo ese entre los confirmados y que tenía que estar pendiente, por si se te iba la cabeza.

—¿«Los confirmados»? —pregunté.

—Sí, los que tienen la medalla.

—¿Los verificados?

—Sí, eso, lo de la medalla azul. Que sois como una especie de secta, que hay fiestas, seguramente drogas, que se te puede ir de las manos...

Y claro, no pude evitar reírme a carcajadas. Lo de Pol no tenía nombre. Había montado una historia hilada a la perfección aderezada con modelos, quedadas clandestinas de verificados, drogas y, por supuesto, lo incluía a él como fiel guardián entre el centeno para que no perdiera el norte. Javi ya conocía mi perfil y así me lo hizo saber cuando Laux estaba en el hospital, pero la fantasía que había recreado Pol para captar su atención era digna de una mención de honor al mejor guion original.

—¿Te ríes? —preguntó algo enfadado.

—Nooooo, bueno sí, pero no.

Respiré, intentando encauzar la conversación, que ya se había desmadrado bastante, cuando Javi me contó que Pol le describió con pelos y señales cómo había escuchado comentar en la tele a Iker Jiménez que detrás de Instagram había una sociedad secreta llamada Los Canteros. El hijo de una hiena, Pol, había mezclado de forma inigualable a Iker Jiménez con un episodio épico de los Simpson para crear confusión y se había quedado tan ancho...

—¿Entonces? —preguntó descolocado.

—Javi, no cambiaría ni un solo minuto de mi vida contigo por ningún «me gusta» de Instagram, pero creo que el mensaje que estaba intentando mandarte Pol, a su manera, es que me gustaría que fueses consciente de lo que pasa a mi alrededor porque tarde o temprano puede que forme parte de nuestras vidas.

—Y lo soy, ya te lo dije —respondió contundente.

—Sí, pero solo de una parte muy superficial. Entras un par de veces, ves lo que escribo y ya. No sabes cómo me afecta, cómo me siento. Hay mucho más detrás de todo eso.

—Pues cuéntamelo. Estaba esperando a que tú estuvieras preparada para hacerlo. Eso no me lo puedes reprochar.

Y era cierto. En el fondo, aquella estrategia de Pol acababa de desenterrar una conversación pendiente en la que yo había desistido de hacerle partícipe de mi otra vida, sabiendo de su indiferencia hacia las redes sociales. Era algo que me dolía porque yo disfrutaba con ello y sabía que era algo bueno. Me afectaba no tenerle viviendo a mi lado un proceso tan bonito y espontáneo.

Durante más de una hora pude explicarle al fin lo que era la Vecina Rubia y lo que estaba sintiendo en primera persona. Los mensajes, la preciosa comunidad que se había creado alrededor, no de mí, sino de aquel foro donde todas tenían su voz y yo era una más. Donde las palabras se utilizaban para compartir y ayudar y, por qué no, para hablar también de banalidades cuando tocaba. Donde la ilusión de hablar con un famoso se compartía por todas y era simplemente la prueba de que los sueños se cumplen, y mi anonimato siempre estaría por encima de todo, incluso teniendo que utilizar ciertos trucos con tal de salvaguardar mi intimidad. Nuestra intimidad.

Javi resopló, imaginando lo que quizá se le venía encima, si es que era capaz de imaginarlo, porque sus escasos conocimientos sobre la materia lo dejaban en desventaja.

Después de escuchar con paciencia, Javi suspiró aliviado y descargó parte de la tensión que traía acumulada.

—Joder, ahora por fin lo entiendo todo... Desde luego que Pol es un hijo de...

—Sí —lo interrumpí—. Desde luego que lo es.

Vaya si lo era. Y aunque, como siempre, no fue muy ortodoxo en las formas, consiguió que Javi no fuera solo un mero espectador de lo que estaba pasando a mi alrededor, sino que yo dispusiese de toda su atención aquella noche, lo cual era fundamental para mí y lo que tenía planeado hacer.

Sin lugar a dudas, podíamos afirmar que el capitán Pol, del primer batallón de la rubia, había ganado la batalla.

39
Querido diario

Me gusta ser rubia, pero a veces es difícil.

Querido diario:

Quería escribir estas palabras porque es más fácil que sostener tu mirada cuando estoy frente a ti. Te escribo porque no se me da muy bien hablar; tampoco se me da bien pensar ni sentir. No se me da bien expresarme y dudo que se me dé bien ser padre. Por el contrario, se me dieron bien otras cosas que no quiero recordar, aunque entiendo que sigan vivas en tu memoria.

No voy a decir que lo he intentado siempre, que me he esforzado, porque no es verdad. A veces dudo no solo de haber sido un buen padre, sino de haber sido siquiera una buena persona.

La de desastres que he dejado en el camino, la de bosques que he arrasado y la cantidad de daño que os he causado.

No me dio para más, me hubiese gustado ser más inteligente, tener la capacidad de mirarme al espejo y reconocer que estaba haciéndolo mal, pero no pude... Nunca tuve las herramientas, la educación ni la fuerza de voluntad. No es una excusa.

Perdí nuestro tiempo juntos y me dio igual. Me avisaron y me dio igual. Te perdí y me dio igual. He sido bruto y torpe... Directamente no he sido lo que esperabas de mí. Entiendo que ahora seas tú al que le dé igual.

Puede parecerte una carta egoísta, lo es, porque no tengo derecho a pedirte nada y en el fondo lo estoy haciendo, pero solo quería que supieses lo arrepentido que estoy... Está dentro de mí, explotando, deseando que me creas.

No quiero echar la vista atrás porque me da vergüenza, por eso quiero mirar hacia delante para creer que puedo mejorar, ser mejor persona que la que fui y después intentar ser mejor padre para ti, si decides que pueda volver a haber un nosotros. Lo siento, lo siento mucho.

Dejamos reposar la cena. Javi se sentó en el sofá tras aquella conversación sobre la Vecina, los famosos y los modelos que le había dejado el cuerpo como si hubiese estado rescatando cien gatitos de sus correspondientes cien árboles durante toda la tarde. Solo pudo encender el televisor y dejar que su cabeza se relajara viendo uno de sus documentales de la Segunda Guerra Mundial. *El mundo en guerra* se llamaba. Qué título más irónico... Habían pasado ya más de setenta años de ello y tenía la sensación de que seguíamos igual: «en guerra». Como diría mi padre: «No hemos aprendido nada...».

Aproveché el momento para salir a la terraza. Ya estábamos en pleno verano y el ligero viento que corría por las noches me permitía recostarme sobre nuestro columpio de madera sin que mi espalda se quedara pegada al respaldo por el calor.

Por supuesto, escribí a Pol. Como si de una madre que regaña a su hijo se tratase, solo le avancé un «Ya hablaremos» seco, pero acompañado de un emoticono de guiño. Por un lado, me gustaba dejarle con el desasosiego de una posible bronca y, por otro, agradecerle, cómplice, el trabajo encubierto realizado. Para bien o para mal, y por mucho que sus métodos fueran de dudosa moral, había conseguido que aquella noche contara con toda la atención de Javi y eso era lo importante. El momento ideal para comprobar si, definitivamente, aquella batalla iniciada semanas atrás, nos haría ganar la guerra.

Así que, sin pensármelo dos veces, publiqué y acto seguido, como si de una reacción en cadena se tratase, una notificación sonó en el teléfono de Javi. Pol era un personaje para según qué cosas, pero hay que reconocer que había cumplido su objetivo.

—Oye, qué bonito y qué duro el texto que has escrito —dijo Javi desde el salón.

—¿Te lo parece? —respondí.

—Sí, y que conste que no te lo digo por la conversación que hemos tenido. Parece muy real... y un poco triste. ¿Lo has escrito ahora?

—Lo tenía esbozado desde hace unos días y he pensado que era un buen momento. ¿Te ha gustado?

—Sí, mucho. La verdad es que me ha removido por dentro... Ciertamente, podrías ser escritora algún día.

—Bueno, quién sabe...

—Es ficción, ¿no? Aunque no lo conocí, no me cuadra nada con lo que me has contado de tu padre.

Entonces la providencia apareció en forma de frase en boca de Javi. Y yo estaba dispuesta a hacer valer la ocasión. Me levanté y entré en la sala. Él seguía recostado en el sofá mientras Polonia era invadida. Lo miré, armada de valor.

—No, no es de mi padre, es una carta del tuyo —dije, manteniendo la posición.

Javi se incorporó y me miró fijamente, intentando comprender el significado de mi frase.

—¿Cómo que de mi padre?

—Es una carta que te ha escrito... a ti.

—Es imposible que mi padre haya escrito eso... No sabe hacer la o con un canuto.

—Javi, no te pases... Te sorprenderías de lo que es capaz alguien que habla con sinceridad.

Respiró hondo, intentando contenerse. Como quien tiene que volver a pasar por el trance de mantener una conversación que había dado por cerrada desde hace mucho tiempo.

—A ver, niña, este tema ya lo habíamos hablado. De verdad que no puedo estar justificándome, ni mucho menos peleándolo contigo todo el tiempo... Y, además, ¿por qué te mete a ti? ¡Y a Pol! ¡Cómo no? Que se ha pasado media tarde convenciéndome de...

—Pol no sabe nada —le interrumpí.

—... que se ha pasado media tarde convenciéndome de que te sentías mal porque no respetaba tu trabajo, de que la Vecina era importante y yo no lo estaba viendo, por no hablar, claro, de las chorradas de que si un famoso y otros...

—Javi, para.

—No, ahora te aguantas. Tú has generado esto. Ya te dije que no quería saber nada de mi padre... ¿Te lo dije o no te lo dije?

Lo miré desafiante. Tenía razón, pero en el fondo quería creer que el motivo era bueno. Era el momento de mantenerme firme.

—Y ahora, de repente, sin venir a cuento, cuando por fin todo está en calma, montas este circo a mis espaldas... ¿Para qué? ¿No sabes de sobra cómo se ha comportado mi padre durante veinte años? ¿Acaso no te lo he contado? ¿Quieres que te repita cómo dejó tirada a mi madre...?

—Javi... —Intenté interrumpirle, sin éxito.

—Cómo no se preocupó de la suya hasta que murió o cómo lo más parecido a un elogio que recibíamos mi hermano y yo fue dejarnos solos durante media adolescencia...

—Para...

—¿De verdad crees que ahora una carta va a cambiarlo todo?

No le contesté. No pude. Estaba encendido, rememorando todo el daño que llevaba agarrado, como quien guarda algo con fuerza dentro del puño.

—Y lo que más me jode es que seguro que todo esto es cosa suya y que, por supuesto, te habrá comido la cabeza para darte pena...

Javi terminó la frase justo antes de coger todo el aire que quedaba en la sala, agotando el oxígeno para mí, mientras deambulaba por la habitación nervioso, sin mirarme. Estaba claro que ese tema lo desestabilizaba de tal manera que era incapaz de pensar con claridad. Al final, de su boca solo salía el dolor de un pasado que seguía muy presente.

—¿Has acabado ya? —le pregunté, cansada.

—No lo sé, ¿hemos acabado ya o vamos a seguir así hasta que se muera?

Aquella última frase sonó como una sentencia y acabó, ahora sí, con sus ojos clavados en los míos. Con el sentimiento de odio por bandera de nuevo y tratando de calmarse para controlar su enfado.

Desde el incidente con su padre en el hospital tras la muerte de la yaya, siempre se mantuvo muy comedido para no explotar, pero aquella situación lo estaba llevando al límite. Sentía que lo estaba traicionando, lo sé, pero si conseguía sacar esa espina que llevaba clavada dentro, sería inmensamente más feliz. Y no por mí, sino por él. Javi no había sanado la herida, ni mucho menos, solo la había enterrado más profundo, donde no llegaba la luz. Eso no es superar un miedo, eso es mirar hacia otro lado para no verlo y su padre, quisiera o no, iba a seguir ahí, hasta que se muriera, como él había expresado con poca humanidad. En aquel momento, estuve a un paso de abandonar. La situación distaba mucho de ser justa para él, pero verle así tampoco lo era para mí. Aproveché el impás del silencio para seguir mi batalla.

—Un minuto —le dije.

—¿Cómo que un minuto? —preguntó desconcertado.

—Un minuto es el tiempo que ha pasado desde que sentiste el texto como algo real, precioso y triste, hasta que has pensado que es una mierda.

—¿Qué tiene que ver eso?

—¿Y sabes qué es lo único que ha pasado en ese minuto?

—¿Sesenta segundos? —respondió irónico.

—Que te has enterado de que lo había escrito tu padre. Y da igual que haya cambiado alguna palabra o puesto alguna coma porque para ti era un texto sincero hasta ese momento.

Javi se detuvo un segundo antes de contestar. Iba a hacerlo por inercia, pero...

—¿Y qué tiene que ver eso? —preguntó.

—¿No lo ves?

—¿El qué?

—Que lo tienes ahí guardado, Javi. Que no pasas página y eso te condiciona, aunque creas que no.

—¡Pero si eres tú la que insistes en sacarlo constantemente...! ¿No te das cuenta?

—Eres tú el que no lo ve, Javi. ¿Cómo va esto, entonces? ¡Dime! Si traigo un cuadro a casa y lo coloco en la pared, me dirás: «Vaya, qué bonito es», pero si te confieso que lo ha pintado tu padre, ¿dirás que es una mierda y lo tirarás a la basura?

Javi se llevó las manos a la cabeza desesperado, apoyando los codos contra la pared para gestionar la frustración. Continué hablando:

—¿Te das cuenta de que lo que tu padre lleva intentando decirte desde hace unos meses es real? Que está arrepentido y que no sabe cómo llegar a ti... A él también le ha afectado mucho la muerte de la yaya, Javi. Mucho más de lo que crees. Le ha hecho más humano. No puedo mirar hacia otro lado, Javi, como estás haciendo tú. Luego podrás perdonarle o no, pero no puedes negarte en rotundo a darle una oportunidad sin juzgarle por el pasado. Sin las segundas oportunidades, ni tú ni yo estaríamos juntos.

—Vale, vamos a parar aquí porque creo que esto es cosa mía. Es mi padre, es mi relación con él y...

—¡No! —le grité con todas mis fuerzas. Javi me miró sorprendido por mi reacción.

—Tranquila... —respondió descolocado.

—Desde que tu padre me llamó, desde que escuché cómo lloraba al otro lado del teléfono me hicisteis parte de esto... Así que arréglalo.

—No tengo la culpa de sus actos... No voy a responsabilizarme de ellos.

—Me da igual.

—¿Cómo que te da igual?

—Me da igual que no sea culpa tuya. Puede que tú no quieras verlo, pero tu padre quiere ser una buena persona y yo he decidido ayudarle.

—Pero ¿por qué?

—Porque alguien tiene que hacerlo.

Aquella frase enmudeció a Javi, que se quedó en absoluto silencio. Se mordió el labio y se llevó el puño a la boca, reprimiendo sus emociones una vez más, dejándose caer en una silla con la cabeza entre las piernas, rodeada por los brazos. La misma posición que sostenía su padre cuando le vimos en el hospital el día que falleció la yaya Catalina.

Me acerqué a él porque sabía que estaba siendo tremendamente dura y no quería provocarle más. Me agaché, llegando hasta él, poniéndome muy cerca para susurrarle:

—Sabes que te quiero, ¿verdad? Sabes que te amo, que es más que querer —le dije—. Te pido que le des una oportunidad. Te lo pido por mí y por la yaya Catalina, Javi. Ella también lo querría así. Hazlo por las dos. Yo lo he hecho por ella.

Javi sacó la cabeza de entre las manos y me miró fijamente. Tras unos segundos, se humedeció los labios y tragó saliva, como quien quiere pasar un mal sabor de boca. Sus ojos estaban cansados y detrás de ellos se podía percibir la desesperación por acabar con aquella situación. Su mirada había pasado del odio al cariño cuando sus ojos se encontraron con los míos.

—Lo arreglaré, ¿vale?... Lo arreglaré —dijo extenuado.

Lo abracé tan fuerte que me hice daño. Tanto que pude sentir cómo la tensión de todos sus músculos poco a poco iba desapareciendo progresivamente.

—No sé si tengo derecho a pedirte algo así, pero, por favor, no más textos personales míos en redes. Solo te pido que me prometas que seguiremos siendo anónimos. Los dos.

—Esto es algo que ya me he prometido a mí misma desde el principio —respondí.

Y, acto seguido, aquella publicación que apenas estuvo media hora en Instagram desapareció para siempre.

40
La vida

La vida no es complicada,
lo complicado es vivirla.

Dicen que la vida no es complicada. Que si consigues descifrar los puntos de inflexión que acontecen en cada momento es fácil navegar por ella. En mi caso, supongo que no distinguir la proa de la popa no ayuda, pero he conseguido mantenerme a flote en más de una ocasión complicada.

Una de ellas fue sin duda aquella conversación con Javi. Me sentí muy orgullosa de cómo la afronté. De cómo la afrontamos. Imagino que era también porque *a priori* todo había salido bien. No creo que pensara lo mismo si me hubiese mandado, con buen criterio, a meterme en mis cosas. Pero es que, al final, Javi también era cosa mía.

Aquella semana volvió a Ibiza. Prometimos no sacar el tema nunca más. Dijo que lo arreglaría y con eso me bastaba. Era una persona de palabra, el ser humano más humano que conozco y estar a su lado me hacía ser mejor persona. Sé que sentirse bien con una misma es maravilloso, pero que alguien te complemente de esa manera lo eleva a otro nivel.

La mañana del sábado, Pol por fin se decidió a pasar por casa, aprovechando que Javi no estaba. No por miedo a mis represalias por lo que había hecho, sino porque también sabía medir los tiempos. Quizá la vida va de eso, de saber cuándo y cómo aparecer, de saber leer el partido, como dice Lucía... De no forzar las situaciones e identificar que no todos los problemas pueden solucionarse con una llamada al cabo de media hora o con una frase impresa en el interior de una galletita de la suerte. Hay situaciones que necesitan su proceso, tiempo y espacio. Quizá ese siempre ha sido mi gran defecto: la inmediatez. No soporto tener una lista de cosas por hacer y problemas por resolver. Me queman las notificaciones del móvil, los mensajes sin leer, los correos por responder. Cada tarea pendiente me martillea el cerebro y condiciona mi forma de actuar. Y aunque gracias a Javi y a Pol había controlado gran parte de esa especie de fallo de la personalidad —sobre todo para no llegar al extremo de tener ataques de ansiedad—, siempre que me enfrentaba de nuevo a una situación, ya fuese buena o mala, algo en mi interior se revolucionaba para implicarme en ella de manera directa, urgente y personal.

Está bien tener capacidad de reacción, pero es mejor cuando reaccionas con criterio. Para eso hace falta información, la información te la da la calma y yo no contaba con esa palabra en mi vocabulario. «Doña Prisitas» me llamaba con cariño mi madre de niña. «La niña doña Prisitas», decía. Ya a tan corta edad mandaba señales claras sobre mi forma de ser. No toleraba que algo no funcionara en el momento y daba igual que fuera una nevera que se había estropeado o un resfriado de primavera. Me molestaba la situación y daba el doscientos por cien para solucionarla como fuera.

En aquel momento no entendía los tiempos que llevaba cada cosa y quizá treinta años después seguía sin hacerlo, por eso valoraba tanto a quienes tenían aquella capacidad, como Pol.

—He traído los dulces de siempre y quiero dejar claro desde el principio que hay dos y los dos son para mí, ¿vale? Es una mera formalidad. Traigo dos para que pienses que soy educado y que quiero compartir uno contigo, pero no es verdad.

—Me queda claro.

—Por si acaso.

Y justo cuando me disponía a sacar toda mi artillería para contratacar y hacer balance de todo lo ocurrido, modelos y sectas de verificados incluidos, una notificación en el móvil me detuvo en seco. Era una foto que me enviaba Iván por WhatsApp. No pude evitar cortar a Pol sin discreción alguna para abrirla y, de manera súbita e incontrolada, emocionarme.

En mi cabeza, durante el segundo y medio que tardé en desbloquear el móvil, al ver el nombre de Iván en la pantalla, no pude evitar vincularle a mi amiga Laux. Por unos segundos, como si del tráiler de una película romántica se tratase, visualicé cientos de fotos captadas con mi retina en infinitos lugares en los que siempre aparecían él y Laux en primer plano. Un documento gráfico en forma de selfi que juntaba sus cabezas y, ¿quién sabe?, ¿sus vidas? No voy a negar que me apetecía verlos juntos de nuevo y aunque fuera una decisión suya, la mía, la que me hacía feliz, era imaginármelos caminando juntos.

El mensaje no venía acompañado de ningún texto. Solo una imagen. Me contuve lo que pude por no llorar. Hice fuerza en la garganta por sostener las lágrimas y tragué. Pol me miró, esbozando una sonrisa.

En la foto aparecía Iván, en primer plano, pero no era Laux la que estaba con él. De fondo, Javi y su padre aparecían trabajando juntos en el huerto de casa de la yaya, sonriendo y bromeando. Los dos, ajenos a la foto, no sabían de la importancia que esa imagen tenía para mí. Iván sí, por eso me la envió.

Pol me sacó de aquel emocionante momento haciéndome una pregunta directa.

—¿Se ha solucionado ya el tema del modelo? —preguntó con intención.

Lo miré sonriendo. Había tanto significado detrás de aquella pregunta... Solo tuve que enseñarle la foto para responderla.

—Me alegro mucho por él —dijo con sinceridad.

—¿Tú sabes el bien que haces? —respondí de manera retórica mientras intentaba recomponerme emocionalmente.

—Ni la mitad que tú, amiga mía —finalizó contundente.

La necesidad de un abrazo nos llevó a ejecutarlo con total maestría. Como solo ocurre cuando son sinceros.

—Aunque eso no quita que hayas sido un auténtico hijo de una hiena —le dije al oído, intentando no pasar por alto el espectáculo que había montado para convencer a Javi.

—¿Es ese el mejor insulto que tienes para mí?

—Bueno, tengo algunos más como calientahielos, abrazafarolas, fantoche...

—Vale, vale. Me hago una idea —respondió Pol sonriendo mientras caímos relajados en el sofá, dejando que el viento suave que entraba por la ventana nos reconfortara después de una guerra de la que finalmente habíamos salido victoriosos.

—¿Cómo se te ocurrió contarle a Javi que había un modelo...?

—Funcionó, ¿no? Nunca digas nunca, quién sabe...

—Déjate de tonterías, Pol. El caso es que funcionó y punto.

—Pues ya está —me interrumpió—. Somos un gran equipo. Diferentes, pero un buen equipo. Como los personajes de una serie. Yo un poco más House y tú...

—¿Por la cojera? —le increpé.

—Por la ironía, idiota...

Aquel juego de palabras nos devolvió la risa al pecho mientras seguíamos mirando hacia arriba, riéndonos sin parar. Felices, sintiendo que por fin todo estaba en su sitio.

—¿Sabes qué? Creo que está bien así. Creo que no quiero perder todo esto.

—¿A qué te refieres? —preguntó Pol desconcertado.

—Estuve pensando en confesar a las chicas todo lo de la Vecina Rubia, pero ahora no sé si quiero. No sé si es necesario hacerlo. No paro de darle vueltas.

—Bueno... Eso es algo que depende de ti.

—Lo sé... —respondí reflexiva—. A veces me paro a pensarlo y siento que es como si estuviera tirando una pelota contra una pared todo el tiempo. Siempre acaba volviendo la misma idea, igual que la pelota: ¿para qué?, ¿qué va a aportar? Creo que contárselo no suma nada.

—Piensa que en nuestro caso sí que ha sumado...

—También lo sé.

Tenía razón. En los últimos meses, Pol se había convertido en todo un monumento en el salón de mi casa, en un apoyo incondicional, y eso había sido no solo un desahogo para mí, sino para la propia Vecina.

—Piensa que al final algo se escapará a tu control. Y cuando se enteren por otra persona o en alguna foto en la que salgas de fondo con algún famoso...

—¡Anda ya! ¡Ni en mis mejores sueños!

—... se sentirán decepcionadas porque en realidad pensarán que su mejor amiga no ha confiado en ellas para algo tan importante.

Tenía razón por segunda vez y no sabéis cómo me jode la gente que tiene razón varias veces. Pol continuó hablando:

—Sé que es meterme donde no me llaman, que, por otro lado, es algo que suelo hacer, pero si yo me hubiese enterado de quién eres por boca de otros... No sé, amiga, me hubiese gustado que confiaras en mí porque si no, ¿en quién ibas a hacerlo? Somos tu familia, ¿en quién confiar, si no...?

Siempre he estado convencida de lo maravilloso que es disfrutar en soledad de ciertos secretos, de esos deseos inconfesables, de esas fobias o filias que forman parte de una persona y que no son transferibles a los demás, que son únicas para ti. Pero también he tenido la suerte de ver cómo se multiplican las alegrías compartidas y eso no tiene precio.

Cuando Pol se marchó aquella mañana, no pude evitar volver a dar una vuelta a sus palabras. Es lo bueno que tienen las personas como Pol, que todo lo que dicen deja un poso que expresa mucho más del significado que puedan tener las propias palabras en línea, una tras otra. Me gusta pensar que la vida está llena de esos subtextos. ¿Era eso la Vecina Rubia? ¿Un subtexto de mí misma?

Concebí desde el principio a la Vecina como un mensaje. Siempre la visualicé sin forma, solo con una larga melena rubia y metro sesenta de altura. Como una parodia, como una reina, como una sufridora, como una cómica, como una amiga, como cualquier mujer, por eso me costaba tanto focalizarlo en mí, por eso me costaba tanto explicárselo a ellas. Para mí, la Vecina éramos todas. Cualquiera. Así había nacido y así debería seguir siendo. Sin rostro.

Y entonces, como si de una constante cósmica se tratase, como si fuera otra de las señales que mi padre siempre me mandaba en los momentos en los que tomar decisiones importantes se volvía una realidad, apareció un mensaje en el Dramachat. Reconocí su procedencia antes de verlo porque el nuevo tono de la notificación del grupo era uno de los silbidos con los que Laux nos deleitaba de vez en cuando. Lo cambiamos porque decía que ya no le gustaba su «chiqui». Si se escuchaba un silbido pírrico, parecido a unas flautas desafinadas, era el Dramachat.

Lo que cambia la vida... Hace años, las buenas noticias venían por carta, luego por *mail* y, últimamente, en mi caso, las señales llegaban en forma de wasap.

Dramachat
Laux., Lucía azafata., Sara., Tú

Lucía azafata.
¡Flamencas! ¿Un café dominguero mañana?
Como si estuviéramos jubiladas.

Sara.
Algunas más que otras...

Lucía azafata.
¿Qué insinúas?

Laux.
Insinúa que eres ya una señora bien.
De las que propone cafés
en vez de cervezas...

Y las respuestas a todas mis dudas aquella tarde, como era habitual, se despejaron después de cuatro mensajes. Todo lo que necesitaba siempre había estado aquí, en este grupo. Con ellas.

¡Sí!, quedemos mañana.
Tengo algo importante
que contaros.

Lucía azafata.
¿Hasta qué número?

Laux.
JAJAJAJAJA

Sara.
No lo he pollado...
*pillado... joder, el autocorrector.

Laux.
Si tu autocorrector pone pollado
por pillado, es que estás pidiendo
que te empotren a gritos.

Lucía azafata.
JAJAJAJAAJAJA

Sé que lo he repetido muchas veces, pero no me cansaré de hacerlo: no hay seres más nobles en este mundo que mis tres amigas.

Antes de irme a la cama con la firme convicción de haber tomado la decisión correcta, Javi me llamó. No le pregunté por la foto que me había enviado Iván. Sabía que cuando él estuviese preparado me lo contaría. Preferí centrar la conversación en la duda existencial que me había carcomido a lo largo de todo el día, desde que Pol apareció por la mañana como un vendaval con sus hipótesis, presunciones, tesis y revelaciones sobre mi anonimato y que parecía tener un final, no sé si feliz, la tarde del día siguiente.

Quería saber su parecer, quería tener un punto de vista de alguien que había estado fuera, hasta ese momento, de la revolución que había ocurrido alrededor de la Vecina Rubia antes de contárselo a ellas. También era una manera de empezar a incluirle dentro de ese subtexto que era la Vecina y en el que tanto le había reclamado que participara. Lo hice pensando que me apoyaría sin dudarlo. Como cuando le haces una pregunta a una persona que lleva la respuesta implícita.

—Creo que contárselo a las chicas es lo mejor, ¿verdad que sí? —le pregunté siguiendo la táctica de la autoconfirmación.

—Bueno... No sé si soy el más indicado para opinar sobre esto, no entiendo mucho de redes...

—Esto no tiene que ver con las redes...

—Ah, ¿no?

—No, tiene que ver con ser sincera.

—Pues ya está, tú lo has dicho...

—Sí, pero te lo estoy preguntando a ti, qué te parece a ti. Lo que yo pienso ya lo sé... Pol opina lo mismo, que tengo que contárselo yo.

—Pues pienso que contarlo es lo fácil.

—¿Cómo que es lo fácil? —pregunté descolocada.

—Pienso que es más fácil contarlo que mantener el secreto... y estás optando por el camino más sencillo para ti.

—¿Y por qué iba a querer hacerlo complicado?

—No lo sé. Averigüémoslo —respondió con un tono enigmático.

—Estoy perdida ahora mismo, Javi.

Ya llevaba tiempo manteniendo algunas conversaciones así, vacías, sin sentido, llenas de nada. La gente se estaba volviendo muy críptica últimamente. Debía de ser la edad. Eso o que yo no me enteraba de nada.

—No estoy de acuerdo con Pol. No porque no crea que tiene razón, desde su punto de vista la tiene, pero lo importante de un secreto es eso: que es un secreto. Para ti es más fácil llegar mañana, sentarte a la mesa y contarlo. Mucho más que el esfuerzo que supone seguir como hasta ahora, ¿no?

Después de escuchar aquellas palabras percibí que en el fondo, después de lo ocurrido con la publicación de la carta de su padre en mis redes, Javi estaba algo sugestionado con que mantuviese mi anonimato a toda costa. Imagino que temía que, si alguien más se enteraba, en cierto modo pudiera afectarle a él. A él y a nosotros. Es una persona muy introvertida y el aluvión de noticias y mensajes que recibía la Vecina le preocupaba, aunque no lo mostrara de manera personal, de ahí que adoptase esa actitud conservadora. Al menos quise verlo así, ya que no encontraba otra razón.

—Creo que Lucía ya lo sabe —respondí.

—¿Y eso?

—Hace tiempo me lanzó una indirecta en forma de dedicatoria en su novela...

—¿Y se ha enfadado contigo por no haber sido tú la que se lo hayas contado?

—No, que yo sepa.

—¿Entonces?

—Ya, pero es que no me preocupa que se enfade, me preocupa defraudarla. Que no se lo cuente no es un motivo para que se ofendan conmigo, pero sí para decepcionarlas.

—¿Y tú? ¿Qué pasa cuando te decepcionas a ti? —preguntó siguiendo en la misma línea que me hacía dudar por momentos.

Respiré profundamente y Javi lo notó.

—Lo que digo es lo que hemos hablado siempre. Hay cosas que uno debe guardar para sí mismo, aunque sean buenas —concluyó, intuyendo que la conversación no estaba siendo fácil para mí.

Aquella última frase de Javi resumía su historia. Un hombre noble, pero solitario. Un alma que siempre había sufrido en silencio y superado los obstáculos a base de esfuerzo personal y con un único acompañante: Iván. Personas hechas a sí mismas desde el minuto uno, siempre con una pesada carga interior. De alguna forma, en algunos aspectos me recordaba a Nacho y a sus relaciones paternales vividas en la infancia, tan diferentes a la mía... ¿Tendría yo alguna especie de fijación por las personas así? ¿Sería una de esas amantes del dolor ajeno? ¿Una de esas personas a las que les gusta salvar al mundo constantemente? Para estas preguntas había una respuesta en forma de canción que Pol siempre me recordaba: «Te puedo encontrar de cualquier manera. Te suelo salvar, aunque no quieras...». Así era yo, me describía a la perfección.

—No puedo guardarme nada con ellas, Javi. No quiero.

—Pues ya tienes la respuesta.

Noté que sonreía al otro lado del teléfono. No desalentado o decepcionado, quizá convencido de que era la decisión que quería tomar y, como tal, la respetaba.

—Te voy a dejar una frase que decimos mucho entre los bomberos: «Los caminos fáciles no llevan lejos».

—Joder, Javi, si nos dieran un euro por los refranes de bombero que sueltas al cabo del día, seríamos ricos.

—¿Te incluyes como parte de ese patrimonio?

—Saco lo mejor de ti.

—Eso es verdad —afirmó con una marcada sonrisa que traspasaba incluso la pantalla.

—También hay quien dice: «No hay nada que nos vuelva tan solitarios como nuestros secretos» —añadí.

Javi cortó la risa tonta, heredada del comentario anterior.

—Por eso a ti no te guardo ninguno y te tengo a mi lado —respondió.

Yo, que me vanagloriaba de mi capacidad para utilizar las palabras exactas en cada momento, fui directa a tocar heridas de personalidad aún frescas.

—Lo siento, no me refería a ti...

—Sí, claro que sí.

—Ya sabes que muchas veces hablo sin pensar.

—No, no lo haces.

Cómo puedo ser tan idiota...

—Pero no pasa nada. Te quiero exactamente igual.

—Y yo a ti —respondí al milisegundo.

Javi me ayudó a salir de aquel atolladero en el que mi verborrea incontrolable y yo nos habíamos metido. Hacerle daño era lo último que quería.

—¿Te puedo decir una última cosa? —me preguntó cohibido.

—Siempre —respondí con fuerza.

—Al final, lo importante no es lo que cuentes, sino cómo lo cuentes y a quién.

—Tienes razón... —le respondí.

—¿Y otra última cosa? —me preguntó.

—Claro, mi amor, dime.

—No cambies nunca. No dejes que esto te cambie. Me enamoré de ti por tus valores, por cómo eres. No pierdas eso. No dejes que los verificados te arrastren por una vida llena de regalos, invitaciones a eventos, viajes... Joder, que dicho así no suena tan mal, pero...

—Te lo prometo, Javi.

—Te quiero. Siempre.

Colgué deseando tenerle ese lunes en casa durante una semana entera. Poder comérmelo a besos con la calma de la que habíamos prescindido un año más. Huelga decir que no habíamos tenido tiempo para nosotros en los últimos meses y mi cuerpo pedía «Javi» en todas sus vertientes, como a veces me pide chocolate.

Tampoco hace falta decir que siempre cumplí mi promesa. Durante este tiempo, el anonimato me ha regalado grandes momentos, algunos totalmente inesperados y que en aquel momento jamás hubiese imaginado. Me ha permitido seguir con los tacones bien puestos en la tierra y continuar llevando una vida real al lado de los míos, pero también me ha hecho renunciar a muchas cosas. No son fáciles de resumir, ni siquiera en un libro, por eso creo que es mejor reducirlo en aquella promesa que le hice a Javi y a mí misma: siempre seguiría siendo yo y jamás perdería mis valores.

41
Todas somos la Vecina

La vida entre risas es más vida.

Domingueras al poder. Seis de la tarde y, como las señoras mayores, sacamos nuestras piernas a darse un baño de sol con su correspondiente protección. Bastantes sustos habíamos tenido ya como para andar tentando a la vida.

No voy a negar que aunque creía firmemente en la decisión que había tomado la noche anterior, aún arrastraba algunas dudas después de la conversación con Javi. «Lo importante no es lo que cuentes, sino cómo lo cuentes y a quién». Esas palabras en forma de sentencia me recordaban mucho a los consejos de mi padre, lo cual justificaba aún más que siguiese el runrún en mi cabeza.

Aquella tarde llegué la última. Era algo habitual en mí, pero es que no sabía qué ponerme. ¿Cuál es el *outfit* ideal para confesar que tienes un *alter ego*? ¿Cómo elegir qué ponerse ante tal revelación? Al final, me puse nerviosa y una chaqueta amarilla de polipiel.

Habíamos quedado en la misma terraza donde nuestro famoso equipo de investigación sacó a la luz las mentiras de Álex unos años atrás y donde poco después celebramos la vida cuando Lucía superó el cáncer. Una mesita al refugio de una acacia de Japón, un árbol asiático muy común en Madrid que florece en verano, vistiéndose de blanco. Aquel pequeño espacio con cuatro sillas incómodas tenía un bagaje tan grande a sus espaldas como el que habíamos acarreado todos estos años. Un fondo de armario que nos había convertido en las mujeres que éramos en aquel instante, no las que habíamos imaginado o nos habían dicho que debíamos ser. Solo las que habíamos elegido. Y éramos tan diferentes y tan parecidas que disfrutábamos las unas de las otras sin recelo.

Mientras me acercaba a la mesa y todavía desde la distancia, las observé con detenimiento, descubriendo la personalidad de cada una de manera inequívoca en su forma de vestir, en sus gestos, sus risas, en cada uno de esos detalles que hacían de Lucía, Lucía; de Sara, Sara; y de Laux, cualquier otra cosa. Tres mujeres con tres pares de manos con manicuras totalmente distintas. La primera, roja brillante, se dirigió hacia la mesa para coger con delicadeza una jarra de tinto de verano. La segunda, algo desastrada, buscaba el móvil en el bolso, pensando que lo había perdido. La propietaria de la tercera sostenía un pequeño espejo y revisaba uno de sus ojos por una pestaña malavenida. Lo importante y necesario que es conocer y reconocer a tus amigas.

Estudiarlas desde la distancia era un deleite, quizá porque siempre llegaba tarde y esas tres mujeres ya estaban sentadas e interactuando entre ellas, ajenas no solo a mi mirada, sino a las del mundo entero. Al hacerlo, comprobaba lo relajadas que estaban juntas, cómo la presencia de unas complementaba la de las otras.

—Perdonadme, chicas, es que he pillado tráfico —dije al llegar, apurada.

—¿Y has traído para todas o solo para ti? —me preguntó Lucía.

—¡Ese chiste sí lo he pillado! —dijo Sara emocionada—. Como has dicho que has «pillado» tráfico, Lucía quiere saber si es solo para ti o para todas.

—Gracias, Sara —respondí.

—Cariño, no hace falta explicar el chiste. Además, te he guiñado el ojo por si acaso —añadió Lucía.

—¡Ya! Si te he visto, pero pensaba que se te había metido algo.

—Esa he sido yo —intervino Laux intentando soplarse el ojo a sí misma poniendo una cara ridícula.

—Tenemos que replantearnos nuestra relación, Sara, porque está claro que no funciona —dijo Lucía suspirando.

—Estoy de acuerdo —respondió Sara, contundente.

Lucía la miró descolocada ante la respuesta.

—¿Qué quieres que te diga? ¿Que no estoy de acuerdo? Estoy de acuerdo —insistió Sara mientras se reía de forma desproporcionada. Un poco al estilo Laux.

Siempre he pensado que Sara y Lucía podrían haber formado una gran pareja cómica. La mejor de este país. Cuánto se ha perdido el mundo del espectáculo...

—¿Lleváis mucho esperando? —pregunté.

—Luci lleva dos tintos de verano, no sé si eso responde a tu pregunta —espetó Laux.

—¡Venimos fuertes! —intuí.

—Yo solo digo que hoy he venido sin las perras, por lo que pueda pasar... —puntualizó Sara.

—¿Cómo que has venido sin perras? ¡Si tienes aquí a las tres más perras de todo Madrid!

Laux empezó a aullar entre risas, a lo que rápidamente Sara contestó:

—Los perros no aúllan, Laux. Ladran.

—Eso será en tu casa —respondió muy digna mientras nos reíamos.

Para Sara, acudir a una quedada sin sus dos perras era sinónimo de despiporre, puesto que suponía no tener la responsabilidad de estar pendiente de ellas. Dejarlas al cuidado de Pol era un alivio mental que solía aprovechar con alguna cerveza de más y alguna que otra canción en un karaoke de verano.

—Me gusta esta terraza, pero quizá deberíamos ir a la de enfrente de vez en cuando, que es como más «cuqui», ¿no? Por cambiar —propuso Laux.

—¿A qué te refieres con «más cuqui»? —preguntó Sara.

—Pues que tiene las sillas de rafia, más elegantes, más...

—Más de señoras, quieres decir —apuntillé.

—¿Señora? ¿Me estás llamando «señora»? —respondió Laux indignada.

—Perdona, pero nos lo estoy llamando en plural.

—Como le gusta compartir, ¿eh? —respondió Sara.

—Hombre, es que compartir es de guapas —soltó Lucía sin pensárselo dos veces, a lo que Laux respondió con una sonora carcajada.

—Me flipa esa frase...

Me quedé helada. Aquella expresión que había dicho cientos de veces hasta convertirla en una especie de mantra en el perfil de la Vecina, apareció por sorpresa en la conversación, como el gordo de la lotería cuando sale madrugador. Que de repente Lucía la soltara con total naturalidad —no supe si como un acto reflejo o mandándome algún tipo de mensaje subliminal— me dejó el cuerpo frío. Intenté cambiar de tema, en vez de aprovechar aquel inciso, como si fuera Batman intentando revelar mi identidad secreta. Creo que aún no estaba preparada.

—A ver, es que ya somos señoras. Y a mucha honra. Que empecemos a valorar que las sillas sean de rafia con cojincitos y desdeñemos estas incómodas de aluminio que te dejan marcas en el culo, creo que es una razón de peso.

—Totalmente de acuerdo contigo, rubia —sentenció Lucía.

Todas nos miramos, sorprendidas. En silencio. No por el diálogo absurdo de bromas de ida y vuelta que estábamos teniendo, sino porque Lucía me había dado la razón. Inaudito, único, inaudito. No tuvo más remedio que explicarse porque la ocasión lo merecía.

—A ver, tranquilidad, que os veo venir. Sé que daros la razón es algo que pasará muy pocas veces en esta vida —dijo con dureza—. Así que creo que es el momento de celebrarlo. Hoy invito yo.

—Vale, pues dejemos los tintos y pasemos a las copas —dijo al instante Laux, viendo la oportunidad.

—Joder, si lo llego a saber, me pido un *gin-tonic* —añadió Sara.

—Pero ¡seréis ruines? Sí, hombre, os voy yo a pagar vuestras copas —respondió Lucía, quitándose el muerto de encima.

En ese momento, vi clara mi oportunidad.

—Hoy invito yo, no os preocupéis —les dije.

Se hizo un segundo pequeño silencio. No porque no invitara con asiduidad, sino porque mis palabras transmitieron un contexto que todas percibieron.

—¿Te casas? —me preguntó Laux boquiabierta.

—¿Yo? No. Bueno, hoy no, quiero decir.

—Te has puesto más nerviosa que Cenicienta a las doce menos cinco.

—Para nada, es que me ha pillado por sorpresa...

—Yo es que soy muy de sorprender —respondió Laux con intención.

—Además, tenías algo que contarnos, rubia. ¿No sería eso y te hemos estropeado la sorpresa? —preguntó Sara con inocencia.

—Ahí le has dado bien —apuntó Lucía.

—¡Chiquiiiiiiii! ¡Que la rubia se nos casa!

—Pero ¿qué dices? —pregunté al aire.

—Ponte una ración de bravas, que esto hay que celebrarlo.

—¿Unas bravas para celebrar? Qué cutre eres, Laux —respondió Lucía.

—Bueno... es que a mí el caviar los domingos me da caca.

—A ti cualquier cosa te da caca —añadí.

Sara nos miró con un pequeño gesto de incertidumbre mientras las otras dos se descojonaban.

—Nunca he probado el caviar. ¿Es malo comerlo los domingos?

Todas nos quedamos en silencio. Desconcertadas.

—Sara, cariño, es una broma —dijo Lucía.

—Bueno... igual que no hay que comer melón por la noche, puede pasar lo mismo con el caviar los domingos. Ya sabéis eso de que «El melón por la mañana es oro, por la tarde plata y por la noche mata», ¿no?

Aquella última respuesta de Sara, que dijo muy en serio, amontonó en mi cabeza infinidad de pequeños recuerdos en los que su inocencia era protagonista. Era la misma mujer cándida que conocí cuando se presentó en aquel bar hacía ya más de diez años.

Se abrió la puerta y su cabeza tímida apareció antes que su cuerpo, buscando a Lucía con la mirada. Entró y nos presentó:

—Rubia, esta es mi amiga Sara.

—¡Anda! Así que esta es la rubia, claro. No había caído.

—El color de pelo igual ya nos sugería algo, ¿no?... —añadió Lucía irónica.

—Sí, tiene todo el sentido —respondió Sara inocente.

—No te preocupes, no pasa nada. Podría haber sido cualquier otra rubia, creo que hay un par de ellas más en el mundo. Quizá tres... —dije en broma para arrancarle una sonrisa.

—Perdona, es que soy un poco despistada —se excusó.

Y tras aquella escueta, pero reveladora presentación, Sara pasó a convertirse primero en mi amiga y tras un viaje a Ibiza poco más tarde, en mi hermana. De aquella mujer pervive su flequillo, que no ha perdido volumen con el tiempo, el amor por los animales, un anillo de «plata» que se volvió verde con la sal del mar y la inocencia de quien piensa que el «ironía modo *on*» es una nueva canción de Rosalía.

De la nueva Sara queda una mujer entrañable, buena por naturaleza y, sobre todo, una luchadora en ser honesta consigo misma, con lo difícil que resulta eso hoy en día. Ahora vivía con Pol, su amor platónico de una noche de verano años ha, hasta que se convenció de que era gay. Recuerdo aquel momento como si fuese ayer porque solo ella podía hacer de lo cotidiano algo espectacular. Así fue aquella conversación tiempo atrás:

—¿Tú crees, rubia, que Pol y yo...? Me ha hecho ojitos un par de veces y no sé... creo que hay *feeling*.

—Bueno, no lo sé, pero creo que Pol es gay y ese que le está metiendo la lengua en la boca es su novio Jaume...

—Ah, ya decía yo... Pues entonces no, claro.

Quién nos iba a decir que años más tarde acabaría compartiendo piso con él y que su cuerpo le pediría levantarse un sábado a las seis de la mañana para pasear a sus perros en vez de acostarse a esa hora. Que pasaría el tiempo libre dedicada en cuerpo y alma a recaudar fondos para una protectora que sobrevivía a base de esfuerzo humano. Quién nos iba a decir que no le importaría llevar el coche lleno de barro hasta las tetas y se convertiría en alguien tan importante en mi vida.

—¿Puedo decirte algo con sinceridad, Sara? —preguntó Lucía volviendo al tema.

—No lo sé, ¿puedes? —respondió Sara con gracia.

—Tú no estás bien...

—Es su ascendente, sin duda —apuntilló Laux en una conversación que se estaba volviendo cada vez más absurda.

—Pues sí, mira, ese puede ser uno de los problemas.

—La ascendente de su flequillo —añadió entre risas.

—Vale, voy a confesar algo, llegado este momento de sinceridad —dije.

—¡¡Por fin!! —celebró Lucía entre aplausos.

—La verdad es que nunca he entendido lo del ascendente del horóscopo. Sinceramente, no sé lo que es. Hala, a tomar por culo. Ya lo he dicho.

En aquel momento, Lucía dejó de aplaudir y el rictus de su cara cambió por completo. Incluso el gesto de Laux se torció mostrando preocupación ante aquella posible blasfemia, quizá por motivos diferentes a los de Lucía, y quiso dejarlo claro:

—¿Qué dices, insensata? —respondió, escudriñándome con la mirada—. Ahora vamos a tener que escuchar la explicación. Estás loca...

No pude contener la risa.

—Esta señora no tiene fin con ese tema —añadió mientras Sara se unía con una carcajada que dejó a Lucía bastante ofendida.

—¿Este es el nivel?

—Venga, va... Yo sí quiero escuchar lo de la ascendencia esa —dijo Sara—. Me interesa saber cómo me está afectando el haber nacido en un día y un mes cualquiera a una hora cualquiera.

Laux y yo hicimos el mismo gesto de conformidad y Lucía mutó el agravio en ilusión, abalanzándose rápidamente sobre nosotras con su tema favorito.

—Ascendente, cariño. No ascendencia. Es importantísimo. Representa nuestro yo externo: cómo nos ven desde fuera, la primera impresión que damos y cómo nos proyectamos a los demás.

—Pues ese flequillo, como primera impresión, proyecta muy mal rollo, Sara... —dije intentando quitarle hierro al asunto.

—¡Es que es del signo de la rata! —gritó Laux.

Y así fulminamos el intento de conversación seria basada en el efecto Forer. No pudimos contener la risa y Sara escupió sobre la mesa, sin querer, parte del tinto de verano que estaba sorbiendo. Lucía, despechada, abandonó.

—Qué atrevida es la ignorancia... —dijo en mitad de nuestras carcajadas—. Pues si os cuento que hoy entramos en Mercurio retrógrado...

Así había sido desde que la conocí. Una amante de las estrellas con más peligro que una peluquera cortándote el flequillo con hipo. La recuerdo con veintipocos años, en aquel coche de empresa serigrafiado con una marca de ron para la que trabajábamos de la que ni siquiera recuerdo el nombre. Gritando canciones a pleno pulmón en cada viaje y discutiendo sobre signos, constelaciones, tarot, horóscopos y ascendentes antes de convertirnos en azafatas cada noche. Como un cuento de Disney actualizado que había cambiado las calabazas y los vestidos de princesa por azafatas y trajes de chaqueta. En aquel momento, nunca hubiese intuido, ni por azar, lo que la vida nos iba a deparar juntas. Cómo años después su energía casi se apaga por un pequeño lunar que, lejos de ser bonito, fue terrible. Desde aquel día no quiso perder el tiempo. Había buscado su sueño de

Me enfrenté en mi cabeza a la primera frase que diría y a la última, condicionada por las palabras de Pol, las de Javi y mi propia intuición. Estaba muy nerviosa. Sudaba, algo que no me suele pasar, y tuve que beber de un trago lo que quedaba de mi tinto de verano.

Siete segundos... Solo quedaban seis, cinco, cuatro... Cerré los ojos esperando que pasasen los últimos... Tres, dos, uno...

—Bueno, rubia, ¿nos vas a contar ya lo de la Vecina Rubia o qué? —dijo Laux antes de que abriera la boca para escupir todo el tinto de verano.

—Eso, vayamos al grano, que llevamos aquí una eternidad con las tonterías y no arrancas, coño... —añadió Lucía, divertida.

De todos los escenarios que imaginé que podrían ocurrir aquella tarde, ese quedaba fuera de cualquier elucubración posible. Ni la película del *Sexto sentido* tenía un giro de guion tan inesperado.

Y claro, rotas mis expectativas y balbuceando dos palabras y media, no se me ocurrió más que intentar hacerme la tonta, cuando Sara se me adelantó.

—¿Qué es eso de la Vecina?

«Gracias, Sara. Tu inocencia siempre a tiempo para echarme una mano», pensé.

—Te digo una cosa, a mí no me importa que sigamos así, ¿eh? —dijo Laux entre risas—. Yo puedo seguir haciéndome la tonta un año más, si hace falta.

—Ni a mí. Que yo te quiero igual, pero vamos, que me conozco tu manicura como si la hubiese pintado yo misma, pero oye, que si quieres que sigamos haciendo como que no lo sabemos, no hay problema —añadió Lucía.

Sin articular palabra, volví a dar un trago al tinto de verano con el vaso vacío, lo cual me delataba aún más, mientras Laux y Lucía se tronchaban de risa.

—Tía, que hemos pasado una salmonelosis juntas. Hemos hecho caca en el mismo baño durante una semana —concluyó Lucía guiñándome un ojo.

De piedra. Me quedé blanca como la cal de las paredes de las casas en Ibiza. Como cuando te presentabas a un examen en el instituto después de haber estudiado día y noche y, de repente, la nada.

—Yo lo de la salmonelosis y la caca sí que lo recuerdo, pero del resto no estoy entendiendo absolutamente nada —añadió Sara un poco desubicada.

Intenté activar rápidamente mi cerebro, como si fuera uno de esos ordenadores inteligentes que procesan miles de datos a la vez, buscando la respuesta correcta. No hubo suerte. 404 *error not found.*

Me quedé en silencio, observando a mis tres amigas. Entre tímida y avergonzada. En el fondo, me sentía mal porque debería haber confiado en ellas mucho antes y no haberlas emplazado en una escena tan comprometida como esa, sobre todo sabiendo cómo me habían acompañado y abrazado durante todo ese tiempo.

Cogí aire, como quien puede agarrarlo con las manos y metérselo en la boca para hinchar los pulmones. Levanté la mirada dispuesta a disculparme cuando vi a Lucía y a Laux sonreírme con cariño. Sara aún mantenía su cara de circunstancias.

La calidez de su gesto y el amor que destilaban sus rostros me dieron el confort que necesitaba. Ni una pizca de enfado, rencor o recelo. Solo amor.

—Lo siento. Siento no habéroslo contado antes —acerté a decir.

—Es que no tenías por qué hacerlo, rubi, es una decisión tuya —afirmó Lucía mostrándose afectuosa y comprensiva.

—De verdad que nosotras nos alegramos mucho por la Vecina, pero quien de verdad nos importa es la rubia —añadió Laux, solemne.

—Hombre, hay que reconocer, Laux, que has forzado un poco la situación —señaló Lucía, echándome de nuevo un cable.

—Sí, ha sido poco sutil, pero lo he hecho porque si no la rubia iba a estar sufriendo todo este tiempo por nosotras. Ahora todas somos la Vecina —concluyó con una gran sonrisa.

Me quedé sin palabras. No supe qué decir. Aquella última frase conjugaba no solo nuestra relación de amistad forjada durante años a base de abrazos y sufrimiento, de cariño y golpes compartidos, sino que transmitía un mensaje que me hacía inmensamente feliz: «Todas somos la Vecina Rubia».

Sin ocultar la emoción y llorando por decimonovena vez en lo que va de novela, no pude contenerme. No quise contenerme. Abrí los brazos y les hice un pequeño gesto para envolverlas. Las sillas chirriaron, arrastrándose en el suelo hasta acercarse al centro y nuestros cuerpos se unieron en el centro de la mesa sacando nuestros hermosos culos hacia fuera. Un abrazo que representaba todo lo que habíamos vivido hasta entonces. Un resumen de nuestra existencia juntas, de la colisión de nuestros cuerpos en un espacio-tiempo. Un achuchón a modo de *flashback* que trajo de vuelta a mi memoria el encuentro con Lucía en aquel coche serigrafiado, regalándome a Sara años más tarde. La aparición de mi estrella personal, Laux, en el momento más difícil de mi vida y los recuerdos de una infancia con mi madre, Lauri, Nacho y, por qué no, también la decepción de aquel empotrador embaucador de los mil nombres. Pol tirando bolis por la ventana e Iván montado en mi moto rosa. Y por supuesto Javi, con quien compartía todo el amor, el desaliento y la vida. Solo faltaba él, pero mi padre aparecía en todos y cada uno de los recuerdos. Siempre presente en todo lo que hacía. ¿Estaría orgulloso de mí?

—Cariño, para nosotras has sido rubia antes que Vecina —dijo Lucía al oído de todas mientras nos sosteníamos en un abrazo interminable que empezaba a castigar nuestras espaldas.

Cuando nos separamos, la emoción contenida aún estaba presente en el centro de la mesa. Todas la respiramos profundamente y bebimos para pasar el nudo que se había quedado a vivir en nuestras gargantas, hasta que Sara no pudo aguantar ni un segundo más.

—A ver, una cosa, no quiero romper este pedazo de momento emocional que hemos tenido porque ha sido muy bonito, se me ha puesto la piel de gallina y todo, pero es que me gustaría saber por qué estamos llorando...

Sublime. Aquel cierre de Sara, a modo de resumen, no tenía precio.

Las tres nos reímos a carcajada limpia. Sara, fiel a su estilo, a ese despiste tan natural y tierno que la acompañaba, no tenía ni idea de qué estábamos hablando. Fue el momento justo para recapitular el relato de la Vecina Rubia desde el principio. Como debe hacerse con las historias verdaderas, sin perderse ningún detalle. Paso a paso, desgranando de manera natural cada minucia, por pequeña que fuera. Narrando cómo ocurrió una de esas experiencias de vida que aparecen casi sin querer y que lejos de ser premeditadas, resultan conmovedoras y sinceras.

Tras una hora y media revisando mi perfil, nuestro perfil, recordando memes, palabras, frases de las que ellas mismas eran autoras y alguna que otra conversación con algún famoso, todo cobró sentido en la cabeza de Sara. Yo, la rubia pequeñita de siempre, de metro sesenta, ágil de lengua y responsable de mis descalabros emocionales, me había convertido, casi sin pensarlo, en la Vecina Rubia, un perfil anónimo con millones de seguidores en una época donde nadie lo era.

—¡¡¡Qué cabrona!!! ¿¿¿O sea que fuiste tú la que consiguió la donación para la protectora???

—Yo solo le di difusión. Quien está allí quince horas diarias eres tú. No te olvides de que quienes lo habéis conseguido sois vosotras con vuestro trabajo. Y Pol me ayudó con todo.

—Qué fuerte...

—Me quedo a rombos con que Polpenes lo supiera desde el principio y haya estado callado todo este tiempo como una rata —añadió Laux.

—Sí, se lo conté al principio. Imagino que ya lo habréis intuido, pero lo dejó con Jaume y le despidieron del trabajo. Me está echando una mano. De hecho, toda la colaboración con la protectora fue gestión suya —le dije a Sara, que no pudo contener las lágrimas que comenzaron a caer por sus mejillas.

Tenía la sensación de que desde ese momento ella estaba deseando llegar a casa, la casa de Pol, y abalanzarse sobre él para devolverle con cariño todo lo que había hecho por ella en esos meses.

—Qué fuerte... No sabes lo importante que ha sido para los animales, de verdad, amiga, no sabéis el bien que habéis hecho —respondió Sara, sincera.

—Estoy segura de que lo hubieseis conseguido igual.

—Eso es una verdad a medias, rubia, y lo sabes... Si no hubiese sido por ti, yo no hubiese vendido ni un miserable libro. Y no es que ahora sea el premio Planeta, pero estoy muy feliz y es gracias a esa Vecina que te has sacado de la manga. Ya lo dijeron las cartas del tarot, que esa rubia era mi arcano mayor.

—Tu libro es una maravilla.

—Ya, pero tú y yo sabemos que si no hubiese sido...

—Pero así ha sido, Lucía. No le demos más vueltas —dije interrumpiéndola porque no quería que lo viera como una victoria mía cuando el mérito era suyo. Cambié de tema:

—Os voy a decir una cosa: vosotras también me podríais haber dicho algo en este tiempo, ¿no? Ya sé que era una decisión mía, pero no sé, alguna indirecta podría haber caído... —dije para respirar un aire nuevo y salir de esa espiral de emociones en la que estábamos instauradas.

—Teniendo en cuenta que me acabo de enterar ahora mismo... —dijo Sara.

—Yo lo hice... —dijo Lucía—. Te dejé un mensaje subliminal en la segunda edición...

—La dedicatoria, es verdad...

—Pues yo lo supe desde el principio y me siento muy orgullosa, no solo de no habértelo dicho, sino de haberte parado a tiempo antes de que tú lo hicieras... —dijo Laux orgullosa.

Todas la observamos, sorprendidas. Aquella sentencia dejaba una puerta abierta a la curiosidad, principalmente la mía, ya que en ningún caso había sentido que fuera así.

—¿Te acuerdas del viaje a Grecia? En la playa —continuó.

—Bueno... me acuerdo del viaje en general. Si me preguntas por algún detalle en concreto, igual tengo alguna laguna...

—¿Laguna? Océanos más bien —añadió Lucía.

—Que se te va notando la edad, rubia... pero vamos, que a mi abuela también le pasa —sumó Sara.

Así eran ellas. Les acababa de contar mi mayor y más profundo secreto y no habían tardado ni dos frases de diálogo en devolverme a la cruda realidad.

—Pues de este momento te vas a acordar porque era cuando justo ibas a confesárnoslo —sentenció Laux.

Rebusqué en mi memoria y observé que Sara y Lucía también escudriñaban sus recuerdos, cuando Laux completó la frase:

—Esa mañana estábamos hablando del libro de Lucía y dijiste: «Chicas, tengo algo que contaros...» —afirmó Laux dejando la frase abierta—. ¿Te acuerdas ahora?

Y como si estuviera reviviendo la secuencia en primera persona, esas últimas palabras me trasladaron a las primeras páginas de esta novela. Al momento donde comenzaba esta historia circular que ahora tocaba a su fin.

Antes de que volviera a hablar, yo ya sabía toda la historia y pude reconocer lo inteligente que había sido. Laux tenía tantas virtudes como decibelios de más en la voz.

—Y entonces me cortaste, desviando la atención sobre aquel Osiris de la naturaleza que se nos había cruzado... —respondí.

—Y cuando quisiste retomarlo... —añadió Laux.

—Y cuando quise retomarlo ya estábamos a otra cosa...

Laux me miró y sonrió cómplice.

—No era el momento, amiga. Hoy sí.

Me quedé sin palabras de nuevo. Como en aquella playa de Grecia donde Laux robó las mías a propósito mientras celebrábamos la vida con Lucía... y en el fondo se lo agradezco. Aquel verano no era consciente de lo que estaba por venir, ni siquiera estaba preparada para afrontarlo.

Pasado un año de aquel viaje, con las ideas claras, las convicciones fuertes y los sentimientos intactos, en aquel bar de sillas metálicas que presionaban nuestros culos dejando marca —mientras que como señoras empezábamos a añorar sillas de ratán—, me di cuenta de que me sentía redimida. Por fin, las personas más importantes de mi vida conocían a la Vecina, porque a la rubia ya lo hicieron mucho antes y no puedo sentirme más agradecida. Estoy segura de que mi padre, allá donde estuviese en ese momento, fue el primero en saberlo.

Aquella tarde, casi sin querer, pude descubrir que, si la vida estaba formada de todos esos recuerdos, los míos tenían nombre de personas, en concreto de todas las que comparten esta historia.

—Perdonad que interrumpa de nuevo este momento tan bonito, de verdad que vuelvo a tener la piel de gallina, pero ¿qué coño es eso del Osiris? —interrumpió Sara.

Todas la miramos con la misma cara de circunstancias con la que ella nos deleitaba a menudo. Laux contuvo la risa durante un segundo y Lucía cogió aire, dispuesta a saltar como una hidra sobre ella.

—¡Que nooooooo! Que es broma. Que de eso sí me acuerdo. Sobre todo del Osiris de la naturaleza, ¡qué bueno estaba, por favor...! ¿Cómo olvidarlo?

—Fue una buena distracción, ¿verdad? Me vino como anillo al dedo —gritó Laux.

—Entonces, la que te casas eres tú, ¿no? —*Touché*. Minipunto para la rubia.

—Qué hija de perra eres...

Y así, con la conversación en el mismo punto donde había comenzado, seguimos brindando por la vida, con nuestras piernas casi desnudas al sol y dándonos cuenta de cómo habíamos cambiado en aquella mesa al abrigo de una acacia de Japón. Qué coincidencia, ¿verdad? El país que tantas veces acogió a mi padre. Y es que la vida está llena de señales, pero solo las ves si crees en ellas.

—Perdona, ¿te puedo hacer una pregunta? —dijo la camarera dirigiéndose a mí mientras dejaba la cuenta en la mesa—. Es que me suena muchísimo tu voz. Como si fuera de una famosa...

Todas nos quedamos en silencio mirándonos las unas a las otras. Aquella frase nos había pillado totalmente por sorpresa. La chica continuó hablando:

—Pero no una famosa de las de enseñar la casa y los hijos... Me suena de Instagram...

—Que va... Aquí la única famosa es ella, que es escritora —dijo Laux rápidamente señalando a Lucía.

—Sin duda, además es la única que tiene pasta para invitarnos... —añadí, pasándole la cuenta para desviar totalmente la atención.

—¿Ves? Es esa voz... —insistió.

Durante unos segundos nos quedamos sumidas en un silencio incómodo, con la camarera de nuevo escudriñándome con la mirada. Empecé a ponerme tensa y no solo yo: Laux, Sara y Lucía también lo estaban, ya que era la primera vez que nos encontrábamos en una situación así, hasta que por fin desistió:

—Bueno, ya me acordaré de quién es... ¿Con tarjeta? —preguntó dirigiéndose a Lucía, que sacó la cartera malhumorada.

—¡Muchas gracias, chicas! —dijo antes de mirarnos por última vez y marcharse con una sonrisa.

Después del inciso, todas sonreímos y respiramos a partes iguales.

—Bueno, creo que está claro que ha llegado el momento de cambiar las sillas metálicas de este bar por el de las sillas de rafia con cojines del de enfrente... —dijo Laux.

—Sí, ahora somos señoras... —apuntilló Sara guiñando el ojo a Lucía—. Señoras y anónimas todas.

—Vale, si os iba a invitar de todas formas, pero que sepáis que me debéis una —sentenció Lucía mientras se guardaba el *ticket* en el bolso, como buena autónoma.

Nos levantamos de aquella mesa las cuatro dejando a la Vecina Rubia sentada allí sola porque una vez hechas las presentaciones, no tenía por qué acompañarnos siempre.

Sé que el mundo no es fácil. Sé que no siempre las experiencias se tiñen de rosa y la felicidad inunda las casas, sé que las relaciones se rompen y el corazón sufre, lo sé porque lo he experimentado en primera persona, pero también he aprendido que está en cada una de nosotras aceptarlo de la manera más conveniente. No siempre puedes elegir la banda sonora de tu vida, pero está en tu mano escoger cómo quieres bailarla.

Nuestro Dramachat, como nuestra amistad, no era un alarde de felicidad continua ni tampoco un pozo de tristeza, no era una historia de adolescentes ni tampoco de maduras mujeres casadas. Aquel año pasó por sus altibajos, como lo hicimos nosotras, y se llenó de silencios incómodos y de apoyo incondicional en su justa medida. La que nosotras le otorgamos. Se llenó de lo que era la vida, sin más, pero de la buena vida.

Sé que la envidia, el desaliento y el dolor existen, pero depende de nosotras saber el espacio que ocupan en nuestro camino. Lucía, Sara, Laux y yo nunca fuimos las mejores ni las peores amigas, pero siempre creímos las unas en las otras y nos perdonamos cuando tocaba. Creo que ese es el verdadero truco que hay detrás del telón: comprender que lo único importante es aprender a saber perdonar y perdonarse, saber compartir y compartirse y, por supuesto, saber querer y quererse.

Me gustaría pensar que somos las mismas que hace años. Aquellas que trabajaban en una discoteca, que sufrían por amores de fin de semana y volvían descalzas a las seis de la mañana. Aquellas que viajaban a Ibiza a pensiones de una estrella para desquitarse de la vida tocando las estrellas que les faltaban a nuestros hoteles. Las que cenaban en el restaurante de moda para acabar tomándose un bocadillo y una lata de cerveza en un banco de la Plaza de España al salir el sol sin parar de reír. Pero no. Ya no somos las mismas, pero seguimos creyendo en la magia. Porque la vida es más bonita cuando crees en la magia en vez de buscar los trucos.

La chica del verano

Un año después

Aquella mañana de sábado me desperté con una llamada de Iván.

—¿Hola? —dije balbuceando como una niña de cuatro años con sueño.

—¿Dónde estáis?

—Yo, dormida hasta hace un segundo y Javi... —Miré hacia su lado de la cama, que estaba vacío—. Y Javi se ha ido a entrenar.

—¡Venid al hospital ya!

Aquella frase me espabiló *ipso facto*, como si Laux hubiese entrado en la habitación levantando la persiana con su «chiqui» matutino pegado a la garganta.

—¡¡¡Voy!!! —dije, levantándome de la cama como un resorte.

Mientras cogía el primer pantalón que encontraba y la primera camisa que conjuntaba con él —tenía prisa, pero también criterio como para hacerlo—, llamé a Javi, rezando para que no estuviera nadando y pudiera cogerlo. Por suerte, lo hizo.

—Dime, rápido, que estoy a punto de ducharme.

Qué imagen tan bonita se me vino a la cabeza, pero no era el momento de fantasías sexuales. «Saca su culo de tu sucia mente y céntrate», me dije.

—Ven corriendo a casa. ¡Me acaba de llamar Iván!

—¡No jodas! Voy volando.

Cuando decía que venía volando, me lo imaginaba a cincuenta kilómetros por hora, con cara de velocidad, en mi preciosa moto rosa para gente de estatura reducida. Javi la utilizaba a veces para ir a la piscina del polideportivo y era un despropósito. Un fornido hombre de más de metro ochenta en una moto rosa por el centro de Madrid. Como uno de esos payasos de circo que montan en sus minibicicletas.

Cuando llegó, ya le esperaba en el portal, pendiente del Dramachat, que estaba en plena efervescencia. Todas de camino de nuevo a un hospital. Una vez más. Como si no los hubiésemos visitado ya lo suficiente.

Entonces, justo ahí, Javi se detuvo delante de mí con la prisa por bandera y la providencia volvió a hacer acto de presencia, y no para bien, con la forma de nuestra vecina, Ramira. Ciertamente, siempre he pensado que nos espiaba para saber cuándo salíamos de casa. O al menos cuándo salía Javi.

—Buenos días —me dijo con voz seca y distante, mientras cruzaba la puerta ataviada con su carrito de la compra rosa de la Vecina Rubia. Si ella supiera...

—Buenos días —respondí mientras Javi me hacía un gesto para subir sin quitarse el casco.

Ramira, entonces, aprovechó su momento.

—Hola, Javi... ¿Cómo estás? ¡Qué bonita es tu moto!

—Hola, Ramira, pues la moto es suya —dijo señalándome con la mano.

—Pues te queda divinamente —respondió, obviándome en la conversación que pretendía mantener solo con él—. Hace juego con tus...

Y antes de que terminara el halago, no me pude contener.

—Señora, no es momento de tirarle los trastos a mi novio. Hoy tenemos prisa —dije interrumpiéndola, mientras me ponía el casco y me subía a la parte trasera de la moto agarrando a Javi por la cintura con un leve sobeteo, como una adolescente que marca territorio.

Entonces levanté la visera y me dirigí a ella por última vez:

—¡Ah! Y por cierto, el carrito... también es mío.

Javi contuvo la risa dentro de su casco todo lo que pudo, mientras sus ojos rasgados dejaban claro el tamaño de la carcajada.

—¿Arrancas, cariño? —pregunté.

—Por supuesto.

Y arrancó como arrancaba mi moto, tan despacio que lo que parecía una victoria frente a mi archienemiga se convirtió en una salida de lo más lamentable y vergonzosa.

Superado por fin mi duelo con Ramira, que se había prolongado más de la cuenta, la realidad era que íbamos con retraso, lo cual acrecentó mi ansiedad por momentos, empujando desde atrás a Javi para que acelerara. Por desgracia, la moto no daba más de sí.

Una vez en la puerta del hospital, mis piernas se bloquearon. Javi tiró de mí, pero me sentía incapaz de avanzar. Imagino que todo el bagaje acumulado las bloqueaba, intentando protegerme de lo que había podido sufrir en el pasado. Javi lo notó y se colocó junto a mí con toda la paciencia que le caracterizaba.

Me explicó que las experiencias malas no las destierras nunca, se quedan en la memoria para siempre con la idea de recordarnos el resto de los buenos momentos. Para poder diferenciarlos y saborearlos por contraste. «¿Cómo identificarías las satisfacciones sin conocer las decepciones?», dijo antes de que respirara hondo.

Aquellas palabras trajeron a mi cabeza, casi por arte de magia, la frase que tanto me gustaba de *La princesa prometida*: «La vida es dolor, alteza. Cualquiera que diga lo contrario está vendiéndote algo». Estaba claro que, si lo dicen en *La princesa prometida*, no cabe duda de que es cierto. Aunque también dicen: «Creo que el amor es lo mejor del mundo, después de los caramelos para la tos», con lo cual no sabría muy bien qué credibilidad otorgarle.

«Como desees», pensé mientras subíamos atropelladamente por la escalera del hospital. La prisa no está hecha para los ascensores.

Subimos dos plantas y atravesamos cuarenta pasillos hasta llegar a una sala aneja a la principal. Javi y yo avanzamos temerosos. Contando los números de las habitaciones, calculando cuál sería la siguiente. Y entonces, sabiendo que nuestra capacidad de reacción aquella mañana había sido tan lenta como mi moto rosa, dimos nuestros últimos pasos algo tristes, cabizbajos, decepcionados con nosotros mismos por llegar tarde... hasta que la escuchamos.

—¡Chiquiiiiiiiiiii! Ponnos un poquito de suero por aquí, ¿no? ¡Que estamos secas!

Una enfermera salió de la habitación número once suspirando de forma sonora, a la vez que entrábamos y descubríamos a Laux tumbada en la cama. Acababa de parir y estaba lechuga como una fresca, como diría ella. Con una criatura en brazos y pidiendo suero como la que pide una cerveza en La Latina a la una de la tarde. Estaba hermosa, estaba reluciente, estaba tan brillante que el recuerdo que tenía de ella un año atrás, gris, pálida y sin fuerzas, se había convertido en una luz cegadora.

—¡Rubia! ¡Mira, ven! —dijo llena de felicidad al vernos entrar por la puerta.

Me acerqué a la cama después de saludar con la mirada a los allí presentes. Sus padres, su hermana, Pol, Lucía, Nacho, Sara y, por supuesto, Iván.

Laux se volvió con suavidad mientras descubría la cara de la bebé que tenía en brazos. Fijé la mirada en ella y durante unos segundos me la devolvió, como si supiera reconocer toda la felicidad que yo albergaba al verla. Entonces me sonrió, cogió aire y acto seguido me eructó en la cara.

Fue un «provechito», que diría Laux, pero no uno tierno y delicado, fue un eructo fuera de lo normal para una persona que llevaba en este mundo escasos minutos y que pesaba tres kilos y ochocientos gramos. Estaba claro que aquella bebé había salido a la madre.

—Necesito saber exactamente la hora del nacimiento —inquirió Lucía—. Le voy a hacer la carta astral.

—Ha sido a las siete y cuarto pasadas —respondió Sara.

—Pero ¿cuánto de pasadas? ¿Vuelta y vuelta? —pregunté para restar formalidad al asunto.

—Sois muy graciosas todas, pero esta niña ha nacido el 21 de junio, es géminis, un mes regido por Mercurio, que, por si no lo sabéis, es el planeta de la comunicación. Esta niña va a hablar por los codos.

—Madre de Dios, Lady Susurros en versión mini —balbuceó Pol.

—¿21? Hoy comienza el verano, ¿no? —preguntó Javi.

—Sí —afirmó Laux con rotundidad, mientras dirigía la mirada hacia su hija con los ojos de quien ama por encima de sus posibilidades—. Nuestra niña va a ser la chica del verano.

Ah, ¿que queréis saber quién es el padre? Bueno, Iván estaba allí y a mí me parecía que sus ojos eran clavaditos a los de la chica del verano. Los tenía algo vidriosos, yo diría que fruto de la emoción, aunque puede ser que simplemente se le hubiese metido algo de polvo porque ya sabéis que con Laux cualquier cosa es posible...

Como también era posible, por más que me costase asimilarlo, el mensaje que recibí minutos después.

Álex. (No coger)

Hola, rubia, ¿te acuerdas de mí?
Porque yo de ti sí, sobre todo de tus manos,
ahora que parece que te has convertido
en la Vecina Rubia...
No te preocupes,
que te guardo el secreto.
Al fin y al cabo
sería una pena que alguien
como yo te delatase, ¿no?

Que los ex siempre vuelven es una certeza, pero que lo hagan amenazando era, como poco, un pequeño inconveniente...

Agradecimientos

Gracias por haber comenzado este libro como lectora y haber acabado como una amiga más del Dramachat.

Todas te vamos a echar tanto de menos como espero que lo hagas tú con los personajes de este libro, que ahora son también tus amigos.

Me encantará conocer tu opinión sincera, si me regalas tu tiempo dejando una reseña en algunas de las plataformas destinadas a tal fin. Te lo agradeceré de corazón, puesto que lo leo todo: tanto las críticas positivas como las negativas constructivas me ayudan a mejorar como escritora.

Eso sí, te pido por favor que, si lo haces, no desveles los detalles del final de la historia ni lo que le ocurre a nuestra amiga Laux. Me gustaría que cada lectora pudiese descubrir cómo avanza la historia a su ritmo, sin condiciones, igual que lo has hecho tú. Que cada lectora pueda verse reconfortada en las últimas páginas y pueda comprender por sí misma quién es la chica del verano y por qué los finales felices son para los valientes.

Nos vemos en las páginas de nuestra próxima aventura juntas...

Agradecimientos

«Es curioso que, hablando de honrar a un padre, tú hoy hayas matado a uno».

Vuelve la Vecina Rubia como nunca la habías leído.

Descubre la novela que ha atrapado a más de **150 000** lectores

La Vecina Rubia

Saga Verano

El fenómeno editorial que arrasa en librerías.